山东省普通高等教育一流教材
名师名校新形态通识教育系列教材

山东大学数学学院
MATH 1930 School of Mathematics * Shandong University
新形态系列教材

线性代数

慕课版 第2版

张天德 王玮 主编
谭蕾 程涛 栾世霞 副主编

U0107884

人民邮电出版社
北京

图书在版编目（CIP）数据

线性代数 : 慕课版 / 张天德，王玮主编. -- 2版
. -- 北京 : 人民邮电出版社，2024.3
名师名校新形态通识教育系列教材
ISBN 978-7-115-62220-4

Ⅰ. ①线… Ⅱ. ①张… ②王… Ⅲ. ①线性代数－高
等学校－教材 Ⅳ. ①O151.2

中国国家版本馆CIP数据核字(2023)第121653号

内 容 提 要

本书根据高等学校非数学类专业“线性代数”课程的教学要求和教学大纲，将“新工科”建设理念与国际化深度融合，结合山东大学数学团队多年的教学经验，并借鉴国内外优秀教材的特点编写完成．全书共6章，主要内容包括行列式、矩阵、向量与向量空间、线性方程组、矩阵的特征值与特征向量、二次型．每章最后有对应知识的 MATLAB 实例和核心知识点的思维导图．每节习题和每章总复习题采用分层模式，其中每章总复习题提高篇题目均选编自历年考研真题．本书秉承“新工科”建设理念，侧重数学实用性，并配套完备的数字化教学资源．

本书可供高等学校非数学类专业的学生使用，也可作为报考硕士研究生的读者和科技工作者学习线性代数的参考书．

◆ 主　　编　张天德　王　玮
副 主 编　谭　蕾　程　涛　栾世霞
责任编辑　孙　澍
责任印制　王　郁　陈　犇
◆ 人民邮电出版社出版发行　　北京市丰台区成寿寺路 11 号
邮编　100164　　电子邮件　315@ptpress.com.cn
网址　https://www.ptpress.com.cn
涿州市京南印刷厂印刷
◆ 开本：787×1092　1/16
印张：13.5　　2024 年 3 月第 2 版
字数：321 千字　　2024 年 3 月河北第 1 次印刷

定价：49.80 元

读者服务热线：(010)81055256　印装质量热线：(010)81055316
反盗版热线：(010)81055315
广告经营许可证：京东市监广登字 20170147 号

丛书顾问委员会

总顾问：**刘建亚** 山东大学

顾　问：**王光辉** 山东大学

冯荣权 北京大学

冯滨鲁 潍坊学院

朱士信 合肥工业大学

李辉来 吉林大学

时　宝 海军航空大学

陈光亭 台州学院

林亚南 厦门大学

郝志峰 汕头大学

胡金焱 青岛大学

高世臣 中国地质大学（北京）

蒋晓芸 山东大学

楼红卫 复旦大学

樊启斌 武汉大学

（以上按姓氏笔画排序）

丛书编委会

主　任： 吴　臻

副主任： 王鹏辉　张天德

编　委： 王　玮　叶　宏　黄宗媛　孙钦福
陈永刚　谭　蕾　吕洪波　屈忠锋
刘昆仑　栾世霞　程　涛　孙　涛
张歆秋　闫保英　李玲娜　惠周利
杨　明

丛书编辑工作委员会

主　任： 张立科

副主任： 曾　斌　李海涛

委　员： 税梦玲　陶友亭　刘海溧　孙　澍
祝智敏　潘春燕　张孟玮　滑　玉
许德智

推 荐 序

数学是自然科学的基础，也是重大技术创新发展的基础，数学实力影响着国家实力. 大学数学系列课程作为高等院校众多课程的重要基础，对高等院校人才培养质量有非常重要的影响. 2019年，科技部、教育部等四部委更是首次针对一门学科联合发文，要求加强对数学学科的重视.

作为一名数学科学工作者，我在致力于科学研究、教书育人的同时，也在一直关注大学数学的教学改革、课程建设和教材建设. "国立根本，在乎教育，教育根本，实在教科书"，我认为做好大学数学教材建设，是进行大学数学教学改革和课程建设的基础. 2019年12月，教育部出台了《普通高等学校教材管理办法》(以下简称《教材管理办法》)，对高等学校教材建设提出了明确要求，也将教材建设提升到事关未来的战略工程和基础工程的重要位置. 由人民邮电出版社和山东大学数学学院联合打造的大学数学系列教材，正是这样一套符合《教材管理办法》要求的精品教材. 这套书不仅是适应教学改革要求的积极探索，更是对大学数学教材开发的创新尝试，有4个突出的创新点.

立足新工科：适应新工科建设本科人才应具备的数学知识结构和数学应用能力，这套教材在内容上弱化了不必要的证明或推导过程，更加注重大学数学知识在行业中的应用，突出数学的实用性和易用性，着重培养学生利用大学数学知识解决实际问题的能力.

采用新形态：数学知识难以具体化，这套书采用新的教材形态，全系列配套慕课和微课视频，不仅包含对核心知识点的讲解，还将现代化的科学计算工具融入其中，让数学知识变得更加生动鲜明.

融入新要求：在落实国家课程思政要求上，这套书也做了创新尝试，将我国数学家的事迹以多媒体形式呈现并融入数学知识讲解中，强化教材对学生的思想引领作用，突出教育的"育人目的".

提供新服务：在资源建设上，这套书采用了"线上线下 双轨并进"的模式，不仅配套了丰富的辅助线下教学的资源，还同步开展线上直播教学演示，在在线教学越来越受到关注的今天，这一创新模式具有现实意义.

高教大计，本科为本，教育部启动"六卓越一拔尖"计划2.0，实施"双万计划"和"四新"建设以来，建设高水平教学体系、全面提升教学质量成为振兴本科教育的必由之路，而优质教材建设则是铺就这条道路的基石. 希望更多的高校教育工作者将教材研究和教材编写作为落实立德树人的根本任务，勇于破旧立新，为我国大学数学教学和教材建设注入"活水"，带来新的活力.

徐宗本

中国科学院院士

西安交通大学教授

西安数学与数学技术研究院院长

2020年6月

丛书序

教育兴则国家兴，教育强则国家强，坚持教育服务高质量发展，扎实推动教育强国建设成为我国教育事业的新目标．在高等教育中大学数学是高校理工类专业和经管类专业的坚实基础，不仅限于专业知识基础，在培养大学生数学思维能力、综合思维能力、空间想象能力和创新思维能力等方面也发挥重要作用，对各专业的学科建设和发展具有深远影响．

大学数学虽然是大多数专业的基础课程，但是逻辑性强，内容抽象，晦涩难懂，普遍存在教师难教、学生难学的现象．同时，当前很多高校的大学数学课程多沿用传统教学模式，不区分专业、兴趣和学生的基础，不涉及与后续专业课程的关联性和衔接性，存在教学方法和教学手段简单、教学模式一刀切等情况．因此，大学数学课程如何进行深层次、多角度的教学改革，达到满足新时代高层次高素质人才培养目标的需求，是各高校迫切需要探索的课题．

张天德教授多年来一直从事偏微分方程数值解的研究，以及高等学校数学基础课程的教学与研究工作，是国家精品在线开放课程、国家级一流本科课程负责人，经过 30 多年的教学实践，他在教书育人方面形成了独到的理论，多次荣获表彰和奖励，如“国家级教学成果奖二等奖”“全国优秀教材（高等教育类）二等奖”“山东省高等学校教学名师”“泰山学堂卓越教师”“泰山学堂毕业生最喜欢的老师”等．2020 年 9 月，张天德教授牵头编写的山东大学数学学院新形态系列教材在人民邮电出版社出版，这套教材定位清晰，结构严谨，内容精良，新形态手段先进，汇集了山东大学数学学院的优秀教学师资和人民邮电出版社的优质出版资源，被百余所院校选作教材，出版 3 年来成为国内具有较高影响力的大学数学教材．

此次修订由数学学院副院长王鹏辉教授和张天德教授共同牵头组织，在保持既有特色的基础上进行了全面优化和升级，例题、习题的设计更加注重通识知识与专业知识的结合，信息技术运用更加丰富，综合 30 余所院校的意见，内容打磨得更加贴合一线教学需求，有效地践行了教育部在新时代对大学数学教学的期望和要求．

通识与专业教育有效衔接，知识与课程思政有机融合，新形态技术手段高效运用，本系列面向新工科的大学数学教材体现了通识育人的教学目标，丰富了教学手段、教学方法，为新工科专业人才培养奠定了非常好的基础，同时，也为落实国家教育数字化、优质资源数字化和创新性教学方法应用于教育教学改革，提供了重要参考．

吴臻

中国数学会副理事长

山东大学副校长、数学学院院长

2023 年 11 月

前言

党的二十大报告指出，教育、科技、人才是全面建设社会主义现代化国家的基础性、战略性支撑，要加强基础学科建设．数学是基础学科的基础，新时代国家和高校人才培养对大学数学教学改革提出了更高的要求．课程思政与教学的有机融合、大学数学与专业知识的有效衔接、教学方法和教学手段的创新等，成为高等院校大学数学教育工作者迫切探索和亟待解决的问题．

我们编写的“山东大学数学学院新形态系列教材”有幸被全国百余所高等院校使用，广大师生的充分肯定让我们倍感欣慰．我们邀请了三十余所用书院校进行研讨，他们提出了宝贵的意见和建议，在此深表感谢．结合国家对人才培养的新要求及高等院校一线教学的新需求，我们修订了山东大学数学学院新形态系列教材，重点包括以下几方面：（1）更新和增加例题、习题，并将各章总复习题分层设计，设置基础篇和提高篇，满足不同需求的学生使用；（2）突出知识应用这一特色，在例题的设计和选取上更加注重大学数学知识在新工科各领域的应用；（3）升级课程思政内容，结合知识点设计课程思政微课视频，使思政教学做到润物细无声；（4）升级新形态的模式，运用计算机可视化技术呈现晦涩的数学知识．改版后的系列教材有以下特点．

（1）架构设计紧贴新工科人才培养目标

本系列教材面向高等院校工科专业，贯彻落实国家对高等教育的新要求，充分体现大学数学的通识属性及与新工科其他学科的交叉性和衔接性，将通识教育与专业教育相结合，着力提升学生运用大学数学基础知识解决复杂工程问题的能力，助力新工科专业建设和人才培养．

（2）内容设计兼具通识课程的学科性与育人性

数学是一切学科的基础，是发展思维的基石．本系列教材用完备的体系、严谨的结构、精炼的语言、清晰的表述呈现了大学数学知识体系的基本概念、基本逻辑、基本方法．同时，本系列教材在例题设计上注重科学引导、在思政设计上注重思想引领，注重培养大学生的抽象思维、科学思维、创新思维，培养大学生的爱国情怀、科学精神、探索精神．

（3）新形态设计助力高校教学教改创新

本系列教材充分利用信息技术手段通过不同表现形式解决了教学痛点．

一方面精心录制了配套的慕课，并在每章的定义、定理、例题 、习题等内容中选取重点、难点及章首导学、章末总结等单独录制了微课．有效支撑高校开展线上线下混合式教学，帮助教师实现翻转课堂教学模式，帮助学生更好地开展预习和复习．

另一方面采用计算机可视化技术，通过数学图形、模型的动态变化直观呈现推理、推导过程，使学生掌握抽象的数学知识、晦涩的数学概念．

（4）教学资源设计全方位立体化服务一线教学

为便于更好地发挥本系列教材的教学价值，编者精心准备了电子教案、PPT 课件、教学大纲、习题答案、试卷等资源，方便教师组织教学和学生自学，提升教学效果；此外还建设了自动组卷题库系统，方便教师组织考试．

本系列教材的线性代数分册是编者结合近年来国内外同类教材的特点，调研当前国内各高校新工科人才培养对线性代数课程的新要求，对传统知识结构、例题模式进行优化后编写而成的，具有以下特点．

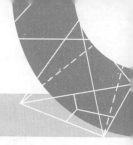

（1）基础知识言简意赅、通俗易懂，重点内容着重阐述、详细剖析

本书注重基础知识，表述既兼顾定义的严谨性，又考虑正文阐述的通俗易懂性，尽量使数学知识简单化、形象化，部分定义采用通俗易懂语言和严格的数学定义两种形式进行表述，确保教材难度适宜．在重难点知识点上增加例题，采用微课形式深度讲解，并在习题中增加比重，帮助学生理解和掌握．

（2）习题设置丰富，分层设计满足不同院校、不同学生需求，强化训练

本书的习题按难度进行了分层设计．每节的同步习题分为“基础题”和“提高题”两个层次，与该节知识点紧密呼应．每章设计综合性较强的“总复习题”，总复习题分为“基础篇”和“提高篇”，且按正规考试设置了题型比例和分值．全书题量较大，层次分明，方便教师授课、测验及学生自学，同时在第 1 版的基础上增加了题量，强化学生训练．每章末尾附各类习题的答案，扫描相应二维码即可获取．

（3）兼顾考研需求，结合知识点设计考研真题，为学生考研打好基础

本书内容紧贴教学大纲的同时，兼顾了学生的考研需求，每章总复习题的“提高篇”均选自考研真题，且标注考试年份、分值及类别，可以让学有余力的学生通过考研真题的演练，深入了解各个知识点的内容和命题方向，为学生考研打下坚实基础．

本书由山东大学张天德教授设计整体框架和编写思路，由张天德、王玮担任主编，由谭蕾、程涛、栾世霞担任副主编．本书的计算机可视化案例由中北大学惠周利、杨明等老师建设，本书的部分思政微课案例由西南石油大学李玲娜等老师建设．

本书入选了山东省普通高等教育一流教材，是山东大学教育教学改革研究重点项目“大学数学新形态系列教材建设——新工科、新商科、新文科”（项目批准号：2021Z08）的成果，也是 2021 年度山东省本科教学改革研究项目重点项目“大学数学一流课程与新形态系列教材建设研究”（项目编号：Z2021049）的重要成果．本书在编写过程中得到了山东大学本科生院、山东大学数学学院的大力支持与帮助，获得山东大学“双一流”人才培养专项建设支持．本书在改版过程中，吸取了吉林建筑大学、四川工商学院、湖北理工学院、山东财经大学东方学院、电子科技大学成都学院、哈尔滨远东理工学院等一线教师的宝贵意见和建议，在此表示衷心的感谢．

本书编者水平有限，不妥之处在所难免，望广大读者批评指正．

编者

2023 年 11 月

目录

06

第 6 章 二次型 ········ 182

附录

01

第1章 行列式

行列式的基本概念及相关理论是线性代数课程的主要内容之一，同时也是研究线性代数其他内容的重要工具．行列式的研究始于18世纪中叶之前，比形成独立体系的矩阵理论早约160年．其理论起源于解线性方程组，它在自然科学、社会科学、工程技术及生产实际中都有广泛应用．从形式上看，行列式由一些数字、已知量或未知量按一定方式排成的数表所确定，对这个数表按照一定规则进行计算，最终得到一个实数、复数、多项式或者函数．本章首先根据递归的思想引入行列式的基本概念，并给出行列式的基本性质；然后介绍行列式的计算方法，并给出经典算例；最后介绍利用行列式求解 n 元线性方程组的方法，即克拉默（Cramer）法则，以及如何使用MATLAB软件计算行列式．

本章导学

1.1 行列式的基本概念

本节从线性方程组出发，介绍二阶、三阶行列式的定义，为便于记忆，引入对角线法则；再用递归的方法引入 n 阶行列式的定义及行列式的按行（列）展开定理，并利用定义计算简单的 n 阶行列式．

1.1.1 二阶、三阶行列式

解方程是代数中的一个基本问题，特别是在中学所学代数中，解方程占有重要的地位．

引例 中学时代，求解含有2个未知量的线性方程组

$$\begin{cases} a_{11}x_1 + a_{12}x_2 = b_1, & (1.1) \\ a_{21}x_1 + a_{22}x_2 = b_2, & (1.2) \end{cases}$$

使用消元法，方程 $(1.1)\times a_{22}$ − 方程 $(1.2)\times a_{12}$，消去 x_2 得

$$(a_{11}a_{22} - a_{12}a_{21})x_1 = b_1a_{22} - b_2a_{12},$$

方程 $(1.2)\times a_{11}$ − 方程 $(1.1)\times a_{21}$，消去 x_1 得

$$(a_{11}a_{22} - a_{12}a_{21})x_2 = b_2a_{11} - b_1a_{21},$$

当 $a_{11}a_{22} - a_{12}a_{21} \neq 0$ 时，有

$$x_1 = \frac{b_1a_{22} - b_2a_{12}}{a_{11}a_{22} - a_{12}a_{21}},$$

$$x_2 = \frac{b_2 a_{11} - b_1 a_{21}}{a_{11}a_{22} - a_{12}a_{21}}.$$

但这两个公式很烦琐，为了便于记忆，引入行列式符号

$$D = \begin{vmatrix} a_{11} & a_{12} \\ a_{21} & a_{22} \end{vmatrix} = a_{11}a_{22} - a_{12}a_{21}.$$

定义 1.1 由 4 个数 $a_{ij}\ (i,j=1,2)$ 排成二行二列的式子 $\begin{vmatrix} a_{11} & a_{12} \\ a_{21} & a_{22} \end{vmatrix}$ 叫作二阶行列式，它表示数 $a_{11}a_{22} - a_{12}a_{21}$，即

$$\begin{vmatrix} a_{11} & a_{12} \\ a_{21} & a_{22} \end{vmatrix} = a_{11}a_{22} - a_{12}a_{21}.$$

在二阶行列式 $\begin{vmatrix} a_{11} & a_{12} \\ a_{21} & a_{22} \end{vmatrix}$ 中，数 a_{ij} 称为第 i 行第 j 列元素，i 称为行标，j 称为列标.

显然，二阶行列式的值为主对角线（从左上角到右下角这条对角线）两元素之积减副对角线（从右上角到左下角这条对角线）两元素之积，我们称之为对角线法则.

若记

$$D_1 = \begin{vmatrix} b_1 & a_{12} \\ b_2 & a_{22} \end{vmatrix} = b_1 a_{22} - b_2 a_{12},$$

$$D_2 = \begin{vmatrix} a_{11} & b_1 \\ a_{21} & b_2 \end{vmatrix} = b_2 a_{11} - b_1 a_{21},$$

则引例中方程组的解可表示为

$$x_1 = \frac{D_1}{D},\ x_2 = \frac{D_2}{D}.$$

这里的分母 D 是由方程（1.1）、方程（1.2）的系数所确定的二阶行列式（称为系数行列式），x_1 的分子 D_1 是用常数项 b_1, b_2 替换 D 中第 1 列元素 a_{11}, a_{21} 所得的二阶行列式，x_2 的分子 D_2 是用常数项 b_1, b_2 替换 D 中第 2 列元素 a_{12}, a_{22} 所得的二阶行列式.

例 1.1 求解二元线性方程组

$$\begin{cases} 3x_1 - 2x_2 = 12, \\ 2x_1 + x_2 = 1. \end{cases}$$

解 由于

$$D = \begin{vmatrix} 3 & -2 \\ 2 & 1 \end{vmatrix} = 3\times 1 - (-2)\times 2 = 7 \neq 0,$$

$$D_1 = \begin{vmatrix} 12 & -2 \\ 1 & 1 \end{vmatrix} = 12 - (-2) = 14,$$

$$D_2 = \begin{vmatrix} 3 & 12 \\ 2 & 1 \end{vmatrix} = 3 - 24 = -21,$$

因此

$$x_1=\frac{D_1}{D}=\frac{14}{7}=2,\ x_2=\frac{D_2}{D}=\frac{-21}{7}=-3.$$

解二元线性方程组产生了二阶行列式的概念，类似地，解三元线性方程组可定义三阶行列式.

定义 1.2 由 9 个数 $a_{ij}\ (i,j=1,2,3)$ 排成 3 行 3 列的式子$\begin{vmatrix} a_{11} & a_{12} & a_{13} \\ a_{21} & a_{22} & a_{23} \\ a_{31} & a_{32} & a_{33} \end{vmatrix}$叫作三阶行列式，它表示数 $a_{11}a_{22}a_{33}+a_{12}a_{23}a_{31}+a_{13}a_{21}a_{32}-a_{13}a_{22}a_{31}-a_{12}a_{21}a_{33}-a_{11}a_{23}a_{32}$，即

$$\begin{vmatrix} a_{11} & a_{12} & a_{13} \\ a_{21} & a_{22} & a_{23} \\ a_{31} & a_{32} & a_{33} \end{vmatrix}=a_{11}a_{22}a_{33}+a_{12}a_{23}a_{31}+a_{13}a_{21}a_{32}-a_{13}a_{22}a_{31}-a_{12}a_{21}a_{33}-a_{11}a_{23}a_{32}.$$

三阶行列式的展开式为 6 项的代数和，其规律遵循图 1.1 所示的对角线法则，每一项均为位于不同行不同列的 3 个元素之积，实线相连的 3 个元素之积带正号，虚线相连的 3 个元素之积带负号.

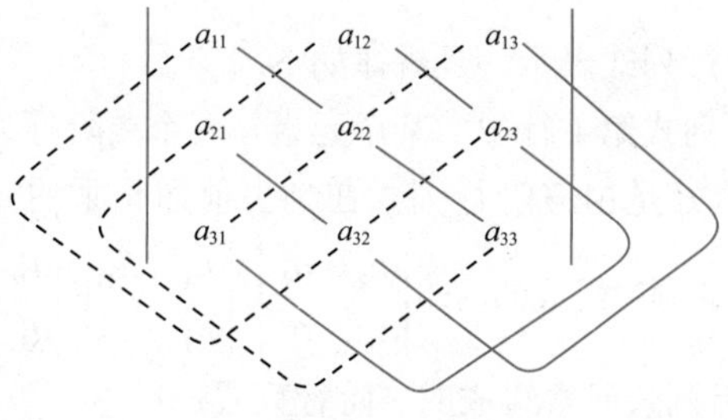

计算机可视化

图 1.1

例 1.2 计算三阶行列式 $D=\begin{vmatrix} 1 & 2 & 3 \\ 3 & 1 & 2 \\ 2 & 3 & 1 \end{vmatrix}$.

解 由三阶行列式的定义得

$$\begin{aligned} D &= 1\times1\times1+2\times2\times2+3\times3\times3-3\times1\times2-2\times3\times1-1\times3\times2 \\ &= 1+8+27-6-6-6 \\ &= 18. \end{aligned}$$

实际问题 1.1 平面上 3 点共线的条件.

已知平面上互异的 3 点 $A(x_1,y_1)$, $B(x_2,y_2)$, $C(x_3,y_3)$ 共线，推导其应满足的条件.

解 过 A,B 两点的直线方程用两点式表示为

$$\frac{y-y_1}{y_2-y_1}=\frac{x-x_1}{x_2-x_1},$$

因 C 点在该直线上，所以 C 点坐标满足此方程，代入 (x_3,y_3) 得

$$\frac{y_3-y_1}{y_2-y_1}=\frac{x_3-x_1}{x_2-x_1},$$

化简得 $x_1y_2+x_2y_3+x_3y_1-x_1y_3-x_2y_1-x_3y_2=0$，写成行列式即为

$$\begin{vmatrix} x_1 & y_1 & 1 \\ x_2 & y_2 & 1 \\ x_3 & y_3 & 1 \end{vmatrix} = 0 .$$

需要指出的是，对角线法则有助于理解并记忆二阶、三阶行列式的展开式，但这个法则只对二阶、三阶行列式适用．读者可自行验证，对四元线性方程组，如果将对角线法则用到对应的系数上，结果为8项的代数和，但事实上，四元线性方程组有唯一解时，解为分式，且分子、分母均为24项的代数和．

三阶行列式可以表示为

$$D = \begin{vmatrix} a_{11} & a_{12} & a_{13} \\ a_{21} & a_{22} & a_{23} \\ a_{31} & a_{32} & a_{33} \end{vmatrix} = a_{11}(a_{22}a_{33} - a_{23}a_{32}) - a_{12}(a_{21}a_{33} - a_{23}a_{31}) + a_{13}(a_{21}a_{32} - a_{22}a_{31})$$

$$= a_{11}\begin{vmatrix} a_{22} & a_{23} \\ a_{32} & a_{33} \end{vmatrix} - a_{12}\begin{vmatrix} a_{21} & a_{23} \\ a_{31} & a_{33} \end{vmatrix} + a_{13}\begin{vmatrix} a_{21} & a_{22} \\ a_{31} & a_{32} \end{vmatrix},$$

从而，三阶行列式可用二阶行列式表示，且规律如下．

（1）每一项都是三阶行列式第1行中的某个元素与一个二阶行列式的乘积．

（2）每个二阶行列式恰好是由三阶行列式在划去前面相乘的元素所在行和所在列的元素之后，剩余的元素按照原来的顺序组成的，即$\begin{vmatrix} a_{22} & a_{23} \\ a_{32} & a_{33} \end{vmatrix}, \begin{vmatrix} a_{21} & a_{23} \\ a_{31} & a_{33} \end{vmatrix}, \begin{vmatrix} a_{21} & a_{22} \\ a_{31} & a_{32} \end{vmatrix}$是三阶行列式分别划去$a_{11}, a_{12}, a_{13}$所在行和所在列后剩余元素组成的二阶行列式．

（3）每一项前面取正号还是负号，恰好分别与元素a_{11}, a_{12}, a_{13}的行标与列标之和相对应，即每一项前面的符号恰好为$(-1)^{i+j}$．

同理，二阶行列式也有类似的表示，

$$D = \begin{vmatrix} a_{11} & a_{12} \\ a_{21} & a_{22} \end{vmatrix} = a_{11}a_{22} - a_{12}a_{21} = a_{11}|a_{22}| - a_{12}|a_{21}| ,$$

其中$|a_{22}|, |a_{21}|$是一阶行列式，值为元素本身．

基于二阶和三阶行列式的定义，我们可以用递归的方法来定义n阶行列式．

1.1.2 排列及其逆序数

作为定义n阶行列式的准备，我们先来介绍排列及其逆序数．

定义 1.3 将$1,2,\cdots,n$这n个不同的数排成一列，称为n阶全排列，简称为全排列．

例如，2431 和 1243 均是全排列．

n阶全排列的总数为$n! = n\cdot(n-1)\cdot(n-2)\cdots 2\cdot 1$，读为“$n$阶乘”．例如，$4! = 4\times 3\times 2\times 1 = 24$，$5! = 5\times 4\times 3\times 2\times 1 = 120$．

显然，$12\cdots n$也是n个数的全排列，并且元素是按从小到大的自然顺序排列的，这样的全排列称为标准排列．而其他的n阶全排列都或多或少地破坏了自然顺序，如全排列 2431 中，2 和 1、4 和 3、4 和 1、3 和 1 的顺序都与自然顺序相反．

定义 1.4 在一个排列中，如果一对数的排列顺序与自然顺序相反，即排在左边的数比排在它右边的数大，那么它们就称为一个逆序，一个排列中逆序的总数就称为这个排列的逆序数．排列 $i_1i_2\cdots i_n$ 的逆序数记作 $\tau(i_1i_2\cdots i_n)$．

例如，全排列 2431 中，21, 43, 41, 31 都是逆序，则 2431 的逆序数为 $\tau(2431)=4$，而 42153 的逆序数为 $\tau(42153)=5$．

定义 1.5 逆序数为偶数的排列称为偶排列，逆序数为奇数的排列称为奇排列．

例如，2431 是偶排列，42153 是奇排列．

【即时提问 1.1】有 1 至 n 共 n 个自然数，这 n 个自然数由小到大按自然顺序排列（标准排列）．设 $p_1p_2\cdots p_n$ 为这 n 个自然数的一个排列，若比 $p_i\,(i=1,2,\cdots,n)$ 大且排在 p_i 前面的元素有 t_i 个，则 $\sum\limits_{i=1}^{n} t_i$ 为这个排列的逆序数．这个说法是否正确？说明理由．

1.1.3 *n*阶行列式

定义 1.6 由 n^2 个数 $a_{ij}\ (i,j=1,2,3,\cdots,n)$ 排成 n 行 n 列的式子

$$D=\begin{vmatrix} a_{11} & a_{12} & a_{13} & \cdots & a_{1n} \\ a_{21} & a_{22} & a_{23} & \cdots & a_{2n} \\ a_{31} & a_{32} & a_{33} & \cdots & a_{3n} \\ \vdots & \vdots & \vdots & & \vdots \\ a_{n1} & a_{n2} & a_{n3} & \cdots & a_{nn} \end{vmatrix} = a_{11}(-1)^{1+1}\begin{vmatrix} a_{22} & a_{23} & \cdots & a_{2n} \\ a_{32} & a_{33} & \cdots & a_{3n} \\ \vdots & \vdots & & \vdots \\ a_{n2} & a_{n3} & \cdots & a_{nn} \end{vmatrix} +$$

$$a_{12}(-1)^{1+2}\begin{vmatrix} a_{21} & a_{23} & \cdots & a_{2n} \\ a_{31} & a_{33} & \cdots & a_{3n} \\ \vdots & \vdots & & \vdots \\ a_{n1} & a_{n3} & \cdots & a_{nn} \end{vmatrix} + \cdots + a_{1n}(-1)^{1+n}\begin{vmatrix} a_{21} & a_{22} & \cdots & a_{2,n-1} \\ a_{31} & a_{32} & \cdots & a_{3,n-1} \\ \vdots & \vdots & & \vdots \\ a_{n1} & a_{n2} & \cdots & a_{n,n-1} \end{vmatrix}$$

称为 n 阶行列式．

注 上述定义称为递归定义．

按照定义 1.6，n 阶行列式可由 $n-1$ 阶行列式表示，我们引入元素 a_{ij} 的余子式的概念：由行列式 D 中划去 a_{ij} 所在的第 i 行和第 j 列后，剩余的元素按照原来的顺序构成的 $n-1$ 阶行列式，叫作元素 a_{ij} 的余子式，记作 M_{ij}，而式 $A_{ij}=(-1)^{i+j}M_{ij}$ 称为元素 a_{ij} 的代数余子式．

例如，四阶行列式 $\begin{vmatrix} 1 & -1 & 2 & 0 \\ 1 & 1 & -1 & 2 \\ 0 & -1 & 1 & -1 \\ 1 & -1 & 1 & -1 \end{vmatrix}$ 中元素 a_{23} 的代数余子式为

$$A_{23}=(-1)^{2+3}\begin{vmatrix} 1 & -1 & 0 \\ 0 & -1 & -1 \\ 1 & -1 & -1 \end{vmatrix}.$$

因此，n 阶行列式的定义可以简记作

$$D=a_{11}A_{11}+a_{12}A_{12}+a_{13}A_{13}+\cdots+a_{1n}A_{1n}=\sum_{j=1}^{n}a_{1j}A_{1j}.$$

关于定义 1.6，需要注意以下 3 点．

（1）n 阶行列式的定义是按第 1 行展开的．

（2）当 $n=1$ 时，定义 $|a_{11}|=a_{11}$，此时不要与绝对值符号混淆；当 $n=2,3$ 时，按对角线法则展开的结果与该定义的结果是等价的．

（3）行列式的递归定义表明，n 阶行列式可以由 n 个 $n-1$ 阶行列式表示．进一步地，每一个 $n-1$ 阶行列式又可由 $n-1$ 个 $n-2$ 阶行列式表示，如此进行下去，n 阶行列式便可用 $n-1,\cdots,3,2,1$ 阶行列式表示．因此，n 阶行列式最后可表示成 $n!$ 项的代数和，且每一项都是不同行、不同列的 n 个元素的乘积．

定义 1.7 由 n^2 个数 $a_{ij}\ (i,j=1,2,3,\cdots,n)$ 组成的 n 阶行列式定义为

微课：n 阶行列式的定义

$$D=\begin{vmatrix} a_{11} & a_{12} & a_{13} & \cdots & a_{1n} \\ a_{21} & a_{22} & a_{23} & \cdots & a_{2n} \\ a_{31} & a_{32} & a_{33} & \cdots & a_{3n} \\ \vdots & \vdots & \vdots & & \vdots \\ a_{n1} & a_{n2} & a_{n3} & \cdots & a_{nn} \end{vmatrix}$$

$$=\sum_{j_1j_2\cdots j_n}(-1)^{\tau(j_1j_2\cdots j_n)}a_{1j_1}a_{2j_2}a_{3j_3}\cdots a_{nj_n},$$

其中 $\sum\limits_{j_1j_2\cdots j_n}$ 表示对所有的列标排列 $j_1j_2\cdots j_n$ 求和．

由此可知，行列式的展开式中每一项都是不同行、不同列的 n 个元素的乘积，再加上一个正号或负号．当行标按自然顺序排列时，如果列标构成的排列是偶排列，则这一项前取正号；如果列标构成的排列是奇排列，则这一项前取负号．

显然，n 阶行列式的展开式中有一半项前面取正号，另一半项前面取负号．

注 这里说的正号和负号，不包括各元素本身的符号．

因为行列式的任一项 $(-1)^{\tau(j_1j_2\cdots j_n)}a_{1j_1}a_{2j_2}a_{3j_3}\cdots a_{nj_n}$ 都必须在每一行和每一列中各取一个元素，所以得到以下结论．

如果行列式有一行（列）所有元素为零，则行列式的值为零．

例 1.3 计算行列式

$$D=\begin{vmatrix} 1 & 1 & 0 & 2 \\ -1 & 0 & 1 & 0 \\ 1 & 0 & 3 & 1 \\ 0 & 1 & 0 & 0 \end{vmatrix}.$$

解 按定义 1.6，有

$$D=\begin{vmatrix} 1 & 1 & 0 & 2 \\ -1 & 0 & 1 & 0 \\ 1 & 0 & 3 & 1 \\ 0 & 1 & 0 & 0 \end{vmatrix}=1\times\begin{vmatrix} 0 & 1 & 0 \\ 0 & 3 & 1 \\ 1 & 0 & 0 \end{vmatrix}-1\times\begin{vmatrix} -1 & 1 & 0 \\ 1 & 3 & 1 \\ 0 & 0 & 0 \end{vmatrix}+0\times\begin{vmatrix} -1 & 0 & 0 \\ 1 & 0 & 1 \\ 0 & 1 & 0 \end{vmatrix}-2\times\begin{vmatrix} -1 & 0 & 1 \\ 1 & 0 & 3 \\ 0 & 1 & 0 \end{vmatrix}$$

$$=1-0+0-8=-7.$$

例 1.4 计算上三角形行列式

微课：例1.4

$$D=\begin{vmatrix} a_{11} & a_{12} & a_{13} & \cdots & a_{1n} \\ 0 & a_{22} & a_{23} & \cdots & a_{2n} \\ 0 & 0 & a_{33} & \cdots & a_{3n} \\ \vdots & \vdots & \vdots & & \vdots \\ 0 & 0 & 0 & \cdots & a_{nn} \end{vmatrix}.$$

解 由定义 1.7，D 应为 $n!$ 项的代数和，其一般项为

$$(-1)^{\tau(j_1 j_2 \cdots j_n)} a_{1j_1} a_{2j_2} a_{3j_3} \cdots a_{nj_n}.$$

但由于 D 中有许多元素为 0，因此只需求出上述一般项中不为 0 的项即可.

在 D 中，第 n 行元素除 a_{nn} 外，其余均为 0，所以 $j_n = n$；在第 $n-1$ 行中，除去与 a_{nn} 同行及同列的元素后，不为 0 的元素只有 $a_{n-1,n-1}$. 同理逐步上推，可以看出，在展开式中只有 $a_{11}a_{22}a_{33}\cdots a_{nn}$ 一项不等于 0. 而这项的列标所组成的排列的逆序数是 0，所以取正号. 因此，由定义 1.7 可推出

$$D=\begin{vmatrix} a_{11} & a_{12} & a_{13} & \cdots & a_{1n} \\ 0 & a_{22} & a_{23} & \cdots & a_{2n} \\ 0 & 0 & a_{33} & \cdots & a_{3n} \\ \vdots & \vdots & \vdots & & \vdots \\ 0 & 0 & 0 & \cdots & a_{nn} \end{vmatrix}=a_{11}a_{22}a_{33}\cdots a_{nn},$$

即上三角形行列式的值等于主对角线上各元素的乘积.

类似地，可得 n 阶下三角形行列式

$$D=\begin{vmatrix} a_{11} & 0 & 0 & \cdots & 0 \\ a_{21} & a_{22} & 0 & \cdots & 0 \\ a_{31} & a_{32} & a_{33} & \cdots & 0 \\ \vdots & \vdots & \vdots & & \vdots \\ a_{n1} & a_{n2} & a_{n3} & \cdots & a_{nn} \end{vmatrix}=a_{11}a_{22}a_{33}\cdots a_{nn},$$

n 阶对角行列式

$$D=\begin{vmatrix} a_{11} & 0 & 0 & \cdots & 0 \\ 0 & a_{22} & 0 & \cdots & 0 \\ 0 & 0 & a_{33} & \cdots & 0 \\ \vdots & \vdots & \vdots & & \vdots \\ 0 & 0 & 0 & \cdots & a_{nn} \end{vmatrix}=a_{11}a_{22}a_{33}\cdots a_{nn}.$$

上三角（下三角）形行列式是计算行列式的基础，在 1.2 节讲完行列式的性质之后，我们会利用行列式的性质将行列式的计算归结为上三角（下三角）形行列式的计算.

例 1.5 计算行列式

$$D=\begin{vmatrix} a_{11} & a_{12} & \cdots & a_{1,n-1} & a_{1n} \\ a_{21} & a_{22} & \cdots & a_{2,n-1} & 0 \\ \vdots & \vdots & & \vdots & \vdots \\ a_{n-1,1} & a_{n-1,2} & \cdots & 0 & 0 \\ a_{n1} & 0 & \cdots & 0 & 0 \end{vmatrix}.$$

解 方法同例 1.4，D 中只有 $a_{1n}a_{2,n-1}a_{3,n-2}\cdots a_{n1}$ 一项不等于 0，且这项的列标所组成的排列的逆序数为

$$\tau=1+2+\cdots+(n-1)=\frac{n(n-1)}{2},$$

故 $D=(-1)^{\tau}a_{1n}a_{2,n-1}a_{3,n-2}\cdots a_{n1}=(-1)^{\frac{n(n-1)}{2}}a_{1n}a_{2,n-1}a_{3,n-2}\cdots a_{n1}$.

类似地，

$$D=\begin{vmatrix} 0 & 0 & \cdots & 0 & a_{1n} \\ 0 & 0 & \cdots & a_{2,n-1} & a_{2n} \\ \vdots & \vdots & & \vdots & \vdots \\ 0 & a_{n-1,2} & \cdots & a_{n-1,n-1} & a_{n-1,n} \\ a_{n1} & a_{n2} & \cdots & a_{n,n-1} & a_{nn} \end{vmatrix}=\begin{vmatrix} a_{11} & a_{12} & \cdots & a_{1,n-1} & a_{1n} \\ a_{11} & a_{22} & \cdots & a_{2,n-1} & 0 \\ \vdots & \vdots & & \vdots & \vdots \\ a_{n-1,1} & a_{n-1,2} & \cdots & 0 & 0 \\ a_{n1} & 0 & \cdots & 0 & 0 \end{vmatrix}=(-1)^{\frac{n(n-1)}{2}}a_{1n}a_{2,n-1}\cdots a_{n1}.$$

同步习题 1.1

基础题

1．求下列全排列的逆序数.

（1）53142.　（2）54321.　（3）634521.　（4）$135\cdots(2n-1)\ 246\cdots(2n)$.

2．填空题.

（1）若 $n(n>1)$ 阶行列式 D 中所有元素都为 1，则 $D=$ ______.

（2）在五阶行列式 $|a_{ij}|$ 中，乘积 $a_{33}a_{21}a_{45}a_{14}a_{52}$ 前应取 ______ 号.

3．计算下列行列式.

（1）$\begin{vmatrix} 3 & 2 \\ 1 & -2 \end{vmatrix}$.　（2）$\begin{vmatrix} 1 & 2 & 1 \\ 3 & 1 & 0 \\ 2 & 3 & 2 \end{vmatrix}$.　（3）$\begin{vmatrix} 1 & -3 & 3 \\ 1 & -1 & 1 \\ 3 & 1 & -1 \end{vmatrix}$.　（4）$\begin{vmatrix} a^2 & ab & b^2 \\ 2a & a+b & 2b \\ 1 & 1 & 1 \end{vmatrix}$.

4．在六阶行列式中，下列各元素乘积是否为行列式的一项？若是行列式的项，应取什么符号？

（1）$a_{15}a_{23}a_{36}a_{44}a_{51}a_{62}$.　（2）$a_{13}a_{36}a_{21}a_{65}a_{52}a_{44}$.

提高题

1．若n阶行列式D中有多于n^2-n个元素为0，则$D=$______．

2．选择题．

（1）已知$6i541j$为奇排列，则i,j的值为（　　）．

A．$i=3,j=2$　　B．$i=2,j=3$　　C．$i=3,j=7$　　D．$i=2,j=7$

（2）已知行列式

$$D_1=\begin{vmatrix}0&\lambda_1&1&0\\0&0&\lambda_2&1\\0&0&0&\lambda_3\\\lambda_4&0&0&0\end{vmatrix},D_2=\begin{vmatrix}0&0&0&\lambda_1\\0&0&\lambda_2&0\\0&\lambda_3&0&0\\\lambda_4&0&0&0\end{vmatrix},$$

其中$\lambda_1\lambda_2\lambda_3\lambda_4\neq 0$，则$D_1$与$D_2$应满足关系（　　）．

A．$D_1=D_2$　　B．$D_1=-D_2$　　C．$D_1=2D_2$　　D．$2D_1=D_2$

（3）n阶行列式

$$D=\begin{vmatrix}0&0&\cdots&0&1\\0&0&\cdots&2&0\\\vdots&\vdots&&\vdots&\vdots\\0&n-1&\cdots&0&0\\n&0&\cdots&0&0\end{vmatrix}$$

的值为（　　）．

A．$n!$　　B．$(-1)^n n!$　　C．$(-1)^{n+1}n!$　　D．$(-1)^{\frac{n(n-1)}{2}}n!$

1.2 行列式的性质及其应用

利用行列式的定义直接计算行列式一般很困难，行列式的阶数越高，难度越大．为了简化计算，本节首先介绍行列式的一些基本性质，然后利用这些性质及推论计算一些形式较为简单的行列式．

1.2.1 行列式的性质

定义1.8 将行列式D的行与列互换得到的行列式称为行列式D的转置行列式，记作D^{T}或D'，即

$$D=\begin{vmatrix}a_{11}&a_{12}&a_{13}&\cdots&a_{1n}\\a_{21}&a_{22}&a_{23}&\cdots&a_{2n}\\a_{31}&a_{32}&a_{33}&\cdots&a_{3n}\\\vdots&\vdots&\vdots&&\vdots\\a_{n1}&a_{n2}&a_{n3}&\cdots&a_{nn}\end{vmatrix},D^{\mathrm{T}}=\begin{vmatrix}a_{11}&a_{21}&a_{31}&\cdots&a_{n1}\\a_{12}&a_{22}&a_{32}&\cdots&a_{n2}\\a_{13}&a_{23}&a_{33}&\cdots&a_{n3}\\\vdots&\vdots&\vdots&&\vdots\\a_{1n}&a_{2n}&a_{3n}&\cdots&a_{nn}\end{vmatrix}.$$

例如，行列式$D=\begin{vmatrix}1&2&3\\4&5&6\\7&8&9\end{vmatrix}$的转置行列式$D^{\mathrm{T}}=\begin{vmatrix}1&4&7\\2&5&8\\3&6&9\end{vmatrix}$.

换一个角度看，也可以把D看成D^{T}的转置行列式.

性质 1.1 行列式与其转置行列式的值相等.

该性质利用行列式的定义即可得证.

例如，

$$\begin{vmatrix}1&2&3\\4&5&6\\7&8&9\end{vmatrix}=\begin{vmatrix}1&4&7\\2&5&8\\3&6&9\end{vmatrix}.$$

微课：转置行列式及性质

性质 1.1 说明行列式中行和列具有同样的地位，因此，行列式中的有关性质凡是对行成立的，对列也成立.

性质 1.2 互换行列式的两行（列），行列式的值仅改变符号.

证明 以交换两行的情形来证明. 根据行列式的定义，

$$D=\begin{vmatrix}a_{11}&a_{12}&\cdots&a_{1n}\\\vdots&\vdots&&\vdots\\a_{i1}&a_{i2}&\cdots&a_{in}\\\vdots&\vdots&&\vdots\\a_{j1}&a_{j2}&\cdots&a_{jn}\\\vdots&\vdots&&\vdots\\a_{n1}&a_{n2}&\cdots&a_{nn}\end{vmatrix}=\sum_{p_1\cdots p_i\cdots p_j\cdots p_n}(-1)^{\tau(p_1\cdots p_i\cdots p_j\cdots p_n)}a_{1p_1}\cdots a_{ip_i}\cdots a_{jp_j}\cdots a_{np_n}$$

$$=\sum_{p_1\cdots p_i\cdots p_j\cdots p_n}(-1)^{\tau(p_1\cdots p_i\cdots p_j\cdots p_n)}a_{1p_1}\cdots a_{jp_j}\cdots a_{ip_i}\cdots a_{np_n}$$

$$=-\sum_{p_1\cdots p_j\cdots p_i\cdots p_n}(-1)^{\tau(p_1\cdots p_j\cdots p_i\cdots p_n)}a_{1p_1}\cdots a_{jp_j}\cdots a_{ip_i}\cdots a_{np_n}$$

$$=-\begin{vmatrix}a_{11}&a_{12}&\cdots&a_{1n}\\\vdots&\vdots&&\vdots\\a_{j1}&a_{j2}&\cdots&a_{jn}\\\vdots&\vdots&&\vdots\\a_{i1}&a_{i2}&\cdots&a_{in}\\\vdots&\vdots&&\vdots\\a_{n1}&a_{n2}&\cdots&a_{nn}\end{vmatrix}.$$

以r_i表示行列式的第i行，以c_i表示行列式的第i列，交换第i,j行记作$r_i\leftrightarrow r_j$，交换第i,j列记作$c_i\leftrightarrow c_j$.

推论 若行列式中有两行（或两列）对应元素相等，则行列式等于零.

证明 把行列式D中有相同元素的两行（或两列）互换，则有$D=-D$，因此$D=0$.

性质 1.3 若行列式的某一行（或列）有公因子k，则公因子k可以提到行列式外面，或者说，用k乘行列式的某一行（或列），等于用k乘该行列式，即

$$\begin{vmatrix} a_{11} & a_{12} & \cdots & a_{1n} \\ \vdots & \vdots & & \vdots \\ ka_{i1} & ka_{i2} & \cdots & ka_{in} \\ \vdots & \vdots & & \vdots \\ a_{n1} & a_{n2} & \cdots & a_{nn} \end{vmatrix} = k\begin{vmatrix} a_{11} & a_{12} & \cdots & a_{1n} \\ \vdots & \vdots & & \vdots \\ a_{i1} & a_{i2} & \cdots & a_{in} \\ \vdots & \vdots & & \vdots \\ a_{n1} & a_{n2} & \cdots & a_{nn} \end{vmatrix}.$$

第 i 行（或列）乘 k 记作 kr_i（或 kc_i），第 i 行（或列）提取公因子 k 记作 $\frac{1}{k}r_i$ $\left(或\frac{1}{k}c_i\right)$，其中 $k \neq 0$.

推论1 如果行列式有两行（列）对应元素成比例，则行列式的值为零.

例如，

$$\begin{vmatrix} a & b & c \\ ka & kb & kc \\ d & e & f \end{vmatrix} = k\begin{vmatrix} a & b & c \\ a & b & c \\ d & e & f \end{vmatrix} = 0.$$

推论2 若行列式中某一行（列）对应元素全为零，则行列式的值为零.

性质1.4 若行列式的某一行（列）元素都是两数之和，则可按此行（列）将行列式拆为两个行列式的和．即

$$\begin{vmatrix} a_{11} & a_{12} & \cdots & a_{1n} \\ \vdots & \vdots & & \vdots \\ a_{i1}+a'_{i1} & a_{i2}+a'_{i2} & \cdots & a_{in}+a'_{in} \\ \vdots & \vdots & & \vdots \\ a_{n1} & a_{n2} & \cdots & a_{nn} \end{vmatrix} = \begin{vmatrix} a_{11} & a_{12} & \cdots & a_{1n} \\ \vdots & \vdots & & \vdots \\ a_{i1} & a_{i2} & \cdots & a_{in} \\ \vdots & \vdots & & \vdots \\ a_{n1} & a_{n2} & \cdots & a_{nn} \end{vmatrix} + \begin{vmatrix} a_{11} & a_{12} & \cdots & a_{1n} \\ \vdots & \vdots & & \vdots \\ a'_{i1} & a'_{i2} & \cdots & a'_{in} \\ \vdots & \vdots & & \vdots \\ a_{n1} & a_{n2} & \cdots & a_{nn} \end{vmatrix}.$$

性质1.5 把行列式的某一行（列）中每个元素都乘 k，加到另一行（列）中对应元素上，行列式的值不变.

$r_j + kr_i$ 表示第 i 行所有元素乘 k 加到第 j 行上去（此时行列式第 i 行不变，变化的是第 j 行，$i \neq j$），即

$$\begin{vmatrix} a_{11} & a_{12} & \cdots & a_{1n} \\ \vdots & \vdots & & \vdots \\ a_{i1} & a_{i2} & \cdots & a_{in} \\ \vdots & \vdots & & \vdots \\ a_{j1} & a_{j2} & \cdots & a_{jn} \\ \vdots & \vdots & & \vdots \\ a_{n1} & a_{n2} & \cdots & a_{nn} \end{vmatrix} \xlongequal{r_j+kr_i} \begin{vmatrix} a_{11} & a_{12} & \cdots & a_{1n} \\ \vdots & \vdots & & \vdots \\ a_{i1} & a_{i2} & \cdots & a_{in} \\ \vdots & \vdots & & \vdots \\ a_{j1}+ka_{i1} & a_{j2}+ka_{i2} & \cdots & a_{jn}+ka_{in} \\ \vdots & \vdots & & \vdots \\ a_{n1} & a_{n2} & \cdots & a_{nn} \end{vmatrix}.$$

同样，$c_j + kc_i$ 表示第 i 列所有元素乘 k 加到第 j 列上去（此时行列式第 i 列不变，变化的是第 j 列，$i \neq j$）.

性质1.6 行列式可以按任意行（列）展开，值不变，具体如下.

按第 i 行展开 $(i = 1,2,\cdots,n)$，

$$D = a_{i1}A_{i1} + a_{i2}A_{i2} + a_{i3}A_{i3} + \cdots + a_{in}A_{in} = \sum_{j=1}^{n} a_{ij}A_{ij}.$$

按第 j 列展开 $(j=1,2,\cdots,n)$，

$$D=a_{1j}A_{1j}+a_{2j}A_{2j}+a_{3j}A_{3j}+\cdots+a_{nj}A_{nj}=\sum_{i=1}^{n}a_{ij}A_{ij}.$$

由定义 1.6 和上述性质可得到下面的推论.

推论 行列式中某一行（列）的元素与另一行（列）对应元素的代数余子式的乘积之和等于零，即

$$a_{i1}A_{j1}+a_{i2}A_{j2}+a_{i3}A_{j3}+\cdots+a_{in}A_{jn}=0 \quad (i,j=1,2,\cdots,n;\ i\neq j)$$

或

$$a_{1i}A_{1j}+a_{2i}A_{2j}+a_{3i}A_{3j}+\cdots+a_{ni}A_{nj}=0 \quad (i,j=1,2,\cdots,n;\ i\neq j).$$

证明 设

$$D=\begin{vmatrix} a_{11} & a_{12} & \cdots & a_{1n} \\ \vdots & \vdots & & \vdots \\ a_{i1} & a_{i2} & \cdots & a_{in} \\ \vdots & \vdots & & \vdots \\ a_{j1} & a_{j2} & \cdots & a_{jn} \\ \vdots & \vdots & & \vdots \\ a_{n1} & a_{n2} & \cdots & a_{nn} \end{vmatrix},$$

将行列式中第 j 行的元素对应替换成第 i 行的元素，其他元素不变，即

$$\tilde{D}=\begin{vmatrix} a_{11} & a_{12} & \cdots & a_{1n} \\ \vdots & \vdots & & \vdots \\ a_{i1} & a_{i2} & \cdots & a_{in} \\ \vdots & \vdots & & \vdots \\ a_{i1} & a_{i2} & \cdots & a_{in} \\ \vdots & \vdots & & \vdots \\ a_{n1} & a_{n2} & \cdots & a_{nn} \end{vmatrix}\begin{matrix} \\ \\ \leftarrow i \\ \\ \leftarrow j \\ \\ \\ \end{matrix}.$$

显然，$\tilde{D}=0$，且 $\tilde{D}$ 第 j 行各元素的代数余子式与 D 第 j 行各元素的代数余子式对应相等. 由性质 1.6，将 $\tilde{D}$ 按第 j 行展开，得

$$a_{i1}A_{j1}+a_{i2}A_{j2}+a_{i3}A_{j3}+\cdots+a_{in}A_{jn}=\sum_{k=1}^{n}a_{ik}A_{jk}=\tilde{D}=0\ (i\neq j).$$

同理可证

$$a_{1i}A_{1j}+a_{2i}A_{2j}+a_{3i}A_{3j}+\cdots+a_{ni}A_{nj}=0\ (i\neq j).$$

综合定义 1.6 和上述推论，对于行列式和代数余子式的关系有以下重要结论：

$$\sum_{k=1}^{n}a_{ik}A_{jk}=\begin{cases} D, & i=j, \\ 0, & i\neq j, \end{cases}$$

$$\sum_{k=1}^{n}a_{ki}A_{kj}=\begin{cases} D, & i=j, \\ 0, & i\neq j. \end{cases}$$

1.2.2　行列式性质的简单应用

下面利用行列式的性质进行简单的行列式计算和证明.

例 1.6　计算 $D=\begin{vmatrix}0&1&0&3\\0&2&2&1\\3&2&1&4\\0&0&0&1\end{vmatrix}$.

解　将第 2,3 列互换，得

$$D=(-1)\begin{vmatrix}0&0&1&3\\0&2&2&1\\3&1&2&4\\0&0&0&1\end{vmatrix}.$$

再将第 1,3 行互换，得

$$D=(-1)^2\begin{vmatrix}3&1&2&4\\0&2&2&1\\0&0&1&3\\0&0&0&1\end{vmatrix}=6.$$

例 1.7　计算 $D=\begin{vmatrix}ab&ac&ae\\bd&cd&de\\bf&cf&-ef\end{vmatrix}$.

解　由性质 1.3 可得

$$D=\begin{vmatrix}ab&ac&ae\\bd&cd&de\\bf&cf&-ef\end{vmatrix}=adf\begin{vmatrix}b&c&e\\b&c&e\\b&c&-e\end{vmatrix}=0.$$

例 1.8　计算 $D=\begin{vmatrix}2&1&1&1\\1&2&1&1\\1&1&2&1\\1&1&1&2\end{vmatrix}$.

微课：例1.8

解　这个行列式的特点是各行 4 个数的和都是 5，我们把第 2, 3, 4 列同时加到第 1 列，把公因子提出，然后把第 1 行乘以 −1 加到第 2, 3, 4 行上，就将其化为了三角形行列式. 具体计算如下.

$$D\xlongequal[i=2,3,4]{c_1+c_i}\begin{vmatrix}5&1&1&1\\5&2&1&1\\5&1&2&1\\5&1&1&2\end{vmatrix}\xlongequal{\frac{1}{5}c_1}5\begin{vmatrix}1&1&1&1\\1&2&1&1\\1&1&2&1\\1&1&1&2\end{vmatrix}\xlongequal[i=2,3,4]{r_i-r_1}5\begin{vmatrix}1&1&1&1\\0&1&0&0\\0&0&1&0\\0&0&0&1\end{vmatrix}=5.$$

例 1.9　证明 $\begin{vmatrix}a+b&b+c&c+a\\a_1+b_1&b_1+c_1&c_1+a_1\\a_2+b_2&b_2+c_2&c_2+a_2\end{vmatrix}=2\begin{vmatrix}a&b&c\\a_1&b_1&c_1\\a_2&b_2&c_2\end{vmatrix}$.

证明

$$\text{左端}=\begin{vmatrix} a+b & b+c & c+a \\ a_1+b_1 & b_1+c_1 & c_1+a_1 \\ a_2+b_2 & b_2+c_2 & c_2+a_2 \end{vmatrix} \xlongequal{c_2-c_1} \begin{vmatrix} a+b & c-a & c+a \\ a_1+b_1 & c_1-a_1 & c_1+a_1 \\ a_2+b_2 & c_2-a_2 & c_2+a_2 \end{vmatrix}$$

$$\xlongequal{c_3+c_2} \begin{vmatrix} a+b & c-a & 2c \\ a_1+b_1 & c_1-a_1 & 2c_1 \\ a_2+b_2 & c_2-a_2 & 2c_2 \end{vmatrix} =2\begin{vmatrix} a+b & c-a & c \\ a_1+b_1 & c_1-a_1 & c_1 \\ a_2+b_2 & c_2-a_2 & c_2 \end{vmatrix}$$

$$\xlongequal{c_2-c_3} 2\begin{vmatrix} a+b & -a & c \\ a_1+b_1 & -a_1 & c_1 \\ a_2+b_2 & -a_2 & c_2 \end{vmatrix} \xlongequal{c_1+c_2} 2\begin{vmatrix} b & -a & c \\ b_1 & -a_1 & c_1 \\ b_2 & -a_2 & c_2 \end{vmatrix} \xlongequal{c_1\leftrightarrow c_2} 2\begin{vmatrix} a & b & c \\ a_1 & b_1 & c_1 \\ a_2 & b_2 & c_2 \end{vmatrix}$$

$$=\text{右端}.$$

该题得证.

例 1.10 已知行列式 $D=\begin{vmatrix} 2 & 1 & 1 & 1 \\ 1 & 2 & 1 & 1 \\ 0 & 3 & 2 & 5 \\ 1 & 1 & 1 & 2 \end{vmatrix}$，求 $A_{31}+A_{32}+2A_{33}+A_{34}$.

解 由性质 1.6 得

$$A_{31}+A_{32}+2A_{33}+A_{34}=\begin{vmatrix} 2 & 1 & 1 & 1 \\ 1 & 2 & 1 & 1 \\ 1 & 1 & 2 & 1 \\ 1 & 1 & 1 & 2 \end{vmatrix}=5 .$$

【即时提问 1.2】假设一个 n 阶行列式的元素满足 $a_{ij}=-a_{ji}\ (i,j=1,2,\cdots,n)$，当 n 为奇数时，此行列式的值为多少？试说明理由 .

实际问题 1.2 分解因式.

将 $x^4+6x^3+x^2-24x-20$ 分解因式.

解 原式 $=x^2(x^2+6x+1)-4(6x+5)=\begin{vmatrix} x^2+6x+1 & 4 \\ 6x+5 & x^2 \end{vmatrix} \xlongequal{r_2-r_1} \begin{vmatrix} x^2+6x+1 & 4 \\ 4-x^2 & x^2-4 \end{vmatrix}$

$$=(x^2-4)\begin{vmatrix} x^2+6x+1 & 4 \\ -1 & 1 \end{vmatrix}=(x^2-4)(x^2+6x+5)$$

$$=(x-2)(x+2)(x+1)(x+5) .$$

这个方法具有一定的普遍性.

同步习题 1.2

基础题

1. 填空题.

(1) 设 $\begin{vmatrix} a_{11} & a_{12} & a_{13} \\ a_{21} & a_{22} & a_{23} \\ a_{31} & a_{32} & a_{33} \end{vmatrix}=1$，则 $\begin{vmatrix} 4a_{11} & 2a_{11}-3a_{12} & a_{13} \\ 4a_{21} & 2a_{21}-3a_{22} & a_{23} \\ 4a_{31} & 2a_{31}-3a_{32} & a_{33} \end{vmatrix}=$ ______.

(2) 设 $\begin{vmatrix} a & 3 & 1 \\ b & 0 & 1 \\ c & 2 & 1 \end{vmatrix}=1$，则 $\begin{vmatrix} a-3 & b-3 & c-3 \\ 5 & 2 & 4 \\ 1 & 1 & 1 \end{vmatrix}=$ ______.

(3) $\begin{vmatrix} -ab & a & a \\ bd & -d & d \\ bf & f & f \end{vmatrix}=$ ______.

2. 选择题.

(1) $\begin{vmatrix} 0 & 1 & 1 & 1 \\ 1 & 0 & 1 & 1 \\ 1 & 1 & 0 & 1 \\ 1 & 1 & 1 & 0 \end{vmatrix}=$ (　　).

A. 1　　B. 2　　C. −3　　D. 0

(2) 行列式 $\begin{vmatrix} 2 & 1 & 0 \\ 1 & x & -2 \\ -3 & 2 & 7 \end{vmatrix}=0$，则 x 的值为 (　　).

A. $\dfrac{1}{2}$　　B. $-\dfrac{1}{2}$　　C. 2　　D. −2

3. 计算行列式 $\begin{vmatrix} 1 & 2 & 2 & 2 \\ 2 & 1 & 2 & 2 \\ 2 & 2 & 1 & 2 \\ 2 & 2 & 2 & 1 \end{vmatrix}$.

4. 试求 $D=\begin{vmatrix} -1 & 0 & 1 & 2 \\ 5 & 9 & 1 & 3 \\ 2 & 1 & 2 & 2 \\ 3 & 7 & -1 & 1 \end{vmatrix}$ 中元素 9 的余子式及代数余子式.

5. 已知行列式 $D=\begin{vmatrix} 1 & 2 & 2 & 2 \\ 2 & 1 & 2 & 2 \\ 2 & 0 & 0 & 7 \\ 2 & 2 & 2 & 1 \end{vmatrix}$，求 $2A_{31}+2A_{32}+A_{33}+2A_{34}$.

提高题

利用行列式的性质证明下列等式成立.

（1）$\begin{vmatrix} a^2 & (a+1)^2 & (a+2)^2 \\ b^2 & (b+1)^2 & (b+2)^2 \\ c^2 & (c+1)^2 & (c+2)^2 \end{vmatrix} = 4(a-b)(a-c)(b-c)$.

（2）$\begin{vmatrix} a_1-b_1 & a_1-b_2 & \cdots & a_1-b_n \\ a_2-b_1 & a_2-b_2 & \cdots & a_2-b_n \\ \vdots & \vdots & & \vdots \\ a_n-b_1 & a_n-b_2 & \cdots & a_n-b_n \end{vmatrix} = 0(n\geqslant 3)$.

1.3 行列式的典型计算方法

行列式的计算是本章的重点和难点，除了较简单的行列式可以用定义直接计算外，一般行列式计算的主要思路是利用行列式的性质进行化简，使行列式中出现较多的零元素，然后进行计算．本节举例说明一些常用的方法和技巧.

1.3.1 上（下）三角形法

根据例 1.4 的结论及行列式的运算性质，可以把一个行列式化为上（下）三角形行列式，从而求得行列式的值，其值即为主对角线元素之积.

微课：例1.11

例 1.11 计算行列式$\begin{vmatrix} 1 & 2 & 3 & 4 \\ -2 & -1 & -5 & -2 \\ 3 & -5 & 6 & 3 \\ -4 & -2 & -3 & -4 \end{vmatrix}$.

解 利用行列式的性质将所给行列式化为上三角形行列式.

$$\begin{vmatrix} 1 & 2 & 3 & 4 \\ -2 & -1 & -5 & -2 \\ 3 & -5 & 6 & 3 \\ -4 & -2 & -3 & -4 \end{vmatrix} \xlongequal[r_4+4r_1]{\substack{r_2+2r_1 \\ r_3-3r_1}} \begin{vmatrix} 1 & 2 & 3 & 4 \\ 0 & 3 & 1 & 6 \\ 0 & -11 & -3 & -9 \\ 0 & 6 & 9 & 12 \end{vmatrix} = 3\begin{vmatrix} 1 & 2 & 3 & 4 \\ 0 & 3 & 1 & 6 \\ 0 & -11 & -3 & -9 \\ 0 & 2 & 3 & 4 \end{vmatrix}$$

$$\xlongequal{r_2-r_4} 3\begin{vmatrix} 1 & 2 & 3 & 4 \\ 0 & 1 & -2 & 2 \\ 0 & -11 & -3 & -9 \\ 0 & 2 & 3 & 4 \end{vmatrix} \xlongequal[r_3+11r_2]{r_4-2r_2} 3\begin{vmatrix} 1 & 2 & 3 & 4 \\ 0 & 1 & -2 & 2 \\ 0 & 0 & -25 & 13 \\ 0 & 0 & 7 & 0 \end{vmatrix}$$

$$= 21\begin{vmatrix} 1 & 2 & 3 & 4 \\ 0 & 1 & -2 & 2 \\ 0 & 0 & -25 & 13 \\ 0 & 0 & 1 & 0 \end{vmatrix} \xlongequal{r_3 \leftrightarrow r_4} -21\begin{vmatrix} 1 & 2 & 3 & 4 \\ 0 & 1 & -2 & 2 \\ 0 & 0 & 1 & 0 \\ 0 & 0 & -25 & 13 \end{vmatrix}$$

$$\xlongequal{r_4+25r_3}-21\begin{vmatrix}1&2&3&4\\0&1&-2&2\\0&0&1&0\\0&0&0&13\end{vmatrix}=-21\times13=-273\ .$$

例 1.12 计算行列式 $\begin{vmatrix}0&2&-2&2\\1&3&0&4\\-2&-11&3&-16\\0&-7&3&1\end{vmatrix}$.

分析 我们观察到元素 $a_{21}=1$，而 $a_{11}=0$，将第 1 行和第 2 行交换后，更便于将所给行列式化为上三角形行列式.

解

$$\begin{vmatrix}0&2&-2&2\\1&3&0&4\\-2&-11&3&-16\\0&-7&3&1\end{vmatrix}\xlongequal{r_1\leftrightarrow r_2}-\begin{vmatrix}1&3&0&4\\0&2&-2&2\\-2&-11&3&-16\\0&-7&3&1\end{vmatrix}\xlongequal{r_3+2r_1}-\begin{vmatrix}1&3&0&4\\0&2&-2&2\\0&-5&3&-8\\0&-7&3&1\end{vmatrix}$$

$$\xlongequal{\frac{1}{2}r_2}-2\begin{vmatrix}1&3&0&4\\0&1&-1&1\\0&-5&3&-8\\0&-7&3&1\end{vmatrix}\xlongequal[r_4+7r_2]{r_3+5r_2}-2\begin{vmatrix}1&3&0&4\\0&1&-1&1\\0&0&-2&-3\\0&0&-4&8\end{vmatrix}\xlongequal{r_4-2r_3}-2\begin{vmatrix}1&3&0&4\\0&1&-1&1\\0&0&-2&-3\\0&0&0&14\end{vmatrix}=56\ .$$

例 1.13 计算行列式 $\begin{vmatrix}1&1&1&1\\x&a_1&a_2&a_2\\a_2&a_2&x&a_3\\a_3&a_3&a_3&x\end{vmatrix}$.

解

$$\begin{vmatrix}1&1&1&1\\x&a_1&a_2&a_2\\a_2&a_2&x&a_3\\a_3&a_3&a_3&x\end{vmatrix}\xlongequal{c_1\leftrightarrow c_2}-\begin{vmatrix}1&1&1&1\\a_1&x&a_2&a_2\\a_2&a_2&x&a_3\\a_3&a_3&a_3&x\end{vmatrix}$$

$$\xlongequal[r_4-a_3r_1]{\substack{r_2-a_1r_1\\r_3-a_2r_1}}-\begin{vmatrix}1&1&1&1\\0&x-a_1&a_2-a_1&a_2-a_1\\0&0&x-a_2&a_3-a_2\\0&0&0&x-a_3\end{vmatrix}=-(x-a_1)(x-a_2)(x-a_3)\ .$$

1.3.2 降阶法

使用行列式的性质 1.6 计算行列式时，一般可利用性质将行列式化为某一行（或列）仅剩一个非零元素，然后按此行（或列）展开，从而达到降阶的目的.

例 1.14 计算行列式 $\begin{vmatrix}3&1&-1&2\\-5&1&3&-4\\2&0&1&-1\\1&-5&3&-3\end{vmatrix}$.

分析 为了使运算量尽可能小，尽量选择 0 较多的行或列，同时，选中的行或列的元素总体上尽可能小．这里我们选中第 3 行，将除 1 外的元素都化为 0．

解 保留 a_{33}，把第 3 行其余元素化为 0，然后按第 3 行展开．

$$\begin{vmatrix}3 & 1 & -1 & 2\\ -5 & 1 & 3 & -4\\ 2 & 0 & 1 & -1\\ 1 & -5 & 3 & -3\end{vmatrix} \xlongequal[c_4+c_3]{c_1-2c_3} \begin{vmatrix}5 & 1 & -1 & 1\\ -11 & 1 & 3 & -1\\ 0 & 0 & 1 & 0\\ -5 & -5 & 3 & 0\end{vmatrix} = (-1)^{3+3}\begin{vmatrix}5 & 1 & 1\\ -11 & 1 & -1\\ -5 & -5 & 0\end{vmatrix}$$

$$\xlongequal{r_2+r_1} \begin{vmatrix}5 & 1 & 1\\ -6 & 2 & 0\\ -5 & -5 & 0\end{vmatrix} = (-1)^{1+3}\begin{vmatrix}-6 & 2\\ -5 & -5\end{vmatrix} = -6\times(-5)-(-5)\times 2 = 40 .$$

例 1.15 计算 n 阶行列式 $D_n = \begin{vmatrix}x & y & 0 & \cdots & 0 & 0\\ 0 & x & y & \cdots & 0 & 0\\ 0 & 0 & x & \cdots & 0 & 0\\ \vdots & \vdots & \vdots & & \vdots & \vdots\\ 0 & 0 & 0 & \cdots & x & y\\ y & 0 & 0 & \cdots & 0 & x\end{vmatrix}$．

微课：例1.15

分析 该行列式的特点是元素的分布较为规范，可使用性质 1.6 计算．

解 将行列式按第 1 列展开可得

$$D_n = x\begin{vmatrix}x & y & 0 & \cdots & 0\\ 0 & x & y & \cdots & 0\\ 0 & 0 & x & \cdots & 0\\ \vdots & \vdots & \vdots & & \vdots\\ 0 & 0 & 0 & \cdots & x\end{vmatrix} + (-1)^{n+1} y \begin{vmatrix}y & 0 & 0 & \cdots & 0\\ x & y & 0 & \cdots & 0\\ 0 & x & y & \cdots & 0\\ \vdots & \vdots & \vdots & & \vdots\\ 0 & 0 & 0 & \cdots & y\end{vmatrix} = x^n + (-1)^{n+1} y^n .$$

【即时提问 1.3】一个 n 阶行列式，如果其中第 i 行所有元素除 a_{ij} 外都为零，那么这个行列式等于 a_{ij} 与它的代数余子式的乘积，即 $D = a_{ij}A_{ij}$．这个说法是否正确？试说明理由．

下面介绍范德蒙德（Vandermonde）行列式．

例 1.16 证明：n 阶范德蒙德行列式

$$D_n = \begin{vmatrix}1 & 1 & 1 & \cdots & 1\\ x_1 & x_2 & x_3 & \cdots & x_n\\ x_1^2 & x_2^2 & x_3^2 & \cdots & x_n^2\\ \vdots & \vdots & \vdots & & \vdots\\ x_1^{n-1} & x_2^{n-1} & x_3^{n-1} & \cdots & x_n^{n-1}\end{vmatrix} = \prod_{1\leqslant i<j\leqslant n}(x_j - x_i) ,$$

其中记号 Π 表示连乘积，如 $\prod\limits_{i=1}^{n} a_i = a_1 a_2 \cdots a_n$．

证明 用数学归纳法.

（1）当$n=2$时，

$$D_2=\begin{vmatrix}1 & 1\\ x_1 & x_2\end{vmatrix}=x_2-x_1=\prod_{1\leqslant i<j\leqslant 2}(x_j-x_i),$$

此时等式成立.

（2）假设$n-1$阶范德蒙德行列式成立，则对n阶范德蒙德行列式，从第n行起用每一行减去上一行的x_1倍，然后按第1列展开，即

$$D_n \xlongequal[i=n,n-1,\cdots,2]{r_i-x_1r_{i-1}} \begin{vmatrix}1 & 1 & 1 & \cdots & 1\\ 0 & x_2-x_1 & x_3-x_1 & \cdots & x_n-x_1\\ 0 & x_2(x_2-x_1) & x_3(x_3-x_1) & \cdots & x_n(x_n-x_1)\\ \vdots & \vdots & \vdots & & \vdots\\ 0 & x_2^{n-2}(x_2-x_1) & x_3^{n-2}(x_3-x_1) & \cdots & x_n^{n-2}(x_n-x_1)\end{vmatrix}$$

$$\xlongequal[\text{提出括号里的因子}]{\text{按第1列展开}}(x_2-x_1)(x_3-x_1)\cdots(x_n-x_1)\begin{vmatrix}1 & 1 & \cdots & 1\\ x_2 & x_3 & \cdots & x_n\\ x_2^2 & x_3^2 & \cdots & x_n^2\\ \vdots & \vdots & & \vdots\\ x_2^{n-2} & x_3^{n-2} & \cdots & x_n^{n-2}\end{vmatrix}$$

$$\xlongequal{\text{由归纳假设}}(x_2-x_1)(x_3-x_1)\cdots(x_n-x_1)\prod_{2\leqslant i<j\leqslant n}(x_j-x_i)=\prod_{1\leqslant i<j\leqslant n}(x_j-x_i).$$

例如，三阶范德蒙德行列式$\begin{vmatrix}1 & 1 & 1\\ a & b & c\\ a^2 & b^2 & c^2\end{vmatrix}=(b-a)(c-a)(c-b)$.

1.3.3 升阶法

除了常用的上（下）三角形法和降阶法，对于一些具有特殊特征的行列式，我们还可以采取其他一些较为有效的方法．当行列式的元素较为规范，比如除对角线上的元素外其他同列的元素都相等时，可以在行列式的左上角增加一行和一列，以达到升阶的目的，再利用行列式的性质进行计算．为了让行列式的值不变，我们增加的一列除了第1个元素为1外，其他的元素均为零.

例 1.17 计算n阶行列式

$$D_n=\begin{vmatrix}1+a_1 & 1 & 1 & \cdots & 1\\ 1 & 1+a_2 & 1 & \cdots & 1\\ 1 & 1 & 1+a_3 & \cdots & 1\\ \vdots & \vdots & \vdots & & \vdots\\ 1 & 1 & 1 & \cdots & 1+a_n\end{vmatrix}\ (a_1a_2\cdots a_n\neq 0).$$

微课：例1.17

解 此行列式除主对角线上的元素外均为1，在D_n的左上角增加一行和一列，得到

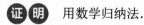

$$D_{n+1}=\begin{vmatrix}1&1&1&1&\cdots&1\\0&1+a_1&1&1&\cdots&1\\0&1&1+a_2&1&\cdots&1\\0&1&1&1+a_3&\cdots&1\\\vdots&\vdots&\vdots&\vdots&&\vdots\\0&1&1&1&\cdots&1+a_n\end{vmatrix}=D_n.$$

将第 1 行的 –1 倍加到其余各行，再将第 2, 3, ⋯ , $n+1$ 列分别乘上 $\frac{1}{a_i}$ $(i=1,2,\cdots,n)$ 加到第 1 列，得

$$D_n=D_{n+1}=\begin{vmatrix}1&1&1&1&\cdots&1\\-1&a_1&0&0&\cdots&0\\-1&0&a_2&0&\cdots&0\\-1&0&0&a_3&\cdots&0\\\vdots&\vdots&\vdots&\vdots&&\vdots\\-1&0&0&0&\cdots&a_n\end{vmatrix}\xlongequal[i=2,3,\cdots,n+1]{c_1+\frac{1}{a_{i-1}}c_i}\begin{vmatrix}1+\sum\limits_{i=1}^{n}\frac{1}{a_i}&1&1&1&\cdots&1\\0&a_1&0&0&\cdots&0\\0&0&a_2&0&\cdots&0\\0&0&0&a_3&\cdots&0\\\vdots&\vdots&\vdots&\vdots&&\vdots\\0&0&0&0&\cdots&a_n\end{vmatrix}$$

$$=\left(1+\sum_{i=1}^{n}\frac{1}{a_i}\right)a_1a_2\cdots a_n.$$

例 1.18 求方程 $\begin{vmatrix}a_1&a_2&a_3&a_4+x\\a_1&a_2&a_3+x&a_4\\a_1&a_2+x&a_3&a_4\\a_1+x&a_2&a_3&a_4\end{vmatrix}=0$ 的解.

解 使用升阶法.

$$D=\begin{vmatrix}1&a_1&a_2&a_3&a_4\\0&a_1&a_2&a_3&a_4+x\\0&a_1&a_2&a_3+x&a_4\\0&a_1&a_2+x&a_3&a_4\\0&a_1+x&a_2&a_3&a_4\end{vmatrix}\xlongequal[i=2,3,4,5]{r_i-r_1}\begin{vmatrix}1&a_1&a_2&a_3&a_4\\-1&0&0&0&x\\-1&0&0&x&0\\-1&0&x&0&0\\-1&x&0&0&0\end{vmatrix}.$$

当 $x=0$ 时，$D=0$.

当 $x\neq 0$ 时，

$$D\xlongequal[i=2,3,4,5]{c_1+\frac{1}{x}c_i}\begin{vmatrix}1+\frac{a_1+a_2+a_3+a_4}{x}&a_1&a_2&a_3&a_4\\0&0&0&0&x\\0&0&0&x&0\\0&0&x&0&0\\0&x&0&0&0\end{vmatrix}=\left(1+\frac{a_1+a_2+a_3+a_4}{x}\right)x^4.$$

从而方程 $D=0$ 的解为 $x=0$ 或 $x=-a_1-a_2-a_3-a_4$.

故原方程的解为 $x=0$ 或 $x=-a_1-a_2-a_3-a_4$.

1.3.4 拆分法

当行列式中存在非常明显的和运算，同时行列式的各行（列）的元素除一两个外，其他元素都相同或结构相似时，可先利用性质 1.4 逐步拆分行列式，然后利用行列式的其他性质进行化简计算.

例 1.19 证明 $\begin{vmatrix} ax+by & ay+bz & az+bx \\ ay+bz & az+bx & ax+by \\ az+bx & ax+by & ay+bz \end{vmatrix}=(a^3+b^3)\begin{vmatrix} x & y & z \\ y & z & x \\ z & x & y \end{vmatrix}$.

证明 左端 $=\begin{vmatrix} ax & ay+bz & az+bx \\ ay & az+bx & ax+by \\ az & ax+by & ay+bz \end{vmatrix}+\begin{vmatrix} by & ay+bz & az+bx \\ bz & az+bx & ax+by \\ bx & ax+by & ay+bz \end{vmatrix}$

$$=a\begin{vmatrix} x & ay+bz & az+bx \\ y & az+bx & ax+by \\ z & ax+by & ay+bz \end{vmatrix}+b\begin{vmatrix} y & ay+bz & az+bx \\ z & az+bx & ax+by \\ x & ax+by & ay+bz \end{vmatrix}$$

$$=a\begin{vmatrix} x & ay+bz & az \\ y & az+bx & ax \\ z & ax+by & ay \end{vmatrix}+a\begin{vmatrix} x & ay+bz & bx \\ y & az+bx & by \\ z & ax+by & bz \end{vmatrix}+b\begin{vmatrix} y & ay+bz & az+bx \\ z & az+bx & ax+by \\ x & ax+by & ay+bz \end{vmatrix}$$

$$=a\begin{vmatrix} x & ay+bz & az \\ y & az+bx & ax \\ z & ax+by & ay \end{vmatrix}+b\begin{vmatrix} y & ay & az+bx \\ z & az & ax+by \\ x & ax & ay+bz \end{vmatrix}+b\begin{vmatrix} y & bz & az+bx \\ z & bx & ax+by \\ x & by & ay+bz \end{vmatrix}$$

$$=a^2\begin{vmatrix} x & ay+bz & z \\ y & az+bx & x \\ z & ax+by & y \end{vmatrix}+b^2\begin{vmatrix} y & z & az+bx \\ z & x & ax+by \\ x & y & ay+bz \end{vmatrix}$$

$$=a^2\begin{vmatrix} x & ay & z \\ y & az & x \\ z & ax & y \end{vmatrix}+b^2\begin{vmatrix} y & z & bx \\ z & x & by \\ x & y & bz \end{vmatrix}=a^3\begin{vmatrix} x & y & z \\ y & z & x \\ z & x & y \end{vmatrix}+b^3\begin{vmatrix} y & z & x \\ z & x & y \\ x & y & z \end{vmatrix}=\text{右端}.$$

该题得证.

例 1.20 设 $abcd=1$，计算行列式

$$D=\begin{vmatrix} a^2+\frac{1}{a^2} & a & \frac{1}{a} & 1 \\ b^2+\frac{1}{b^2} & b & \frac{1}{b} & 1 \\ c^2+\frac{1}{c^2} & c & \frac{1}{c} & 1 \\ d^2+\frac{1}{d^2} & d & \frac{1}{d} & 1 \end{vmatrix}.$$

解 根据性质 1.4 得

$$D=\begin{vmatrix} a^2 & a & \frac{1}{a} & 1 \\ b^2 & b & \frac{1}{b} & 1 \\ c^2 & c & \frac{1}{c} & 1 \\ d^2 & d & \frac{1}{d} & 1 \end{vmatrix}+\begin{vmatrix} \frac{1}{a^2} & a & \frac{1}{a} & 1 \\ \frac{1}{b^2} & b & \frac{1}{b} & 1 \\ \frac{1}{c^2} & c & \frac{1}{c} & 1 \\ \frac{1}{d^2} & d & \frac{1}{d} & 1 \end{vmatrix}$$

$$=abcd\begin{vmatrix} a & 1 & \frac{1}{a^2} & \frac{1}{a} \\ b & 1 & \frac{1}{b^2} & \frac{1}{b} \\ c & 1 & \frac{1}{c^2} & \frac{1}{c} \\ d & 1 & \frac{1}{d^2} & \frac{1}{d} \end{vmatrix}+(-1)^3\begin{vmatrix} a & 1 & \frac{1}{a^2} & \frac{1}{a} \\ b & 1 & \frac{1}{b^2} & \frac{1}{b} \\ c & 1 & \frac{1}{c^2} & \frac{1}{c} \\ d & 1 & \frac{1}{d^2} & \frac{1}{d} \end{vmatrix}=0.$$

1.3.5 递推法

当行列式除个别的行（列）外，各行（列）所含元素基本相同，且相同的元素呈阶梯状分布时，可以采取递推法求解行列式，即找到相邻阶行列式的递推关系，进而归纳求解．

例 1.21 计算 n 阶行列式

$$D_n=\begin{vmatrix} 3 & 2 & 0 & \cdots & 0 & 0 \\ 1 & 3 & 2 & \cdots & 0 & 0 \\ 0 & 1 & 3 & \cdots & 0 & 0 \\ \vdots & \vdots & \vdots & & \vdots & \vdots \\ 0 & 0 & 0 & \cdots & 3 & 2 \\ 0 & 0 & 0 & \cdots & 1 & 3 \end{vmatrix}.$$

分析 从结构上看，此行列式称为三对角行列式，即除主对角线上及其两侧元素外均为零．然而，零元素虽多，但使用上三角形法会很麻烦，结果也很难预测．因此，使用递推法计算．

解 将行列式按第 1 行展开，得

$$D_n=\begin{vmatrix} 3 & 2 & 0 & \cdots & 0 & 0 \\ 1 & 3 & 2 & \cdots & 0 & 0 \\ 0 & 1 & 3 & \cdots & 0 & 0 \\ \vdots & \vdots & \vdots & & \vdots & \vdots \\ 0 & 0 & 0 & \cdots & 3 & 2 \\ 0 & 0 & 0 & \cdots & 1 & 3 \end{vmatrix}=3\begin{vmatrix} 3 & 2 & 0 & \cdots & 0 \\ 1 & 3 & 2 & \cdots & 0 \\ 0 & 1 & 3 & \cdots & 0 \\ \vdots & \vdots & \vdots & & \vdots \\ 0 & 0 & 0 & \cdots & 3 \end{vmatrix}+2\times(-1)^{1+2}\begin{vmatrix} 1 & 2 & 0 & \cdots & 0 \\ 0 & 3 & 2 & \cdots & 0 \\ 0 & 1 & 3 & \cdots & 0 \\ \vdots & \vdots & \vdots & & \vdots \\ 0 & 0 & 0 & \cdots & 3 \end{vmatrix}.$$

上式右边的第 1 个行列式恰为 D_{n-1}，第 2 个再按第 1 列展开即为 D_{n-2}，于是有

$$D_n=3D_{n-1}-2D_{n-2}.$$

上式可变形为$D_n-D_{n-1}=2(D_{n-1}-D_{n-2})$，进一步地，有

$$D_n-D_{n-1}=2(D_{n-1}-D_{n-2})=\cdots=2^{n-2}(D_2-D_1)=2^n,$$

其中，$D_1=3, D_2=7$．由于

$$D_n-D_{n-1}=2^n, D_{n-1}-D_{n-2}=2^{n-1}, D_{n-2}-D_{n-3}=2^{n-2}, \cdots, D_2-D_1=2^2,$$

将这些等式相加，可得

$$D_n-D_1=2^n+2^{n-1}+\cdots+2^2.$$

于是

$$D_n=2^n+2^{n-1}+\cdots+2^2+3=\frac{1-2^{n+1}}{1-2}=2^{n+1}-1.$$

例 1.22 计算行列式

$$D_n=\begin{vmatrix} x & -1 & 0 & \cdots & 0 & 0 \\ 0 & x & -1 & \cdots & 0 & 0 \\ 0 & 0 & x & \cdots & 0 & 0 \\ \vdots & \vdots & \vdots & & \vdots & \vdots \\ 0 & 0 & 0 & \cdots & x & -1 \\ a_n & a_{n-1} & a_{n-2} & \cdots & a_2 & x+a_1 \end{vmatrix}.$$

微课：例1.22

解 按第 1 列展开，得

$$D_n=x\begin{vmatrix} x & -1 & \cdots & 0 & 0 \\ 0 & x & \cdots & 0 & 0 \\ \vdots & \vdots & & \vdots & \vdots \\ 0 & 0 & \cdots & x & -1 \\ a_{n-1} & a_{n-2} & \cdots & a_2 & x+a_1 \end{vmatrix}+a_n,$$

即有递推关系$D_n=xD_{n-1}+a_n$，从而

$$D_n=x(xD_{n-2}+a_{n-1})+a_n=x^2D_{n-2}+a_{n-1}x+a_n=\cdots=x^n+a_1x^{n-1}+\cdots+a_{n-1}x+a_n.$$

例 1.23 计算 $2n$ 阶行列式

$$D_{2n}=\begin{vmatrix} a & 0 & \cdots & 0 & 0 & \cdots & 0 & b \\ 0 & a & \cdots & 0 & 0 & \cdots & b & 0 \\ \vdots & \vdots & & \vdots & \vdots & & \vdots & \vdots \\ 0 & 0 & \cdots & a & b & \cdots & 0 & 0 \\ 0 & 0 & \cdots & c & d & \cdots & 0 & 0 \\ \vdots & \vdots & & \vdots & \vdots & & \vdots & \vdots \\ 0 & c & \cdots & 0 & 0 & \cdots & d & 0 \\ c & 0 & \cdots & 0 & 0 & \cdots & 0 & d \end{vmatrix}.$$

解 将行列式按第 1 行展开，得

$$D_{2n}=a\begin{vmatrix} a & 0 & \cdots & 0 & 0 & \cdots & b & 0 \\ \vdots & \vdots & & \vdots & \vdots & & \vdots & \vdots \\ 0 & 0 & \cdots & a & b & \cdots & 0 & 0 \\ 0 & 0 & \cdots & c & d & \cdots & 0 & 0 \\ \vdots & \vdots & & \vdots & \vdots & & \vdots & \vdots \\ c & 0 & \cdots & 0 & 0 & \cdots & d & 0 \\ 0 & 0 & \cdots & 0 & 0 & \cdots & 0 & d \end{vmatrix}+b(-1)^{1+2n}\begin{vmatrix} 0 & a & \cdots & 0 & 0 & \cdots & 0 & b \\ \vdots & \vdots & & \vdots & \vdots & & \vdots & \vdots \\ 0 & 0 & \cdots & a & b & \cdots & 0 & 0 \\ 0 & 0 & \cdots & c & d & \cdots & 0 & 0 \\ \vdots & \vdots & & \vdots & \vdots & & \vdots & \vdots \\ 0 & c & \cdots & 0 & 0 & \cdots & 0 & d \\ c & 0 & \cdots & 0 & 0 & \cdots & 0 & 0 \end{vmatrix}$$

（按最后1行展开）　　　　（按第1列展开）

$$=ad(-1)^{2n-1+2n-1}D_{2n-2}+bc(-1)^{2n+1}(-1)^{2n-1+1}D_{2n-2}=(ad-bc)D_{2n-2},$$

即 $D_{2n}=(ad-bc)D_{2n-2}$．进一步地，由上述递推公式可得

$$D_{2n}=(ad-bc)D_{2(n-1)}=(ad-bc)^2D_{2(n-2)}=\cdots$$

$$=(ad-bc)^{n-1}D_2=(ad-bc)^{n-1}\begin{vmatrix} a & b \\ c & d \end{vmatrix}=(ad-bc)^n.$$

实际问题 1.3　$f'(x)=0$ 的实根个数．

已知多项式 $f(x)=\begin{vmatrix} 1 & 1 & 1 & 1 \\ x & 2 & 3 & 4 \\ x^2 & 2^2 & 3^2 & 4^2 \\ x^3 & 2^3 & 3^3 & 4^3 \end{vmatrix}$，证明：$f'(x)=0$ 有且仅有两个实根．

证明　易知，x^3 的系数为

$$A=-\begin{vmatrix} 1 & 1 & 1 \\ 2 & 3 & 4 \\ 2^2 & 3^2 & 4^2 \end{vmatrix}=-(3-2)(4-2)(4-3)=-2\neq 0,$$

延伸微课

所以 $f(x)$ 为 3 次多项式．

分别令 $x=2,3,4$，知 $f(2)=f(3)=f(4)=0$（因这几个数代入行列式后都有两列对应元素相等），则 $f(x)$ 在 $[2,3]$, $[3,4]$ 上满足罗尔定理的条件，所以存在 $x_1\in(2,3)$, $x_2\in(3,4)$，使 $f'(x_1)=f'(x_2)=0$，即 x_1,x_2 为 $f'(x)=0$ 的两个实根．因 $f(x)$ 为 3 次多项式，则 $f'(x)$ 为 2 次多项式，所以 $f'(x)=0$ 有且仅有两个实根．

同步习题 1.3

基础题

1．填空题．

（1）行列式 $\begin{vmatrix} 1 & 2 & 3 & 4 \\ 0 & 0 & 2 & 0 \\ 3 & 2 & 1 & 3 \\ 6 & 1 & 5 & 0 \end{vmatrix}=$ ______．

（2）行列式$\begin{vmatrix} 1 & 1 & 1 & 1 \\ 1 & 2 & 2 & 2 \\ 0 & 3 & 4 & 5 \\ 0 & 3^2 & 4^2 & 5^2 \end{vmatrix}=$______.

2．计算下列行列式.

（1）$D_4=\begin{vmatrix} 1 & 1 & 1 & 1 \\ 1 & 1 & -1 & -1 \\ 1 & -1 & 1 & -1 \\ x & -1 & -1 & 1 \end{vmatrix}$.　（2）$D_4=\begin{vmatrix} 5 & 0 & 4 & 2 \\ 1 & -1 & 2 & 1 \\ 4 & 1 & 2 & 0 \\ 1 & 1 & 1 & 1 \end{vmatrix}$.　（3）$D_4=\begin{vmatrix} 2 & 1 & 1 & 1 \\ 4 & 2 & 1 & -1 \\ 2 & 1 & -1 & 1 \\ 1 & 2 & 1 & -2 \end{vmatrix}$.

（4）$D_n=\begin{vmatrix} 2 & 1 & 0 & \cdots & 0 & 0 \\ 0 & 2 & 1 & \cdots & 0 & 0 \\ 0 & 0 & 2 & \cdots & 0 & 0 \\ \vdots & \vdots & \vdots & & \vdots & \vdots \\ 0 & 0 & 0 & \cdots & 2 & 1 \\ 1 & 0 & 0 & \cdots & 0 & 2 \end{vmatrix}$.　（5）$D_n=\begin{vmatrix} 1 & 2 & 2 & \cdots & 2 \\ 2 & 2 & 2 & \cdots & 2 \\ 2 & 2 & 3 & \cdots & 2 \\ \vdots & \vdots & \vdots & & \vdots \\ 2 & 2 & 2 & \cdots & n \end{vmatrix}$.

3．证明：$\begin{vmatrix} a^2 & (a+1)^2 & (a+2)^2 & (a+3)^2 \\ b^2 & (b+1)^2 & (b+2)^2 & (b+3)^2 \\ c^2 & (c+1)^2 & (c+2)^2 & (c+3)^2 \\ d^2 & (d+1)^2 & (d+2)^2 & (d+3)^2 \end{vmatrix}=0$.

提高题

计算下列 n 阶行列式.

（1）$\begin{vmatrix} 1 & 2 & 3 & \cdots & n-1 & n \\ 1 & -1 & 0 & \cdots & 0 & 0 \\ 0 & 2 & -2 & \cdots & 0 & 0 \\ \vdots & \vdots & \vdots & & \vdots & \vdots \\ 0 & 0 & 0 & \cdots & -(n-2) & 0 \\ 0 & 0 & 0 & \cdots & n-1 & -(n-1) \end{vmatrix}$.　（2）$\begin{vmatrix} 3 & 2 & 2 & \cdots & 2 & 2 \\ 2 & 3 & 2 & \cdots & 2 & 2 \\ 2 & 2 & 3 & \cdots & 2 & 2 \\ \vdots & \vdots & \vdots & & \vdots & \vdots \\ 2 & 2 & 2 & \cdots & 3 & 2 \\ 2 & 2 & 2 & \cdots & 2 & 3 \end{vmatrix}$.

1.4 克拉默法则

当线性方程组中方程个数等于未知量个数的时候，我们可以利用行列式来解这一类特殊的线性方程组．1.1 节中，我们利用二阶行列式求解了由两个二元线性方程构成的方程组，本节将介绍求解由 n 个 n 元线性方程构成的线性方程组的克拉默法则.

在 1.1.1 小节引例中求解含有两个未知量的线性方程组

$$\begin{cases} a_{11}x_1 + a_{12}x_2 = b_1, \\ a_{21}x_1 + a_{22}x_2 = b_2, \end{cases}$$

得到当$D \neq 0$时，方程组有唯一解

$$x_1 = \frac{D_1}{D}, x_2 = \frac{D_2}{D}.$$

其中，由方程组未知量的系数构成$D = \begin{vmatrix} a_{11} & a_{12} \\ a_{21} & a_{22} \end{vmatrix}$，称为系数行列式，将$D$中第1列的元素换成对应的常数项，得$D_1 = \begin{vmatrix} b_1 & a_{12} \\ b_2 & a_{22} \end{vmatrix}$，将$D$中第2列的元素换成对应的常数项，得$D_2 = \begin{vmatrix} a_{11} & b_1 \\ a_{21} & b_2 \end{vmatrix}$.

将上述结果推广到n个方程n个未知量的情形，就是克拉默法则.

考察线性方程组

$$\begin{cases} a_{11}x_1 + a_{12}x_2 + \cdots + a_{1n}x_n = b_1, \\ a_{21}x_1 + a_{22}x_2 + \cdots + a_{2n}x_n = b_2, \\ \cdots\cdots\cdots\cdots \\ a_{n1}x_1 + a_{n2}x_2 + \cdots + a_{nn}x_n = b_n. \end{cases} \tag{1.3}$$

其中，$x_1, x_2, \cdots, x_n$表示n个未知量，$a_{ij}, b_j\ (i, j = 1, 2, \cdots, n)$为常数.

定理 1.1 若线性方程组（1.3）的系数行列式

$$D = \begin{vmatrix} a_{11} & a_{12} & \cdots & a_{1n} \\ a_{21} & a_{22} & \cdots & a_{2n} \\ \vdots & \vdots & & \vdots \\ a_{n1} & a_{n2} & \cdots & a_{nn} \end{vmatrix}$$

不等于零，则方程组有唯一解

$$x_1 = \frac{D_1}{D}, x_2 = \frac{D_2}{D}, \cdots, x_n = \frac{D_n}{D},$$

其中，$D_j\,(j = 1, 2, \cdots, n)$是将系数行列式$D$的第$j$列换成常数项所得的$n$阶行列式，

$$D_j = \begin{vmatrix} a_{11} & \cdots & a_{1,j-1} & b_1 & a_{1,j+1} & \cdots & a_{1n} \\ a_{21} & \cdots & a_{2,j-1} & b_2 & a_{2,j+1} & \cdots & a_{2n} \\ \vdots & & \vdots & \vdots & \vdots & & \vdots \\ a_{n1} & \cdots & a_{n,j-1} & b_n & a_{n,j+1} & \cdots & a_{nn} \end{vmatrix}.$$

定理 1.1 称为克拉默法则.

证明 用系数行列式D的第j列元素的代数余子式依次分别乘方程组（1.3）的n个方程两端，然后竖式相加，根据性质 1.6 及其推论得

$$x_j D = D_j\ (j = 1, 2, \cdots, n).$$

因为$D \neq 0$，所以有

$$x_j = \frac{D_j}{D}\ (j = 1, 2, \cdots, n).$$

下面证明上述解是唯一的. 为此，设$x_1 = c_1, x_2 = c_2, \cdots, x_n = c_n$是方程组（1.3）的任意一个

解，结合行列式的性质有

$$c_1D=\begin{vmatrix}a_{11}c_1 & a_{12} & \cdots & a_{1n}\\ a_{21}c_1 & a_{22} & \cdots & a_{2n}\\ \vdots & \vdots & & \vdots\\ a_{n1}c_1 & a_{n2} & \cdots & a_{nn}\end{vmatrix}=\begin{vmatrix}a_{11}c_1+a_{12}c_2+\cdots+a_{1n}c_n & a_{12} & \cdots & a_{1n}\\ a_{21}c_1+a_{22}c_2+\cdots+a_{2n}c_n & a_{22} & \cdots & a_{2n}\\ \vdots & \vdots & & \vdots\\ a_{n1}c_1+a_{n2}c_2+\cdots+a_{nn}c_n & a_{n2} & \cdots & a_{nn}\end{vmatrix}$$

$$=\begin{vmatrix}b_1 & a_{12} & \cdots & a_{1n}\\ b_2 & a_{22} & \cdots & a_{2n}\\ \vdots & \vdots & & \vdots\\ b_n & a_{n2} & \cdots & a_{nn}\end{vmatrix}=D_1,$$

于是 $c_1=\dfrac{D_1}{D}$.

完全类似地，可以推出 $c_2=\dfrac{D_2}{D},\cdots,c_n=\dfrac{D_n}{D}$，则唯一性得证.

对于线性方程组（1.3），当 $b_1,b_2,\cdots,b_n$ 全为零时，得到

$$\begin{cases}a_{11}x_1+a_{12}x_2+\cdots+a_{1n}x_n=0,\\ a_{21}x_1+a_{22}x_2+\cdots+a_{2n}x_n=0,\\ \cdots\cdots\cdots\cdots\\ a_{n1}x_1+a_{n2}x_2+\cdots+a_{nn}x_n=0,\end{cases}\tag{1.4}$$

该方程组称为齐次线性方程组.

显然，$x_1=x_2=\cdots=x_n=0$ 是方程组（1.4）的解，称为齐次线性方程组的零解；若解 $x_1,x_2,\cdots,x_n$ 不全为零，则称为齐次线性方程组的非零解.

结合克拉默法则，对于齐次线性方程组（1.4）有下面的定理.

定理 1.2 若齐次线性方程组（1.4）的系数行列式 $D\neq 0$，则齐次线性方程组有唯一零解.

【即时提问 1.4】齐次线性方程组（1.4）有非零解，它的系数行列式是否一定为零？

例 1.24 求解线性方程组

$$\begin{cases}x_2+2x_3=-5,\\ x_1+x_2+4x_3=-11,\\ 2x_1-x_2=1.\end{cases}$$

解 因为方程组的方程个数等于未知量个数，而系数行列式

$$D=\begin{vmatrix}0 & 1 & 2\\ 1 & 1 & 4\\ 2 & -1 & 0\end{vmatrix}=2\neq 0,$$

由克拉默法则可知方程组有唯一解. 又

$$D_1=\begin{vmatrix}-5 & 1 & 2\\ -11 & 1 & 4\\ 1 & -1 & 0\end{vmatrix}=4,D_2=\begin{vmatrix}0 & -5 & 2\\ 1 & -11 & 4\\ 2 & 1 & 0\end{vmatrix}=6,D_3=\begin{vmatrix}0 & 1 & -5\\ 1 & 1 & -11\\ 2 & -1 & 1\end{vmatrix}=-8,$$

所以

$$x_1=\frac{D_1}{D}=2,\ x_2=\frac{D_2}{D}=3,\ x_3=\frac{D_3}{D}=-4.$$

克拉默法则的使用条件有两个：一是方程的个数和未知量的个数相等；二是系数行列式 $D\neq 0$.

例 1.25 求解线性方程组

$$\begin{cases}x_1+a_1x_2+a_1^2x_3+\cdots a_1^{n-1}x_n=1,\\ x_1+a_2x_2+a_2^2x_3+\cdots a_2^{n-1}x_n=1,\\ x_1+a_3x_2+a_3^2x_3+\cdots a_3^{n-1}x_n=1,\\ \cdots\cdots\cdots\cdots\\ x_1+a_nx_2+a_n^2x_3+\cdots a_n^{n-1}x_n=1,\end{cases}$$

微课：例1.25

其中 $a_i\neq a_j\ (i\neq j;i,j=1,2,\cdots,n)$.

解 因为系数行列式

$$D=\begin{vmatrix}1 & a_1 & a_1^2 & \cdots & a_1^{n-1}\\ 1 & a_2 & a_2^2 & \cdots & a_2^{n-1}\\ 1 & a_3 & a_3^2 & \cdots & a_3^{n-1}\\ \vdots & \vdots & \vdots & & \vdots\\ 1 & a_n & a_n^2 & \cdots & a_n^{n-1}\end{vmatrix}=\prod_{1\leqslant i<j\leqslant n}(a_j-a_i),$$

当 $a_i\neq a_j\ (i\neq j;i,j=1,2,\cdots,n)$ 时，$D\neq 0$，故线性方程组的解可由克拉默法则求得，

$$x_1=\frac{D_1}{D}=\frac{D}{D}=1,\ x_2=\frac{D_2}{D}=\frac{0}{D}=0,\ \cdots,\ x_n=\frac{D_n}{D}=\frac{0}{D}=0.$$

因此，线性方程组的解为 $x_1=1,\ x_2=x_3=\cdots=x_n=0$.

实际问题 1.4 联合收入问题.

有 3 个股份制公司 X,Y,Z 互相关联，X 公司持有 X 公司 70% 股份，持有 Y 公司 20% 股份，持有 Z 公司 30% 股份；Y 公司持有 Y 公司 60% 股份，持有 Z 公司 20% 股份；Z 公司持有 X 公司 30% 股份，持有 Y 公司 20% 股份，持有 Z 公司 50% 股份. 现设 X,Y,Z 公司各自的净收入分别为 22 万元、6 万元、9 万元，每家公司的联合收入是其净收入加上其持有的其他公司的股份按比例的提成收入，试求各公司的联合收入及实际收入.

解 设公司 X,Y,Z 的联合收入分别为 x,y,z（万元），易得

$$\begin{cases}x=22+0.2y+0.3z,\\ y=6+0.2z,\\ z=9+0.3x+0.2y,\end{cases}$$

即

$$\begin{cases}x-0.2y-0.3z=22,\\ y-0.2z=6,\\ 0.3x+0.2y-z=-9.\end{cases}$$

这是关于 x,y,z 的线性方程组，其系数行列式为

$$D=\begin{vmatrix}1 & -0.2 & -0.3\\ 0 & 1 & -0.2\\ 0.3 & 0.2 & -1\end{vmatrix}=-0.858\neq 0,$$

由克拉默法则知，方程组有唯一解.

因为

$$D_1=\begin{vmatrix}22 & -0.2 & -0.3\\ 6 & 1 & -0.2\\ -9 & 0.2 & -1\end{vmatrix}=-25.74,\quad D_2=\begin{vmatrix}1 & 22 & -0.3\\ 0 & 6 & -0.2\\ 0.3 & -9 & -1\end{vmatrix}=-8.58,$$

$$D_3=\begin{vmatrix}1 & -0.2 & 22\\ 0 & 1 & 6\\ 0.3 & 0.2 & -9\end{vmatrix}=-17.16,$$

所以

$$x=\frac{D_1}{D}=30,\ y=\frac{D_2}{D}=10,\ z=\frac{D_3}{D}=20.$$

因此，X公司的联合收入为30万元，实际收入为$0.7x=21$万元；Y公司的联合收入为10万元，实际收入为$0.6y=6$万元；Z公司的联合收入为20万元，实际收入为$0.5z=10$万元.

同步习题 1.4

基础题

1. $k=0$是线性方程组$\begin{cases}2x+ky=c_1,\\ kx+2y=c_2\end{cases}$ (c_1,c_2为不等于零的常数) 有唯一解的（　　）.

A．充分条件　　B．必要条件　　C．充分必要条件　　D．无关条件

2. 解下列线性方程组.

（1）$\begin{cases}x_1+2x_2+3x_3=1,\\ 2x_1+2x_2+5x_3=2,\\ 3x_1+5x_2+x_3=3.\end{cases}$　　（2）$\begin{cases}x_1+x_2+x_3=2,\\ x_1+2x_2+4x_3=3,\\ x_1+3x_2+9x_3=5.\end{cases}$

（3）$\begin{cases}2x_1+2x_2-x_3+x_4=4,\\ 4x_1+3x_2-x_3+2x_4=6,\\ 8x_1+5x_2-3x_3+4x_4=12,\\ 3x_1+3x_2-2x_3+2x_4=16.\end{cases}$

3. 计算下列方程组的系数行列式，并验证所给的数是方程组的解.

（1）$\begin{cases}2x_1-3x_2+4x_3-3x_4=0,\\3x_1-x_2+11x_3-13x_4=0,\\4x_1+5x_2-7x_3-2x_4=0,\\13x_1-25x_2+x_3+11x_4=0,\end{cases}$ $x_1=x_2=x_3=x_4=c$（c为任意常数）.

（2）$\begin{cases}x_1+2x_2+3x_3-x_4=3,\\3x_1+2x_2+x_3+x_4=5,\\5x_1+5x_2+2x_3=10,\\2x_1+3x_2+x_3-x_4=5,\end{cases}$ $x_1=1-c$，$x_2=1+c$，$x_3=0$，$x_4=c$（c为任意常数）.

4．当λ为何值时，齐次线性方程组$\begin{cases}2x_1+\lambda x_2-x_3=0,\\\lambda x_1-x_2+x_3=0,\\4x_1+5x_2-5x_3=0\end{cases}$有非零解？

提高题

1．k取何值时，线性方程组$\begin{cases}x_1+x_2+2x_3+3x_4=1,\\x_1+3x_2+6x_3+x_4=3,\\3x_1-x_2-kx_3+15x_4=3,\\x_1-5x_2-10x_3+12x_4=1\end{cases}$有唯一解？

2．a,b满足什么条件时，齐次线性方程组$\begin{cases}x_1+x_2+x_3+ax_4=0,\\x_1+2x_2+x_3+x_4=0,\\x_1+x_2-3x_3+x_4=0,\\x_1+x_2+ax_3+bx_4=0\end{cases}$有非零解？

1.5 运用MATLAB计算行列式

1.5.1 MATLAB简介

MATLAB 是 Matrix Laboratory（矩阵实验室）的缩写．它是以线性代数软件包 LINPACK 和特征值计算软件包 EISPACK 中的子程序为基础发展起来的一种开放式程序设计语言，是一种高性能的工程计算语言，其基本的数据单位是没有维数限制的矩阵．

MATLAB 自产生之日起，就以强大的功能和良好的开放性而在科学计算中广受好评．使用 MATLAB 可以方便地处理诸如矩阵变换及运算、多项式运算、微积分运算、线性与非线性方程求解、微分方程求解、插值与拟合、统计及优化等问题．

本书以 MATLAB R2019b 版本为基础进行编写．

1.5.2 用MATLAB计算行列式

在 MATLAB 中，利用“det(A)”函数命令可以非常简单地计算矩阵的行列式，其中 $\boldsymbol{A}$ 可以是数值矩阵，也可以是符号矩阵.

例 1.26 计算行列式的值：$\begin{vmatrix} 0 & 2 & -2 & 2 \\ 1 & 3 & 0 & 4 \\ -2 & -11 & 3 & -16 \\ 0 & -7 & 3 & 1 \end{vmatrix}$.

微课：例1.26

解

```
>> A=[0,2,-2,2;1,3,0,4;-2,-11,3,-16;0,-7,3,1]
A =
     0     2    -2     2
     1     3     0     4
    -2   -11     3   -16
     0    -7     3     1
>> det(A)
ans =
   56.0000
```

例 1.27 计算行列式的值：$\begin{vmatrix} a & b & b & b \\ a & a & b & b \\ a & b & a & b \\ b & b & b & a \end{vmatrix}$.

微课：例1.27

解

```
>> syms a b
>> A=[a,b,b,b;a,a,b,b;a,b,a,b;b,b,b,a]
A =
[ a, b, b, b]
[ a, a, b, b]
[ a, b, a, b]
[ b, b, b, a]
>> det(A)
ans =
-(a - b)*(- a^3 + a^2*b + a*b^2 - b^3)
```

说明： 必须先用“syms”命令定义符号变量 a, b，然后才可以对 a, b 进行一些符号操作 .

第 1 章思维导图

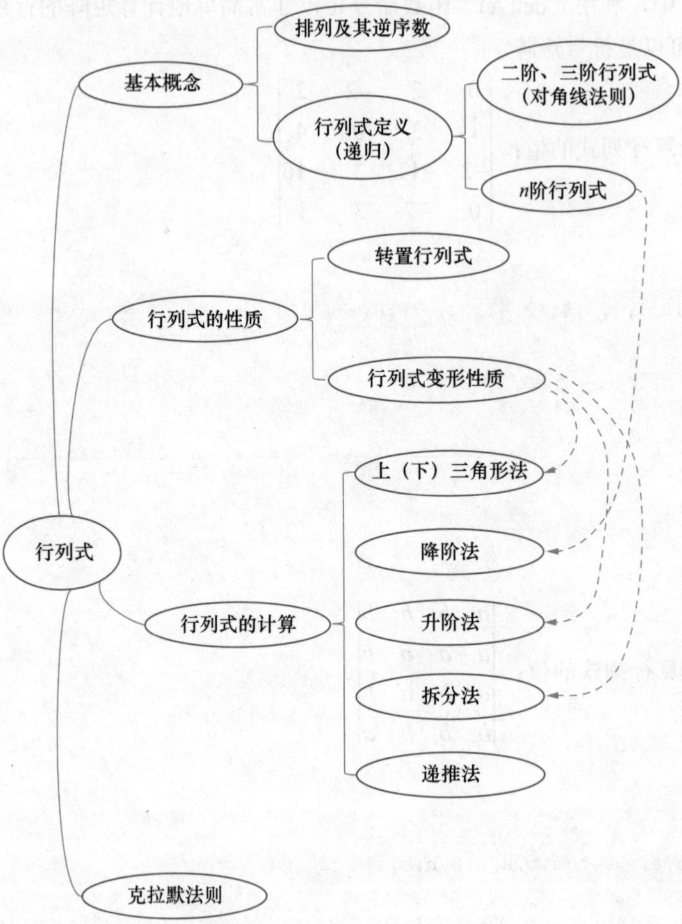

本章小结

中国数学学者

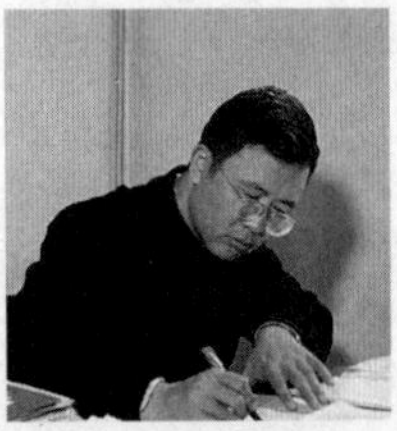

个人成就

数学家，中国科学院院士，曾任中国科学院数学研究所研究员、所长.华罗庚是中国解析数论、典型群、矩阵几何学、自守函数论与多复变函数论等方面研究的创始人与开拓者.

华罗庚

第1章总复习题·基础篇

1. 选择题：（1）～（5）小题，每小题4分，共20分．下列每小题给出的4个选项中，只有一个选项是符合题目要求的．

（1）排列$n,n-1,\cdots,2,1$的逆序数为（　　）．

A．n　　B．$n!$　　C．$\dfrac{n(n+1)}{2}$　　D．$\dfrac{n(n-1)}{2}$

（2）设$f(x)=\begin{vmatrix}2x & x & 1 & 0\\ 1 & x & 2 & 3\\ 2 & 3 & x & 2\\ 1 & 1 & 2 & x\end{vmatrix}$，则$x^4$的系数为（　　）．

A．2　　B．3　　C．4　　D．5

（3）方程$\begin{vmatrix}1 & 1 & 1\\ 2 & 3 & x\\ 4 & 9 & x^2\end{vmatrix}=0$的根为（　　）．

A．2　　B．3　　C．2或3　　D．0

（4）当λ的取值为（　　）时，方程组$\begin{cases}x_1+x_2+x_3=1,\\ x_1+2x_2+x_3=2,\\ x_1+x_2+\lambda x_3=\lambda\end{cases}$有唯一解．

A．$\lambda=1$　　B．$\lambda=1$或-1　　C．$\lambda\neq1$　　D．$\lambda\neq1$且$\lambda\neq-1$

（5）已知方程组$\begin{cases}\lambda x_1+x_2=0,\\ x_1+\lambda x_2=0\end{cases}$有非零解，则$\lambda$的值为（　　）．

A．$\lambda=1$　　B．$\lambda=1$或-1　　C．$\lambda=-1$　　D．$\lambda\neq1$且$\lambda\neq-1$

2. 填空题：（6）～（10）小题，每小题4分，共20分．

（6）n阶行列式$\begin{vmatrix}0 & 1 & 0 & \cdots & 0\\ 0 & 0 & 2 & \cdots & 0\\ \vdots & \vdots & \vdots & & \vdots\\ 0 & 0 & 0 & \cdots & n-1\\ n & 0 & 0 & \cdots & 0\end{vmatrix}=$______．

（7）已知$\begin{vmatrix}x & y & z\\ 3 & 0 & 2\\ 1 & 1 & 1\end{vmatrix}=1$，则$\begin{vmatrix}x+1 & y+1 & z+1\\ 3 & 0 & 2\\ 4 & 1 & 3\end{vmatrix}=$______．

（8）行列式$D=\begin{vmatrix}1 & 1 & 1 & 1\\ 1 & 2 & 0 & 0\\ 1 & 0 & 3 & 0\\ 1 & 0 & 0 & 4\end{vmatrix}=$______．

（9）已知行列式 $D=\begin{vmatrix}2 & 3 & 5 & 4\\1 & -1 & 1 & -1\\3 & 5 & 7 & 2\\0 & 6 & 0 & 1\end{vmatrix}$，则第 4 行元素的余子式之和为______.

（10）方程 $D(x)=\begin{vmatrix}1 & x & x^2 & x^3\\1 & a_1 & a_1^2 & a_1^3\\1 & a_2 & a_2^2 & a_2^3\\1 & a_3 & a_3^2 & a_3^3\end{vmatrix}=0$ 的根为______.

3. 解答题：（11）～（16）小题，每小题 10 分，共 60 分．解答时应写出文字说明、证明过程或演算步骤．

（11）计算行列式 $D_4=\begin{vmatrix}1 & -1 & 1 & x-1\\1 & -1 & x+1 & -1\\1 & x-1 & 1 & -1\\x+1 & -1 & 1 & -1\end{vmatrix}$.

（12）计算行列式 $D_n=\begin{vmatrix}2 & 1 & 1 & \cdots & 1\\1 & 2 & 1 & \cdots & 1\\1 & 1 & 2 & \cdots & 1\\\vdots & \vdots & \vdots & & \vdots\\1 & 1 & 1 & \cdots & 2\end{vmatrix}$.

（13）计算行列式 $D_n=\begin{vmatrix}1 & 2 & 3 & \cdots & n\\-1 & 1 & 0 & \cdots & 0\\-1 & 0 & 1 & \cdots & 0\\\vdots & \vdots & \vdots & & \vdots\\-1 & 0 & 0 & \cdots & 1\end{vmatrix}$.

（14）计算行列式 $D_n=\begin{vmatrix}1+a & 1 & \ldots & 1\\2 & 2+a & \ldots & 2\\\vdots & \vdots & & \vdots\\n & n & \cdots & n+a\end{vmatrix}$.

（15）计算行列式 $D_n=\begin{vmatrix}x & a & a & \cdots & a & a\\a & x & a & \cdots & a & a\\a & a & x & \cdots & a & a\\\vdots & \vdots & \vdots & & \vdots & \vdots\\a & a & a & \cdots & a & x\end{vmatrix}$.

（16）计算行列式 $D_n=\begin{vmatrix}9 & 5 & 0 & \cdots & 0 & 0\\ 4 & 9 & 5 & \cdots & 0 & 0\\ 0 & 4 & 9 & \cdots & 0 & 0\\ \vdots & \vdots & \vdots & & \vdots & \vdots\\ 0 & 0 & 0 & \cdots & 9 & 5\\ 0 & 0 & 0 & \cdots & 4 & 9\end{vmatrix}$.

第 1 章总复习题 · 提高篇

1. 选择题：（1）～（5）小题，每小题 4 分，共 20 分 . 下列每小题给出的 4 个选项中，只有一个选项是符合题目要求的.

（1）（2003304 改编）行列式 $\begin{vmatrix}a & b & b\\ b & a & b\\ b & b & a\end{vmatrix}=$（　　）.

A．$(a+2b)(a-b)^2$　　B．$(a+b)(a-b)^2$　　C．$(a+2b)(a-b)$　　D．$(a-b)^3$

（2）（2012111,2012211,2012311 改编）行列式 $\begin{vmatrix}1 & a & 0 & 0\\ 0 & 1 & a & 0\\ 0 & 0 & 1 & a\\ a & 0 & 0 & 1\end{vmatrix}=$（　　）.

A．$1+a^4$　　B．$1-a^3$　　C．$1-a^4$　　D．$1+a^2$

（3）（2014104,2014204,2014304）行列式 $\begin{vmatrix}0 & a & b & 0\\ a & 0 & 0 & b\\ 0 & c & d & 0\\ c & 0 & 0 & d\end{vmatrix}=$（　　）.

A．$(ad-bc)^2$　　B．$-(ad-bc)^2$　　C．$a^2d^2-b^2c^2$　　D．$b^2c^2-a^2d^2$

（4）（1996103）四阶行列式 $\begin{vmatrix}a_1 & 0 & 0 & b_1\\ 0 & a_2 & b_2 & 0\\ 0 & b_3 & a_3 & 0\\ b_4 & 0 & 0 & a_4\end{vmatrix}$ 的值为（　　）.

A．$a_1a_2a_3a_4-b_1b_2b_3b_4$　　B．$a_1a_2a_3a_4+b_1b_2b_3b_4$

C．$(a_1a_2-b_1b_2)(a_3a_4-b_3b_4)$　　D．$(a_2a_3-b_2b_3)(a_1a_4-b_1b_4)$

（5）（1998303 改编）设 $n(n\geqslant 3)$ 阶行列式 $\begin{vmatrix}1 & a & a & \cdots & a\\ a & 1 & a & \cdots & a\\ a & a & 1 & \cdots & a\\ \vdots & \vdots & \vdots & & \vdots\\ a & a & a & \cdots & 1\end{vmatrix}=0$，则 a 的

微课：第1章总复习题 · 提高篇（5）

值为（　　）.

A. 1　　B. $\dfrac{1}{1-n}$　　C. -1　　D. 1或$\dfrac{1}{1-n}$

2. 填空题：（6）～（10）小题，每小题4分，共20分.

（6）（2002203改编）行列式$\begin{vmatrix} \lambda & 2 & 2 \\ -2 & \lambda-2 & 2 \\ 2 & 2 & \lambda-2 \end{vmatrix}=$______.

（7）（2004109,2004209改编）行列式$\begin{vmatrix} \lambda-1 & -2 & 3 \\ 1 & \lambda-4 & 3 \\ -1 & -a & \lambda-5 \end{vmatrix}=$______.

（8）（1996408改编）行列式$\begin{vmatrix} \lambda & -1 & 0 & 0 \\ -1 & \lambda & 0 & 0 \\ 0 & 0 & \lambda-y & -1 \\ 0 & 3 & -1 & \lambda-2 \end{vmatrix}=$______.

（9）（2016104,2016304）行列式$\begin{vmatrix} \lambda & -1 & 0 & 0 \\ 0 & \lambda & -1 & 0 \\ 0 & 0 & \lambda & -1 \\ 4 & 3 & 2 & \lambda+1 \end{vmatrix}=$______.

（10）（2000309改编）行列式$\begin{vmatrix} 1 & a_1 & 0 & \cdots & 0 & 0 \\ 0 & 1 & a_2 & \cdots & 0 & 0 \\ \vdots & \vdots & \vdots & & \vdots & \vdots \\ 0 & 0 & 0 & \cdots & 1 & a_{n-1} \\ a_n & 0 & 0 & \cdots & 0 & 1 \end{vmatrix}=$______.

3. 解答题：（11）～（16）小题，每小题10分，共60分. 解答时应写出文字说明、证明过程或演算步骤.

（11）（2008112,2008212,2008312,2008412改编）求n阶行列式的值：

$$D_n=\begin{vmatrix} 2a & 1 & & & & \\ a^2 & 2a & 1 & & & \\ & a^2 & 2a & 1 & & \\ & & \ddots & \ddots & \ddots & \\ & & & a^2 & 2a & 1 \\ & & & & a^2 & 2a \end{vmatrix}.$$

（12）（1999203）记$f(x)=\begin{vmatrix} x-2 & x-1 & x-2 & x-3 \\ 2x-2 & 2x-1 & 2x-2 & 2x-3 \\ 3x-3 & 3x-2 & 4x-5 & 3x-5 \\ 4x & 4x-3 & 5x-7 & 4x-3 \end{vmatrix}$，求方程$f(x)=0$的根的个数.

（13）（2015104）求 n 阶行列式的值：$D_n=\begin{vmatrix}2&0&\cdots&0&2\\-1&2&\cdots&0&2\\\vdots&\vdots&&\vdots&\vdots\\0&0&\cdots&2&2\\0&0&\cdots&-1&2\end{vmatrix}$.

（14）（1996503）求五阶行列式的值：$D_5=\begin{vmatrix}1-a&a&0&0&0\\-1&1-a&a&0&0\\0&-1&1-a&a&0\\0&0&-1&1-a&a\\0&0&0&-1&1-a\end{vmatrix}$.

（15）（2001403）设行列式 $D=\begin{vmatrix}3&0&4&0\\2&2&2&2\\0&-7&0&0\\5&3&-2&2\end{vmatrix}$，求第 4 行各元素的余子式之和.

（16）（2019204）已知行列式 $D=\begin{vmatrix}1&-1&0&0\\-2&1&-1&1\\3&-2&2&-1\\0&0&3&4\end{vmatrix}$，$A_{ij}$ 表示 D 中 (i,j) 元的代数余子式，求 $A_{11}-A_{12}$.

微课：第1章总复习题·提高篇（16）

本章即时提问答案

本章同步习题答案

本章总复习题答案

02

第 2 章 矩阵

研究现实世界中存在的数量关系是数学的一个重要内容．数首先在数系中经过了从自然数、整数、有理数、实数到复数的不断扩充，然后从数量发展到向量，人类开始以多维的目光研究世界．通过数表引入矩阵后，数的概念得到了进一步扩充，利用矩阵可以把问题变得简洁明了，我们就能更好地把握研究对象的本质特征和变化规律．早在 1858 年，英国数学家凯莱发表了论文《矩阵论的研究报告》，在文中凯莱首先定义了矩阵的某些运算，从而奠定了他矩阵理论创始人的地位．矩阵是代数学的一个重要研究对象，它在数学、自然科学、工程技术及经济学等领域有极为广泛的应用：矩阵乘法是神经网络的基本数学运算，是人工智能的基础；量子信息的基本问题就是各种矩阵变换；卫星导航定位与抗干扰技术同样依赖高效的矩阵运算……同时矩阵也是研究线性方程组和线性变换的有力工具，它是研究离散问题的基本手段．

本章导学

2.1 矩阵的基本概念

本节介绍矩阵的基本概念，并给出几种常用的矩阵．

延伸微课

2.1.1 引例

例 2.1 某加工厂生产的 4 种产品要向 3 个商场供货，供货量如表 2.1 所示．

表 2.1

（单位：件）

	商场 1	商场 2	商场 3
产品 1	15	20	24
产品 2	20	30	10
产品 3	50	35	18
产品 4	65	15	35

例 2.2 某物理实验室中有 3 组同学分别对 5 个电阻的阻值进行测量，测量情况如表 2.2 所示．

表 2.2

（单位：Ω）

	R_1	R_2	R_3	R_4	R_5
1 组	1.32	1.04	4.98	2.38	5.10
2 组	1.51	1.04	5.11	2.29	5.08
3 组	1.44	1.01	5.01	2.54	5.14

我们发现，在现实生活和自然科学的各个领域中经常会使用数表来建立和表达相互之间的联系．为方便使用，我们从这些数表中抽象出矩阵的定义．

2.1.2 矩阵的定义

定义 2.1 由 $m\times n$ 个数 $a_{ij}(i=1,2,\cdots,m;j=1,2,\cdots,n)$ 按一定顺序排成的 m 行 n 列的矩形数表，称为 $m\times n$ 矩阵，简称矩阵．矩阵用黑体的大写英文字母表示，记作

$$\boldsymbol{A}=\begin{pmatrix} a_{11} & a_{12} & \cdots & a_{1n} \\ a_{21} & a_{22} & \cdots & a_{2n} \\ \vdots & \vdots & & \vdots \\ a_{m1} & a_{m2} & \cdots & a_{mn} \end{pmatrix}.$$

其中数 a_{ij} 为位于矩阵 $\boldsymbol{A}$ 中第 i 行第 j 列的元素．以数 a_{ij} 为元素的矩阵记作 (a_{ij}) 或 $(a_{ij})_{m\times n}$，$m\times n$ 矩阵也记作 $\boldsymbol{A}_{m\times n}$．

元素 a_{ij} 是实数的矩阵称为实（数）矩阵，元素 a_{ij} 是复数的矩阵称为复（数）矩阵．如无特殊声明，本书中的矩阵都是指实（数）矩阵．

行数和列数都等于 n 的矩阵称为 n 阶矩阵或 n 阶方阵．

特殊情况下，行数为 1、列数为 n（只有一行）的矩阵

$$\boldsymbol{A}=(a_1 \quad a_2 \quad \cdots \quad a_n)$$

称为行矩阵或行向量．为避免元素间的混淆，行矩阵也记作

$$\boldsymbol{A}=(a_1,a_2,\cdots,a_n).$$

行数为 m、列数为 1（只有一列）的矩阵

$$\boldsymbol{B}=\begin{pmatrix} a_1 \\ a_2 \\ \vdots \\ a_m \end{pmatrix}$$

称为列矩阵或列向量．

若矩阵 $\boldsymbol{A}$ 与矩阵 $\boldsymbol{B}$ 的行数与列数均相等，则称矩阵 $\boldsymbol{A}$ 与 $\boldsymbol{B}$ 为同型矩阵．

在例 2.1 中，该加工厂的供货量可用矩阵表示为

$$\boldsymbol{A}=\begin{pmatrix} 15 & 20 & 24 \\ 20 & 30 & 10 \\ 50 & 35 & 18 \\ 65 & 15 & 35 \end{pmatrix}.$$

例 2.2 中，3 组同学的实验数据可表示为一个 3×5 的矩阵

$$\boldsymbol{B}=\begin{pmatrix} 1.32 & 1.04 & 4.98 & 2.38 & 5.10 \\ 1.51 & 1.04 & 5.11 & 2.29 & 5.08 \\ 1.44 & 1.01 & 5.01 & 2.54 & 5.14 \end{pmatrix}.$$

我们可以很容易地从中找到第 i 组同学对第 j 个电阻的测量值 $a_{ij}(i=1,2,3;j=1,2,3,4,5)$．

事实上，从形式上看，矩阵就是除去了框线的表格．

例 2.3 港口间的航线.

图 2.1 所示是 4 个港口间的单向航线.

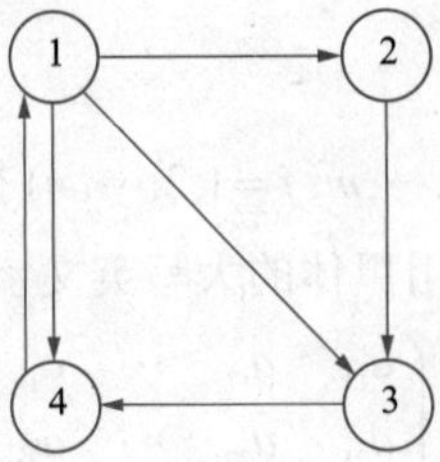

图 2.1

如果记

$$a_{ij}=\begin{cases}1,\text{从第 } i \text{ 港口到第 } j \text{ 港口有1条单向航线},\\0,\text{从第 } i \text{ 港口到第 } j \text{ 港口没有单向航线},\end{cases}$$

则 4 个港口间的航线情况可用下列矩阵表示：

$$\boldsymbol{C}=\begin{pmatrix}0&1&1&1\\0&0&1&0\\0&0&0&1\\1&0&0&0\end{pmatrix}.$$

2.1.3 几种特殊矩阵

微课：几种特殊矩阵

1. 零矩阵

元素均为 0 的矩阵称为零矩阵，记作 $\boldsymbol{O}_{m\times n}$，也简记作 $\boldsymbol{O}$（大写字母）. 注意，不同型的零矩阵是不相等的，例如，二阶零矩阵与 4×1 零矩阵不相等，即

$$\begin{pmatrix}0&0\\0&0\end{pmatrix}\neq\begin{pmatrix}0\\0\\0\\0\end{pmatrix}.$$

2. 三角矩阵

主对角线上方元素均为 0 的 n 阶方阵

$$\begin{pmatrix}a_{11}&0&\cdots&0\\a_{21}&a_{22}&\cdots&0\\\vdots&\vdots&&\vdots\\a_{n1}&a_{n2}&\cdots&a_{nn}\end{pmatrix}$$

称为 n 阶下三角矩阵.

主对角线下方元素均为 0 的 n 阶方阵

$$\begin{pmatrix}a_{11}&a_{12}&\cdots&a_{1n}\\0&a_{22}&\cdots&a_{2n}\\\vdots&\vdots&&\vdots\\0&0&\cdots&a_{nn}\end{pmatrix}$$

称为 n 阶上三角矩阵.

上三角矩阵与下三角矩阵统称为三角矩阵.

3. 对角矩阵

主对角线之外的元素均为 0，而主对角线元素不全为 0 的 n 阶方阵

$$\begin{pmatrix} \lambda_1 & 0 & \cdots & 0 \\ 0 & \lambda_2 & \cdots & 0 \\ \vdots & \vdots & & \vdots \\ 0 & 0 & \cdots & \lambda_n \end{pmatrix}$$

称为 n 阶对角矩阵. n 阶对角矩阵也常记作 $\boldsymbol{\Lambda} = \mathrm{diag}(\lambda_1, \lambda_2, \cdots, \lambda_n)$.

4. 单位矩阵

主对角线元素均为 1 的 n 阶对角矩阵

$$\begin{pmatrix} 1 & 0 & \cdots & 0 \\ 0 & 1 & \cdots & 0 \\ \vdots & \vdots & & \vdots \\ 0 & 0 & \cdots & 1 \end{pmatrix}$$

称为 n 阶单位矩阵，记作 $\boldsymbol{E}_n$ 或 $\boldsymbol{I}_n$，简记作 $\boldsymbol{E}$ 或 $\boldsymbol{I}$.

5. 数量矩阵

主对角线元素均为 a 的 n 阶对角矩阵

$$\begin{pmatrix} a & 0 & \cdots & 0 \\ 0 & a & \cdots & 0 \\ \vdots & \vdots & & \vdots \\ 0 & 0 & \cdots & a \end{pmatrix}$$

称为n阶数量矩阵或n阶标量矩阵，简记作$a\boldsymbol{E}$或$a\boldsymbol{I}$.

6. 梯形矩阵

设 $\boldsymbol{A} = (a_{ij})_{m\times n}$，若当 $i > j$ 时，恒有 $a_{ij} = 0$，且各行第 1 个非零元素前面零元素的个数随行标增大而增多，则称该矩阵为上梯形矩阵. 例如

$$\begin{pmatrix} 1 & 2 & 3 & 4 & 5 \\ 0 & 0 & 7 & 8 & 0 \\ 0 & 0 & 0 & 0 & 0 \end{pmatrix}, \begin{pmatrix} 5 & 7 & 0 & 12 & 3 \\ 0 & 1 & 2 & 2 & 1 \\ 0 & 0 & 0 & 8 & 9 \\ 0 & 0 & 0 & 0 & 1 \end{pmatrix}, \begin{pmatrix} 1 & 0 & 0 & 1 \\ 0 & 1 & 0 & 1 \\ 0 & 0 & 1 & 4 \end{pmatrix}.$$

若当 $i < j$ 时，恒有 $a_{ij} = 0$，且各行最后一个非零元素后面零元素的个数随行标增大而减少，则称该矩阵为下梯形矩阵. 例如

$$\begin{pmatrix} 1 & 0 & 0 & 0 & 0 \\ -9 & 6 & 0 & 0 & 0 \\ 1 & 2 & 3 & 0 & 0 \\ 5 & 2 & 3 & 3 & 0 \end{pmatrix}, \begin{pmatrix} 0 & 0 & 0 & 0 \\ 1 & 0 & 0 & 0 \\ 2 & 2 & 0 & 0 \end{pmatrix}.$$

显然，上三角矩阵是上梯形矩阵的特例，下三角矩阵是下梯形矩阵的特例.

前面给出的 3 个上梯形矩阵有一个共同的特点：可画一条阶梯线，线的下方全为零；每个台阶只有一行，台阶数就是非零行的行数；每一个非零行的第 1 个非零元素位于上一行第 1 个非零元素的右侧，即

$$\begin{pmatrix} 1 & 2 & 3 & 4 & 5 \\ 0 & 0 & 7 & 8 & 0 \\ 0 & 0 & 0 & 0 & 0 \end{pmatrix}, \begin{pmatrix} 5 & 7 & 0 & 12 & 3 \\ 0 & 1 & 2 & 2 & 1 \\ 0 & 0 & 0 & 8 & 9 \\ 0 & 0 & 0 & 0 & 1 \end{pmatrix}, \begin{pmatrix} 1 & 0 & 0 & 1 \\ 0 & 1 & 0 & 1 \\ 0 & 0 & 1 & 4 \end{pmatrix}.$$

这样的矩阵称为行阶梯形矩阵，简称阶梯形矩阵．对于最后一个矩阵，它的非零行的第 1 个非零元素全为 1，并且这些“1”所在的列的其余元素全为 0，这样的行阶梯形矩阵称为行最简形矩阵.

同步习题 2.1

基础题

写出对应矩阵.

（1）$\begin{cases} y_1 = x_1, \\ y_2 = x_2, \\ \cdots\cdots\cdots\cdots \\ y_n = x_n. \end{cases}$　　（2）$\begin{cases} y_1 = \lambda_1 x_1, \\ y_2 = \lambda_2 x_2, \\ \cdots\cdots\cdots\cdots \\ y_n = \lambda_n x_n. \end{cases}$

提高题

甲、乙两人之间进行 3 种比赛．前 2 种为智力比赛（只分输、赢两种结果），规定第 1 种比赛赢者得 3 分，输者得 –2 分；第 2 种比赛赢者得 2 分，输者得 –2 分．第 3 种比赛为耐力比赛，计分方法如下：先完成者得 5 分，后完成者得 3 分，中途放弃者得 0 分．现已知乙在 3 种比赛中的得分为 $3,-2,0$，试用矩阵表示甲、乙两人的得分情况.

2.2 矩阵的运算

矩阵是数学上量与量之间的一种运算符号，为了研究量与量之间的关系，本节引入矩阵的基本运算，主要包括矩阵的线性运算、矩阵乘法、矩阵的转置、方阵的行列式等．同时在本节中我们还将认识伴随矩阵，为讨论矩阵的逆矩阵做好准备.

2.2.1 矩阵的线性运算

定义 2.2 设矩阵 $\boldsymbol{A}=(a_{ij})_{m\times n}$ 和矩阵 $\boldsymbol{B}=(b_{ij})_{m\times n}$ 是同型矩阵，且它们的对应元素相等，即

$$a_{ij}=b_{ij}\quad(i=1,2,\cdots,m;j=1,2,\cdots,n),$$

此时称矩阵 $\boldsymbol{A}$ 与矩阵 $\boldsymbol{B}$ 相等，记作 $\boldsymbol{A}=\boldsymbol{B}$. 即完全相同的两个矩阵才相等.

定义 2.3 设矩阵 $\boldsymbol{A}=(a_{ij})_{m\times n}$ 和 $\boldsymbol{B}=(b_{ij})_{m\times n}$ 是同型矩阵，称 $\boldsymbol{C}=(c_{ij})_{m\times n}=(a_{ij}+b_{ij})_{m\times n}$ 为矩阵 $\boldsymbol{A}$ 与 $\boldsymbol{B}$ 的和，记作 $\boldsymbol{C}=\boldsymbol{A}+\boldsymbol{B}$，即

$$\boldsymbol{C}=\boldsymbol{A}+\boldsymbol{B}=\begin{pmatrix}a_{11}+b_{11} & a_{12}+b_{12} & \cdots & a_{1n}+b_{1n}\\ a_{21}+b_{21} & a_{22}+b_{22} & \cdots & a_{2n}+b_{2n}\\ \vdots & \vdots & & \vdots\\ a_{m1}+b_{m1} & a_{m2}+b_{m2} & \cdots & a_{mn}+b_{mn}\end{pmatrix}.$$

注 只有两个同型矩阵才能做加法运算 .

矩阵的加法就是把两个矩阵中的对应元素相加，由于数的加法满足交换律和结合律，因此矩阵的加法也满足交换律和结合律 .

性质 2.1 设 $\boldsymbol{A},\boldsymbol{B},\boldsymbol{C}$ 均为 $m\times n$ 矩阵，有

（1）交换律 $\boldsymbol{A}+\boldsymbol{B}=\boldsymbol{B}+\boldsymbol{A}$；

（2）结合律 $(\boldsymbol{A}+\boldsymbol{B})+\boldsymbol{C}=\boldsymbol{A}+(\boldsymbol{B}+\boldsymbol{C})$.

若矩阵 $\boldsymbol{A}=(a_{ij})_{m\times n}$，记 $-\boldsymbol{A}=(-a_{ij})_{m\times n}$，则称 $-\boldsymbol{A}$ 为 $\boldsymbol{A}$ 的负矩阵.

显然有 $\boldsymbol{A}+\boldsymbol{O}=\boldsymbol{A}$, $\boldsymbol{A}+(-\boldsymbol{A})=\boldsymbol{O}$，这里 $\boldsymbol{A}$ 与 $\boldsymbol{O}$ 为同型矩阵.

由此规定矩阵的减法为 $\boldsymbol{A}-\boldsymbol{B}=\boldsymbol{A}+(-\boldsymbol{B})$，称 $\boldsymbol{A}-\boldsymbol{B}$ 为矩阵 $\boldsymbol{A}$ 与 $\boldsymbol{B}$ 的差.

定义 2.4 将数 λ 与矩阵 $\boldsymbol{A}=(a_{ij})_{m\times n}$ 的乘积记作 $\lambda\boldsymbol{A}$，规定 $\lambda\boldsymbol{A}=(\lambda a_{ij})_{m\times n}$，即

$$\lambda\boldsymbol{A}=\begin{pmatrix}\lambda a_{11} & \lambda a_{12} & \cdots & \lambda a_{1n}\\ \lambda a_{21} & \lambda a_{22} & \cdots & \lambda a_{2n}\\ \vdots & \vdots & & \vdots\\ \lambda a_{m1} & \lambda a_{m2} & \cdots & \lambda a_{mn}\end{pmatrix}.$$

上述数与矩阵的乘法运算称为数乘矩阵. 数乘矩阵就是用数去乘矩阵中的每个元素，因此，由数乘的运算规律可以直接验证出数乘矩阵应该满足的运算规律.

性质 2.2 设 $\boldsymbol{A}$ 与 $\boldsymbol{B}$ 为同型矩阵，λ 与 μ 是数.

（1）$\lambda\boldsymbol{A}=\boldsymbol{A}\lambda$.

（2）$(\lambda\mu)\boldsymbol{A}=\lambda(\mu\boldsymbol{A})$.

（3）$(\lambda+\mu)\boldsymbol{A}=\lambda\boldsymbol{A}+\mu\boldsymbol{A}$.

（4）$\lambda(\boldsymbol{A}+\boldsymbol{B})=\lambda\boldsymbol{A}+\lambda\boldsymbol{B}$.

矩阵的加法和数乘矩阵合起来，统称为矩阵的线性运算.

例 2.4 设 $\boldsymbol{A}=\begin{pmatrix}-1 & 4 & 5\\ 2 & 0 & 1\end{pmatrix}$, $\boldsymbol{B}=\begin{pmatrix}3 & 0 & -7\\ -1 & 1 & -2\end{pmatrix}$，求 $2\boldsymbol{A}-3\boldsymbol{B}$.

解 根据矩阵的加法运算法则和数乘矩阵运算法则，容易求得

$$2\boldsymbol{A}-3\boldsymbol{B}=2\begin{pmatrix}-1 & 4 & 5\\ 2 & 0 & 1\end{pmatrix}-3\begin{pmatrix}3 & 0 & -7\\ -1 & 1 & -2\end{pmatrix}$$

$$=\begin{pmatrix}-2 & 8 & 10\\ 4 & 0 & 2\end{pmatrix}-\begin{pmatrix}9 & 0 & -21\\ -3 & 3 & -6\end{pmatrix}=\begin{pmatrix}-11 & 8 & 31\\ 7 & -3 & 8\end{pmatrix}.$$

2.2.2 线性变换与矩阵乘法

在许多实际问题中，我们经常遇到 m 个变量 $y_1,y_2,\cdots,y_m$ 用 n 个变量 $x_1,x_2,\cdots,x_n$ 线性表示，即

$$\begin{cases}y_1=a_{11}x_1+a_{12}x_2+\cdots+a_{1n}x_n,\\ y_2=a_{21}x_1+a_{22}x_2+\cdots+a_{2n}x_n,\\ \cdots\cdots\cdots\cdots\\ y_m=a_{m1}x_1+a_{m2}x_2+\cdots+a_{mn}x_n.\end{cases}$$

给定 n 个数 $x_1,x_2,\cdots,x_n$，经过线性计算得到 m 个数 $y_1,y_2,\cdots,y_m$，从变量 $x_1,x_2,\cdots,x_n$ 到变量 $y_1,y_2,\cdots,y_m$ 的变换就定义为线性变换．线性变换的系数 a_{ij} 构成的矩阵 $\boldsymbol{A}=(a_{ij})_{m\times n}$ 称为系数矩阵．

给定了线性变换，就确定了一个系数矩阵；反之，若给定一个矩阵作为线性变换的系数矩阵，则线性变换也就确定了．在这个意义上，线性变换与矩阵之间存在一一对应的关系．

设有两个线性变换

$$\begin{cases}y_1=a_{11}x_1+a_{12}x_2+a_{13}x_3,\\ y_2=a_{21}x_1+a_{22}x_2+a_{23}x_3,\end{cases}\tag{2.1}$$

$$\begin{cases}x_1=b_{11}t_1+b_{12}t_2,\\ x_2=b_{21}t_1+b_{22}t_2,\\ x_3=b_{31}t_1+b_{32}t_2,\end{cases}\tag{2.2}$$

式（2.1）对应的系数矩阵

$$\boldsymbol{A}=\begin{pmatrix}a_{11} & a_{12} & a_{13}\\ a_{21} & a_{22} & a_{23}\end{pmatrix},$$

式（2.2）对应的系数矩阵

$$\boldsymbol{B}=\begin{pmatrix}b_{11} & b_{12}\\ b_{21} & b_{22}\\ b_{31} & b_{32}\end{pmatrix},$$

为了求出从 t_1,t_2 到 y_1,y_2 的线性变换，可将式（2.2）代入式（2.1），得

$$\begin{cases}y_1=(a_{11}b_{11}+a_{12}b_{21}+a_{13}b_{31})t_1+(a_{11}b_{12}+a_{12}b_{22}+a_{13}b_{32})t_2,\\ y_2=(a_{21}b_{11}+a_{22}b_{21}+a_{23}b_{31})t_1+(a_{21}b_{12}+a_{22}b_{22}+a_{23}b_{32})t_2.\end{cases}\tag{2.3}$$

式（2.3）可看成先作式（2.2）线性变换再作式（2.1）线性变换的结果．我们把式（2.3）对应的系数矩阵记为

$$\begin{pmatrix}a_{11}b_{11}+a_{12}b_{21}+a_{13}b_{31} & a_{11}b_{12}+a_{12}b_{22}+a_{13}b_{32}\\ a_{21}b_{11}+a_{22}b_{21}+a_{23}b_{31} & a_{21}b_{12}+a_{22}b_{22}+a_{23}b_{32}\end{pmatrix}.$$

我们把式（2.3）称为式（2.1）与式（2.2）的乘积，相应地，式（2.3）所对应的系数矩阵定义为式（2.1）与式（2.2）所对应的系数矩阵的乘积，即

$$\begin{pmatrix} a_{11} & a_{12} & a_{13} \\ a_{21} & a_{22} & a_{23} \end{pmatrix}\begin{pmatrix} b_{11} & b_{12} \\ b_{21} & b_{22} \\ b_{31} & b_{32} \end{pmatrix}=\begin{pmatrix} a_{11}b_{11}+a_{12}b_{21}+a_{13}b_{31} & a_{11}b_{12}+a_{12}b_{22}+a_{13}b_{32} \\ a_{21}b_{11}+a_{22}b_{21}+a_{23}b_{31} & a_{21}b_{12}+a_{22}b_{22}+a_{23}b_{32} \end{pmatrix}.$$

由此推广，可得到一般矩阵乘法的定义.

定义 2.5 设矩阵 $\boldsymbol{A}=(a_{ij})_{m\times s}$，矩阵 $\boldsymbol{B}=(b_{ij})_{s\times n}$，则它们的乘积 $\boldsymbol{AB}$ 等于矩阵 $\boldsymbol{C}=(c_{ij})_{m\times n}$，记作 $\boldsymbol{AB}=\boldsymbol{C}$，其中

$$c_{ij}=(a_{i1},a_{i2},\cdots,a_{is})\begin{pmatrix} b_{1j} \\ b_{2j} \\ \vdots \\ b_{sj} \end{pmatrix}=a_{i1}b_{1j}+a_{i2}b_{2j}+\cdots+a_{is}b_{sj}\ (i=1,2,\cdots,m;j=1,2,\cdots,n).$$

需要注意的是，第 1 个矩阵的列数等于第 2 个矩阵的行数，两个矩阵的乘法才有意义，即应有 $\boldsymbol{A}_{m\times s}\boldsymbol{B}_{s\times n}=\boldsymbol{C}_{m\times n}$. 而乘积矩阵 $\boldsymbol{C}$ 的元素 c_{ij} 是把矩阵 $\boldsymbol{A}$ 中的第 i 行元素与矩阵 $\boldsymbol{B}$ 中的第 j 列元素对应相乘后再相加得到的，即 $c_{ij}=\sum_{t=1}^{s}a_{it}b_{tj}$.

例 2.5 设 $\boldsymbol{A}=\begin{pmatrix} a_1 \\ a_2 \\ \vdots \\ a_n \end{pmatrix}$, $\boldsymbol{B}=(b_1,b_2,\cdots,b_n)$，求 $\boldsymbol{AB}$ 与 $\boldsymbol{BA}$.

微课：例2.5

解 根据矩阵乘法的定义，可以求得

$$\boldsymbol{AB}=\begin{pmatrix} a_1 \\ a_2 \\ \vdots \\ a_n \end{pmatrix}(b_1,b_2,\cdots,b_n)=\begin{pmatrix} a_1b_1 & a_1b_2 & \cdots & a_1b_n \\ a_2b_1 & a_2b_2 & \cdots & a_2b_n \\ \vdots & \vdots & & \vdots \\ a_nb_1 & a_nb_2 & \cdots & a_nb_n \end{pmatrix},$$

$$\boldsymbol{BA}=(b_1,b_2,\cdots,b_n)\begin{pmatrix} a_1 \\ a_2 \\ \vdots \\ a_n \end{pmatrix}=b_1a_1+b_2a_2+\cdots+b_na_n.$$

从以上运算可以看出，即使 $\boldsymbol{AB}$ 与 $\boldsymbol{BA}$ 都有意义，也未必是同型矩阵，当然也不能保证相等.

例 2.6 计算矩阵乘积 $\boldsymbol{AB}$ 与 $\boldsymbol{BA}$，其中

$$\boldsymbol{A}=\begin{pmatrix} 2 & 2 \\ -2 & -2 \end{pmatrix},\ \boldsymbol{B}=\begin{pmatrix} 1 \\ -1 \end{pmatrix}.$$

解 因为 $\boldsymbol{A}$ 是 2×2 矩阵，$\boldsymbol{B}$ 是 2×1 矩阵，所以 $\boldsymbol{AB}$ 是 2×1 矩阵. 由于矩阵 $\boldsymbol{B}$ 的列数不等于矩阵 $\boldsymbol{A}$ 的行数，所以 $\boldsymbol{BA}$ 无意义.

$$\boldsymbol{AB}=\begin{pmatrix} 2 & 2 \\ -2 & -2 \end{pmatrix}\begin{pmatrix} 1 \\ -1 \end{pmatrix}=\begin{pmatrix} 0 \\ 0 \end{pmatrix}.$$

例 2.7 设 $\boldsymbol{A}=\begin{pmatrix}1&1\\-1&-1\end{pmatrix}, \boldsymbol{B}=\begin{pmatrix}-2&1\\2&-1\end{pmatrix}, \boldsymbol{C}=\begin{pmatrix}2&3\\1&-3\end{pmatrix}, \boldsymbol{D}=\begin{pmatrix}1&-1\\2&1\end{pmatrix}$，计算 $\boldsymbol{AB},\boldsymbol{BA},\boldsymbol{AC},\boldsymbol{AD}$.

解 根据矩阵乘法的定义，不难求得

$$\boldsymbol{AB}=\begin{pmatrix}1&1\\-1&-1\end{pmatrix}\begin{pmatrix}-2&1\\2&-1\end{pmatrix}=\begin{pmatrix}0&0\\0&0\end{pmatrix},$$

$$\boldsymbol{BA}=\begin{pmatrix}-2&1\\2&-1\end{pmatrix}\begin{pmatrix}1&1\\-1&-1\end{pmatrix}=\begin{pmatrix}-3&-3\\3&3\end{pmatrix},$$

计算机可视化

$$\boldsymbol{AC}=\begin{pmatrix}1&1\\-1&-1\end{pmatrix}\begin{pmatrix}2&3\\1&-3\end{pmatrix}=\begin{pmatrix}3&0\\-3&0\end{pmatrix},$$

$$\boldsymbol{AD}=\begin{pmatrix}1&1\\-1&-1\end{pmatrix}\begin{pmatrix}1&-1\\2&1\end{pmatrix}=\begin{pmatrix}3&0\\-3&0\end{pmatrix}.$$

由此可见，矩阵乘法与数的乘法在运算中有许多不同之处，需要注意.

（1）矩阵乘法不满足交换律. 这是因为 $\boldsymbol{AB}$ 与 $\boldsymbol{BA}$ 不一定都有意义；即使 $\boldsymbol{AB}$ 与 $\boldsymbol{BA}$ 都有意义，也不一定有 $\boldsymbol{AB}=\boldsymbol{BA}$ 成立（见例 2.7）.

特别地，对于方阵 $\boldsymbol{A},\boldsymbol{B}$，如果有 $\boldsymbol{AB}=\boldsymbol{BA}$，则称矩阵 $\boldsymbol{A},\boldsymbol{B}$ 可交换.

（2）在矩阵乘法的运算中，“若 $\boldsymbol{AB}=\boldsymbol{O}$，则必有 $\boldsymbol{A}=\boldsymbol{O}$ 或 $\boldsymbol{B}=\boldsymbol{O}$” 这个结论不一定成立（见例 2.6）.

（3）矩阵乘法的消去律不成立，即“若 $\boldsymbol{AD}=\boldsymbol{AC}$ 且 $\boldsymbol{A}\neq\boldsymbol{O}$，则 $\boldsymbol{D}=\boldsymbol{C}$” 这个结论不一定成立（见例 2.7）.

矩阵乘法虽然不满足交换律，但它满足以下运算规律.

性质 2.3 设以下运算都有意义.

（1）结合律：$(\boldsymbol{AB})\boldsymbol{C}=\boldsymbol{A}(\boldsymbol{BC})$.

（2）分配律：$\boldsymbol{A}(\boldsymbol{B}+\boldsymbol{C})=\boldsymbol{AB}+\boldsymbol{AC}$，$(\boldsymbol{B}+\boldsymbol{C})\boldsymbol{A}=\boldsymbol{BA}+\boldsymbol{CA}$.

（3）$\lambda\boldsymbol{AB}=(\lambda\boldsymbol{A})\boldsymbol{B}=\boldsymbol{A}(\lambda\boldsymbol{B})$.

不难得到以下结论.

（1）$\boldsymbol{E}_m\boldsymbol{A}_{m\times n}=\boldsymbol{A}_{m\times n}$，$\boldsymbol{A}_{m\times n}\boldsymbol{E}_n=\boldsymbol{A}_{m\times n}$，或者写成 $\boldsymbol{EA}=\boldsymbol{AE}=\boldsymbol{A}$，即单位矩阵 $\boldsymbol{E}$ 在矩阵乘法中的作用类似于数 1.

（2）由于 n 阶方阵 $\boldsymbol{A}$ 可以自乘，我们给出方阵 $\boldsymbol{A}$ 的幂的定义：设 $\boldsymbol{A}$ 为 n 阶方阵，k 是正整数，规定

$$\boldsymbol{A}^k=\overbrace{\boldsymbol{AA}\cdots\boldsymbol{A}}^{k}.$$

特别地，当 $\boldsymbol{A}$ 为非零方阵时，规定 $\boldsymbol{A}^0=\boldsymbol{E}$.

由此易证

$$\boldsymbol{A}^m\boldsymbol{A}^n=\boldsymbol{A}^{m+n},\ (\boldsymbol{A}^m)^n=\boldsymbol{A}^{mn}\ (\ m,n\text{ 是正整数 }).$$

【即时提问 2.1】设 $\boldsymbol{A},\boldsymbol{B}$ 均为 n 阶方阵，k 是正整数，判断 $(\boldsymbol{AB})^k=\boldsymbol{A}^k\boldsymbol{B}^k$ 是否正确，并说明理由.

设函数$f(x)=a_mx^m+a_{m-1}x^{m-1}+\cdots+a_1x+a_0,a_m\neq 0$，它是变量$x$的一个$m$次多项式，现用$n$阶方阵$\boldsymbol{A}$代替变量$x$，就得到一个矩阵$\boldsymbol{A}$的计算式，记作

$$f(\boldsymbol{A})=a_m\boldsymbol{A}^m+a_{m-1}\boldsymbol{A}^{m-1}+\cdots+a_1\boldsymbol{A}+a_0\boldsymbol{E},$$

称其为矩阵$\boldsymbol{A}$的m次多项式，它的计算结果$f(\boldsymbol{A})$仍然是n阶方阵.

例 2.8 设$f(x)=x^2-3x+1$，$\boldsymbol{A}=\begin{pmatrix}2&0&1\\1&1&0\\0&-1&1\end{pmatrix}$，求$f(\boldsymbol{A})$.

解 先计算$\boldsymbol{A}^2$.

$$\boldsymbol{A}^2=\begin{pmatrix}2&0&1\\1&1&0\\0&-1&1\end{pmatrix}\begin{pmatrix}2&0&1\\1&1&0\\0&-1&1\end{pmatrix}=\begin{pmatrix}4&-1&3\\3&1&1\\-1&-2&1\end{pmatrix},$$

则

$$f(\boldsymbol{A})=\boldsymbol{A}^2-3\boldsymbol{A}+\boldsymbol{E}$$
$$=\begin{pmatrix}4&-1&3\\3&1&1\\-1&-2&1\end{pmatrix}-\begin{pmatrix}6&0&3\\3&3&0\\0&-3&3\end{pmatrix}+\begin{pmatrix}1&0&0\\0&1&0\\0&0&1\end{pmatrix}=\begin{pmatrix}-1&-1&0\\0&-1&1\\-1&1&-1\end{pmatrix}.$$

在本例中，不能将矩阵$\boldsymbol{A}$的多项式$f(\boldsymbol{A})=\boldsymbol{A}^2-3\boldsymbol{A}+\boldsymbol{E}$写成$f(\boldsymbol{A})=\boldsymbol{A}^2-3\boldsymbol{A}+1$的形式.

例 2.9 已知$\boldsymbol{A}=\begin{pmatrix}1&\frac{1}{2}&\frac{1}{3}\\2&1&\frac{2}{3}\\3&\frac{3}{2}&1\end{pmatrix}$，求$\boldsymbol{A}^n$.

解 根据矩阵乘法的运算规律，可得

$$\boldsymbol{A}^2=\begin{pmatrix}1&\frac{1}{2}&\frac{1}{3}\\2&1&\frac{2}{3}\\3&\frac{3}{2}&1\end{pmatrix}\begin{pmatrix}1&\frac{1}{2}&\frac{1}{3}\\2&1&\frac{2}{3}\\3&\frac{3}{2}&1\end{pmatrix}=\begin{pmatrix}3&\frac{3}{2}&1\\6&3&2\\9&\frac{9}{2}&3\end{pmatrix}=3\begin{pmatrix}1&\frac{1}{2}&\frac{1}{3}\\2&1&\frac{2}{3}\\3&\frac{3}{2}&1\end{pmatrix}=3\boldsymbol{A},$$

故$\boldsymbol{A}^3=\boldsymbol{A}^2\boldsymbol{A}=3\boldsymbol{A}\boldsymbol{A}=3^2\boldsymbol{A}$. 以此类推，有

$$\boldsymbol{A}^n=3^{n-1}\boldsymbol{A}=3^{n-1}\begin{pmatrix}1&\frac{1}{2}&\frac{1}{3}\\2&1&\frac{2}{3}\\3&\frac{3}{2}&1\end{pmatrix}.$$

例 2.10 线性方程组的表示问题.

设有线性方程组

$$\begin{cases} a_{11}x_1 + a_{12}x_2 + \cdots + a_{1n}x_n = b_1, \\ a_{21}x_1 + a_{22}x_2 + \cdots + a_{2n}x_n = b_2, \\ \cdots\cdots\cdots\cdots \\ a_{m1}x_1 + a_{m2}x_2 + \cdots + a_{mn}x_n = b_m. \end{cases}$$

把每个方程中未知量的系数按顺序排列构成矩阵 $\boldsymbol{A} = \begin{pmatrix} a_{11} & a_{12} & \cdots & a_{1n} \\ a_{21} & a_{22} & \cdots & a_{2n} \\ \vdots & \vdots & & \vdots \\ a_{m1} & a_{m2} & \cdots & a_{mn} \end{pmatrix}$，称矩阵 A 为该线性方程组的系数矩阵．令 $\boldsymbol{x} = \begin{pmatrix} x_1 \\ x_2 \\ \vdots \\ x_n \end{pmatrix}$, $\boldsymbol{b} = \begin{pmatrix} b_1 \\ b_2 \\ \vdots \\ b_m \end{pmatrix}$，根据矩阵乘法的运算规律有

$$\boldsymbol{Ax} = \begin{pmatrix} a_{11} & a_{12} & \cdots & a_{1n} \\ a_{21} & a_{22} & \cdots & a_{2n} \\ \vdots & \vdots & & \vdots \\ a_{m1} & a_{m2} & \cdots & a_{mn} \end{pmatrix} \begin{pmatrix} x_1 \\ x_2 \\ \vdots \\ x_n \end{pmatrix} = \begin{pmatrix} a_{11}x_1 + a_{12}x_2 + \cdots + a_{1n}x_n \\ a_{21}x_1 + a_{22}x_2 + \cdots + a_{2n}x_n \\ \cdots\cdots\cdots \\ a_{m1}x_1 + a_{m2}x_2 + \cdots + a_{mn}x_n \end{pmatrix}.$$

再根据矩阵相等的定义，该线性方程组就有了对应的矩阵表示式 $\boldsymbol{Ax} = \boldsymbol{b}$.

例 2.11 路线选择问题.

图 2.2 所示为 A, B, C 3 个城市间的交通线路情况（每条线路可双向通行）．小悦从其中一个城市出发直达另一个城市，她可以有几种选择？如果她想从某一个城市出发，先经过另一个城市，再到达第 3 个城市，她又可以有几种选择？

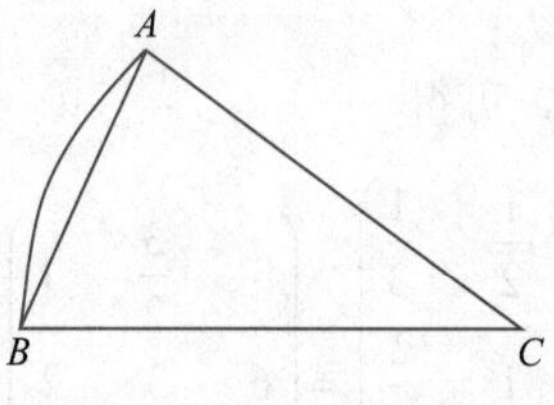

图 2.2

解 从一个城市直达另一个城市的线路组成一个矩阵，称为一级路矩阵．一级路矩阵为

$$\boldsymbol{M} = (a_{ij}) = \begin{matrix} & \begin{matrix} A & B & C \end{matrix} \\ \begin{matrix} A \\ B \\ C \end{matrix} & \begin{pmatrix} 0 & 2 & 1 \\ 2 & 0 & 1 \\ 1 & 1 & 0 \end{pmatrix} \end{matrix}.$$

例如 $a_{12} = 2$，表示 A 城市到 B 城市有 2 条线路.

从一个城市经过另一个城市到达第 3 个城市的线路组成一个矩阵，称为二级路矩阵．二级路矩阵为

$$N = M^2 = (b_{ij}) = \begin{pmatrix} 0 & 2 & 1 \\ 2 & 0 & 1 \\ 1 & 1 & 0 \end{pmatrix}\begin{pmatrix} 0 & 2 & 1 \\ 2 & 0 & 1 \\ 1 & 1 & 0 \end{pmatrix} = \begin{matrix} \\ A \\ B \\ C \end{matrix}\begin{matrix} A & B & C \\ \left(\begin{matrix} 5 \\ 1 \\ 2 \end{matrix}\right. & \begin{matrix} 1 \\ 5 \\ 2 \end{matrix} & \left.\begin{matrix} 2 \\ 2 \\ 2 \end{matrix}\right) \end{matrix}.$$

例如 $b_{12}=1$，表示从 A 城市到 B 城市，中间要经过另一个城市的线路只有1条，即 $A \to C \to B$．同样可以有三级、四级直至 n 级路矩阵．

例 2.12 矩阵在图形学上的应用．

平面图形是由一条或若干条封闭起来的曲线围成的区域构成的，如字母 L 是由 a,b,c,d,e,f 共 6 条线段围成的，如图 2.3 所示．将 6 个点的坐标使用矩阵的方式记录如下：

$$\boldsymbol{A} = \begin{pmatrix} 0 & 4 & 4 & 1 & 1 & 0 \\ 0 & 0 & 1 & 1 & 6 & 6 \end{pmatrix},$$

其中第 i 个列向量就是第 i 个点的坐标．

数乘矩阵 $k\boldsymbol{A}$ 对应的图形就是把图 2.3 放大 k 倍．

如果我们想得到字母 L 的斜体 L，可以通过矩阵乘法来实现．例如，令矩阵 $\boldsymbol{P} = \begin{pmatrix} 1 & 0.25 \\ 0 & 1 \end{pmatrix}$，

则有 $\boldsymbol{PA} = \begin{pmatrix} 1 & 0.25 \\ 0 & 1 \end{pmatrix}\begin{pmatrix} 0 & 4 & 4 & 1 & 1 & 0 \\ 0 & 0 & 1 & 1 & 6 & 6 \end{pmatrix} = \begin{pmatrix} 0 & 4 & 4.25 & 1.25 & 2.5 & 1.5 \\ 0 & 0 & 1 & 1 & 6 & 6 \end{pmatrix}$．

矩阵 $\boldsymbol{PA}$ 所对应的字母为斜体，如图 2.4 所示．

若记 $\boldsymbol{P} = \begin{pmatrix} p & p_{12} \\ 0 & p \end{pmatrix}$，则 p 的取值可以用来调整字母的大小，而 p_{12} 的取值可以用来控制字母的倾斜度．

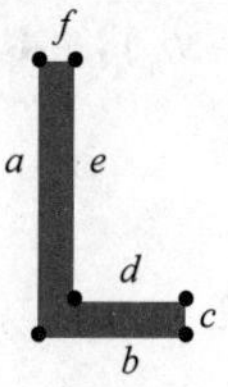

图 2.3

图 2.4

2.2.3 矩阵的转置

在了解了行列式转置的前提下，矩阵转置的定义不难理解，但它们是两个截然不同的概念，它们之间存在很大的差异．

定义 2.6 设 $m \times n$ 矩阵

$$\boldsymbol{A} = \begin{pmatrix} a_{11} & a_{12} & \cdots & a_{1n} \\ a_{21} & a_{22} & \cdots & a_{2n} \\ \vdots & \vdots & & \vdots \\ a_{m1} & a_{m2} & \cdots & a_{mn} \end{pmatrix},$$

将其对应的行与列互换位置，得到一个 $n \times m$ 的新矩阵

$$\begin{pmatrix} a_{11} & a_{21} & \cdots & a_{m1} \\ a_{12} & a_{22} & \cdots & a_{m2} \\ \vdots & \vdots & & \vdots \\ a_{1n} & a_{2n} & \cdots & a_{mn} \end{pmatrix},$$

称为矩阵 $\boldsymbol{A}$ 的转置矩阵，记作 $\boldsymbol{A}^{\mathrm{T}}$.

例如，矩阵 $\boldsymbol{A}=\begin{pmatrix} 3 & -1 & 5 \\ -2 & 1 & -8 \end{pmatrix}$，它的转置矩阵 $\boldsymbol{A}^{\mathrm{T}}=\begin{pmatrix} 3 & -2 \\ -1 & 1 \\ 5 & -8 \end{pmatrix}$.

行矩阵 $\boldsymbol{A}=(2,-2,1)$，它的转置矩阵为列矩阵 $\boldsymbol{A}^{\mathrm{T}}=\begin{pmatrix} 2 \\ -2 \\ 1 \end{pmatrix}$.

矩阵的转置也可以看成一种运算（一元运算），它满足以下运算规律.

性质 2.4 设以下运算都有意义，k 是常数.

（1）$(\boldsymbol{A}^{\mathrm{T}})^{\mathrm{T}}=\boldsymbol{A}$.

（2）$(\boldsymbol{A}+\boldsymbol{B})^{\mathrm{T}}=\boldsymbol{A}^{\mathrm{T}}+\boldsymbol{B}^{\mathrm{T}}$.

（3）$(k\boldsymbol{A})^{\mathrm{T}}=k\boldsymbol{A}^{\mathrm{T}}$.

（4）$(\boldsymbol{AB})^{\mathrm{T}}=\boldsymbol{B}^{\mathrm{T}}\boldsymbol{A}^{\mathrm{T}}$.

由定义很容易验证（1）～（3）成立，现在我们证明（4）.

设 $\boldsymbol{A}=(a_{ij})_{m\times t}$ ，$\boldsymbol{B}=(b_{ij})_{t\times n}$， 则 $\boldsymbol{AB}=\boldsymbol{C}=(c_{ij})_{m\times n}$，$(\boldsymbol{AB})^{\mathrm{T}}=\boldsymbol{C}^{\mathrm{T}}=(u_{ij})_{n\times m}$， 其中 $u_{ij}=c_{ji}=\sum_{k=1}^{t}a_{jk}b_{ki}$.

又设 $\boldsymbol{B}^{\mathrm{T}}\boldsymbol{A}^{\mathrm{T}}=\boldsymbol{D}=(d_{ij})_{n\times m}$，则 $\boldsymbol{B}^{\mathrm{T}}$ 的第 i 行为 $(b_{1i},b_{2i},\cdots,b_{ti})$，$\boldsymbol{A}^{\mathrm{T}}$ 的第 j 列为 $(a_{j1},a_{j2},\cdots,a_{jt})^{\mathrm{T}}$，于是 $d_{ij}=\sum_{k=1}^{t}b_{ki}a_{jk}$，所以

$$d_{ij}=u_{ij}\ (i=1,2,\cdots,n;j=1,2,\cdots,m).$$

故 $\boldsymbol{D}=\boldsymbol{C}^{\mathrm{T}}$，即 $(\boldsymbol{AB})^{\mathrm{T}}=\boldsymbol{B}^{\mathrm{T}}\boldsymbol{A}^{\mathrm{T}}$.

1. 对称矩阵

设 $\boldsymbol{A}$ 为 n 阶方阵，如果其满足 $\boldsymbol{A}^{\mathrm{T}}=\boldsymbol{A}$，即 $a_{ij}=a_{ji}\ (i,j=1,2,\cdots,n)$，则称 $\boldsymbol{A}$ 为 n 阶对称矩阵.

例如，

$$\boldsymbol{A}=\begin{pmatrix} 1 & 2 & -3 \\ 2 & 7 & 5 \\ -3 & 5 & 6 \end{pmatrix}$$

是三阶对称矩阵.

对称矩阵的特点：关于主对角线对称的元素相等.

【即时提问 2.2】根据行列式的性质（转置行列式的值不变）是否能推出：对任意的 n 阶方阵 $\boldsymbol{A}$，一定有 $\boldsymbol{A}^{\mathrm{T}}=\boldsymbol{A}$.

2. 反对称矩阵

设$\boldsymbol{A}$为n阶方阵，如果其满足$\boldsymbol{A}^{\mathrm{T}}=-\boldsymbol{A}$，即$a_{ij}=-a_{ji}(i,j=1,2,\cdots,n;i\neq j)$，$a_{ii}=0(i=1,2,\cdots,n)$，则称$\boldsymbol{A}$为$n$阶反对称矩阵.

例如，

$$\boldsymbol{A}=\begin{pmatrix}0 & 2 & -3\\ -2 & 0 & 5\\ 3 & -5 & 0\end{pmatrix}$$

是三阶反对称矩阵.

反对称矩阵的特点：主对角线元素全为0，而关于主对角线对称的元素互为相反数.

例 2.13 设$\boldsymbol{A},\boldsymbol{B}$为同阶对称矩阵，证明：$\boldsymbol{AB}$为对称矩阵的充分必要条件为$\boldsymbol{AB}=\boldsymbol{BA}$.

证明 先证必要性．由矩阵$\boldsymbol{A}$与$\boldsymbol{B}$均为对称矩阵得$\boldsymbol{A}^{\mathrm{T}}=\boldsymbol{A}$，$\boldsymbol{B}^{\mathrm{T}}=\boldsymbol{B}$，又知$\boldsymbol{AB}$为对称矩阵，即$(\boldsymbol{AB})^{\mathrm{T}}=\boldsymbol{AB}$，所以$(\boldsymbol{AB})^{\mathrm{T}}=\boldsymbol{B}^{\mathrm{T}}\boldsymbol{A}^{\mathrm{T}}=\boldsymbol{BA}$，故$\boldsymbol{AB}=\boldsymbol{BA}$，必要性得证.

再证充分性．由$\boldsymbol{AB}=\boldsymbol{BA}$及$\boldsymbol{A}^{\mathrm{T}}=\boldsymbol{A}$，$\boldsymbol{B}^{\mathrm{T}}=\boldsymbol{B}$得$(\boldsymbol{AB})^{\mathrm{T}}=\boldsymbol{B}^{\mathrm{T}}\boldsymbol{A}^{\mathrm{T}}=\boldsymbol{BA}=\boldsymbol{AB}$，充分性得证.

2.2.4 方阵的行列式

定义 2.7 由n阶方阵$\boldsymbol{A}$的所有元素（保持各元素位置不变）构成的行列式，称为方阵$\boldsymbol{A}$的行列式，记作$|\boldsymbol{A}|$或$\det\boldsymbol{A}$.

例如，方阵$\boldsymbol{A}=\begin{pmatrix}4 & 3\\ 2 & 5\end{pmatrix}$，$|\boldsymbol{A}|=\begin{vmatrix}4 & 3\\ 2 & 5\end{vmatrix}=20-6=14$.

方阵的行列式运算满足以下性质.

性质 2.5 设$\boldsymbol{A},\boldsymbol{B}$是$n$阶方阵，$k\in\mathbf{R}$.

（1）$|\boldsymbol{A}^{\mathrm{T}}|=|\boldsymbol{A}|$.

（2）$|k\boldsymbol{A}|=k^n|\boldsymbol{A}|$.

（3）$|\boldsymbol{AB}|=|\boldsymbol{A}||\boldsymbol{B}|$.

关于定义2.7和上述性质的四点说明如下.

（1）只有方阵才有行列式运算.

（2）一般地，$|\boldsymbol{A}+\boldsymbol{B}|\neq|\boldsymbol{A}|+|\boldsymbol{B}|$.

（3）对于n阶方阵$\boldsymbol{A},\boldsymbol{B}$，尽管通常有$\boldsymbol{AB}\neq\boldsymbol{BA}$，但$|\boldsymbol{AB}|=|\boldsymbol{BA}|$.

（4）性质2.5（3）可以推广到多个n阶方阵相乘的情形，即$|\boldsymbol{A}_1\boldsymbol{A}_2\cdots\boldsymbol{A}_m|=|\boldsymbol{A}_1||\boldsymbol{A}_2|\cdots|\boldsymbol{A}_m|$．特别地，$|\boldsymbol{A}^m|=|\boldsymbol{A}|^m$，其中$m$为正整数.

对于方阵$\boldsymbol{A}$，如果用$\boldsymbol{A}$的行列式是否为零来区分矩阵，可得如下定义.

定义 2.8 设$\boldsymbol{A}$为n阶方阵，若$|\boldsymbol{A}|\neq0$，则称$\boldsymbol{A}$为非奇异矩阵，否则称为奇异矩阵.

例 2.14 设$\boldsymbol{A},\boldsymbol{B},\boldsymbol{C}$为四阶方阵，$|\boldsymbol{A}|=2$，$|\boldsymbol{B}|=-3$，$|\boldsymbol{C}|=3$，求$|2\boldsymbol{AB}|$，$|\boldsymbol{AB}^{\mathrm{T}}|$，$|-3\boldsymbol{AB}^{\mathrm{T}}\boldsymbol{C}|$.

微课：例2.14

解 根据性质2.5，有

$$|2\boldsymbol{AB}|=2^4|\boldsymbol{A}||\boldsymbol{B}|=-96,$$

$$\left|AB^{\mathrm{T}}\right| = |A|\left|B^{\mathrm{T}}\right| = |A||B| = -6,$$

$$\left|-3AB^{\mathrm{T}}C\right| = (-3)^4|A|\left|B^{\mathrm{T}}\right||C| = 81\times 2\times(-3)\times 3 = -1\,458.$$

2.2.5 伴随矩阵

定义 2.9 设 n 阶方阵 $A=(a_{ij})_{n\times n}$，即

$$A=\begin{pmatrix} a_{11} & a_{12} & \cdots & a_{1n} \\ a_{21} & a_{22} & \cdots & a_{2n} \\ \vdots & \vdots & & \vdots \\ a_{n1} & a_{n2} & \cdots & a_{nn} \end{pmatrix}.$$

由 $|A|$ 中的各个元素的代数余子式 $A_{ij}\,(i,j=1,2,\cdots,n)$ 按下列方式排列成 n 阶方阵

$$A^*=\begin{pmatrix} A_{11} & A_{21} & \cdots & A_{n1} \\ A_{12} & A_{22} & \cdots & A_{n2} \\ \vdots & \vdots & & \vdots \\ A_{1n} & A_{2n} & \cdots & A_{nn} \end{pmatrix},$$

称 A^* 是 A 的伴随矩阵.

例 2.15 设 n 阶方阵 A^* 是 n 阶方阵 A 的伴随矩阵，试证 $AA^*=A^*A=|A|E$.

证明 设 $A=(a_{ij})_{n\times n}$, $A^*=(A_{ij})_{n\times n}\,(i,j=1,2,\cdots,n)$，由行列式的性质得

$$AA^*=\begin{pmatrix} a_{11} & a_{12} & \cdots & a_{1n} \\ a_{21} & a_{22} & \cdots & a_{2n} \\ \vdots & \vdots & & \vdots \\ a_{n1} & a_{n2} & \cdots & a_{nn} \end{pmatrix}\begin{pmatrix} A_{11} & A_{21} & \cdots & A_{n1} \\ A_{12} & A_{22} & \cdots & A_{n2} \\ \vdots & \vdots & & \vdots \\ A_{1n} & A_{2n} & \cdots & A_{nn} \end{pmatrix}=\begin{pmatrix} |A| & 0 & \cdots & 0 \\ 0 & |A| & \cdots & 0 \\ \vdots & \vdots & & \vdots \\ 0 & 0 & \cdots & |A| \end{pmatrix}=|A|E.$$

同理

$$A^*A=\begin{pmatrix} A_{11} & A_{21} & \cdots & A_{n1} \\ A_{12} & A_{22} & \cdots & A_{n2} \\ \vdots & \vdots & & \vdots \\ A_{1n} & A_{2n} & \cdots & A_{nn} \end{pmatrix}\begin{pmatrix} a_{11} & a_{12} & \cdots & a_{1n} \\ a_{21} & a_{22} & \cdots & a_{2n} \\ \vdots & \vdots & & \vdots \\ a_{n1} & a_{n2} & \cdots & a_{nn} \end{pmatrix}=\begin{pmatrix} |A| & 0 & \cdots & 0 \\ 0 & |A| & \cdots & 0 \\ \vdots & \vdots & & \vdots \\ 0 & 0 & \cdots & |A| \end{pmatrix}=|A|E.$$

同步习题 2.2

基础题

1．设矩阵 $A=\begin{pmatrix} 1 & 0 & 3 \\ 2 & -1 & 0 \end{pmatrix}$, $B=\begin{pmatrix} 1 & -1 \\ 2 & 3 \\ 4 & 0 \end{pmatrix}$，求 AB 及 BA.

2．设矩阵$A=\begin{pmatrix}-2 & 4\\ 1 & -2\end{pmatrix}$，$B=\begin{pmatrix}2 & 4\\ -3 & -6\end{pmatrix}$，求$AB$及$BA$．

3．设$f(x)=1+2x-2x^2+x^4$，$A=\begin{pmatrix}2 & 0\\ 0 & -3\end{pmatrix}$，求$f(A)$．

4．已知A,B均为n阶方阵，则必有（　　）．

A．$(A+B)^2=A^2+2AB+B^2$

B．$(AB)^{\mathrm{T}}=A^{\mathrm{T}}B^{\mathrm{T}}$

C．$AB=O$时，$A=O$或$B=O$

D．$|A+AB|=0$的充分必要条件为$|A|=0$或$|E+B|=0$

5．已知三阶矩阵$A=\begin{pmatrix}2 & 2 & 1\\ 4 & 4 & 2\\ -2 & -2 & -1\end{pmatrix}$，求$A^n$．

6．已知二阶矩阵$A=\begin{pmatrix}\cos\varphi & -\sin\varphi\\ \sin\varphi & \cos\varphi\end{pmatrix}$，求$A^n$．

7．已知三阶矩阵$A=\begin{pmatrix}1 & 0 & 1\\ 0 & 2 & 0\\ 1 & 0 & 1\end{pmatrix}$，而$n\geqslant 2$且为正整数，则$A^n-2A^{n-1}=$______．

提高题

1．设A是n阶反对称矩阵，B是n阶对称矩阵，证明：

（1）$AB-BA$为对称矩阵；

（2）$AB+BA$是反对称矩阵；

（3）AB是反对称矩阵的充分必要条件是$AB=BA$．

2．设A是$m\times n$矩阵，E为m阶单位矩阵，证明：矩阵$E-\lambda AA^{\mathrm{T}}$ $(\lambda\in\mathbf{R})$为m阶对称矩阵．

3．设A,B,C均为n阶方阵，且$AB=BC=CA=E$，则$A^2+B^2+C^2=$（　　）．

A．$3E$　　B．$2E$　　C．E　　D．O

4．设$\boldsymbol{\alpha}=(1,0,-1)^{\mathrm{T}}$，矩阵$A=\boldsymbol{\alpha}\boldsymbol{\alpha}^{\mathrm{T}}$，$n$为正整数，则$|aE-A^n|=$______．

2.3 初等变换与初等矩阵

矩阵的初等变换是矩阵的一种很重要的运算，它在解线性方程组、求逆矩阵及矩阵的运算中是必不可少的．

2.3.1 矩阵的初等变换

定义 2.10 下面 3 种变换称为矩阵的初等行（列）变换.

（1）对调两行（列）.

对调 i,j 两行记作 $r_i \leftrightarrow r_j$；对调 i,j 两列记作 $c_i \leftrightarrow c_j$.

（2）以数 $k \neq 0$ 乘某一行（列）中的所有元素.

第 i 行乘 k 记作 $r_i \times k$；第 i 列乘 k 记作 $c_i \times k$.

（3）把某一行（列）所有元素的 k 倍加到另一行（列）对应元素上去.

第 j 行的 k 倍加到第 i 行记作 $r_i + kr_j$；第 j 列的 k 倍加到第 i 列记作 $c_i + kc_j$.

矩阵的初等行变换与矩阵的初等列变换统称为矩阵的初等变换.

易见，3 种初等变换都是可逆的，也就是说变换是可还原的，且它们的逆变换是同一类型的初等变换：变换 $r_i \leftrightarrow r_j$ 的逆变换就是其本身；变换 $r_i \times k$ 的逆变换为 $r_i \times \dfrac{1}{k}$（或记作 $r_i \div k$）；变换 $r_i + kr_j$ 的逆变换为 $r_i + (-k)r_j$（或记作 $r_i - kr_j$）.

定义 2.11 若矩阵 $\boldsymbol{A}$ 经过有限次初等变换变成矩阵 $\boldsymbol{B}$，就称矩阵 $\boldsymbol{A}$ 与 $\boldsymbol{B}$ 等价，记作 $\boldsymbol{A} \cong \boldsymbol{B}$.

性质 2.6 矩阵之间的等价关系具有下列性质.

（1）反身性：$\boldsymbol{A} \cong \boldsymbol{A}$.

（2）对称性：若 $\boldsymbol{A} \cong \boldsymbol{B}$，则 $\boldsymbol{B} \cong \boldsymbol{A}$.

（3）传递性：若 $\boldsymbol{A} \cong \boldsymbol{B}$，$\boldsymbol{B} \cong \boldsymbol{C}$，则 $\boldsymbol{A} \cong \boldsymbol{C}$.

由等价关系我们可以将矩阵分类，将具有等价关系的矩阵作为一类，在第 4 章中我们将会讨论到具有行等价关系的矩阵所对应的线性方程组有相同的解.

2.1.3 小节给出了行阶梯形矩阵、行最简形矩阵的概念，下面利用初等变换建立一般矩阵与这两类特殊矩阵之间的联系.

例 2.16 利用初等行变换把下列矩阵先化为行阶梯形矩阵，再进一步化为行最简形矩阵：

微课：例2.16

$$\boldsymbol{A} = \begin{pmatrix} 2 & -3 & 8 & 2 \\ 2 & 12 & -2 & 12 \\ 1 & 3 & 1 & 4 \end{pmatrix}.$$

解

$$\boldsymbol{A} = \begin{pmatrix} 2 & -3 & 8 & 2 \\ 2 & 12 & -2 & 12 \\ 1 & 3 & 1 & 4 \end{pmatrix} \xrightarrow{r_1 \leftrightarrow r_3} \begin{pmatrix} 1 & 3 & 1 & 4 \\ 2 & 12 & -2 & 12 \\ 2 & -3 & 8 & 2 \end{pmatrix} \xrightarrow[r_3 - 2r_1]{r_2 - 2r_1} \begin{pmatrix} 1 & 3 & 1 & 4 \\ 0 & 6 & -4 & 4 \\ 0 & -9 & 6 & -6 \end{pmatrix}$$

$$\xrightarrow[r_3 \times \frac{1}{3}]{r_2 \times \frac{1}{2}} \begin{pmatrix} 1 & 3 & 1 & 4 \\ 0 & 3 & -2 & 2 \\ 0 & -3 & 2 & -2 \end{pmatrix} \xrightarrow{r_3 + r_2} \underset{\text{（行阶梯形矩阵）}}{\begin{pmatrix} 1 & 3 & 1 & 4 \\ 0 & 3 & -2 & 2 \\ 0 & 0 & 0 & 0 \end{pmatrix}}$$

$$\xrightarrow{r_2 \times \frac{1}{3}} \begin{pmatrix} 1 & 3 & 1 & 4 \\ 0 & 1 & -\dfrac{2}{3} & \dfrac{2}{3} \\ 0 & 0 & 0 & 0 \end{pmatrix} \xrightarrow{r_1 - 3r_2} \begin{pmatrix} 1 & 0 & 3 & 2 \\ 0 & 1 & -\dfrac{2}{3} & \dfrac{2}{3} \\ 0 & 0 & 0 & 0 \end{pmatrix}.$$

（行最简形矩阵）

对行最简形矩阵再实施初等列变换，可将矩阵化为更简单的形式. 例如，我们对例 2.16 中的行最简形矩阵再实施初等列变换，得

$$\begin{pmatrix} 1 & 0 & 3 & 2 \\ 0 & 1 & -\dfrac{2}{3} & \dfrac{2}{3} \\ 0 & 0 & 0 & 0 \end{pmatrix} \xrightarrow[c_3 + \frac{2}{3}c_2]{c_3 - 3c_1} \begin{pmatrix} 1 & 0 & 0 & 2 \\ 0 & 1 & 0 & \dfrac{2}{3} \\ 0 & 0 & 0 & 0 \end{pmatrix} \xrightarrow[c_4 - \frac{2}{3}c_2]{c_4 - 2c_1} \begin{pmatrix} 1 & 0 & 0 & 0 \\ 0 & 1 & 0 & 0 \\ 0 & 0 & 0 & 0 \end{pmatrix} = \boldsymbol{F}.$$

最后得到的矩阵 $\boldsymbol{F}$ 称为矩阵 $\boldsymbol{A}$ 的标准形，利用分块矩阵可表示为

$$\boldsymbol{F} = \begin{pmatrix} \boldsymbol{E}_2 & \boldsymbol{O} \\ \boldsymbol{O} & \boldsymbol{O} \end{pmatrix}.$$

对于一般的矩阵，有下面的结论.

定理 2.1　设 $\boldsymbol{A}$ 是 $m \times n$ 矩阵.

（1）矩阵 $\boldsymbol{A}$ 总可以经过若干次初等行变换化为行阶梯形矩阵.

（2）矩阵 $\boldsymbol{A}$ 总可以经过若干次初等行变换化为行最简形矩阵.

（3）矩阵 $\boldsymbol{A}$ 总可以经过若干次初等变换化为标准形 $\boldsymbol{F} = \begin{pmatrix} \boldsymbol{E}_r & \boldsymbol{O} \\ \boldsymbol{O} & \boldsymbol{O} \end{pmatrix}_{m \times n}$，其中 r 为行阶梯形矩阵中非零行的行数.

2.3.2　初等矩阵

下面介绍与初等变换密切相关的初等矩阵.

定义 2.12　由单位矩阵 $\boldsymbol{E}$ 经过一次初等变换得到的矩阵称为初等矩阵.

那么 3 种初等变换对应 3 种初等矩阵.

微课：初等
矩阵的定义

（1）把单位矩阵中的第 i, j 两行互换（或第 i, j 两列互换），得到第 1 种初等矩阵 $\boldsymbol{E}(i, j)$，即

$$\boldsymbol{E}(i, j) = \begin{pmatrix} 1 & & & & & & & & & \\ & \ddots & & & & & & & & \\ & & 1 & & & & & & & \\ & & & 0 & \cdots & \cdots & \cdots & 1 & & \\ & & & \vdots & 1 & & & \vdots & & \\ & & & \vdots & & \ddots & & \vdots & & \\ & & & \vdots & & & 1 & \vdots & & \\ & & & 1 & \cdots & \cdots & \cdots & 0 & & \\ & & & & & & & & 1 & \\ & & & & & & & & & \ddots \\ & & & & & & & & & & 1 \end{pmatrix} \begin{matrix} \\ \\ \\ \text{第}i\text{行} \\ \\ \\ \\ \text{第}j\text{行} \\ \\ \\ \end{matrix}.$$

第 i 列　　第 j 列

（2）以数 $k\neq 0$ 乘以单位矩阵的第 i 行（或第 i 列），得到第 2 种初等矩阵 $\boldsymbol{E}(i(k))$，即

$$\boldsymbol{E}(i(k))=\begin{array}{c}\begin{matrix}&&&\text{第}i\text{列}&&&\end{matrix}\\ \begin{pmatrix}1&&&&&&\\&\ddots&&&&&\\&&1&&&&\\&&&k&&&\\&&&&1&&\\&&&&&\ddots&\\&&&&&&1\end{pmatrix}\end{array}\begin{matrix}\\ \\ \\ \\ \text{第}i\text{行}\\ \\ \\ \\ \end{matrix}$$

（3）把单位矩阵的第 j 行的 k 倍加到第 i 行上（或把单位矩阵的第 j 列的 k 倍加到第 i 列上），得到第 3 种初等矩阵 $\boldsymbol{E}(i+j(k),j)$ [或$\boldsymbol{E}(j,i+j(k))$]，即

$$\boldsymbol{E}(i+j(k),j)=\begin{array}{c}\begin{matrix}&&\text{第}i\text{列}&&\text{第}j\text{列}&&\end{matrix}\\ \begin{pmatrix}1&&&&&&\\&\ddots&&&&&\\&&1&\cdots&k&&\\&&&\ddots&\vdots&&\\&&&&1&&\\&&&&&\ddots&\\&&&&&&1\end{pmatrix}\end{array}\begin{matrix}\\ \\ \\ \text{第}i\text{行}\\ \\ \text{第}j\text{行}\\ \\ \\ \end{matrix},$$

或

$$\boldsymbol{E}(j,i+j(k))=\begin{array}{c}\begin{matrix}&&\text{第}i\text{列}&&\text{第}j\text{列}&&\end{matrix}\\ \begin{pmatrix}1&&&&&&\\&\ddots&&&&&\\&&1&&&&\\&&\vdots&\ddots&&&\\&&k&\cdots&1&&\\&&&&&\ddots&\\&&&&&&1\end{pmatrix}\end{array}\begin{matrix}\\ \\ \\ \text{第}i\text{行}\\ \\ \text{第}j\text{行}\\ \\ \\ \end{matrix}.$$

例如，

$$\boldsymbol{E}(1,2)=\begin{pmatrix}0&1&0\\1&0&0\\0&0&1\end{pmatrix},\ \boldsymbol{E}(i(2))=\begin{pmatrix}1&0&0\\0&2&0\\0&0&1\end{pmatrix},\quad \boldsymbol{E}\left(1+2\left(\frac{1}{3}\right),2\right)=\begin{pmatrix}1&\frac{1}{3}&0\\0&1&0\\0&0&1\end{pmatrix}$$

均为三阶初等矩阵.

很容易证明，对于初等矩阵有以下结论.

定理 2.2 设 $\boldsymbol{A}$ 是一个 $m\times n$ 矩阵，对 $\boldsymbol{A}$ 实施一次初等行变换，相当于在 $\boldsymbol{A}$ 的左边乘以相应的 m 阶初等矩阵；对 $\boldsymbol{A}$ 实施一次初等列变换，相当于在 $\boldsymbol{A}$ 的右边乘以相应的 n 阶初等矩阵.

微课：初等矩阵的性质

例如，设$A=\begin{pmatrix}3&0&1\\1&-1&2\\0&1&1\end{pmatrix}$，则有

$$A=\begin{pmatrix}3&0&1\\1&-1&2\\0&1&1\end{pmatrix}\xrightarrow{r_1\leftrightarrow r_2}\begin{pmatrix}1&-1&2\\3&0&1\\0&1&1\end{pmatrix},$$

$$E(1,2)A=\begin{pmatrix}0&1&0\\1&0&0\\0&0&1\end{pmatrix}\begin{pmatrix}3&0&1\\1&-1&2\\0&1&1\end{pmatrix}=\begin{pmatrix}1&-1&2\\3&0&1\\0&1&1\end{pmatrix}.$$

再如

$$A=\begin{pmatrix}3&0&1\\1&-1&2\\0&1&1\end{pmatrix}\xrightarrow{c_1+2c_3}\begin{pmatrix}5&0&1\\5&-1&2\\2&1&1\end{pmatrix},$$

$$AE(3,1+3(2))=\begin{pmatrix}3&0&1\\1&-1&2\\0&1&1\end{pmatrix}\begin{pmatrix}1&0&0\\0&1&0\\2&0&1\end{pmatrix}=\begin{pmatrix}5&0&1\\5&-1&2\\2&1&1\end{pmatrix}.$$

【即时提问 2.3】已知$P_1P_2A=B$，其中P_1,P_2为初等矩阵，则矩阵B是由矩阵A先进行P_1对应的初等行变换，再进行P_2对应的初等行变换得到的．以上说法是否正确？请说明理由．

例 2.17 求矩阵$A=\begin{pmatrix}1&0&0\\0&1&1\\1&1&0\end{pmatrix}$的标准形，并用初等矩阵表示初等变换．

解

$$A=\begin{pmatrix}1&0&0\\0&1&1\\1&1&0\end{pmatrix}\xrightarrow{r_3-r_1}\begin{pmatrix}1&0&0\\0&1&1\\0&1&0\end{pmatrix}\xrightarrow{r_2\leftrightarrow r_3}\begin{pmatrix}1&0&0\\0&1&0\\0&1&1\end{pmatrix}\xrightarrow{r_3-r_2}\begin{pmatrix}1&0&0\\0&1&0\\0&0&1\end{pmatrix}=E.$$

记

$$P_1=\begin{pmatrix}1&0&0\\0&1&0\\-1&0&1\end{pmatrix},P_2=\begin{pmatrix}1&0&0\\0&0&1\\0&1&0\end{pmatrix},P_3=\begin{pmatrix}1&0&0\\0&1&0\\0&-1&1\end{pmatrix},$$

则有$P_3P_2P_1A=E$．

例 2.18 已知矩阵$A=\begin{pmatrix}a_{11}&a_{12}&a_{13}&a_{14}\\a_{21}&a_{22}&a_{23}&a_{24}\\a_{31}&a_{32}&a_{33}&a_{34}\\a_{41}&a_{42}&a_{43}&a_{44}\end{pmatrix}$，$B=\begin{pmatrix}a_{14}&a_{13}&a_{12}&a_{11}\\a_{24}&a_{23}&a_{22}&a_{21}\\a_{34}&a_{33}&a_{32}&a_{31}\\a_{44}&a_{43}&a_{42}&a_{41}\end{pmatrix}$，$P_1=\begin{pmatrix}0&0&0&1\\0&1&0&0\\0&0&1&0\\1&0&0&0\end{pmatrix}$，

$$P_2=\begin{pmatrix}1&0&0&0\\0&0&1&0\\0&1&0&0\\0&0&0&1\end{pmatrix}$$，则 $B=$（　　）.

A. AP_1P_2　　B. P_1AP_2　　C. P_1P_2A　　D. P_2P_1A

解 矩阵 B 是由矩阵 A 经过初等列变换得到的，可以采取两种方法.

方法 1：把矩阵 A 的第 1 列与第 4 列交换，得 AP_1，再把 AP_1 的第 2 列与第 3 列交换，得 AP_1P_2.

方法 2：把矩阵 A 的第 2 列与第 3 列交换，得 AP_2，再把 AP_2 的第 1 列与第 4 列交换，得 AP_2P_1.

所以 $B=AP_1P_2$ 或 $B=AP_2P_1$.

故应选 A.

例 2.19 与矩阵 $A=\begin{pmatrix}1&2&0\\2&4&0\\0&0&4\end{pmatrix}$ 等价的矩阵是（　　）.

A. $\begin{pmatrix}1&0&0\\0&0&0\\0&0&0\end{pmatrix}$　　B. $\begin{pmatrix}1&0&0\\0&2&0\\0&0&0\end{pmatrix}$　　C. $\begin{pmatrix}1&0&0\\0&2&0\\0&0&3\end{pmatrix}$　　D. $\begin{pmatrix}1&0&0\\0&2&0\\0&0&4\end{pmatrix}$

解 对矩阵 A 作初等变换，得

$$A=\begin{pmatrix}1&2&0\\2&4&0\\0&0&4\end{pmatrix}\xrightarrow{r_2-2r_1}\begin{pmatrix}1&2&0\\0&0&0\\0&0&4\end{pmatrix}\xrightarrow{r_2\leftrightarrow r_3}\begin{pmatrix}1&2&0\\0&0&4\\0&0&0\end{pmatrix}\xrightarrow{c_2-2c_1}\begin{pmatrix}1&0&0\\0&0&4\\0&0&0\end{pmatrix}$$

$$\xrightarrow{c_2\leftrightarrow c_3}\begin{pmatrix}1&0&0\\0&4&0\\0&0&0\end{pmatrix}\xrightarrow{c_2\times\frac{1}{2}}\begin{pmatrix}1&0&0\\0&2&0\\0&0&0\end{pmatrix}.$$

故应选 B.

同步习题 2.3

基础题

1. 利用初等行变换将下列矩阵化为行阶梯形矩阵，进而化为行最简形矩阵.

（1）$A=\begin{pmatrix}0&0&0&1\\1&0&2&1\\3&2&4&0\end{pmatrix}$.　　（2）$B=\begin{pmatrix}2&-3&1&-1&2\\2&-1&-1&1&2\\1&1&-2&1&4\\-1&4&-3&2&2\end{pmatrix}$.

2．设矩阵$\boldsymbol{A}=\begin{pmatrix} a_{11} & a_{12} & a_{13} \\ a_{21} & a_{22} & a_{23} \\ a_{31} & a_{32} & a_{33} \end{pmatrix}$，$\boldsymbol{B}=\begin{pmatrix} a_{21} & a_{22} & a_{23} \\ a_{11} & a_{12} & a_{13} \\ a_{31}+a_{11} & a_{32}+a_{12} & a_{33}+a_{13} \end{pmatrix}$，$\boldsymbol{P}_1=\begin{pmatrix} 0 & 1 & 0 \\ 1 & 0 & 0 \\ 0 & 0 & 1 \end{pmatrix}$，

$\boldsymbol{P}_2=\begin{pmatrix} 1 & 0 & 0 \\ 0 & 1 & 0 \\ 1 & 0 & 1 \end{pmatrix}$，则必有（　　）.

A．$\boldsymbol{AP}_1\boldsymbol{P}_2=\boldsymbol{B}$　　B．$\boldsymbol{AP}_2\boldsymbol{P}_1=\boldsymbol{B}$　　C．$\boldsymbol{P}_1\boldsymbol{P}_2\boldsymbol{A}=\boldsymbol{B}$　　D．$\boldsymbol{P}_2\boldsymbol{P}_1\boldsymbol{A}=\boldsymbol{B}$

3．设矩阵$\boldsymbol{A}=\begin{pmatrix} 1 & 2 & 3 \\ 4 & 5 & 6 \\ 7 & 8 & 9 \end{pmatrix}$，$\boldsymbol{P}=\begin{pmatrix} 0 & 0 & 1 \\ 0 & 1 & 0 \\ 1 & 0 & 0 \end{pmatrix}$，$\boldsymbol{Q}=\begin{pmatrix} 1 & 0 & 0 \\ 0 & 0 & 1 \\ 0 & 1 & 0 \end{pmatrix}$，求$\boldsymbol{P}^{20}\boldsymbol{AQ}^{21}$.

4．下列各矩阵，属于初等矩阵的是（　　）.

A．$\begin{pmatrix} 0 & 1 & 0 \\ 0 & 0 & 1 \\ 1 & 0 & 0 \end{pmatrix}$　　B．$\begin{pmatrix} 0 & 0 & 1 \\ 0 & 1 & 0 \\ 2 & 0 & 0 \end{pmatrix}$　　C．$\begin{pmatrix} 1 & 0 & 2 \\ 0 & 1 & 0 \\ 0 & 0 & 1 \end{pmatrix}$　　D．$\begin{pmatrix} 0 & 0 & 1 \\ 0 & 1 & 0 \\ 1 & 0 & 2 \end{pmatrix}$

提高题

1．$\begin{pmatrix} 0 & 0 & 1 \\ 0 & 1 & 0 \\ 1 & 0 & 0 \end{pmatrix}^{2\,000}\begin{pmatrix} 1 & 2 & 3 \\ 4 & 5 & 6 \\ 7 & 8 & 9 \end{pmatrix}\begin{pmatrix} 1 & 0 & 0 \\ 0 & 0 & 1 \\ 0 & 1 & 0 \end{pmatrix}^{2\,001}=$（　　）.

A．$\begin{pmatrix} 7 & 8 & 9 \\ 4 & 6 & 5 \\ 1 & 3 & 2 \end{pmatrix}$　　B．$\begin{pmatrix} 1 & 3 & 2 \\ 4 & 6 & 5 \\ 7 & 9 & 8 \end{pmatrix}$　　C．$\begin{pmatrix} 3 & 1 & 2 \\ 5 & 6 & 4 \\ 7 & 9 & 8 \end{pmatrix}$　　D．$\begin{pmatrix} 7 & 8 & 9 \\ 4 & 6 & 5 \\ 1 & 2 & 3 \end{pmatrix}$

2．设$\boldsymbol{A}$为三阶方阵，将$\boldsymbol{A}$的第1列与第2列交换得矩阵$\boldsymbol{B}$，再把矩阵$\boldsymbol{B}$的第2列加到第3列得矩阵$\boldsymbol{C}$，则$\boldsymbol{C}=$（　　）.

A．$\boldsymbol{AE}(1,2)\boldsymbol{E}(2,3+2(1))$　　B．$\boldsymbol{AE}(2+3(1),3)\boldsymbol{E}(1,2)$

C．$\boldsymbol{AE}(1,2)\boldsymbol{E}(3+2(1),2)$　　D．$\boldsymbol{AE}(3+2(1),2)\boldsymbol{E}(1,2)$

2.4 逆矩阵

在数的乘法运算中，当数$a\neq 0$时，有$a\cdot a^{-1}=a^{-1}\cdot a=1$，其中$a^{-1}$为$a$的倒数．在矩阵的乘法运算中，单位矩阵$\boldsymbol{E}$相当于数的乘法运算中的1，那么对于方阵$\boldsymbol{A}$，是否存在一个矩阵$\boldsymbol{A}^{-1}$，使$\boldsymbol{AA}^{-1}=\boldsymbol{A}^{-1}\boldsymbol{A}=\boldsymbol{E}$呢？

2.4.1 逆矩阵的定义

定义 2.13　对于n阶方阵$\boldsymbol{A}$，如果有一个n阶方阵$\boldsymbol{B}$，使$\boldsymbol{AB}=\boldsymbol{BA}=\boldsymbol{E}$，则称矩阵$\boldsymbol{A}$可

逆，矩阵 $\boldsymbol{B}$ 为 $\boldsymbol{A}$ 的逆矩阵，简称逆阵.

微课：逆矩阵的定义

需要注意的是，如果方阵 $\boldsymbol{A}$ 可逆，则 $\boldsymbol{A}$ 的逆矩阵是唯一的.

这是因为，若方阵 $\boldsymbol{B},\boldsymbol{C}$ 都是方阵 $\boldsymbol{A}$ 的逆矩阵，则有

$$\boldsymbol{AB}=\boldsymbol{BA}=\boldsymbol{E}\ ,\ \boldsymbol{AC}=\boldsymbol{CA}=\boldsymbol{E}\ ,$$

可推出

$$\boldsymbol{B}=\boldsymbol{BE}=\boldsymbol{B}(\boldsymbol{AC})=(\boldsymbol{BA})\boldsymbol{C}=\boldsymbol{EC}=\boldsymbol{C}\ ,$$

即 $\boldsymbol{B}=\boldsymbol{C}$.

于是我们将方阵 $\boldsymbol{A}$ 的（唯一的）逆矩阵记作 $\boldsymbol{A}^{-1}$，而 $\boldsymbol{A}^{-1}$ 满足

$$\boldsymbol{AA}^{-1}=\boldsymbol{A}^{-1}\boldsymbol{A}=\boldsymbol{E}\ .$$

例 2.20 已知 $\boldsymbol{A}=\begin{pmatrix}2&1\\5&3\end{pmatrix}$，$\boldsymbol{B}=\begin{pmatrix}3&-1\\-5&2\end{pmatrix}$，根据定义验证 $\boldsymbol{B}=\boldsymbol{A}^{-1}$.

解 因为

$$\begin{pmatrix}2&1\\5&3\end{pmatrix}\begin{pmatrix}3&-1\\-5&2\end{pmatrix}=\begin{pmatrix}1&0\\0&1\end{pmatrix},$$

且

$$\begin{pmatrix}3&-1\\-5&2\end{pmatrix}\begin{pmatrix}2&1\\5&3\end{pmatrix}=\begin{pmatrix}1&0\\0&1\end{pmatrix},$$

故 $\boldsymbol{B}=\boldsymbol{A}^{-1}$.

例 2.21 已知 $\boldsymbol{A}=\begin{pmatrix}a_1&&&\\&a_2&&\\&&\ddots&\\&&&a_n\end{pmatrix}$，$a_1,\cdots,a_n\neq 0$，求 $\boldsymbol{A}^{-1}$.

解 记

$$\boldsymbol{B}=\begin{pmatrix}\frac{1}{a_1}&&&\\&\frac{1}{a_2}&&\\&&\ddots&\\&&&\frac{1}{a_n}\end{pmatrix},$$

因为 $\boldsymbol{AB}=\boldsymbol{BA}=\boldsymbol{E}$，故

$$\begin{pmatrix}a_1&&&\\&a_2&&\\&&\ddots&\\&&&a_n\end{pmatrix}^{-1}=\begin{pmatrix}\frac{1}{a_1}&&&\\&\frac{1}{a_2}&&\\&&\ddots&\\&&&\frac{1}{a_n}\end{pmatrix}.$$

这说明可逆的对角矩阵的逆矩阵仍为对角矩阵，且其逆矩阵为对角线元素取倒数所得的矩阵.

2.4.2 矩阵可逆的充分必要条件

微课：矩阵可逆的充分必要条件

定理 2.3 n阶方阵$\boldsymbol{A}$可逆的充分必要条件是$|\boldsymbol{A}|\neq 0$，且$\boldsymbol{A}^{-1}=\dfrac{1}{|\boldsymbol{A}|}\boldsymbol{A}^{*}$.

证明 先证必要性. 因为方阵$\boldsymbol{A}$可逆，则有$\boldsymbol{A}\boldsymbol{A}^{-1}=\boldsymbol{E}$，故$|\boldsymbol{A}||\boldsymbol{A}^{-1}|=|\boldsymbol{E}|=1$，所以$|\boldsymbol{A}|\neq 0$.

再证充分性. 由例 2.15 知$\boldsymbol{A}\boldsymbol{A}^{*}=\boldsymbol{A}^{*}\boldsymbol{A}=|\boldsymbol{A}|\boldsymbol{E}$，因为$|\boldsymbol{A}|\neq 0$，故有

$$\boldsymbol{A}\left(\frac{1}{|\boldsymbol{A}|}\boldsymbol{A}^{*}\right)=\left(\frac{1}{|\boldsymbol{A}|}\boldsymbol{A}^{*}\right)\boldsymbol{A}=\boldsymbol{E},$$

所以由矩阵可逆的定义知，方阵$\boldsymbol{A}$可逆，且有$\boldsymbol{A}^{-1}=\dfrac{1}{|\boldsymbol{A}|}\boldsymbol{A}^{*}$.

例 2.22 已知$\boldsymbol{A}=\begin{pmatrix} a & b \\ c & d \end{pmatrix}, ad-bc\neq 0$，求$\boldsymbol{A}$的逆矩阵.

解 $\boldsymbol{A}^{-1}=\dfrac{1}{|\boldsymbol{A}|}\boldsymbol{A}^{*}=\dfrac{1}{ad-bc}\begin{pmatrix} d & -b \\ -c & a \end{pmatrix}$.

当方阵$\boldsymbol{A}$可逆时，有以下运算性质.

性质 2.7 设$\boldsymbol{A}$为n阶方阵.

（1）若$\boldsymbol{A}$可逆，则$\boldsymbol{A}^{-1}$也可逆，且有$(\boldsymbol{A}^{-1})^{-1}=\boldsymbol{A}$.

（2）若$\boldsymbol{A}$可逆，则$\boldsymbol{A}^{\mathrm{T}}$可逆，且有$(\boldsymbol{A}^{\mathrm{T}})^{-1}=(\boldsymbol{A}^{-1})^{\mathrm{T}}$.

（3）若$\boldsymbol{A}$可逆，则$k\boldsymbol{A}$可逆，且有$(k\boldsymbol{A})^{-1}=\dfrac{1}{k}\boldsymbol{A}^{-1}(k\neq 0)$.

（4）若$\boldsymbol{A}$和$\boldsymbol{B}$均为同阶可逆方阵，则$\boldsymbol{AB},\boldsymbol{BA}$均可逆，且有$(\boldsymbol{AB})^{-1}=\boldsymbol{B}^{-1}\boldsymbol{A}^{-1}$, $(\boldsymbol{BA})^{-1}=\boldsymbol{A}^{-1}\boldsymbol{B}^{-1}$.

（5）若方阵$\boldsymbol{A}$可逆，矩阵$\boldsymbol{B},\boldsymbol{C}$满足$\boldsymbol{AB}=\boldsymbol{AC}$或$\boldsymbol{BA}=\boldsymbol{CA}$，则有$\boldsymbol{B}=\boldsymbol{C}$（即矩阵乘法满足左消去律和右消去律）.

很容易证明（1）（2）（5）成立，这里只证明（3）和（4）.

证明 （3）因为$|\boldsymbol{A}|\neq 0$，所以$|k\boldsymbol{A}|=k^{n}|\boldsymbol{A}|\neq 0$，于是$k\boldsymbol{A}$可逆.

又因为

$$\left(\frac{1}{k}\boldsymbol{A}^{-1}\right)(k\boldsymbol{A})=\boldsymbol{A}^{-1}\boldsymbol{A}=\boldsymbol{E},$$

所以有

$$(k\boldsymbol{A})^{-1}=\frac{1}{k}\boldsymbol{A}^{-1}(k\neq 0).$$

（4）因为$|\boldsymbol{A}|\neq 0, |\boldsymbol{B}|\neq 0, |\boldsymbol{AB}|=|\boldsymbol{BA}|=|\boldsymbol{A}||\boldsymbol{B}|\neq 0$，所以$\boldsymbol{AB},\boldsymbol{BA}$均可逆. 又因为

$$(\boldsymbol{B}^{-1}\boldsymbol{A}^{-1})(\boldsymbol{AB})=\boldsymbol{B}^{-1}(\boldsymbol{A}^{-1}\boldsymbol{A})\boldsymbol{B}=\boldsymbol{B}^{-1}\boldsymbol{B}=\boldsymbol{E},$$

所以有$(\boldsymbol{AB})^{-1}=\boldsymbol{B}^{-1}\boldsymbol{A}^{-1}$.

同理可证 $(BA)^{-1}=A^{-1}B^{-1}$.

另由（4）可以推出，若 $A_1,A_2,\cdots,A_n$ 均为同阶可逆矩阵，则 $A_1A_2\cdots A_n$ 可逆，且 $(A_1A_2\cdots A_n)^{-1}=A_n^{-1}A_{n-1}^{-1}\cdots A_1^{-1}$.

性质 2.8 若 $AB=E$（或 $BA=E$），则有 $B=A^{-1}$, $A=B^{-1}$.

证明 因为 $AB=E$，取行列式得 $|A||B|=|E|=1$，有 $|A|\neq 0$，于是 A 可逆．用 A^{-1} 同时左乘等式 $AB=E$ 的两边得

$$A^{-1}AB=A^{-1}E,$$

即 $B=A^{-1}$.

【即时提问 2.4】已知 A,B,C 均为 n 阶方阵，且满足 $AB=CA=E$，则 $B=C$.

以上说法是否正确？请说明理由.

例 2.23 若 n 阶方阵 A 满足 $A^2-2A-3E=O$，求 $(A+5E)^{-1}$.

微课：例2.23

解 由 $A^2-2A-3E=O$ 得 $(A+5E)(A-7E)=-32E$，从而有

$$(A+5E)\left[-\frac{1}{32}(A-7E)\right]=E,$$

故 $(A+5E)^{-1}=-\frac{1}{32}(A-7E)$.

性质 2.9 初等矩阵的逆矩阵仍为同类型的初等矩阵，且有

$$E^{-1}(i,j)=E(i,j),\ E^{-1}(i(k))=E\left(i\left(\frac{1}{k}\right)\right),$$

$$E^{-1}(i+j(k),j)=E(i+j(-k),j),\ E^{-1}(j,i+j(k))=E(j,i+j(-k)).$$

证明 由 $E(i,j)E(i,j)=E$ 得 $E^{-1}(i,j)=E(i,j)$.

由 $E(i(k))E\left(i\left(\frac{1}{k}\right)\right)=E$ 得 $E^{-1}(i(k))=E\left(i\left(\frac{1}{k}\right)\right)$.

由 $E(i+j(k),j)E(i+j(-k),j)=E$ 得 $E^{-1}(i+j(k),j)=E(i+j(-k),j)$.

同理得 $E^{-1}(j,i+j(k))=E(j,i+j(-k))$.

2.4.3 矩阵之间的等价关系

2.3.1 小节已经给出了矩阵 A 与 B 等价的定义（定义 2.11），下面我们针对可逆矩阵展开讨论.

定理 2.4 方阵 A 可逆的充分必要条件是存在有限个初等矩阵 $P_1,P_2,\cdots,P_s$，使 $A=P_1P_2\cdots P_s$.

证明 先证充分性．因为 $A=P_1P_2\cdots P_s$，且初等矩阵可逆，则有限个初等矩阵的积仍可逆，所以方阵 A 可逆.

再证必要性．设 n 阶方阵 A 可逆，由定理 2.1 知方阵 A 可以经过有限次初等变换化为标准形

$$F=\begin{pmatrix} E_r & O \\ O & O \end{pmatrix}_{n\times n}.$$

既然 $A\cong F$，也有 $F\cong A$，故存在初等矩阵 $P_1,P_2,\cdots,P_s$，使

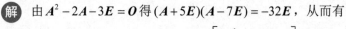

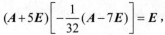

$$A = P_1 \cdots P_t F P_{t+1} \cdots P_s.$$

又因为A可逆，且$P_1,P_2,\cdots,P_s$可逆，故F可逆.

假设F中的$r<n$，则有$|F|=0$，这与F可逆相矛盾，故有$r=n$，即$F=E$，从而

$$A = P_1P_2\cdots P_s.$$

定理 2.5 设A,B均为$m\times n$矩阵，则$A\cong B$的充分必要条件是存在m阶可逆矩阵P和n阶可逆矩阵Q，使$PAQ=B$.

证明 根据定义 2.11 和定理 2.2 可知，$A\cong B$的充分必要条件是A经过有限次初等变换化为B，即存在有限个m阶可逆矩阵$P_1,P_2,\cdots,P_s$及有限个n阶可逆矩阵$Q_1,Q_2,\cdots,Q_t$，使$P_1P_2\cdots P_sAQ_1Q_2\cdots Q_t=B$.

令$P=P_1P_2\cdots P_s,Q=Q_1Q_2\cdots Q_t$，则存在$m$阶可逆矩阵$P$和$n$阶可逆矩阵$Q$，使$PAQ=B$.

在这里，定理 2.4 再次给出了方阵A可逆的充分必要条件，同时也给出了另一种求逆矩阵的方法. 其原理如下.

若方阵A可逆，则A^{-1}可逆，即存在有限个初等矩阵$P_1,P_2,\cdots,P_s$，使$A^{-1}=P_1P_2\cdots P_s$. 等式两边右乘A，得

$$P_1P_2\cdots P_sA = A^{-1}A = E. \tag{2.4}$$

式（2.4）也可写为

$$P_1P_2\cdots P_sE = A^{-1}. \tag{2.5}$$

对比式（2.4）与式（2.5）可知，当A经过一系列的初等行变换化为E时，对单位矩阵E作同样的初等行变换可将其化为A^{-1}. 用分块矩阵的形式，式（2.4）和式（2.5）可合并为

$$P_1P_2\cdots P_s(A\,\vdots\,E) = (E\,\vdots\,A^{-1}).$$

即对$n\times 2n$矩阵$(A\,\vdots\,E)$实施初等行变换，当把A变成E时，原来的E就变成了A^{-1}.

类似地，我们也可以用初等列变换来求方阵A的逆矩阵，即由A与E组成$2n\times n$矩阵$\begin{pmatrix} A \\ \cdots \\ E \end{pmatrix}$并对之实施一系列初等列变换，当把$A$变成$E$时，原来的$E$就变成了$A^{-1}$.

综上所述，我们得到如下求方阵的逆矩阵的两个公式：

$$(A\,\vdots\,E)\xrightarrow{\text{行变换}}(E\,\vdots\,A^{-1}),\quad \begin{pmatrix} A \\ \cdots \\ E \end{pmatrix}\xrightarrow{\text{列变换}}\begin{pmatrix} E \\ \cdots \\ A^{-1} \end{pmatrix}.$$

例 2.24 求矩阵A的逆矩阵，其中$A=\begin{pmatrix} 1 & 1 & 2 \\ -1 & 2 & 0 \\ 1 & 1 & 3 \end{pmatrix}$.

解 使用初等行变换求逆公式.

$$(A\,\vdots\,E)=\left(\begin{array}{ccc:ccc}1&1&2&1&0&0\\-1&2&0&0&1&0\\1&1&3&0&0&1\end{array}\right)\xrightarrow[r_3-r_1]{r_2+r_1}\left(\begin{array}{ccc:ccc}1&1&2&1&0&0\\0&3&2&1&1&0\\0&0&1&-1&0&1\end{array}\right)$$

$$\xrightarrow{r_2\times\frac{1}{3}}\left(\begin{array}{ccc:ccc}1&1&2&1&0&0\\0&1&\frac{2}{3}&\frac{1}{3}&\frac{1}{3}&0\\0&0&1&-1&0&1\end{array}\right)\xrightarrow{r_1-r_2}\left(\begin{array}{ccc:ccc}1&0&\frac{4}{3}&\frac{2}{3}&-\frac{1}{3}&0\\0&1&\frac{2}{3}&\frac{1}{3}&\frac{1}{3}&0\\0&0&1&-1&0&1\end{array}\right)$$

$$\xrightarrow[r_2-\frac{2}{3}r_3]{r_1-\frac{4}{3}r_3}\left(\begin{array}{ccc:ccc}1&0&0&2&-\frac{1}{3}&-\frac{4}{3}\\0&1&0&1&\frac{1}{3}&-\frac{2}{3}\\0&0&1&-1&0&1\end{array}\right),$$

所以

$$A^{-1}=\begin{pmatrix}2&-\frac{1}{3}&-\frac{4}{3}\\1&\frac{1}{3}&-\frac{2}{3}\\-1&0&1\end{pmatrix}.$$

我们可以使用定义来验证所求结果的正确性．事实上，

$$AA^{-1}=\begin{pmatrix}1&1&2\\-1&2&0\\1&1&3\end{pmatrix}\begin{pmatrix}2&-\frac{1}{3}&-\frac{4}{3}\\1&\frac{1}{3}&-\frac{2}{3}\\-1&0&1\end{pmatrix}=\begin{pmatrix}1&0&0\\0&1&0\\0&0&1\end{pmatrix}.$$

例 2.25 已知 A,B 为三阶矩阵，且满足 $2A^{-1}B=B-4E$，其中 E 为三阶单位矩阵.

（1）证明：$A-2E$ 可逆.（2）若 $B=\begin{pmatrix}1&-2&0\\1&2&0\\0&0&2\end{pmatrix}$，求矩阵 A.

证明 （1）由 $2A^{-1}B=B-4E$ 得 $2B=AB-4A$，即 $AB-2B-4A=O$，从而 $(A-2E)(B-4E)=8E$，即 $(A-2E)\left[\frac{1}{8}(B-4E)\right]=E$.

由定义知 $A-2E$ 可逆，且 $(A-2E)^{-1}=\frac{1}{8}(B-4E)$.

（2）由 $(A-2E)\left[\frac{1}{8}(B-4E)\right]=E$ 得 $A-2E=\left[\frac{1}{8}(B-4E)\right]^{-1}$，则 $A=2E+8(B-4E)^{-1}$.

使用初等行变换求 $(B-4E)^{-1}$.

$$(\boldsymbol{B}-4\boldsymbol{E} \vdots \boldsymbol{E})=\left(\begin{array}{ccc:ccc}-3 & -2 & 0 & 1 & 0 & 0 \\ 1 & -2 & 0 & 0 & 1 & 0 \\ 0 & 0 & -2 & 0 & 0 & 1\end{array}\right) \xrightarrow{r_1 \leftrightarrow r_2}\left(\begin{array}{ccc:ccc}1 & -2 & 0 & 0 & 1 & 0 \\ -3 & -2 & 0 & 1 & 0 & 0 \\ 0 & 0 & -2 & 0 & 0 & 1\end{array}\right)$$

$$\xrightarrow{r_2+3r_1}\left(\begin{array}{ccc:ccc}1 & -2 & 0 & 0 & 1 & 0 \\ 0 & -8 & 0 & 1 & 3 & 0 \\ 0 & 0 & -2 & 0 & 0 & 1\end{array}\right) \xrightarrow[-\frac{1}{2}r_3]{-\frac{1}{8}r_2}\left(\begin{array}{ccc:ccc}1 & -2 & 0 & 0 & 1 & 0 \\ 0 & 1 & 0 & -\frac{1}{8} & -\frac{3}{8} & 0 \\ 0 & 0 & 1 & 0 & 0 & -\frac{1}{2}\end{array}\right)$$

$$\xrightarrow{r_1+2r_2}\left(\begin{array}{ccc:ccc}1 & 0 & 0 & -\frac{1}{4} & \frac{1}{4} & 0 \\ 0 & 1 & 0 & -\frac{1}{8} & -\frac{3}{8} & 0 \\ 0 & 0 & 1 & 0 & 0 & -\frac{1}{2}\end{array}\right),$$

所以

$$(\boldsymbol{B}-4\boldsymbol{E})^{-1}=\begin{pmatrix}-3 & -2 & 0 \\ 1 & -2 & 0 \\ 0 & 0 & -2\end{pmatrix}^{-1}=\begin{pmatrix}-\frac{1}{4} & \frac{1}{4} & 0 \\ -\frac{1}{8} & -\frac{3}{8} & 0 \\ 0 & 0 & -\frac{1}{2}\end{pmatrix}.$$

故

$$\boldsymbol{A}=2\boldsymbol{E}+8(\boldsymbol{B}-4\boldsymbol{E})^{-1}=2\begin{pmatrix}1 & 0 & 0 \\ 0 & 1 & 0 \\ 0 & 0 & 1\end{pmatrix}+8\begin{pmatrix}-\frac{1}{4} & \frac{1}{4} & 0 \\ -\frac{1}{8} & -\frac{3}{8} & 0 \\ 0 & 0 & -\frac{1}{2}\end{pmatrix}=\begin{pmatrix}0 & 2 & 0 \\ -1 & -1 & 0 \\ 0 & 0 & -2\end{pmatrix}.$$

2.4.4 解矩阵方程

矩阵运算中，经常需要求解一些矩阵方程，例如，$\boldsymbol{AX}=\boldsymbol{C}$, $\boldsymbol{XB}=\boldsymbol{C}$, $\boldsymbol{AXB}=\boldsymbol{C}$. 若已知矩阵 $\boldsymbol{A},\boldsymbol{B}$ 可逆，则根据逆矩阵的运算法则可以得到矩阵方程的解.

（1）矩阵方程为 $\boldsymbol{AX}=\boldsymbol{C}$，其中矩阵 $\boldsymbol{A}$ 可逆.

方法1 等式两端左乘 $\boldsymbol{A}^{-1}$，得 $\boldsymbol{X}=\boldsymbol{A}^{-1}\boldsymbol{C}$.

方法2 使用初等变换解矩阵方程，即 $(\boldsymbol{A} \vdots \boldsymbol{C}) \xrightarrow{\text{行变换}} (\boldsymbol{E} \vdots \boldsymbol{X})$.

（2）矩阵方程为 $\boldsymbol{XB}=\boldsymbol{C}$，其中矩阵 $\boldsymbol{B}$ 可逆.

方法1 等式两端右乘 $\boldsymbol{B}^{-1}$，得 $\boldsymbol{X}=\boldsymbol{CB}^{-1}$.

方法2 使用初等变换解矩阵方程，即

$$\begin{pmatrix} B \\ \text{----} \\ C \end{pmatrix} \xrightarrow{\text{列变换}} \begin{pmatrix} E \\ \text{----} \\ X \end{pmatrix}.$$

（3）矩阵方程为 $AXB = C$，其中矩阵 A, B 可逆．

等式两端左乘 A^{-1}，右乘 B^{-1}，得 $X = A^{-1}CB^{-1}$．

求解矩阵方程的步骤如下：

（1）根据矩阵的运算法则对矩阵方程进行化简；

（2）代入已知矩阵进行运算．

例 2.26　已知 $AB - B = A$，其中 $B = \begin{pmatrix} 1 & -2 & 0 \\ 2 & 1 & 0 \\ 0 & 0 & 2 \end{pmatrix}$，求矩阵 A．

微课：例2.26

解　由 $AB - B = A$ 得 $A(B - E) = B$，计算得

$$B - E = \begin{pmatrix} 0 & -2 & 0 \\ 2 & 0 & 0 \\ 0 & 0 & 1 \end{pmatrix}.$$

因为 $|B - E| = 4 \neq 0$，所以 $B - E$ 可逆，从而 $A = B(B - E)^{-1}$．用初等行变换法可得

$$(B - E)^{-1} = \begin{pmatrix} 0 & \frac{1}{2} & 0 \\ -\frac{1}{2} & 0 & 0 \\ 0 & 0 & 1 \end{pmatrix},$$

则

$$A = B(B - E)^{-1} = \begin{pmatrix} 1 & -2 & 0 \\ 2 & 1 & 0 \\ 0 & 0 & 2 \end{pmatrix}\begin{pmatrix} 0 & \frac{1}{2} & 0 \\ -\frac{1}{2} & 0 & 0 \\ 0 & 0 & 1 \end{pmatrix} = \begin{pmatrix} 1 & \frac{1}{2} & 0 \\ -\frac{1}{2} & 1 & 0 \\ 0 & 0 & 2 \end{pmatrix}.$$

例 2.27　设矩阵 A, B 满足 $A^*BA = 2BA - 8E$，其中 $A = \begin{pmatrix} 1 & 0 & 0 \\ 0 & -2 & 0 \\ 0 & 0 & 1 \end{pmatrix}$，求 B．

解　由已知条件可得 $|A| = -2$，从而 $AA^* = |A|E = -2E$．等式 $A^*BA = 2BA - 8E$ 两端左乘 A，再右乘 A^{-1}，得 $AA^*BAA^{-1} = 2ABAA^{-1} - 8AA^{-1}$，即 $-2B = 2AB - 8E$，整理得 $(A + E)B = 4E$．于是有

$$B = 4(A + E)^{-1} = 4\begin{pmatrix} 2 & 0 & 0 \\ 0 & -1 & 0 \\ 0 & 0 & 2 \end{pmatrix}^{-1} = 4\begin{pmatrix} \frac{1}{2} & 0 & 0 \\ 0 & -1 & 0 \\ 0 & 0 & \frac{1}{2} \end{pmatrix} = \begin{pmatrix} 2 & 0 & 0 \\ 0 & -4 & 0 \\ 0 & 0 & 2 \end{pmatrix}.$$

本节讨论的解矩阵方程 $AX=C$，$XB=C$，$AXB=C$，前提条件是矩阵 A,B 可逆．当矩阵 A,B 不可逆时，上述方法不能使用，此类问题将在第 4 章线性方程组中进行讨论求解．

同步习题 2.4

基础题

1．设矩阵 $A=\begin{pmatrix}1&-1\\2&3\end{pmatrix}$，$B=A^2-3A+2E$，则 $B^{-1}=$ ______ ．

2．求下列矩阵的逆矩阵．

（1）$A=\begin{pmatrix}1&-1&-1\\-3&2&1\\2&0&1\end{pmatrix}$．（2）$B=\begin{pmatrix}1&2&-1\\3&1&0\\-1&0&-2\end{pmatrix}$．（3）$C=\begin{pmatrix}1&1&1\\1&2&3\\1&3&6\end{pmatrix}$．

3．已知三阶方阵 A 的逆矩阵为 $A^{-1}=\begin{pmatrix}1&1&1\\1&2&1\\1&1&3\end{pmatrix}$，试求其伴随矩阵 A^* 的逆矩阵．

4．若 n 阶方阵 A 满足 $A^2-2A-3E=O$，则矩阵 A 可逆，且 $A^{-1}=$（　　）．

A．$A-2E$　　B．$2E-A$　　C．$-\frac{1}{3}(A-2E)$　　D．$\frac{1}{3}(A-2E)$

5．若 n 阶方阵 A 满足 $A^2-2A-3E=O$，求 $(A-2E)^{-1}$．

6．设 $A=\begin{pmatrix}1&0&1\\0&2&0\\0&0&1\end{pmatrix}$，则 $(A+3E)^{-1}(A^2-9E)=$ ______ ．

7．设 n 阶方阵 A 满足 $ax^2+bx+c=0(c\neq 0)$，证明 A 可逆，并求 A^{-1}．

8．已知 $AP=PB$，其中 $B=\begin{pmatrix}1&0&0\\0&0&0\\0&0&-1\end{pmatrix}$，$P=\begin{pmatrix}1&0&0\\2&-1&0\\2&1&1\end{pmatrix}$，求 A 及 A^5．

提高题

1．设矩阵 $B=\begin{pmatrix}1&-1&0&0\\0&1&-1&0\\0&0&1&-1\\0&0&0&1\end{pmatrix}$，$C=\begin{pmatrix}2&1&3&4\\0&2&1&3\\0&0&2&1\\0&0&0&2\end{pmatrix}$，且满足 $A(E-C^{-1}B)^{\mathrm{T}}C^{\mathrm{T}}=E$，其中 E 为四阶单位矩阵，化简上述关系式并求矩阵 A．

2．设$A^k=O$（k为正整数），求$(E-A)^{-1}$．

3．已知A,B均为n阶方阵，且$AB=A+B$，证明：

（1）$A-E$可逆，其中E为n阶单位矩阵；

（2）$AB=BA$．

4．设A为n阶可逆方阵，A^*为其伴随矩阵，证明A^*可逆，并求$(A^*)^{-1}$．

2.5 矩阵的秩

在2.3节的定理2.1中，给定的$m\times n$矩阵A总可以经过若干次初等变换化为标准形

$$F=\begin{pmatrix} E_r & O \\ O & O \end{pmatrix}_{m\times n},$$

其中 r 为行阶梯形矩阵中非零行的行数，它是描述矩阵的一个重要指标．这个数 r 就是本节要讨论的矩阵的秩．

2.5.1 矩阵的秩的定义

定义 2.14 在$m\times n$矩阵A中，任取k行k列$(k\leqslant m,k\leqslant n)$，位于这些行列交叉处的元素按原来位置构成的$k$阶行列式，称为矩阵$A$的$k$阶子式．例如，$3\times 4$矩阵

$$A=\begin{pmatrix} 1 & 3 & 1 & 4 \\ 2 & 12 & -2 & 12 \\ 2 & -3 & 8 & 2 \end{pmatrix}$$

计算机可视化

有二阶子式

$$\begin{vmatrix} 1 & 3 \\ 2 & 12 \end{vmatrix},\begin{vmatrix} 12 & 12 \\ -3 & 2 \end{vmatrix},\cdots,$$

有三阶子式

$$\begin{vmatrix} 1 & 3 & 1 \\ 2 & 12 & -2 \\ 2 & -3 & 8 \end{vmatrix},\begin{vmatrix} 1 & 3 & 4 \\ 2 & 12 & 12 \\ 2 & -3 & 2 \end{vmatrix},\begin{vmatrix} 3 & 1 & 4 \\ 12 & -2 & 12 \\ -3 & 8 & 2 \end{vmatrix},\begin{vmatrix} 1 & 1 & 4 \\ 2 & -2 & 12 \\ 2 & 8 & 2 \end{vmatrix}.$$

再例如，三阶方阵

$$B=\begin{pmatrix} 1 & 4 & -8 \\ -5 & 2 & 9 \\ 3 & 6 & 1 \end{pmatrix}$$

有二阶子式

$$\begin{vmatrix} 1 & 4 \\ 3 & 6 \end{vmatrix},\begin{vmatrix} 4 & -8 \\ 2 & 9 \end{vmatrix},\cdots,$$

有三阶子式

$$|\boldsymbol{B}|=\begin{vmatrix}1&4&-8\\-5&2&9\\3&6&1\end{vmatrix}.$$

易知一个 $m\times n$ 矩阵 $\boldsymbol{A}$ 共有 $C_m^k C_n^k$ 个 k 阶子式.

定义 2.15 $m\times n$ 矩阵 $\boldsymbol{A}$ 中不为零的最高阶子式的阶数 r，称为矩阵 $\boldsymbol{A}$ 的秩，记作 $r(\boldsymbol{A})=r$. 若一个矩阵没有不等于零的最高阶子式（即零矩阵），则规定该矩阵的秩为零.

2.5.2 矩阵的秩的性质

性质 2.10 设 $\boldsymbol{A}$ 是 $m\times n$ 矩阵，矩阵的秩有下列性质.

（1）$0\leqslant r(\boldsymbol{A})\leqslant \min\{m,n\}$.

（2）由于转置行列式的值不变，所以 $\boldsymbol{A}^{\mathrm{T}}$ 的子式与 $\boldsymbol{A}$ 的子式对应相等，故有 $r(\boldsymbol{A}^{\mathrm{T}})=r(\boldsymbol{A})$.

（3）对于 n 阶方阵 $\boldsymbol{A}$，它的最高阶子式就是 n 阶子式，即 $\boldsymbol{A}$ 的行列式 $|\boldsymbol{A}|$. 当 $|\boldsymbol{A}|\neq 0$ 时，$r(\boldsymbol{A})=n$；当 $|\boldsymbol{A}|=0$ 时，$r(\boldsymbol{A})<n$. 故称可逆矩阵为满秩矩阵，不可逆矩阵为降秩矩阵.

对于矩阵的秩的定义有下列等价条件.

定理 2.6 对于 $m\times n$ 矩阵 $\boldsymbol{A}$，$r(\boldsymbol{A})=r$ 的充分必要条件是 $\boldsymbol{A}$ 中存在 r 阶子式不为零，而所有的 $r+1$ 阶子式（如果存在）全为零.

例 2.28 求矩阵 $\boldsymbol{A}$ 的秩，其中 $\boldsymbol{A}=\begin{pmatrix}2&-3&8&2\\2&12&-2&12\\1&3&1&4\end{pmatrix}$.

解 矩阵 $\boldsymbol{A}$ 存在一个二阶子式 $\begin{vmatrix}2&-3\\2&12\end{vmatrix}\neq 0$.

矩阵 $\boldsymbol{A}$ 共有 4 个三阶子式，分别为

$$\begin{vmatrix}2&-3&8\\2&12&-2\\1&3&1\end{vmatrix},\begin{vmatrix}2&-3&2\\2&12&12\\1&3&4\end{vmatrix},\begin{vmatrix}2&8&2\\2&-2&12\\1&1&4\end{vmatrix},\begin{vmatrix}-3&8&2\\12&-2&12\\3&1&4\end{vmatrix}.$$

通过计算可知 4 个三阶子式均为零，所以 $r(\boldsymbol{A})=2$.

例 2.29 求行阶梯形矩阵 $\boldsymbol{A}$ 的秩，其中 $\boldsymbol{A}=\begin{pmatrix}a_{11}&a_{12}&\cdots&a_{1r}&\cdots&a_{1n}\\&a_{22}&\cdots&a_{2r}&\cdots&a_{2n}\\&&\ddots&\vdots&&\vdots\\&&&a_{rr}&\cdots&a_{rn}\\0&\cdots&\cdots&\cdots&\cdots&0\\\vdots&&&&&\vdots\\0&0&\cdots&0&\cdots&0\end{pmatrix}(a_{11}a_{22}\cdots a_{rr}\neq 0)$.

解 行阶梯形矩阵 $\boldsymbol{A}$ 存在一个 r 阶子式

$$\begin{vmatrix}a_{11}&a_{12}&\cdots&a_{1r}\\&a_{22}&\cdots&a_{2r}\\&&\ddots&\vdots\\&&&a_{rr}\end{vmatrix}\neq 0,$$

由于后$n-r$行均为零行，所以$\boldsymbol{A}$的所有$r+1$阶子式均为零，故$r(\boldsymbol{A})=r$.

从上述两个例题可以看出，对于一般的矩阵，当行数和列数较高时，按照定义或定理2.6求矩阵的秩是很麻烦的．而行阶梯形矩阵求秩就简单得多，事实上行阶梯形矩阵的秩等于其非零行的行数，无须计算，通过观察就能得出结论．如何借助行阶梯形矩阵的秩来求出一般矩阵的秩？下面的定理给出了相应的结论．

定理 2.7 若矩阵$\boldsymbol{A}$与$\boldsymbol{B}$等价，则$r(\boldsymbol{A})=r(\boldsymbol{B})$.

结合定理2.7，求矩阵的秩，只需使用初等变换把矩阵化为行阶梯形矩阵，则行阶梯形矩阵中非零行的行数就是所求矩阵的秩．

推论 设$\boldsymbol{A}$是$m\times n$矩阵，$r(\boldsymbol{A})=r$，则矩阵$\boldsymbol{A}$的标准形为

$$\boldsymbol{F}=\begin{pmatrix}\boldsymbol{E}_r & \boldsymbol{O}\\ \boldsymbol{O} & \boldsymbol{O}\end{pmatrix}_{m\times n}.$$

例 2.30 求矩阵$\boldsymbol{A}=\begin{pmatrix}2 & -3 & 8 & 2\\ 2 & 12 & -2 & 12\\ 1 & 3 & 1 & 4\end{pmatrix}$的秩．

解 对矩阵$\boldsymbol{A}$作初等变换得

$$\boldsymbol{A}\xrightarrow{r_1\leftrightarrow r_3}\begin{pmatrix}1 & 3 & 1 & 4\\ 2 & 12 & -2 & 12\\ 2 & -3 & 8 & 2\end{pmatrix}\xrightarrow[r_3-2r_1]{r_2-2r_1}\begin{pmatrix}1 & 3 & 1 & 4\\ 0 & 6 & -4 & 4\\ 0 & -9 & 6 & -6\end{pmatrix}$$

$$\xrightarrow{r_3+\frac{3}{2}r_2}\begin{pmatrix}1 & 3 & 1 & 4\\ 0 & 6 & -4 & 4\\ 0 & 0 & 0 & 0\end{pmatrix},$$

故$r(\boldsymbol{A})=2$.

例 2.31 设三阶矩阵$\boldsymbol{A}=\begin{pmatrix}x & 1 & 1\\ 1 & x & 1\\ 1 & 1 & x\end{pmatrix}$，求$r(\boldsymbol{A})$.

解 **方法1** 结合矩阵$\boldsymbol{A}$的行列式讨论．

$$|\boldsymbol{A}|=\begin{vmatrix}x+2 & x+2 & x+2\\ 1 & x & 1\\ 1 & 1 & x\end{vmatrix}=(x+2)\begin{vmatrix}1 & 1 & 1\\ 1 & x & 1\\ 1 & 1 & x\end{vmatrix}$$

$$=(x+2)\begin{vmatrix}1 & 1 & 1\\ 0 & x-1 & 0\\ 0 & 0 & x-1\end{vmatrix}=(x+2)(x-1)^2,$$

可得当$x\neq 1$且$x\neq -2$时，$r(\boldsymbol{A})=3$.

当$x=1$时，对矩阵$\boldsymbol{A}$作初等变换得

$$\boldsymbol{A}=\begin{pmatrix}1 & 1 & 1\\ 1 & 1 & 1\\ 1 & 1 & 1\end{pmatrix}\xrightarrow[r_3-r_1]{r_2-r_1}\begin{pmatrix}1 & 1 & 1\\ 0 & 0 & 0\\ 0 & 0 & 0\end{pmatrix},$$

可得 $r(\boldsymbol{A})=1$.

当 $x=-2$ 时，对矩阵 $\boldsymbol{A}$ 作初等变换得

$$\boldsymbol{A}=\begin{pmatrix}-2&1&1\\1&-2&1\\1&1&-2\end{pmatrix}\xrightarrow{r_1\leftrightarrow r_3}\begin{pmatrix}1&1&-2\\1&-2&1\\-2&1&1\end{pmatrix}\xrightarrow[r_3+2r_1]{r_2-r_1}\begin{pmatrix}1&1&-2\\0&-3&3\\0&3&-3\end{pmatrix}$$

$$\xrightarrow{r_3+r_2}\begin{pmatrix}1&1&-2\\0&-3&3\\0&0&0\end{pmatrix},$$

可得 $r(\boldsymbol{A})=2$.

方法 2 利用初等变换求秩.

$$\boldsymbol{A}=\begin{pmatrix}x&1&1\\1&x&1\\1&1&x\end{pmatrix}\xrightarrow{r_1\leftrightarrow r_3}\begin{pmatrix}1&1&x\\1&x&1\\x&1&1\end{pmatrix}\xrightarrow[r_3-xr_1]{r_2-r_1}\begin{pmatrix}1&1&x\\0&x-1&-x+1\\0&-x+1&1-x^2\end{pmatrix}$$

$$\xrightarrow{r_3+r_2}\begin{pmatrix}1&1&x\\0&x-1&-x+1\\0&0&-(x+2)(x-1)\end{pmatrix},$$

可得当 $x\neq1$ 且 $x\neq-2$ 时，$r(\boldsymbol{A})=3$；当 $x=1$ 时，$r(\boldsymbol{A})=1$；当 $x=-2$ 时，$r(\boldsymbol{A})=2$.

本题方法 2 看似简单，但在操作时极易犯错. 在上述初等变换中，若对矩阵

$$\begin{pmatrix}1&1&x\\0&x-1&-x+1\\0&-x+1&1-x^2\end{pmatrix}$$

的第 2 行、第 3 行进行同乘以 $\dfrac{1}{x-1}$ 的初等行变换，则需要单独讨论 $x=1$ 时矩阵 $\boldsymbol{A}$ 的秩，否则会丢掉部分解.

2.5.3 矩阵的秩的相关结论

定理 2.8 设 $\boldsymbol{A}$ 为 $m\times n$ 矩阵，$\boldsymbol{P},\boldsymbol{Q}$ 分别为 m 阶、n 阶满秩矩阵，则

$$r(\boldsymbol{A})=r(\boldsymbol{PA})=r(\boldsymbol{AQ})=r(\boldsymbol{PAQ}).$$

【即时提问 2.5】已知 $\boldsymbol{A}$ 为 $m\times n$ 矩阵，$\boldsymbol{B}$ 为 $n\times s$ 矩阵，若 $r(\boldsymbol{B})=n$，则 $r(\boldsymbol{AB})=r(\boldsymbol{B})=n$. 以上说法是否正确？请说明理由.

例 2.32 设 $\boldsymbol{A}$ 为 4×3 矩阵，且 $r(\boldsymbol{A})=2$，而 $\boldsymbol{B}=\begin{pmatrix}1&0&2\\0&2&0\\-1&0&3\end{pmatrix}$，求矩阵 $\boldsymbol{AB}$ 的秩.

解 因为

$$|\boldsymbol{B}|=\begin{vmatrix}1&0&2\\0&2&0\\-1&0&3\end{vmatrix}=10\neq0,$$

即矩阵 $\boldsymbol{B}$ 是满秩的，根据定理 2.8 知 $r(\boldsymbol{AB})=r(\boldsymbol{A})=2$.

定理 2.9 设有矩阵 $\boldsymbol{A}$ 和矩阵 $\boldsymbol{B}$.

（1）若 $\boldsymbol{A}$ 为 $m\times n$ 矩阵，$\boldsymbol{B}$ 为 $m\times s$ 矩阵，则 $\max\{r(\boldsymbol{A}),r(\boldsymbol{B})\}\leqslant r(\boldsymbol{A},\boldsymbol{B})\leqslant r(\boldsymbol{A})+r(\boldsymbol{B})$. 特别地，当 $\boldsymbol{B}=\boldsymbol{b}$ 为非零列向量时，有 $r(\boldsymbol{A})\leqslant r(\boldsymbol{A},\boldsymbol{b})\leqslant r(\boldsymbol{A})+1$.

（2）若 $\boldsymbol{A},\boldsymbol{B}$ 均为 $m\times n$ 矩阵，则 $r(\boldsymbol{A}\pm\boldsymbol{B})\leqslant r(\boldsymbol{A})+r(\boldsymbol{B})$.

（3）若 $\boldsymbol{A}$ 为 $m\times n$ 矩阵，$\boldsymbol{B}$ 为 $n\times s$ 矩阵，则 $r(\boldsymbol{A})+r(\boldsymbol{B})-n\leqslant r(\boldsymbol{AB})\leqslant\min\{r(\boldsymbol{A}),r(\boldsymbol{B})\}$.

（4）若 $\boldsymbol{A}$ 为 $m\times n$ 矩阵，$\boldsymbol{B}$ 为 $n\times s$ 矩阵，若 $\boldsymbol{AB}=\boldsymbol{O}$，则 $r(\boldsymbol{A})+r(\boldsymbol{B})\leqslant n$.

例 2.33 设 $m>n$，$\boldsymbol{A}$ 为 $m\times n$ 矩阵，$\boldsymbol{B}$ 为 $n\times m$ 矩阵，证明：$|\boldsymbol{AB}|=0$.

证明 当 $m>n$ 时，由矩阵的秩的定义知 $r(\boldsymbol{A})\leqslant n,r(\boldsymbol{B})\leqslant n$.

结合定理 2.9 中的（3）可得 $r(\boldsymbol{AB})\leqslant\min\{r(\boldsymbol{A}),r(\boldsymbol{B})\}\leqslant n<m$. 而 $\boldsymbol{AB}$ 为 m 阶方阵，当 $r(\boldsymbol{AB})<m$ 时，$\boldsymbol{AB}$ 为降秩矩阵，从而有 $|\boldsymbol{AB}|=0$.

了解了矩阵的秩的相关结论后，我们还需要了解矩阵的秩与矩阵的伴随矩阵的秩之间的关系.

定理 2.10 设 $\boldsymbol{A}$ 为 n 阶方阵，$\boldsymbol{A}^*$ 为 $\boldsymbol{A}$ 的伴随矩阵，则

$$r(\boldsymbol{A}^*)=\begin{cases}n, & 若 r(\boldsymbol{A})=n,\\ 1, & 若 r(\boldsymbol{A})=n-1,\\ 0, & 若 r(\boldsymbol{A})<n-1.\end{cases}$$

微课：定理2.10

同步习题 2.5

基础题

1．求下列矩阵的秩.

（1）$\boldsymbol{A}=\begin{pmatrix}2 & -1 & 3\\ 1 & -3 & 4\\ -1 & 2 & -3\end{pmatrix}$.（2）$\boldsymbol{B}=\begin{pmatrix}1 & 2 & 3 & 4\\ 1 & 0 & 1 & 2\\ 3 & -1 & -1 & 0\\ 1 & 2 & 0 & -5\end{pmatrix}$.

2．设 $n\ (n\geqslant 3)$ 阶矩阵 $\boldsymbol{A}=\begin{pmatrix}1 & a & a & \cdots & a\\ a & 1 & a & \cdots & a\\ a & a & 1 & \cdots & a\\ \vdots & \vdots & \vdots & & \vdots\\ a & a & a & \cdots & 1\end{pmatrix}$，若矩阵 $\boldsymbol{A}$ 的秩为 $n-1$，则 a 必为（　　）.

A．1　　B．$\dfrac{1}{1-n}$　　C．-1　　D．$\dfrac{1}{n-1}$

3．设 $A=\begin{pmatrix} a_1b_1 & a_1b_2 & \cdots & a_1b_n \\ a_2b_1 & a_2b_2 & \cdots & a_2b_n \\ \vdots & \vdots & & \vdots \\ a_nb_1 & a_nb_2 & \cdots & a_nb_n \end{pmatrix}$，其中 $a_i \neq 0$，$b_i \neq 0$ $(i=1,2,\cdots,n)$，则矩阵 A 的秩 $r(A)=$______．

4．设 A 是 $m\times n$ 矩阵，C 是 n 阶可逆矩阵，矩阵 A 的秩为 r，矩阵 $B=AC$ 的秩为 r_1，则（　　）．

A．$r>r_1$　　B．$r<r_1$　　C．$r=r_1$　　D．r 与 r_1 的关系依 C 而定

5．设四阶矩阵 A 的秩为 2，则其伴随矩阵 A^* 的秩为______．

6．设矩阵 $A=\begin{pmatrix} 0 & 1 & 0 & 0 \\ 0 & 0 & 1 & 0 \\ 0 & 0 & 1 & 0 \\ 0 & 0 & 0 & 0 \end{pmatrix}$，则 A^3 的秩为______．

提高题

1．设 A 是 $m\times n$ 矩阵，B 是 $n\times m$ 矩阵，则（　　）．

A．当 $m>n$ 时，必有 $|AB|\neq 0$

B．当 $m>n$ 时，必有 $|AB|=0$

C．当 $n>m$ 时，必有 $|AB|\neq 0$

D．当 $n>m$ 时，必有 $|AB|=0$

2．设三阶矩阵 $A=\begin{pmatrix} a & b & b \\ b & a & b \\ b & b & a \end{pmatrix}$，若 A 的伴随矩阵 A^* 的秩为 1，则必有（　　）．

A．$a=b$ 或 $a+2b=0$　　B．$a=b$ 或 $a+2b\neq 0$

C．$a\neq b$ 且 $a+2b=0$　　D．$a\neq b$ 且 $a+2b\neq 0$

3．求矩阵 $A=\begin{pmatrix} x & y & y & y \\ y & x & y & y \\ y & y & x & y \\ y & y & y & x \end{pmatrix}$ 的秩．

2.6 分块矩阵

对于行数和列数较多的矩阵，采取分块法来计算可以提高效率，同时减少运算错误．

2.6.1 分块矩阵的定义

定义 2.16 用若干条贯穿矩阵的横线和纵线将矩阵 $\boldsymbol{A}$ 分成若干个小块，每一小块称为矩阵 $\boldsymbol{A}$ 的子块（或子阵）. 以子块为元素的形式上的矩阵称为分块矩阵.

例如，3×4 矩阵

$$\boldsymbol{A}=\begin{pmatrix} a_{11} & a_{12} & a_{13} & a_{14} \\ a_{21} & a_{22} & a_{23} & a_{24} \\ a_{31} & a_{32} & a_{33} & a_{34} \end{pmatrix},$$

分块方法有很多，下面列举其中的 3 种分块方法.

（1）普通分块

$$\boldsymbol{A}=\left(\begin{array}{cc|cc} a_{11} & a_{12} & a_{13} & a_{14} \\ \hline a_{21} & a_{22} & a_{23} & a_{24} \\ a_{31} & a_{32} & a_{33} & a_{34} \end{array}\right)=\begin{pmatrix} \boldsymbol{A}_{11} & \boldsymbol{A}_{12} \\ \boldsymbol{A}_{21} & \boldsymbol{A}_{22} \end{pmatrix}.$$

（2）按行分块

$$\boldsymbol{A}=\left(\begin{array}{cccc} a_{11} & a_{12} & a_{13} & a_{14} \\ \hline a_{21} & a_{22} & a_{23} & a_{24} \\ \hline a_{31} & a_{32} & a_{33} & a_{34} \end{array}\right).$$

（3）按列分块

$$\boldsymbol{A}=\left(\begin{array}{c|c|c|c} a_{11} & a_{12} & a_{13} & a_{14} \\ a_{21} & a_{22} & a_{23} & a_{24} \\ a_{31} & a_{32} & a_{33} & a_{34} \end{array}\right).$$

在矩阵运算中，对矩阵进行分块时需要掌握两个原则：（1）使矩阵的子块像“数”一样满足矩阵运算的要求，不同的运算要采取不同的分块方法；（2）使运算尽量简单方便.

2.6.2 分块矩阵的运算

分块矩阵的运算与普通矩阵的运算类似，下面详细说明.

1. 分块矩阵的加法运算

设矩阵 $\boldsymbol{A},\boldsymbol{B}$ 的行数和列数相同，对 $\boldsymbol{A},\boldsymbol{B}$ 采用相同的分块方法，有

$$\boldsymbol{A}=\begin{pmatrix} \boldsymbol{A}_{11} & \boldsymbol{A}_{12} & \cdots & \boldsymbol{A}_{1t} \\ \boldsymbol{A}_{21} & \boldsymbol{A}_{22} & \cdots & \boldsymbol{A}_{2t} \\ \vdots & \vdots & & \vdots \\ \boldsymbol{A}_{s1} & \boldsymbol{A}_{s2} & \cdots & \boldsymbol{A}_{st} \end{pmatrix},\ \boldsymbol{B}=\begin{pmatrix} \boldsymbol{B}_{11} & \boldsymbol{B}_{12} & \cdots & \boldsymbol{B}_{1t} \\ \boldsymbol{B}_{21} & \boldsymbol{B}_{22} & \cdots & \boldsymbol{B}_{2t} \\ \vdots & \vdots & & \vdots \\ \boldsymbol{B}_{s1} & \boldsymbol{B}_{s2} & \cdots & \boldsymbol{B}_{st} \end{pmatrix},$$

其中 $\boldsymbol{A}_{ij},\boldsymbol{B}_{ij}\ (i=1,2,\cdots,s;\ j=1,2,\cdots,t)$ 的行数和列数也相同，则

$$A \pm B = \begin{pmatrix} A_{11} \pm B_{11} & A_{12} \pm B_{12} & \cdots & A_{1t} \pm B_{1t} \\ A_{21} \pm B_{21} & A_{22} \pm B_{22} & \cdots & A_{2t} \pm B_{2t} \\ \vdots & \vdots & & \vdots \\ A_{s1} \pm B_{s1} & A_{s2} \pm B_{s2} & \cdots & A_{st} \pm B_{st} \end{pmatrix}.$$

2. 分块矩阵的数乘运算

设$A = \begin{pmatrix} A_{11} & A_{12} & \cdots & A_{1t} \\ A_{21} & A_{22} & \cdots & A_{2t} \\ \vdots & \vdots & & \vdots \\ A_{s1} & A_{s2} & \cdots & A_{st} \end{pmatrix}$，$\lambda$是数，则

$$\lambda A = \begin{pmatrix} \lambda A_{11} & \lambda A_{12} & \cdots & \lambda A_{1t} \\ \lambda A_{21} & \lambda A_{22} & \cdots & \lambda A_{2t} \\ \vdots & \vdots & & \vdots \\ \lambda A_{s1} & \lambda A_{s2} & \cdots & \lambda A_{st} \end{pmatrix}.$$

3. 分块矩阵的乘法运算

设矩阵$A = (a_{ij})_{m\times l}$，$B = (b_{ij})_{l\times n}$，且对A的列分块方法与对B的行分块方法相同，即分块为

$$A = \begin{pmatrix} A_{11} & A_{12} & \cdots & A_{1t} \\ A_{21} & A_{22} & \cdots & A_{2t} \\ \vdots & \vdots & & \vdots \\ A_{l1} & A_{l2} & \cdots & A_{lt} \end{pmatrix},\ B = \begin{pmatrix} B_{11} & B_{12} & \cdots & B_{1r} \\ B_{21} & B_{22} & \cdots & B_{2r} \\ \vdots & \vdots & & \vdots \\ B_{t1} & B_{t2} & \cdots & B_{tr} \end{pmatrix},$$

其中矩阵A的第i行各子块$A_{i1}, A_{i2}, \cdots, A_{it}$的列数分别等于矩阵$B$的第$j$列的各子块$B_{1j}, B_{2j}, \cdots, B_{tj}$的行数，则

$$AB = \begin{pmatrix} C_{11} & C_{12} & \cdots & C_{1r} \\ C_{21} & C_{22} & \cdots & C_{2r} \\ \vdots & \vdots & & \vdots \\ C_{l1} & C_{l2} & \cdots & C_{lr} \end{pmatrix},$$

其中

$$C_{ij} = \sum_{k=1}^{t} A_{ik}B_{kj} = A_{i1}B_{1j} + A_{i2}B_{2j} + \cdots + A_{it}B_{tj}\ (i = 1,2,\cdots,l; j = 1,2,\cdots,r).$$

例 2.34 设

$$A = \begin{pmatrix} 1 & 0 & 0 & 0 \\ 0 & 1 & 0 & 0 \\ -1 & 2 & 1 & 0 \\ 1 & 1 & 0 & 1 \end{pmatrix},\ B = \begin{pmatrix} 1 & 0 & 3 & 2 \\ -1 & 2 & 0 & 1 \\ 1 & 0 & 4 & 1 \\ -1 & -1 & 2 & 0 \end{pmatrix},$$

求AB.

解 把A, B分块如下.

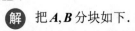

$$A=\left(\begin{array}{cc|cc}1&0&0&0\\0&1&0&0\\\hline -1&2&1&0\\1&1&0&1\end{array}\right)=\begin{pmatrix}E&O\\A_1&E\end{pmatrix},\ B=\left(\begin{array}{cc|cc}1&0&3&2\\-1&2&0&1\\\hline 1&0&4&1\\-1&-1&2&0\end{array}\right)=\begin{pmatrix}B_{11}&B_{12}\\B_{21}&B_{22}\end{pmatrix},$$

则

$$AB=\begin{pmatrix}E&O\\A_1&E\end{pmatrix}\begin{pmatrix}B_{11}&B_{12}\\B_{21}&B_{22}\end{pmatrix}=\begin{pmatrix}B_{11}&B_{12}\\A_1B_{11}+B_{21}&A_1B_{12}+B_{22}\end{pmatrix}.$$

而

$$A_1B_{11}+B_{21}=\begin{pmatrix}-1&2\\1&1\end{pmatrix}\begin{pmatrix}1&0\\-1&2\end{pmatrix}+\begin{pmatrix}1&0\\-1&-1\end{pmatrix}$$

$$=\begin{pmatrix}-3&4\\0&2\end{pmatrix}+\begin{pmatrix}1&0\\-1&-1\end{pmatrix}=\begin{pmatrix}-2&4\\-1&1\end{pmatrix},$$

$$A_1B_{12}+B_{22}=\begin{pmatrix}-1&2\\1&1\end{pmatrix}\begin{pmatrix}3&2\\0&1\end{pmatrix}+\begin{pmatrix}4&1\\2&0\end{pmatrix}=\begin{pmatrix}1&1\\5&3\end{pmatrix},$$

于是

$$AB=\begin{pmatrix}1&0&3&2\\-1&2&0&1\\-2&4&1&1\\-1&1&5&3\end{pmatrix}.$$

4. 分块矩阵的转置

设 $A=\begin{pmatrix}A_{11}&A_{12}&\cdots&A_{1t}\\A_{21}&A_{22}&\cdots&A_{2t}\\\vdots&\vdots&&\vdots\\A_{s1}&A_{s2}&\cdots&A_{st}\end{pmatrix}$，则 $A^{\mathrm T}=\begin{pmatrix}A_{11}^{\mathrm T}&A_{21}^{\mathrm T}&\cdots&A_{s1}^{\mathrm T}\\A_{12}^{\mathrm T}&A_{22}^{\mathrm T}&\cdots&A_{s2}^{\mathrm T}\\\vdots&\vdots&&\vdots\\A_{1t}^{\mathrm T}&A_{2t}^{\mathrm T}&\cdots&A_{st}^{\mathrm T}\end{pmatrix}$.

2.6.3 分块对角矩阵

在分块矩阵的运算中，分块对角矩阵的运算是非常重要的，也是常用的，下面我们进行详细的讨论.

定义 2.17 设 A 是 n 阶方阵，若它的分块矩阵只有在主对角线上有非零子块且都是方阵块，其余子块均为零矩阵块，即

$$A=\begin{pmatrix}A_1&O&\cdots&O\\O&A_2&\cdots&O\\\vdots&\vdots&&\vdots\\O&O&\cdots&A_r\end{pmatrix},$$

其中 $A_i\ (i=1,2,\cdots,r)$ 都是方阵，则称 A 是分块对角矩阵，也称准对角矩阵.

设 A,B 都是分块对角矩阵，且

$$A=\begin{pmatrix}A_1 & & & \\ & A_2 & & \\ & & \ddots & \\ & & & A_r\end{pmatrix},\ B=\begin{pmatrix}B_1 & & & \\ & B_2 & & \\ & & \ddots & \\ & & & B_r\end{pmatrix},$$

其中$A_i, B_i\ (i=1,2,\cdots,r)$是同阶的子块，则有如下的运算性质.

性质 2.11 （1）$A\pm B=\begin{pmatrix}A_1\pm B_1 & & & \\ & A_2\pm B_2 & & \\ & & \ddots & \\ & & & A_r\pm B_r\end{pmatrix}$.

（2）$\lambda A=\begin{pmatrix}\lambda A_1 & & & \\ & \lambda A_2 & & \\ & & \ddots & \\ & & & \lambda A_r\end{pmatrix}$.

（3）$AB=\begin{pmatrix}A_1B_1 & & & \\ & A_2B_2 & & \\ & & \ddots & \\ & & & A_rB_r\end{pmatrix}$.

（4）$A^m=\begin{pmatrix}A_1^m & & & \\ & A_2^m & & \\ & & \ddots & \\ & & & A_r^m\end{pmatrix}$，其中$m$为正整数.

（5）$A^{\mathrm{T}}=\begin{pmatrix}A_1^{\mathrm{T}} & & & \\ & A_2^{\mathrm{T}} & & \\ & & \ddots & \\ & & & A_r^{\mathrm{T}}\end{pmatrix}$.

（6）$|A|=|A_1||A_2|\cdots|A_r|$.

（7）若$|A_i|\neq 0\ (i=1,2,\cdots,r)$，则$A$可逆，且

$$A^{-1}=\begin{pmatrix}A_1^{-1} & & & \\ & A_2^{-1} & & \\ & & \ddots & \\ & & & A_r^{-1}\end{pmatrix}.$$

（8）$r(A)=r(A_1)+r(A_2)+\cdots+r(A_r)$.

针对性质 2.11（7）还需注意，若已知A是分块矩阵，且

$$A=\begin{pmatrix}O & & & A_1 \\ & & A_2 & \\ & \iddots & & \\ A_r & & & O\end{pmatrix},$$

则

$$A^{-1}=\begin{pmatrix} O & & & A_r^{-1} \\ & & \iddots & \\ & A_2^{-1} & & \\ A_1^{-1} & & & O \end{pmatrix}.$$

【即时提问 2.6】设 A 为 m 阶方阵，B 为 n 阶方阵，则分块行列式 $\begin{vmatrix} O & B \\ A & O \end{vmatrix}=|A||B|$. 该说法是否正确？请说明理由.

例 2.35 已知 $A=\begin{pmatrix} 1 & 2 & 0 & 0 \\ 0 & 1 & 0 & 0 \\ 0 & 0 & 2 & 3 \\ 0 & 0 & 1 & 3 \end{pmatrix}$，求 A 的行列式、秩及逆矩阵.

解 把矩阵 A 分块得 $A=\begin{pmatrix} A_1 & O \\ O & A_2 \end{pmatrix}$，则根据性质 2.11 得 $|A|=|A_1||A_2|=\begin{vmatrix} 1 & 2 \\ 0 & 1 \end{vmatrix}\begin{vmatrix} 2 & 3 \\ 1 & 3 \end{vmatrix}=3$，$A$ 的秩为 $r(A)=2+2=4$．使用公式计算 A 的逆矩阵有

$$A^{-1}=\begin{pmatrix} A_1^{-1} & O \\ O & A_2^{-1} \end{pmatrix}.$$

由 $\begin{pmatrix} a & b \\ c & d \end{pmatrix}^{-1}=\dfrac{1}{ad-bc}\begin{pmatrix} d & -b \\ -c & a \end{pmatrix}$，有

$$\begin{pmatrix} 1 & 2 \\ 0 & 1 \end{pmatrix}^{-1}=\begin{pmatrix} 1 & -2 \\ 0 & 1 \end{pmatrix},\ \begin{pmatrix} 2 & 3 \\ 1 & 3 \end{pmatrix}^{-1}=\frac{1}{3}\begin{pmatrix} 3 & -3 \\ -1 & 2 \end{pmatrix}=\begin{pmatrix} 1 & -1 \\ -\frac{1}{3} & \frac{2}{3} \end{pmatrix}.$$

故

$$A^{-1}=\begin{pmatrix} 1 & -2 & 0 & 0 \\ 0 & 1 & 0 & 0 \\ 0 & 0 & 1 & -1 \\ 0 & 0 & -\frac{1}{3} & \frac{2}{3} \end{pmatrix}.$$

例 2.36 已知 $a_i\neq 0(i=1,2,\cdots,n)$，求 $\begin{pmatrix} 0 & a_1 & 0 & \cdots & 0 \\ 0 & 0 & a_2 & \cdots & 0 \\ \vdots & \vdots & \vdots & & \vdots \\ 0 & 0 & 0 & \cdots & a_{n-1} \\ a_n & 0 & 0 & \cdots & 0 \end{pmatrix}^{-1}$.

解 根据公式

$$\begin{pmatrix} O & A_1 \\ A_2 & O \end{pmatrix}^{-1}=\begin{pmatrix} O & A_2^{-1} \\ A_1^{-1} & O \end{pmatrix},$$

$$A_1^{-1}=\begin{pmatrix}a_1&&&\\&a_2&&\\&&\ddots&\\&&&a_{n-1}\end{pmatrix}^{-1}=\begin{pmatrix}\frac{1}{a_1}&&&\\&\frac{1}{a_2}&&\\&&\ddots&\\&&&\frac{1}{a_{n-1}}\end{pmatrix},\ A_2^{-1}=(a_n)^{-1}=\left(\frac{1}{a_n}\right),$$

得

$$\begin{pmatrix}0&a_1&0&\cdots&0\\0&0&a_2&\cdots&0\\\vdots&\vdots&\vdots&&\vdots\\0&0&0&\cdots&a_{n-1}\\a_n&0&0&\cdots&0\end{pmatrix}^{-1}=\begin{pmatrix}0&0&0&\cdots&0&\frac{1}{a_n}\\\frac{1}{a_1}&0&0&\cdots&0&0\\0&\frac{1}{a_2}&0&\cdots&0&0\\\vdots&\vdots&\vdots&&\vdots&\vdots\\0&0&0&\cdots&\frac{1}{a_{n-1}}&0\end{pmatrix}.$$

同步习题 2.6

基础题

1．计算$\begin{pmatrix}1&2&1&0\\0&1&0&1\\0&0&2&1\\0&0&0&3\end{pmatrix}\begin{pmatrix}1&0&3&1\\0&1&2&-1\\0&0&-2&3\\0&0&0&-3\end{pmatrix}$.

2．利用分块法求下列矩阵的乘积.

（1）$\begin{pmatrix}1&-2&0\\0&1&1\\1&0&2\end{pmatrix}\begin{pmatrix}0&1\\1&0\\0&1\end{pmatrix}$.　（2）$\begin{pmatrix}a&0&0&0\\0&a&0&0\\1&0&b&0\\0&1&0&b\end{pmatrix}\begin{pmatrix}1&0&c&0\\0&1&0&c\\0&0&d&0\\0&0&0&d\end{pmatrix}$.

3．利用分块矩阵求逆公式求下列矩阵的逆矩阵.

（1）$\begin{pmatrix}5&2&0&0\\2&1&0&0\\0&0&8&3\\0&0&5&2\end{pmatrix}$.　（2）$\begin{pmatrix}0&0&\frac{1}{5}\\2&1&0\\4&3&0\end{pmatrix}$.

4．已知$A=\begin{pmatrix}3&0&0&0&0\\0&5&3&0&0\\0&2&1&0&0\\0&0&0&2&5\\0&0&0&1&2\end{pmatrix}$，求$\left|A^3\right|$和$A^{-1}$．

提高题

设A,B为n阶矩阵，A^*,B^*分别为A,B的伴随矩阵，分块矩阵$C=\begin{pmatrix}A&O\\O&B\end{pmatrix}$，则$C$的伴随矩阵$C^*=$（　　）．

A．$\begin{pmatrix}|A|A^*&O\\O&|B|B^*\end{pmatrix}$　　B．$\begin{pmatrix}|B|B^*&O\\O&|A|A^*\end{pmatrix}$

C．$\begin{pmatrix}|A|B^*&O\\O&|B|A^*\end{pmatrix}$　　D．$\begin{pmatrix}|B|A^*&O\\O&|A|B^*\end{pmatrix}$

2.7 运用MATLAB进行矩阵运算

MATLAB 中所有的数值功能都是以矩阵为基本单元进行的，其矩阵运算功能可谓全面、强大．本节主要介绍如何运用 MATLAB 进行矩阵运算．

矩阵的基本运算包括加、减、数乘、乘法、幂、转置、求逆矩阵、求秩等，下面分别进行介绍．

2.7.1 矩阵的加法

MATLAB 中，矩阵的加、减运算符号与代数中是一样的，即“+”“−”．

微课：例2.37

例 2.37 已知$A=\begin{pmatrix}1&0&3\\0&-2&5\\2&7&1\end{pmatrix}$，$B=\begin{pmatrix}1&0&0\\2&3&-4\\5&2&3\end{pmatrix}$，求$A+B$．

解

```
>> A=[1,0,3;0,-2,5;2,7,1];B=[1,0,0;2,3,-4;5,2,3];
>> A+B
ans =
     2     0     3
     2     1     1
     7     9     4
```

2.7.2 矩阵的乘法、数乘、幂

MATLAB 中，矩阵乘法运算符号为“*”，$\boldsymbol{AB}$ 的输入形式为“A*B”，数乘矩阵 $k\boldsymbol{A}$ 的输入形式为“k*A”，方阵的幂的运算符号为“^”.

例 2.38 已知 $\boldsymbol{A}=\begin{pmatrix}1&0&3\\0&-2&5\end{pmatrix}$，$\boldsymbol{B}=\begin{pmatrix}1&0&0\\2&3&-4\\5&2&3\end{pmatrix}$，求 $\boldsymbol{AB},2\boldsymbol{A},\boldsymbol{B}^5$.

微课：例2.38

解

```
>> A=[1,0,3;0,-2,5];B=[1,0,0;2,3,-4;5,2,3];
>> A*B
ans =
    16     6     9
    21     4    23
>> 2*A
ans =
     2     0     6
     0    -4    10
>> B^5
ans =
          1           0           0
      -1414        -957        1004
      -1483        -502        -957
```

2.7.3 求矩阵的转置矩阵

MATLAB 中，矩阵的转置运算符号为“'”，该运算符号的运算级别要高于加、减、乘等.

例 2.39 已知 $\boldsymbol{A}=\begin{pmatrix}1&0&3\\0&-2&5\end{pmatrix}$，求 $\boldsymbol{A}^{\mathrm{T}}$.

解

```
>> A=[1,0,3;0,-2,5];
>> A'
ans =
     1     0
     0    -2
     3     5
```

2.7.4 求矩阵的逆矩阵

如果方阵 $\boldsymbol{A}$ 为非奇异方阵，则它存在逆矩阵 $\boldsymbol{A}^{-1}$. 人工计算矩阵的逆矩阵非常烦琐，而利用 MATLAB 提供的函数命令“inv(A)”可以很快地求出方阵 $\boldsymbol{A}$ 的逆矩阵. 如果 $\boldsymbol{A}$ 为奇异方阵或接近奇异方阵，则 MATLAB 会给出警告信息，计算结果为“inf”.

例 2.40 判断矩阵 $\boldsymbol{B}=\begin{pmatrix}1&1&1\\1&2&3\\1&3&6\end{pmatrix}$ 是否可逆，若可逆，则求其逆矩阵.

微课：例2.40

解

```
>> B=[1,1,1;1,2,3;1,3,6];
>> inv(B)
ans =
   3.0000   -3.0000    1.0000
  -3.0000    5.0000   -2.0000
   1.0000   -2.0000    1.0000
```

由以上可知，$B^{-1}=\begin{pmatrix}3&-3&1\\-3&5&-2\\1&-2&1\end{pmatrix}$.

2.7.5 求矩阵的行最简形矩阵

利用矩阵的初等行变换将矩阵化为行最简形矩阵是求解线性方程组的必要步骤. 在MATLAB中，利用函数命令“rref(A)”可将矩阵A化为行最简形矩阵.

例 2.41 将矩阵$A=\begin{pmatrix}2&-3&1&-1&2\\2&-1&-1&1&2\\1&1&-2&1&4\\-1&4&-3&2&2\end{pmatrix}$化为行最简形矩阵.

微课：例2.41

解

```
>> A=[2,-3,1,-1,2;2,-1,-1,1,2;1,1,-2,1,4;-1,4,-3,2,2];
>> rref(A)
ans =
       1     0    -1     0     4
       0     1    -1     0     3
       0     0     0     1    -3
       0     0     0     0     0
```

第 2 章思维导图

本章小结

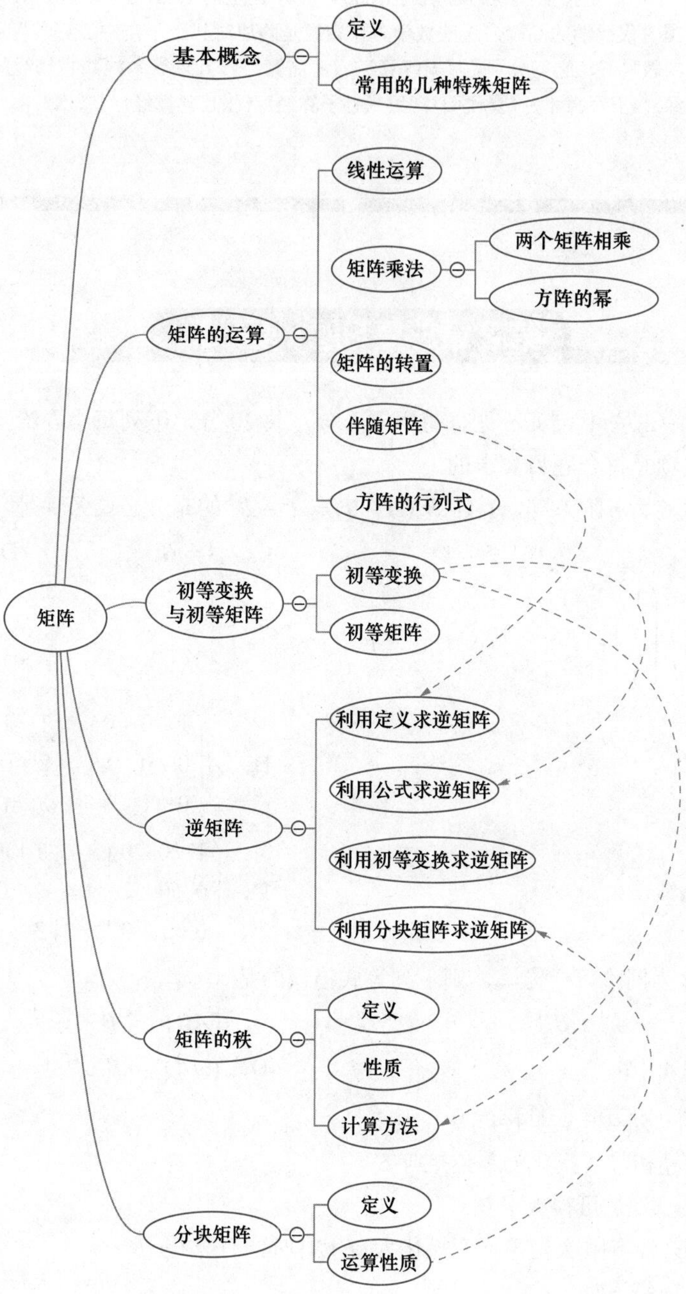

古代数学成就

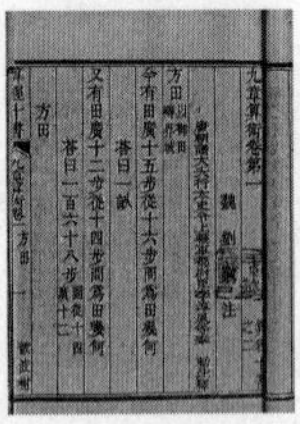

算经十书

《算经十书》是指从汉朝到唐朝近 1 000 年中所诞生的 10 部数学著作，其标志着中国古代数学的高峰．这些数学著作曾经是隋唐时代国子监中“算学”这门学科的教科书，它们分别是《周髀算经》《海岛算经》《九章算术》《缉古算经》《五曹算经》《五经算术》《夏侯阳算经》《孙子算经》《张丘建算经》《缀术》.

■算经十书

第 2 章总复习题 · 基础篇

1. 选择题：（1）～（5）小题，每小题 4 分，共 20 分．下列每小题给出的 4 个选项中，只有一个选项是符合题目要求的．

（1）设 $\boldsymbol{A},\boldsymbol{B},\boldsymbol{C}$ 为 n 阶方阵，$(\boldsymbol{A}+\boldsymbol{B})(\boldsymbol{A}-\boldsymbol{B})=\boldsymbol{A}^2-\boldsymbol{B}^2$ 的充分必要条件是（　　）.

A． $\boldsymbol{A}=\boldsymbol{E}$　　B． $\boldsymbol{B}=\boldsymbol{O}$　　C． $\boldsymbol{A}=\boldsymbol{B}$　　D． $\boldsymbol{AB}=\boldsymbol{BA}$

（2）已知 $\boldsymbol{A}=\begin{pmatrix}1&3&1\\2&2&0\\3&1&1\end{pmatrix}$，则（　　）.

A． $\boldsymbol{A}^{\mathrm{T}}=\boldsymbol{A}$

B． $\boldsymbol{A}\begin{pmatrix}1&0&0\\0&0&1\\0&1&0\end{pmatrix}=\begin{pmatrix}1&1&3\\2&0&2\\3&1&1\end{pmatrix}$

C． $\boldsymbol{A}^{-1}=\boldsymbol{A}^*$

D． $\begin{pmatrix}1&0&0\\0&0&1\\0&1&0\end{pmatrix}\boldsymbol{A}=\begin{pmatrix}1&1&3\\2&0&2\\3&1&1\end{pmatrix}$

（3）设 $\boldsymbol{A},\boldsymbol{B}$ 为同阶可逆方阵，则下列等式错误的是（　　）.

A． $(\boldsymbol{A}+\boldsymbol{B})^{-1}=\boldsymbol{A}^{-1}+\boldsymbol{B}^{-1}$　　B． $(\boldsymbol{AB})^{-1}=\boldsymbol{B}^{-1}\boldsymbol{A}^{-1}$

C． $|\boldsymbol{AB}|=|\boldsymbol{A}|\cdot|\boldsymbol{B}|$　　D． $(\boldsymbol{AB})^{\mathrm{T}}=\boldsymbol{B}^{\mathrm{T}}\boldsymbol{A}^{\mathrm{T}}$

（4）设 $\boldsymbol{A}$ 为 n 阶方阵，且 $|\boldsymbol{A}|\neq 0$，则（　　）.

A． $\boldsymbol{A}$ 不能经初等变换化为单位矩阵 $\boldsymbol{E}$

B．由 $\boldsymbol{AX}=\boldsymbol{BA}$，可得 $\boldsymbol{X}=\boldsymbol{B}$

C．当 $(\boldsymbol{A}\mid\boldsymbol{E})$ 经有限次初等行变换化为 $(\boldsymbol{E}\mid\boldsymbol{B})$ 时，有 $\boldsymbol{A}^{-1}=\boldsymbol{B}$

D．以上选项都不对

（5）已知 $\boldsymbol{A}$ 是一个 3×4 矩阵，下列命题中正确的是（　　）.

A．若矩阵 $\boldsymbol{A}$ 的所有三阶子式都为 0，则 $r(\boldsymbol{A})=2$

B．若 $\boldsymbol{A}$ 有二阶子式不为 0，则 $r(\boldsymbol{A})=2$

C．若 $r(\boldsymbol{A})=2$，则 $\boldsymbol{A}$ 的所有二阶子式都不为 0

D．若 $r(\boldsymbol{A})=2$，则 $\boldsymbol{A}$ 的所有三阶子式都为 0

2．填空题：（6）～（10）小题，每小题 4 分，共 20 分.

（6）设矩阵 $\begin{pmatrix} a+b & 4 \\ 0 & d \end{pmatrix}=\begin{pmatrix} 2 & a-b \\ c & 3 \end{pmatrix}$，则 a,b,c,d 的值分别为______.

（7）设矩阵 $\boldsymbol{A}=\begin{pmatrix} 1 & 2 \\ 4 & 3 \end{pmatrix}$，则矩阵 $\boldsymbol{A}$ 的伴随矩阵 $\boldsymbol{A}^*=$______.

（8）设有三阶方阵 $\boldsymbol{A},\boldsymbol{B}$，$|\boldsymbol{A}|=3$，且 $\boldsymbol{B}=2(\boldsymbol{A}^{-1})^2-(2\boldsymbol{A}^2)^{-1}$，则 $|\boldsymbol{B}|=$______.

（9）设 $\boldsymbol{A},\boldsymbol{B}$ 均为三阶方阵，且满足 $\boldsymbol{AB}+\boldsymbol{E}=\boldsymbol{A}^2+\boldsymbol{B}$. 已知 $\boldsymbol{A}=\begin{pmatrix} 1 & 0 & 1 \\ 0 & 0 & 0 \\ 2 & 0 & 1 \end{pmatrix}$，则矩阵 $\boldsymbol{B}=$______.

（10）设 $\boldsymbol{A}$ 为 5×4 矩阵，若 $r(\boldsymbol{A})=4$，则 $r(5\boldsymbol{A}^{\mathrm{T}})=$______.

3．解答题：（11）～（16）小题，每小题 10 分，共 60 分. 解答时应写出文字说明、证明过程或演算步骤.

（11）设矩阵 $\boldsymbol{A}=\begin{pmatrix} 1 & -1 \\ 2 & 3 \end{pmatrix}$，且 $\boldsymbol{B}=\boldsymbol{A}^2-3\boldsymbol{A}+2\boldsymbol{E}$，求 $\boldsymbol{B}^{-1}$.

（12）设矩阵 $\boldsymbol{A}=\begin{pmatrix} 3 & 0 & 0 \\ 1 & 4 & 1 \\ 2 & 0 & 3 \end{pmatrix}$，已知 $\boldsymbol{AB}=\boldsymbol{A}+2\boldsymbol{B}$，求 $\boldsymbol{B}$.

（13）已知 $\boldsymbol{AP}=\boldsymbol{PB}$，其中 $\boldsymbol{B}=\begin{pmatrix} -1 & 0 & 0 \\ 0 & -1 & 0 \\ 0 & 0 & 0 \end{pmatrix}$，$\boldsymbol{P}=\begin{pmatrix} -2 & 1 & 2 \\ 1 & 0 & 0 \\ 0 & 1 & 1 \end{pmatrix}$，求 $\boldsymbol{A}$ 和 $\boldsymbol{A}^5$.

（14）已知 $\boldsymbol{A}=\begin{pmatrix} 1 & 1 & 0 & 0 \\ 1 & 0 & 1 & 1 \\ 0 & 1 & 1 & 1 \\ 0 & 0 & 1 & 1 \end{pmatrix}$，$\boldsymbol{B}=\begin{pmatrix} 1 & 0 & 0 & 0 \\ 2 & 3 & 0 & 0 \\ -1 & 2 & 5 & 0 \\ 0 & -1 & 2 & 7 \end{pmatrix}$，求 $r(\boldsymbol{A}),r(\boldsymbol{AB})$.

（15）设矩阵 $\boldsymbol{A}$ 满足 $\boldsymbol{A}^2+\boldsymbol{A}-4\boldsymbol{E}=\boldsymbol{O}$，其中 $\boldsymbol{E}$ 为单位矩阵，证明 $\boldsymbol{A}+2\boldsymbol{E}$ 可逆，并求 $(\boldsymbol{A}+2\boldsymbol{E})^{-1}$.

（16）设 $\boldsymbol{A}$ 是 $m\times n$ 矩阵，$\boldsymbol{E}$ 为 m 阶单位矩阵，证明：矩阵 $\boldsymbol{E}-\lambda\boldsymbol{AA}^{\mathrm{T}}\ (\lambda\in\mathbf{R})$ 为 m 阶对称矩阵.

第 2 章总复习题 · 提高篇

1. 选择题：（1）～（5）小题，每小题 4 分，共 20 分．下列每小题给出的 4 个选项中，只有一个选项是符合题目要求的．

（1）（2004104, 2004204）设 $\boldsymbol{A}$ 是三阶方阵，将 $\boldsymbol{A}$ 的第 1 列与第 2 列交换得 $\boldsymbol{B}$，再把 $\boldsymbol{B}$ 的第 2 列加到第 3 列得 $\boldsymbol{C}$，则满足 $\boldsymbol{AQ}=\boldsymbol{C}$ 的可逆矩阵 $\boldsymbol{Q}$ 为（　　）．

A. $\begin{pmatrix}0&1&0\\1&0&0\\1&0&1\end{pmatrix}$　B. $\begin{pmatrix}0&1&0\\1&0&1\\0&0&1\end{pmatrix}$　C. $\begin{pmatrix}0&1&0\\1&0&0\\0&1&1\end{pmatrix}$　D. $\begin{pmatrix}0&1&1\\1&0&0\\0&0&1\end{pmatrix}$

（2）（2011104, 2011204, 2011304）设 $\boldsymbol{A}$ 是三阶方阵，将 $\boldsymbol{A}$ 的第 2 列加到第 1 列得 $\boldsymbol{B}$，再交换 $\boldsymbol{B}$ 的第 2 行与第 3 行得单位矩阵，记 $\boldsymbol{P}_1=\begin{pmatrix}1&0&0\\1&1&0\\0&0&1\end{pmatrix}$，$\boldsymbol{P}_2=\begin{pmatrix}1&0&0\\0&0&1\\0&1&0\end{pmatrix}$，则 $\boldsymbol{A}=$（　　）．

A. $\boldsymbol{P}_1\boldsymbol{P}_2$　B. $\boldsymbol{P}_1^{-1}\boldsymbol{P}_2$　C. $\boldsymbol{P}_2\boldsymbol{P}_1$　D. $\boldsymbol{P}_2\boldsymbol{P}_1^{-1}$

（3）（2008104, 2008204, 2008304, 2008404）设 $\boldsymbol{A}$ 是 n 阶非零矩阵，$\boldsymbol{E}$ 为 n 阶单位矩阵．若 $\boldsymbol{A}^3=\boldsymbol{O}$，则（　　）．

A. $\boldsymbol{E}-\boldsymbol{A}$ 不可逆，$\boldsymbol{E}+\boldsymbol{A}$ 不可逆

B. $\boldsymbol{E}-\boldsymbol{A}$ 不可逆，$\boldsymbol{E}+\boldsymbol{A}$ 可逆

C. $\boldsymbol{E}-\boldsymbol{A}$ 可逆，$\boldsymbol{E}+\boldsymbol{A}$ 可逆

D. $\boldsymbol{E}-\boldsymbol{A}$ 可逆，$\boldsymbol{E}+\boldsymbol{A}$ 不可逆

（4）（2010104）设 $\boldsymbol{A}$ 是 $m\times n$ 矩阵，$\boldsymbol{B}$ 是 $n\times m$ 矩阵，且 $\boldsymbol{AB}=\boldsymbol{E}$，其中 $\boldsymbol{E}$ 为 m 阶单位矩阵，则（　　）．

A. $r(\boldsymbol{A})=r(\boldsymbol{B})=m$

B. $r(\boldsymbol{A})=m, r(\boldsymbol{B})=n$

C. $r(\boldsymbol{A})=n, r(\boldsymbol{B})=m$

D. $r(\boldsymbol{A})=r(\boldsymbol{B})=n$

（5）（2009104, 2009204, 2009304）设 $\boldsymbol{A},\boldsymbol{B}$ 均为二阶方阵，$\boldsymbol{A}^*,\boldsymbol{B}^*$ 分别为 $\boldsymbol{A},\boldsymbol{B}$ 的伴随矩阵．若 $|\boldsymbol{A}|=2$，$|\boldsymbol{B}|=3$，则分块矩阵 $\begin{pmatrix}\boldsymbol{O}&\boldsymbol{A}\\\boldsymbol{B}&\boldsymbol{O}\end{pmatrix}$ 的伴随矩阵为（　　）．

A. $\begin{pmatrix}\boldsymbol{O}&3\boldsymbol{B}^*\\2\boldsymbol{A}^*&\boldsymbol{O}\end{pmatrix}$　B. $\begin{pmatrix}\boldsymbol{O}&2\boldsymbol{B}^*\\3\boldsymbol{A}^*&\boldsymbol{O}\end{pmatrix}$

C. $\begin{pmatrix}\boldsymbol{O}&3\boldsymbol{A}^*\\2\boldsymbol{B}^*&\boldsymbol{O}\end{pmatrix}$　D. $\begin{pmatrix}\boldsymbol{O}&2\boldsymbol{A}^*\\3\boldsymbol{B}^*&\boldsymbol{O}\end{pmatrix}$

微课：第2章总复习题·提高篇（5）

2. 填空题：（6）～（10）小题，每小题 4 分，共 20 分．

（6）（2022105）已知矩阵 $\boldsymbol{A}$ 和 $\boldsymbol{A}-\boldsymbol{E}$ 可逆，$\boldsymbol{E}$ 为单位矩阵，若矩阵 $\boldsymbol{B}$ 满足 $[\boldsymbol{E}-(\boldsymbol{E}-\boldsymbol{A})^{-1}]\boldsymbol{B}=\boldsymbol{A}$，则 $\boldsymbol{B}-\boldsymbol{A}=$ ______．

（7）（2001103）设矩阵 $\boldsymbol{A}$ 满足 $\boldsymbol{A}^2+\boldsymbol{A}-4\boldsymbol{E}=\boldsymbol{O}$，其中 $\boldsymbol{E}$ 为单位矩阵，则 $(\boldsymbol{A}-\boldsymbol{E})^{-1}=$ ______.

（8）（2004404）设 $\boldsymbol{A}=\begin{pmatrix}0&-1&0\\1&0&0\\0&0&-1\end{pmatrix}$，$\boldsymbol{B}=\boldsymbol{P}^{-1}\boldsymbol{A}\boldsymbol{P}$，其中 $\boldsymbol{P}$ 为三阶可逆矩阵，则 $\boldsymbol{B}^{2004}-2\boldsymbol{A}^2=$ ______.

（9）（2003304,2003404）设 n 维向量 $\boldsymbol{\alpha}=(a,0,\cdots,0,a)^{\mathrm{T}}\ (a<0)$，$\boldsymbol{E}$ 为 n 阶单位矩阵，矩阵 $\boldsymbol{A}=\boldsymbol{E}-\boldsymbol{\alpha}\boldsymbol{\alpha}^{\mathrm{T}}$，$\boldsymbol{B}=\boldsymbol{E}+\dfrac{1}{a}\boldsymbol{\alpha}\boldsymbol{\alpha}^{\mathrm{T}}$，其中 $\boldsymbol{A}$ 的逆矩阵为 $\boldsymbol{B}$，则 $a=$ ______.（注：本题用到第 3 章知识.）

（10）（2001303, 2001403）设矩阵 $\boldsymbol{A}=\begin{pmatrix}k&1&1&1\\1&k&1&1\\1&1&k&1\\1&1&1&k\end{pmatrix}$，且 $r(\boldsymbol{A})=3$，则 $k=$ ______.

3. 解答题：（11）～（16）小题，每小题 10 分，共 60 分. 解答时应写出文字说明、证明过程或演算步骤.

（11）（2015211, 2015311）设矩阵 $\boldsymbol{A}=\begin{pmatrix}a&1&0\\1&a&-1\\0&1&a\end{pmatrix}$，且 $\boldsymbol{A}^3=\boldsymbol{O}$.

① 求 a 的值.

② 若矩阵 $\boldsymbol{X}$ 满足 $\boldsymbol{X}-\boldsymbol{X}\boldsymbol{A}^2-\boldsymbol{A}\boldsymbol{X}+\boldsymbol{A}\boldsymbol{X}\boldsymbol{A}^2=\boldsymbol{E}$，其中 $\boldsymbol{E}$ 为三阶单位矩阵，求 $\boldsymbol{X}$.

（12）（2002206）已知 $\boldsymbol{A},\boldsymbol{B}$ 为三阶方阵，且满足 $2\boldsymbol{A}^{-1}\boldsymbol{B}=\boldsymbol{B}-4\boldsymbol{E}$，其中 $\boldsymbol{E}$ 是三阶单位矩阵.

① 证明：矩阵 $\boldsymbol{A}-2\boldsymbol{E}$ 可逆.

② 若 $\boldsymbol{B}=\begin{pmatrix}1&-2&0\\1&2&0\\0&0&2\end{pmatrix}$，求矩阵 $\boldsymbol{A}$.

（13）（2001206）已知矩阵 $\boldsymbol{A}=\begin{pmatrix}1&0&0\\1&1&0\\1&1&1\end{pmatrix}$，$\boldsymbol{B}=\begin{pmatrix}0&1&1\\1&0&1\\1&1&0\end{pmatrix}$，且矩阵 $\boldsymbol{X}$ 满足 $\boldsymbol{A}\boldsymbol{X}\boldsymbol{A}+\boldsymbol{B}\boldsymbol{X}\boldsymbol{B}=\boldsymbol{A}\boldsymbol{X}\boldsymbol{B}+\boldsymbol{B}\boldsymbol{X}\boldsymbol{A}+\boldsymbol{E}$，其中 $\boldsymbol{E}$ 为三阶单位矩阵，求 $\boldsymbol{X}$.

（14）（1997105）设 $\boldsymbol{A}$ 是 n 阶可逆方阵，将 $\boldsymbol{A}$ 的第 i 行与第 j 行对换后得到的矩阵记为 $\boldsymbol{B}$.

① 证明：$\boldsymbol{B}$ 可逆.

② 求 $\boldsymbol{A}\boldsymbol{B}^{-1}$.

微课：第2章
总复习题·
提高篇（14）

（15）（1996106）设$\boldsymbol{A}=\boldsymbol{E}-\boldsymbol{\xi}\boldsymbol{\xi}^{\mathrm{T}}$，其中$\boldsymbol{E}$是$n$阶单位矩阵，$\boldsymbol{\xi}$是$n$维非零列向量，$\boldsymbol{\xi}^{\mathrm{T}}$是$\boldsymbol{\xi}$的转置．证明：

① $\boldsymbol{A}^2=\boldsymbol{A}$的充分必要条件是$\boldsymbol{\xi}^{\mathrm{T}}\boldsymbol{\xi}=1$；

② 当$\boldsymbol{\xi}^{\mathrm{T}}\boldsymbol{\xi}=1$时，$\boldsymbol{A}$是不可逆矩阵．

（16）（2008110）设$\boldsymbol{A}=\boldsymbol{\alpha}\boldsymbol{\alpha}^{\mathrm{T}}+\boldsymbol{\beta}\boldsymbol{\beta}^{\mathrm{T}}$，$\boldsymbol{\alpha},\boldsymbol{\beta}$是三维列向量，$\boldsymbol{\alpha}^{\mathrm{T}}$为$\boldsymbol{\alpha}$的转置，$\boldsymbol{\beta}^{\mathrm{T}}$为$\boldsymbol{\beta}$的转置．证明：

① $r(\boldsymbol{A})\leqslant 2$；

② 若$\boldsymbol{\alpha},\boldsymbol{\beta}$线性相关，则$r(\boldsymbol{A})<2$．

（注：本题第②问用到第3章知识．）

本章即时提问答案　　本章同步习题答案　　本章总复习题答案

03 第3章 向量与向量空间

在平面解析几何中引入直角坐标系后，任一点P可用二元有序数组(x,y)来表示，而以原点O为起点、以P为终点的有向线段$\overrightarrow{OP}$也可用(x,y)来描述．类似地，在空间解析几何中，引入直角坐标系后，任一点P可用三元有序数组(x,y,z)来表示，而有向线段$\overrightarrow{OP}$也可用(x,y,z)来描述．除了二元、三元有序数组，很多时候，我们会用到更多元的有序数组．例如，对于n元线性方程组

本章导学

$$\begin{cases} a_{11}x_1+a_{12}x_2+\cdots+a_{1n}x_n=b_1, \\ a_{21}x_1+a_{22}x_2+\cdots+a_{2n}x_n=b_2, \\ \cdots\cdots\cdots\cdots \\ a_{m1}x_1+a_{m2}x_2+\cdots+a_{mn}x_n=b_m, \end{cases}$$

通常用n元有序数组$(x_1,x_2,\cdots,x_n)$来表示解．又如，在一个较复杂的控制系统中（如导弹、飞行器等），决定系统在某个时刻t的状态的参数有n个，这就需要用n元有序数组$(x_1(t),x_2(t),\cdots,x_n(t))$来对控制系统进行描述．

本章主要学习n元有序数组，即n维向量，包括向量的线性运算、线性关系及由向量构成的向量空间等内容．

3.1 n维向量及其线性运算

建立空间直角坐标系后，可使几何向量与三元有序数组一一对应．在许多实际问题中，所研究的对象需要用更多个数构成的有序数组来描述．本节将几何向量推广到n维向量，并给出n维向量的线性运算．

3.1.1 n维向量的定义

定义 3.1 由n个数$a_1,a_2,\cdots,a_n$组成的有序数组称为n维向量．

若记为$(a_1,a_2,\cdots,a_n)$，称为n维行向量；若记为$\begin{pmatrix} a_1 \\ a_2 \\ \vdots \\ a_n \end{pmatrix}$，称为$n$维列向量．其中，$a_i$称为第$i$个分量，$n$称为向量的维数．

分量全为实数的向量称为实向量，分量全为复数的向量称为复向量．本书除特别说明，均指实向量．

需要注意的是，n维行向量即为$1\times n$矩阵，而n维列向量即为$n\times 1$矩阵．根据矩阵的运算，我们可定义向量的运算．比如，向量$\boldsymbol{\alpha}$的转置与矩阵的转置类似，记作$\boldsymbol{\alpha}^{\mathrm{T}}$．

本书中，我们用黑体小写字母$\boldsymbol{a},\boldsymbol{b},\boldsymbol{\alpha},\boldsymbol{\beta},\boldsymbol{\gamma}$等表示列向量，用$\boldsymbol{a}^{\mathrm{T}},\boldsymbol{b}^{\mathrm{T}},\boldsymbol{\alpha}^{\mathrm{T}},\boldsymbol{\beta}^{\mathrm{T}},\boldsymbol{\gamma}^{\mathrm{T}}$等表示行向量．

3.1.2 n维向量的线性运算

定义 3.2 （1）分量全为0的向量称为零向量，记作$\mathbf{0}$，即$\mathbf{0}=(0,\cdots,0)^{\mathrm{T}}$．

（2）对于$\boldsymbol{\alpha}=(a_1,a_2,\cdots,a_n)^{\mathrm{T}}$，称$(-a_1,-a_2,\cdots,-a_n)^{\mathrm{T}}$为$\boldsymbol{\alpha}$的负向量，记作$-\boldsymbol{\alpha}$．

（3）对于$\boldsymbol{\alpha}=(a_1,a_2,\cdots,a_n)^{\mathrm{T}},\boldsymbol{\beta}=(b_1,b_2,\cdots,b_n)^{\mathrm{T}}$，当且仅当$a_i=b_i(i=1,2,\cdots,n)$时，称$\boldsymbol{\alpha}$与$\boldsymbol{\beta}$相等，记作$\boldsymbol{\alpha}=\boldsymbol{\beta}$．

（4）对于$\boldsymbol{\alpha}=(a_1,a_2,\cdots,a_n)^{\mathrm{T}},\boldsymbol{\beta}=(b_1,b_2,\cdots,b_n)^{\mathrm{T}}$，称$(a_1+b_1,a_2+b_2,\cdots,a_n+b_n)^{\mathrm{T}}$为$\boldsymbol{\alpha}$与$\boldsymbol{\beta}$的和，记作$\boldsymbol{\alpha}+\boldsymbol{\beta}$．

（5）对于$\boldsymbol{\alpha}=(a_1,a_2,\cdots,a_n)^{\mathrm{T}},\boldsymbol{\beta}=(b_1,b_2,\cdots,b_n)^{\mathrm{T}}$，称$(a_1-b_1,a_2-b_2,\cdots,a_n-b_n)^{\mathrm{T}}$为$\boldsymbol{\alpha}$与$\boldsymbol{\beta}$的差，记作$\boldsymbol{\alpha}-\boldsymbol{\beta}$．

（6）对于$\boldsymbol{\alpha}=(a_1,a_2,\cdots,a_n)^{\mathrm{T}}$，$k$为实数，称$(ka_1,ka_2,\cdots,ka_n)^{\mathrm{T}}$为$k$与$\boldsymbol{\alpha}$的数乘，记作$k\boldsymbol{\alpha}$．

向量的加法和数乘统称为向量的线性运算．根据矩阵的运算规律，向量的线性运算满足下列8条运算规律．

定理 3.1 对任意的n维向量$\boldsymbol{\alpha},\boldsymbol{\beta},\boldsymbol{\gamma}$和数$k,l$，有

（1）$\boldsymbol{\alpha}+\boldsymbol{\beta}=\boldsymbol{\beta}+\boldsymbol{\alpha}$；

（2）$(\boldsymbol{\alpha}+\boldsymbol{\beta})+\boldsymbol{\gamma}=\boldsymbol{\alpha}+(\boldsymbol{\beta}+\boldsymbol{\gamma})$；

（3）$\boldsymbol{\alpha}+\mathbf{0}=\boldsymbol{\alpha}$；

（4）$\boldsymbol{\alpha}+(-\boldsymbol{\alpha})=\mathbf{0}$；

（5）$1\cdot\boldsymbol{\alpha}=\boldsymbol{\alpha}$；

（6）$k(l\boldsymbol{\alpha})=(kl)\boldsymbol{\alpha}$；

（7）$k(\boldsymbol{\alpha}+\boldsymbol{\beta})=k\boldsymbol{\alpha}+k\boldsymbol{\beta}$；

（8）$(k+l)\boldsymbol{\alpha}=k\boldsymbol{\alpha}+l\boldsymbol{\alpha}$．

微课：定义3.2和定理3.1

【即时提问 3.1】向量有乘法运算吗？

例 3.1 某工厂4种产品两天的产量（单位：t）按照产品顺序用向量表示，第1天为$\boldsymbol{\alpha}_1=(15,20,17,8)^{\mathrm{T}}$，第2天为$\boldsymbol{\alpha}_2=(16,22,18,9)^{\mathrm{T}}$，求两天各产品的产量和．

解 $\boldsymbol{\alpha}_1+\boldsymbol{\alpha}_2=(15,20,17,8)^{\mathrm{T}}+(16,22,18,9)^{\mathrm{T}}=(31,42,35,17)^{\mathrm{T}}$．

同步习题 3.1

基础题

1．设 $\boldsymbol{\alpha}_1=(1,-1,1)^{\mathrm{T}},\boldsymbol{\alpha}_2=(-1,1,1)^{\mathrm{T}},\boldsymbol{\alpha}_3=(1,1,-1)^{\mathrm{T}}$，求：（1）$2\boldsymbol{\alpha}_1-3\boldsymbol{\alpha}_2+4\boldsymbol{\alpha}_3$；（2）$\boldsymbol{\alpha}_1+4\boldsymbol{\alpha}_2-7\boldsymbol{\alpha}_3$.

2．设 $3(\boldsymbol{\alpha}_1-\boldsymbol{\alpha})-2(\boldsymbol{\alpha}_2+\boldsymbol{\alpha})=5(\boldsymbol{\alpha}_3+\boldsymbol{\alpha})$，求 $\boldsymbol{\alpha}$，其中 $\boldsymbol{\alpha}_1=(2,5,1,3)^{\mathrm{T}}$，$\boldsymbol{\alpha}_2=(10,1,5,10)^{\mathrm{T}}$，$\boldsymbol{\alpha}_3=(4,1,-1,1)^{\mathrm{T}}$.

3．设 $\boldsymbol{\alpha}_1=(1,a,0)^{\mathrm{T}},\boldsymbol{\alpha}_2=(-1,2,b)^{\mathrm{T}}$，当 a,b 为何值时，$\boldsymbol{\alpha}_1+\boldsymbol{\alpha}_2=\boldsymbol{0}$？

提高题

设 n 维行向量 $\boldsymbol{\alpha}=\left(\frac{1}{2},0,\cdots,0,\frac{1}{2}\right)$，矩阵 $\boldsymbol{A}=\boldsymbol{E}-\boldsymbol{\alpha}^{\mathrm{T}}\boldsymbol{\alpha},\boldsymbol{B}=\boldsymbol{E}+2\boldsymbol{\alpha}^{\mathrm{T}}\boldsymbol{\alpha}$，求 $\boldsymbol{AB}$.

3.2　向量组的线性关系

由若干个同维数的行向量（或同维数的列向量）组成的集合称为向量组．向量组的学习和研究是十分重要的．

比如，对于一个 $m\times n$ 矩阵 $\boldsymbol{A}=(a_{ij})$，它的 n 个 m 维列向量

$$\boldsymbol{\alpha}_i=(a_{1i},a_{2i},\cdots,a_{mi})^{\mathrm{T}}\ (i=1,2,\cdots,n)$$

构成的向量组，称为 $\boldsymbol{A}$ 的列向量组；同理，m 个 n 维行向量

$$\boldsymbol{\beta}_i^{\mathrm{T}}=(a_{i1},a_{i2},\cdots,a_{in})\ (i=1,2,\cdots,m)$$

构成的向量组，称为 $\boldsymbol{A}$ 的行向量组．

由此，矩阵 $\boldsymbol{A}$ 可记为

$$\boldsymbol{A}=(\boldsymbol{\alpha}_1,\boldsymbol{\alpha}_2,\cdots,\boldsymbol{\alpha}_n)=\begin{pmatrix}\boldsymbol{\beta}_1^{\mathrm{T}}\\\boldsymbol{\beta}_2^{\mathrm{T}}\\\vdots\\\boldsymbol{\beta}_m^{\mathrm{T}}\end{pmatrix}.$$

所以，矩阵 $\boldsymbol{A}$ 与其列向量组或行向量组之间建立了一一对应关系．

再比如，对于线性方程组

$$\begin{cases}a_{11}x_1+a_{12}x_2+\cdots+a_{1n}x_n=b_1,\\a_{21}x_1+a_{22}x_2+\cdots+a_{2n}x_n=b_2,\\\cdots\cdots\cdots\cdots\\a_{m1}x_1+a_{m2}x_2+\cdots+a_{mn}x_n=b_m,\end{cases}\tag{3.1}$$

令 $\boldsymbol{\alpha}_i=(a_{1i},a_{2i},\cdots a_{mi})^{\mathrm{T}}(i=1,2,\cdots,n)$，$\boldsymbol{\beta}=(b_1,b_2,\cdots,b_m)^{\mathrm{T}}$，则方程组（3.1）可表示为如下的向量形式：

$$x_1\boldsymbol{\alpha}_1+x_2\boldsymbol{\alpha}_2+\cdots+x_n\boldsymbol{\alpha}_n=\boldsymbol{\beta}.$$

即方程组（3.1）与列向量组 $\boldsymbol{\alpha}_1,\boldsymbol{\alpha}_2,\cdots,\boldsymbol{\alpha}_n,\boldsymbol{\beta}$ 一一对应.

下面我们从线性关系的角度来展开介绍.

延伸微课

3.2.1 向量组的线性组合

定义 3.3 给定向量组 $\boldsymbol{\alpha}_1,\boldsymbol{\alpha}_2,\cdots,\boldsymbol{\alpha}_m$ 和向量 $\boldsymbol{\beta}$，如果存在一组数 $k_1,k_2,\cdots,k_m$，使

$$\boldsymbol{\beta}=k_1\boldsymbol{\alpha}_1+k_2\boldsymbol{\alpha}_2+\cdots+k_m\boldsymbol{\alpha}_m,$$

则称 $\boldsymbol{\beta}$ 是 $\boldsymbol{\alpha}_1,\boldsymbol{\alpha}_2,\cdots,\boldsymbol{\alpha}_m$ 的线性组合，或称 $\boldsymbol{\beta}$ 可由 $\boldsymbol{\alpha}_1,\boldsymbol{\alpha}_2,\cdots,\boldsymbol{\alpha}_m$ 线性表示，$k_1,k_2,\cdots,k_m$ 称为 $\boldsymbol{\beta}$ 由 $\boldsymbol{\alpha}_1,\boldsymbol{\alpha}_2,\cdots,\boldsymbol{\alpha}_m$ 线性表示的系数.

例 3.2 设 $\boldsymbol{\alpha}_1=(1,2,3)^{\mathrm{T}}$，$\boldsymbol{\alpha}_2=(2,4,6)^{\mathrm{T}}$，则 $\mathbf{0}=(0,0,0)^{\mathrm{T}}=0\cdot(1,2,3)^{\mathrm{T}}+0\cdot(2,4,6)^{\mathrm{T}}$，即零向量可由 $\boldsymbol{\alpha}_1,\boldsymbol{\alpha}_2$ 线性表示.

更一般地，n 维零向量可由任意 n 维向量组线性表示．事实上，设 $\boldsymbol{\alpha}_1,\boldsymbol{\alpha}_2,\cdots,\boldsymbol{\alpha}_m$ 为任意向量组，则有

$$\mathbf{0}=0\cdot\boldsymbol{\alpha}_1+0\cdot\boldsymbol{\alpha}_2+\cdots+0\cdot\boldsymbol{\alpha}_m.$$

例 3.3 设 n 维向量组 $\boldsymbol{e}_1=(1,0,\cdots,0)^{\mathrm{T}}$，$\boldsymbol{e}_2=(0,1,\cdots,0)^{\mathrm{T}}$，$\cdots$，$\boldsymbol{e}_n=(0,0,\cdots,1)^{\mathrm{T}}$，则任意 n 维向量 $\boldsymbol{\alpha}=(a_1,a_2,\cdots,a_n)^{\mathrm{T}}$ 可由 $\boldsymbol{e}_1,\boldsymbol{e}_2,\cdots,\boldsymbol{e}_n$ 线性表示．事实上，有

$$\boldsymbol{\alpha}=a_1\boldsymbol{e}_1+a_2\boldsymbol{e}_2+\cdots+a_n\boldsymbol{e}_n.$$

我们称 $\boldsymbol{e}_1,\boldsymbol{e}_2,\cdots,\boldsymbol{e}_n$ 为 n 维基本单位向量组.

例 3.4 向量组中任一向量都可由这个向量组线性表示．事实上，对于向量组 $\boldsymbol{\alpha}_1,\boldsymbol{\alpha}_2,\cdots,\boldsymbol{\alpha}_m$ 中任意向量 $\boldsymbol{\alpha}_i$，都有

$$\boldsymbol{\alpha}_i=0\cdot\boldsymbol{\alpha}_1+\cdots+0\cdot\boldsymbol{\alpha}_{i-1}+1\cdot\boldsymbol{\alpha}_i+0\cdot\boldsymbol{\alpha}_{i+1}+\cdots+0\cdot\boldsymbol{\alpha}_m.$$

所以，$\boldsymbol{\alpha}_i$ 可由 $\boldsymbol{\alpha}_1,\boldsymbol{\alpha}_2,\cdots,\boldsymbol{\alpha}_m$ 线性表示.

由定义 3.3 不难看出，向量 $\boldsymbol{\beta}$ 是否可由向量组 $\boldsymbol{\alpha}_1,\boldsymbol{\alpha}_2,\cdots,\boldsymbol{\alpha}_m$ 线性表示等价于线性方程组 $x_1\boldsymbol{\alpha}_1+x_2\boldsymbol{\alpha}_2+\cdots+x_m\boldsymbol{\alpha}_m=\boldsymbol{\beta}$ 是否有解，即向量 $\boldsymbol{\beta}$ 可由向量组 $\boldsymbol{\alpha}_1,\boldsymbol{\alpha}_2,\cdots,\boldsymbol{\alpha}_m$ 线性表示的充分必要条件是线性方程组 $x_1\boldsymbol{\alpha}_1+x_2\boldsymbol{\alpha}_2+\cdots+x_m\boldsymbol{\alpha}_m=\boldsymbol{\beta}$ 有解.

例 3.5 将向量 $\boldsymbol{\beta}=(-1,1,5)^{\mathrm{T}}$ 表示成向量组 $\boldsymbol{\alpha}_1=(1,2,3)^{\mathrm{T}},\boldsymbol{\alpha}_2=(0,1,4)^{\mathrm{T}},\boldsymbol{\alpha}_3=(2,3,6)^{\mathrm{T}}$ 的线性组合.

解 设存在一组数 x_1,x_2,x_3，使 $x_1\boldsymbol{\alpha}_1+x_2\boldsymbol{\alpha}_2+x_3\boldsymbol{\alpha}_3=\boldsymbol{\beta}$，即

$$\begin{cases}x_1+2x_3=-1,\\2x_1+x_2+3x_3=1,\\3x_1+4x_2+6x_3=5,\end{cases}$$

使用克拉默法则可解得 $x_1=1,x_2=2,x_3=-1$，故 $\boldsymbol{\beta}=\boldsymbol{\alpha}_1+2\boldsymbol{\alpha}_2-\boldsymbol{\alpha}_3$.

3.2.2 向量组的等价

定义 3.4 设有两个向量组：（Ⅰ）$\boldsymbol{\alpha}_1,\boldsymbol{\alpha}_2,\cdots,\boldsymbol{\alpha}_m$；（Ⅱ）$\boldsymbol{\beta}_1,\boldsymbol{\beta}_2,\cdots,\boldsymbol{\beta}_s$. 若向量组（Ⅰ）中每个向量都可由向量组（Ⅱ）线性表示，则称向量组（Ⅰ）可由向量组（Ⅱ）线性表示. 若两个向量组可相互线性表示，则称它们等价.

例如，$\boldsymbol{e}_1=(1,0,0)^{\mathrm{T}},\boldsymbol{e}_2=(0,1,0)^{\mathrm{T}},\boldsymbol{e}_3=(0,0,1)^{\mathrm{T}}$ 和 $\boldsymbol{\alpha}_1=(1,1,1)^{\mathrm{T}},\boldsymbol{\alpha}_2=(1,1,0)^{\mathrm{T}},\boldsymbol{\alpha}_3=(1,0,0)^{\mathrm{T}}$ 这两个向量组是等价的.

事实上，显然有 $\boldsymbol{\alpha}_1=\boldsymbol{e}_1+\boldsymbol{e}_2+\boldsymbol{e}_3,\boldsymbol{\alpha}_2=\boldsymbol{e}_1+\boldsymbol{e}_2,\boldsymbol{\alpha}_3=\boldsymbol{e}_1$，又容易得 $\boldsymbol{e}_1=\boldsymbol{\alpha}_3,\boldsymbol{e}_2=\boldsymbol{\alpha}_2-\boldsymbol{\alpha}_3,\boldsymbol{e}_3=\boldsymbol{\alpha}_1-\boldsymbol{\alpha}_2$，所以两个向量组等价.

不难证明，向量组等价满足下列 3 条性质.

（1）反身性：每一个向量组都与其自身等价.

（2）对称性：若向量组（Ⅰ）与（Ⅱ）等价，则向量组（Ⅱ）与（Ⅰ）也等价.

（3）传递性：若向量组（Ⅰ）与（Ⅱ）等价，向量组（Ⅱ）与（Ⅲ）等价，则向量组（Ⅰ）与（Ⅲ）等价.

由定义 3.4，若向量组（Ⅱ）$\boldsymbol{\beta}_1,\boldsymbol{\beta}_2,\cdots,\boldsymbol{\beta}_s$ 可由向量组（Ⅰ）$\boldsymbol{\alpha}_1,\boldsymbol{\alpha}_2,\cdots,\boldsymbol{\alpha}_m$ 线性表示，则存在一组数

$$c_{1i},c_{2i},\cdots,c_{mi}\,(i=1,\cdots,s),$$

使

$$\boldsymbol{\beta}_i=c_{1i}\boldsymbol{\alpha}_1+c_{2i}\boldsymbol{\alpha}_2+\cdots+c_{mi}\boldsymbol{\alpha}_m=(\boldsymbol{\alpha}_1,\boldsymbol{\alpha}_2,\cdots,\boldsymbol{\alpha}_m)\begin{pmatrix}c_{1i}\\c_{2i}\\\vdots\\c_{mi}\end{pmatrix},$$

从而

$$(\boldsymbol{\beta}_1,\boldsymbol{\beta}_2,\cdots,\boldsymbol{\beta}_s)=(\boldsymbol{\alpha}_1,\boldsymbol{\alpha}_2,\cdots,\boldsymbol{\alpha}_m)\boldsymbol{C},$$

其中 $m\times s$ 矩阵 $\boldsymbol{C}=(c_{ij})$ 称为这一线性表示过程的表示矩阵.

令 $\boldsymbol{A}=(\boldsymbol{\alpha}_1,\boldsymbol{\alpha}_2,\cdots,\boldsymbol{\alpha}_m)$，$\boldsymbol{B}=(\boldsymbol{\beta}_1,\boldsymbol{\beta}_2,\cdots,\boldsymbol{\beta}_s)$，则有 $\boldsymbol{AC}=\boldsymbol{B}$. 进而有以下定理.

定理 3.2 向量组 $\boldsymbol{\beta}_1,\boldsymbol{\beta}_2,\cdots,\boldsymbol{\beta}_s$ 可由向量组 $\boldsymbol{\alpha}_1,\boldsymbol{\alpha}_2,\cdots,\boldsymbol{\alpha}_m$ 线性表示的充分必要条件是矩阵方程 $\boldsymbol{AX}=\boldsymbol{B}$ 有解.

定理 3.3 行向量组 $\boldsymbol{\beta}_1^{\mathrm{T}},\boldsymbol{\beta}_2^{\mathrm{T}},\cdots,\boldsymbol{\beta}_s^{\mathrm{T}}$ 可由行向量组 $\boldsymbol{\alpha}_1^{\mathrm{T}},\boldsymbol{\alpha}_2^{\mathrm{T}},\cdots,\boldsymbol{\alpha}_m^{\mathrm{T}}$ 线性表示的充分必要条件是矩阵方程 $\boldsymbol{XA}^{\mathrm{T}}=\boldsymbol{B}^{\mathrm{T}}$ 有解.

例 3.6 设 $\boldsymbol{A},\boldsymbol{B},\boldsymbol{C}$ 均为 n 阶矩阵，若 $\boldsymbol{AB}=\boldsymbol{C}$，且 $\boldsymbol{B}$ 可逆，则矩阵 $\boldsymbol{C}$ 的列向量组与矩阵 $\boldsymbol{A}$ 的列向量组等价.

证明 将 $\boldsymbol{A},\boldsymbol{C}$ 按列分块，$\boldsymbol{A}=(\boldsymbol{\alpha}_1,\boldsymbol{\alpha}_2,\cdots,\boldsymbol{\alpha}_n)$，$\boldsymbol{C}=(\boldsymbol{\gamma}_1,\boldsymbol{\gamma}_2,\cdots,\boldsymbol{\gamma}_n)$，由 $\boldsymbol{AB}=\boldsymbol{C}$，可得

$$(\boldsymbol{\alpha}_1,\boldsymbol{\alpha}_2,\cdots,\boldsymbol{\alpha}_n)\begin{pmatrix}b_{11}&b_{12}&\cdots&b_{1n}\\b_{21}&b_{22}&\cdots&b_{2n}\\\vdots&\vdots&&\vdots\\b_{n1}&b_{n2}&\cdots&b_{nn}\end{pmatrix}=(\boldsymbol{\gamma}_1,\boldsymbol{\gamma}_2,\cdots,\boldsymbol{\gamma}_n),$$

即

$$\boldsymbol{\gamma}_i = b_{1i}\boldsymbol{\alpha}_1 + b_{2i}\boldsymbol{\alpha}_2 + \cdots + b_{ni}\boldsymbol{\alpha}_n (i = 1,2,\cdots,n),$$

故$\boldsymbol{C}$的列向量组可由$\boldsymbol{A}$的列向量组线性表示．又因为$\boldsymbol{B}$可逆，故$\boldsymbol{A}=\boldsymbol{C}\boldsymbol{B}^{-1}$．同理可得，$\boldsymbol{A}$的列向量组可由$\boldsymbol{C}$的列向量组线性表示．从而证得矩阵$\boldsymbol{C}$的列向量组与矩阵$\boldsymbol{A}$的列向量组等价．

3.2.3 线性组合的经济学应用

在经济学中，需要将某个量（如成本）分解成几部分时，常常需要用到线性组合的概念．

例如，一个公司生产两种产品A和B．设生产价值1万元的产品A需要原料成本0.3万元，人工成本0.25万元，设备成本0.1万元，管理成本0.15万元，则可构造出产品A的单位成本向量$\boldsymbol{\alpha}=(0.3,0.25,0.1,0.15)^{\mathrm{T}}$．同理，可构造出产品$B$的单位成本向量，假设为$\boldsymbol{\beta}=(0.25,0.35,0.1,0.1)^{\mathrm{T}}$．该公司生产价值$x_1$万元的产品$A$和生产价值$x_2$万元的产品$B$需要的总成本为$x_1\boldsymbol{\alpha}+x_2\boldsymbol{\beta}$．

3.2.4 向量组线性相关性的定义

向量组的线性相关性是向量在线性运算下的重要性质，也是后面学习线性方程组理论的重要基础．

定义3.5 给定n维向量组$\boldsymbol{\alpha}_1,\boldsymbol{\alpha}_2,\cdots,\boldsymbol{\alpha}_m$，如果存在不全为零的数$k_1,k_2,\cdots,k_m$，使

$$k_1\boldsymbol{\alpha}_1 + k_2\boldsymbol{\alpha}_2 + \cdots + k_m\boldsymbol{\alpha}_m = \mathbf{0},$$

则称$\boldsymbol{\alpha}_1,\boldsymbol{\alpha}_2,\cdots,\boldsymbol{\alpha}_m$线性相关．

若当且仅当$k_1,k_2,\cdots,k_m$全为零时，上述等式才成立，则称$\boldsymbol{\alpha}_1,\boldsymbol{\alpha}_2,\cdots,\boldsymbol{\alpha}_m$线性无关．

计算机可视化

由定义可知，若两个向量$\boldsymbol{\alpha}_1$和$\boldsymbol{\alpha}_2$线性相关，则存在不全为零的数k_1,k_2，使$k_1\boldsymbol{\alpha}_1+k_2\boldsymbol{\alpha}_2=\mathbf{0}$．不妨设$k_1\neq 0$，则有$\boldsymbol{\alpha}_1=-\dfrac{k_2}{k_1}\boldsymbol{\alpha}_2$．

所以，两个二维向量线性相关的几何意义是这两个向量共线．

类似地，三个二维向量线性相关的几何意义是这三个向量共面．

【即时提问3.2】判别下列说法的对错：向量组$\boldsymbol{\alpha}_1,\boldsymbol{\alpha}_2,\cdots,\boldsymbol{\alpha}_m$线性无关的充分必要条件是存在全为零的数$k_1,k_2,\cdots,k_m$，使$k_1\boldsymbol{\alpha}_1+k_2\boldsymbol{\alpha}_2+\cdots+k_m\boldsymbol{\alpha}_m=\mathbf{0}$．

例3.7 证明：n维基本单位向量组$\boldsymbol{e}_1=(1,0,\cdots,0)^{\mathrm{T}},\boldsymbol{e}_2=(0,1,\cdots,0)^{\mathrm{T}},\cdots,\boldsymbol{e}_n=(0,0,\cdots,1)^{\mathrm{T}}$线性无关．

证明 设有一组数$k_1,k_2\cdots,k_n$，使$k_1\boldsymbol{e}_1+k_2\boldsymbol{e}_2+\cdots+k_n\boldsymbol{e}_n=\mathbf{0}$，即$(k_1,k_2,\cdots,k_n)^{\mathrm{T}}=\mathbf{0}$，有$k_1=k_2=\cdots=k_n=0$，所以$\boldsymbol{e}_1,\boldsymbol{e}_2,\cdots,\boldsymbol{e}_n$线性无关．

例3.8 讨论向量组$\boldsymbol{\alpha}_1=(2,-1,1)^{\mathrm{T}},\boldsymbol{\alpha}_2=(1,0,1)^{\mathrm{T}},\boldsymbol{\alpha}_3=(1,-2,-1)^{\mathrm{T}}$的线性相关性．

解 设有一组数k_1,k_2,k_3，使$k_1\boldsymbol{\alpha}_1+k_2\boldsymbol{\alpha}_2+k_3\boldsymbol{\alpha}_3=\mathbf{0}$，即

微课：例3.8

$$\begin{cases}2k_1+k_2+k_3=0,\\ -k_1-2k_3=0,\\ k_1+k_2-k_3=0.\end{cases}$$

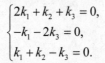

该方程组的系数行列式为

$$\begin{vmatrix} 2 & 1 & 1 \\ -1 & 0 & -2 \\ 1 & 1 & -1 \end{vmatrix} = -1-2-1+4=0,$$

所以方程组有非零解，故 $\boldsymbol{\alpha}_1,\boldsymbol{\alpha}_2,\boldsymbol{\alpha}_3$ 线性相关.

例 3.9 设 $\boldsymbol{\alpha}_1,\boldsymbol{\alpha}_2,\boldsymbol{\alpha}_3$ 线性无关，证明：$\boldsymbol{\alpha}_1+\boldsymbol{\alpha}_2,\boldsymbol{\alpha}_2+\boldsymbol{\alpha}_3,\boldsymbol{\alpha}_3+\boldsymbol{\alpha}_1$ 线性无关.

证明 设有一组数 k_1,k_2,k_3，使

$$k_1(\boldsymbol{\alpha}_1+\boldsymbol{\alpha}_2)+k_2(\boldsymbol{\alpha}_2+\boldsymbol{\alpha}_3)+k_3(\boldsymbol{\alpha}_3+\boldsymbol{\alpha}_1)=\mathbf{0}.$$

整理得

$$(k_1+k_3)\boldsymbol{\alpha}_1+(k_1+k_2)\boldsymbol{\alpha}_2+(k_2+k_3)\boldsymbol{\alpha}_3=\mathbf{0},$$

由 $\boldsymbol{\alpha}_1,\boldsymbol{\alpha}_2,\boldsymbol{\alpha}_3$ 线性无关，可得

$$\begin{cases} k_1+k_3=0, \\ k_1+k_2=0, \\ k_2+k_3=0, \end{cases}$$

解得 $k_1=k_2=k_3=0$，所以 $\boldsymbol{\alpha}_1+\boldsymbol{\alpha}_2,\boldsymbol{\alpha}_2+\boldsymbol{\alpha}_3,\boldsymbol{\alpha}_3+\boldsymbol{\alpha}_1$ 线性无关.

3.2.5 向量组线性相关性的性质

下面我们给出关于向量组线性相关性的一些常见性质.

性质 3.1 一个向量线性相关的充分必要条件是这个向量为零向量.

证明 一个向量 $\boldsymbol{\alpha}$ 线性相关的充分必要条件是存在非零的数 k，使 $k\boldsymbol{\alpha}=\mathbf{0}$，也即当且仅当 $\boldsymbol{\alpha}$ 为零向量.

推论 一个向量线性无关的充分必要条件是这个向量为非零向量.

性质 3.2 两个向量线性相关的充分必要条件是对应分量成比例.

证明 先证必要性. 设 $\boldsymbol{\alpha}_1,\boldsymbol{\alpha}_2$ 线性相关，即存在不全为零的数 k_1,k_2，使 $k_1\boldsymbol{\alpha}_1+k_2\boldsymbol{\alpha}_2=\mathbf{0}$. 不妨设 $k_1\neq 0$，则有

$$\boldsymbol{\alpha}_1=-\frac{k_2}{k_1}\boldsymbol{\alpha}_2,$$

即 $\boldsymbol{\alpha}_1,\boldsymbol{\alpha}_2$ 对应分量成比例.

再证充分性. 设 $\boldsymbol{\alpha}_1,\boldsymbol{\alpha}_2$ 对应分量成比例，则存在常数 k，使 $\boldsymbol{\alpha}_1=k\boldsymbol{\alpha}_2$ 或 $\boldsymbol{\alpha}_2=k\boldsymbol{\alpha}_1$，从而有 $\boldsymbol{\alpha}_1-k\boldsymbol{\alpha}_2=\mathbf{0}$ 或 $k\boldsymbol{\alpha}_1-\boldsymbol{\alpha}_2=\mathbf{0}$，即存在不全为零的数 $1,-k$ 或 $k,-1$，使上式成立，故 $\boldsymbol{\alpha}_1,\boldsymbol{\alpha}_2$ 线性相关.

推论 两个向量线性无关的充分必要条件是对应分量不成比例.

性质 3.3 $m(m\geqslant 2)$ 个向量线性相关的充分必要条件是至少有一个向量可由其余 $m-1$ 个向量线性表示.

证明 先证必要性. 设 $m(m\geqslant 2)$ 个向量 $\boldsymbol{\alpha}_1,\boldsymbol{\alpha}_2,\cdots,\boldsymbol{\alpha}_m$ 线性相关，即存在不

微课：性质3.3

全为零的数 $k_1,k_2,\cdots,k_m$，使

$$k_1\boldsymbol{\alpha}_1+k_2\boldsymbol{\alpha}_2+\cdots+k_m\boldsymbol{\alpha}_m=\mathbf{0},$$

不妨设 $k_1\neq 0$，则有

$$\boldsymbol{\alpha}_1=-\frac{k_2}{k_1}\boldsymbol{\alpha}_2-\cdots-\frac{k_m}{k_1}\boldsymbol{\alpha}_m,$$

即 $\boldsymbol{\alpha}_1$ 可由 $\boldsymbol{\alpha}_2,\cdots,\boldsymbol{\alpha}_m$ 线性表示.

再证充分性．不妨设 $\boldsymbol{\alpha}_m$ 可由 $\boldsymbol{\alpha}_1,\boldsymbol{\alpha}_2,\cdots,\boldsymbol{\alpha}_{m-1}$ 线性表示，即存在一组数 $k_1,k_2,\cdots,k_{m-1}$，使

$$\boldsymbol{\alpha}_m=k_1\boldsymbol{\alpha}_1+k_2\boldsymbol{\alpha}_2+\cdots+k_{m-1}\boldsymbol{\alpha}_{m-1},$$

即

$$k_1\boldsymbol{\alpha}_1+k_2\boldsymbol{\alpha}_2+\cdots+k_{m-1}\boldsymbol{\alpha}_{m-1}+(-1)\boldsymbol{\alpha}_m=\mathbf{0}.$$

因 $k_1,k_2,\cdots,k_{m-1},-1$ 中至少 -1 不为零，所以 $\boldsymbol{\alpha}_1,\boldsymbol{\alpha}_2\cdots,\boldsymbol{\alpha}_m$ 线性相关.

推论 $m(m\geqslant 2)$ 个向量线性无关的充分必要条件是任意向量都不能由其余 $m-1$ 个向量线性表示.

性质 3.4 若 $\boldsymbol{\alpha}_1,\boldsymbol{\alpha}_2,\cdots,\boldsymbol{\alpha}_m$ 线性无关，而 $\boldsymbol{\alpha}_1,\boldsymbol{\alpha}_2,\cdots,\boldsymbol{\alpha}_m,\boldsymbol{\beta}$ 线性相关，则 $\boldsymbol{\beta}$ 可由 $\boldsymbol{\alpha}_1,\boldsymbol{\alpha}_2,\cdots,\boldsymbol{\alpha}_m$ 线性表示，且表示式唯一.

证明 由于 $\boldsymbol{\alpha}_1,\boldsymbol{\alpha}_2,\cdots,\boldsymbol{\alpha}_m,\boldsymbol{\beta}$ 线性相关，即存在不全为零的数 $k_1,k_2,\cdots,k_m,k$，使

$$k_1\boldsymbol{\alpha}_1+k_2\boldsymbol{\alpha}_2+\cdots+k_m\boldsymbol{\alpha}_m+k\boldsymbol{\beta}=\mathbf{0}.$$

若 $k=0$，则有不全为零的数 $k_1,k_2,\cdots,k_m$，使

$$k_1\boldsymbol{\alpha}_1+k_2\boldsymbol{\alpha}_2+\cdots+k_m\boldsymbol{\alpha}_m=\mathbf{0},$$

与 $\boldsymbol{\alpha}_1,\boldsymbol{\alpha}_2,\cdots,\boldsymbol{\alpha}_m$ 线性无关矛盾，所以 $k\neq 0$，即 $\boldsymbol{\beta}$ 可由 $\boldsymbol{\alpha}_1,\boldsymbol{\alpha}_2,\cdots,\boldsymbol{\alpha}_m$ 线性表示.

下面证明唯一性．设

$$\boldsymbol{\beta}=k_1\boldsymbol{\alpha}_1+k_2\boldsymbol{\alpha}_2+\cdots+k_m\boldsymbol{\alpha}_m,$$
$$\boldsymbol{\beta}=l_1\boldsymbol{\alpha}_1+l_2\boldsymbol{\alpha}_2+\cdots+l_m\boldsymbol{\alpha}_m,$$

两式相减，可得

$$(k_1-l_1)\boldsymbol{\alpha}_1+(k_2-l_2)\boldsymbol{\alpha}_2+\cdots+(k_m-l_m)\boldsymbol{\alpha}_m=\mathbf{0}.$$

由 $\boldsymbol{\alpha}_1,\boldsymbol{\alpha}_2,\cdots,\boldsymbol{\alpha}_m$ 线性无关，可得 $k_i=l_i\,(i=1,2,\cdots,m)$.

性质 3.5 向量组中有一部分向量组线性相关，则整个向量组线性相关.

证明 设向量组 $\boldsymbol{\alpha}_1,\boldsymbol{\alpha}_2,\cdots,\boldsymbol{\alpha}_m$ 中的 $s(s\leqslant m)$ 个向量线性相关，不妨设为 $\boldsymbol{\alpha}_1,\boldsymbol{\alpha}_2,\cdots,\boldsymbol{\alpha}_s$，即存在不全为零的数 $k_1,k_2,\cdots,k_s$，使

$$k_1\boldsymbol{\alpha}_1+k_2\boldsymbol{\alpha}_2+\cdots+k_s\boldsymbol{\alpha}_s=\mathbf{0},$$

从而有

$$k_1\boldsymbol{\alpha}_1+k_2\boldsymbol{\alpha}_2+\cdots+k_s\boldsymbol{\alpha}_s+0\boldsymbol{\alpha}_{s+1}+\cdots+0\boldsymbol{\alpha}_m=\mathbf{0},$$

即 $\boldsymbol{\alpha}_1,\boldsymbol{\alpha}_2,\cdots,\boldsymbol{\alpha}_m$ 线性相关.

推论 若一个向量组线性无关，则其任一部分向量组都线性无关.

微课：性质3.6

性质 3.6 设向量组（Ⅰ）$\boldsymbol{\alpha}_1,\boldsymbol{\alpha}_2,\cdots,\boldsymbol{\alpha}_m$ 与（Ⅱ）$\boldsymbol{\beta}_1,\boldsymbol{\beta}_2,\cdots,\boldsymbol{\beta}_s$，若（Ⅱ）可由（Ⅰ）线性表示，且 $s>m$，则向量组（Ⅱ）$\boldsymbol{\beta}_1,\boldsymbol{\beta}_2,\cdots,\boldsymbol{\beta}_s$ 线性相关.

推论1 设向量组（Ⅰ）$\boldsymbol{\alpha}_1,\boldsymbol{\alpha}_2,\cdots,\boldsymbol{\alpha}_m$ 与（Ⅱ）$\boldsymbol{\beta}_1,\boldsymbol{\beta}_2,\cdots,\boldsymbol{\beta}_s$，若（Ⅱ）可由（Ⅰ）线性表示，且（Ⅱ）$\boldsymbol{\beta}_1,\boldsymbol{\beta}_2,\cdots,\boldsymbol{\beta}_s$ 线性无关，则 $s\leqslant m$.

推论2 两个线性无关的等价的向量组，必含有相同个数的向量.

例 3.10 证明：含有零向量的向量组一定线性相关.

证明 由性质 3.1，零向量线性相关．再由性质 3.5，整个向量组线性相关.

例 3.11 设向量组 $\boldsymbol{\alpha}_1,\boldsymbol{\alpha}_2,\boldsymbol{\alpha}_3$ 线性相关，向量组 $\boldsymbol{\alpha}_2,\boldsymbol{\alpha}_3,\boldsymbol{\alpha}_4$ 线性无关，证明：

（1）$\boldsymbol{\alpha}_1$ 可由 $\boldsymbol{\alpha}_2,\boldsymbol{\alpha}_3$ 线性表示；

（2）$\boldsymbol{\alpha}_4$ 不可由 $\boldsymbol{\alpha}_1,\boldsymbol{\alpha}_2,\boldsymbol{\alpha}_3$ 线性表示.

证明 （1）因 $\boldsymbol{\alpha}_2,\boldsymbol{\alpha}_3,\boldsymbol{\alpha}_4$ 线性无关，由性质 3.5 的推论，$\boldsymbol{\alpha}_2,\boldsymbol{\alpha}_3$ 线性无关，再由性质 3.4，$\boldsymbol{\alpha}_1$ 可由 $\boldsymbol{\alpha}_2,\boldsymbol{\alpha}_3$ 线性表示，且表示式唯一.

（2）用反证法，假设 $\boldsymbol{\alpha}_4$ 可由 $\boldsymbol{\alpha}_1,\boldsymbol{\alpha}_2,\boldsymbol{\alpha}_3$ 线性表示，由（1），$\boldsymbol{\alpha}_1$ 可由 $\boldsymbol{\alpha}_2,\boldsymbol{\alpha}_3$ 线性表示，则 $\boldsymbol{\alpha}_4$ 可由 $\boldsymbol{\alpha}_2,\boldsymbol{\alpha}_3$ 线性表示，这与条件 $\boldsymbol{\alpha}_2,\boldsymbol{\alpha}_3,\boldsymbol{\alpha}_4$ 线性无关矛盾，所以 $\boldsymbol{\alpha}_4$ 不可由 $\boldsymbol{\alpha}_1,\boldsymbol{\alpha}_2,\boldsymbol{\alpha}_3$ 线性表示.

例 3.12 设三阶矩阵 $\boldsymbol{A}=\begin{pmatrix}1&2&-2\\2&1&2\\3&0&4\end{pmatrix}$，三维向量 $\boldsymbol{\alpha}=(a,1,1)^{\mathrm{T}}$，若 $\boldsymbol{A\alpha}$ 与 $\boldsymbol{\alpha}$ 线性相关，求 a.

解 由性质 3.2，$\boldsymbol{A\alpha}$ 与 $\boldsymbol{\alpha}$ 对应分量成比例，即存在数 k，使 $\boldsymbol{A\alpha}=k\boldsymbol{\alpha}$，即

$$\begin{cases}a=ka,\\2a+3=k,\\3a+4=k,\end{cases}$$

解得 $a=-1$.

例 3.13 设向量组 $\boldsymbol{\alpha}_1,\boldsymbol{\alpha}_2,\boldsymbol{\alpha}_3,\boldsymbol{\alpha}_4$ 线性无关，试判别向量组

$$\boldsymbol{\alpha}_1+\boldsymbol{\alpha}_2,\boldsymbol{\alpha}_1+\boldsymbol{\alpha}_3,\boldsymbol{\alpha}_1+\boldsymbol{\alpha}_4,\boldsymbol{\alpha}_2+\boldsymbol{\alpha}_3,\ \boldsymbol{\alpha}_2+\boldsymbol{\alpha}_4$$

的线性相关性.

解 含有 5 个向量的向量组 $\boldsymbol{\alpha}_1+\boldsymbol{\alpha}_2,\boldsymbol{\alpha}_1+\boldsymbol{\alpha}_3,\boldsymbol{\alpha}_1+\boldsymbol{\alpha}_4,\boldsymbol{\alpha}_2+\boldsymbol{\alpha}_3,\boldsymbol{\alpha}_2+\boldsymbol{\alpha}_4$ 可以由含有 4 个向量的向量组 $\boldsymbol{\alpha}_1,\boldsymbol{\alpha}_2,\boldsymbol{\alpha}_3,\boldsymbol{\alpha}_4$ 线性表示，由性质 3.6 可知，向量组 $\boldsymbol{\alpha}_1+\boldsymbol{\alpha}_2,\boldsymbol{\alpha}_1+\boldsymbol{\alpha}_3,\boldsymbol{\alpha}_1+\boldsymbol{\alpha}_4,\boldsymbol{\alpha}_2+\boldsymbol{\alpha}_3,\ \boldsymbol{\alpha}_2+\boldsymbol{\alpha}_4$ 线性相关.

3.2.6 向量组线性相关性的判定

定理 3.4 m 个 n 维向量 $\boldsymbol{\alpha}_i=(a_{1i},a_{2i},\cdots,a_{ni})^{\mathrm{T}}(i=1,2,\cdots,m)$ 线性相关的充分必要条件是矩阵

$$\boldsymbol{A}=(\boldsymbol{\alpha}_1,\boldsymbol{\alpha}_2,\cdots,\boldsymbol{\alpha}_m)=\begin{pmatrix}a_{11}&a_{12}&\cdots&a_{1m}\\a_{21}&a_{22}&\cdots&a_{2m}\\\vdots&\vdots&&\vdots\\a_{n1}&a_{n2}&\cdots&a_{nm}\end{pmatrix}$$

的秩 $r(\boldsymbol{A})<m$.

证明 先证必要性．设 $\boldsymbol{\alpha}_1,\boldsymbol{\alpha}_2,\cdots,\boldsymbol{\alpha}_m$ 线性相关，根据性质 3.3，至少有一个向量可由其余 $m-1$ 个向量线性表示，不妨设该向量为 $\boldsymbol{\alpha}_m$，即

$$\boldsymbol{\alpha}_m=k_1\boldsymbol{\alpha}_1+k_2\boldsymbol{\alpha}_2+\cdots+k_{m-1}\boldsymbol{\alpha}_{m-1}.$$

上式写成分量形式为

$$\begin{cases}a_{1m}=k_1a_{11}+k_2a_{12}+\cdots+k_{m-1}a_{1,m-1},\\ a_{2m}=k_1a_{21}+k_2a_{22}+\cdots+k_{m-1}a_{2,m-1},\\ \cdots\cdots\cdots\cdots\\ a_{nm}=k_1a_{n1}+k_2a_{n2}+\cdots+k_{m-1}a_{n,m-1}.\end{cases}$$

对 $\boldsymbol{A}$ 作初等列变换，用 $-k_1,-k_2,\cdots,-k_{m-1}$ 分别乘以 $\boldsymbol{A}$ 的第 $1,2,\cdots,m-1$ 列后都加到第 m 列，有

$$\boldsymbol{A}=\begin{pmatrix}a_{11}&a_{12}&\cdots&a_{1m}\\a_{21}&a_{22}&\cdots&a_{2m}\\\vdots&\vdots&&\vdots\\a_{n1}&a_{n2}&\cdots&a_{nm}\end{pmatrix}\to\begin{pmatrix}a_{11}&\cdots&a_{1,m-1}&0\\a_{21}&\cdots&a_{2,m-1}&0\\\vdots&&\vdots&\vdots\\a_{n1}&\cdots&a_{n,m-1}&0\end{pmatrix}=\boldsymbol{B}.$$

由矩阵的秩的定义知 $r(\boldsymbol{B})<m$．由于 $\boldsymbol{A}$ 与 $\boldsymbol{B}$ 等价，所以 $r(\boldsymbol{A})=r(\boldsymbol{B})<m$.

充分性证明略.

推论 1 任意 m 个 n 维向量 $\boldsymbol{\alpha}_i=(a_{1i},a_{2i},\cdots,a_{ni})^{\mathrm{T}}(i=1,2,\cdots,m)$ 线性无关的充分必要条件是它们构成的矩阵 $\boldsymbol{A}=\boldsymbol{A}_{n\times m}$ 的秩 $r(\boldsymbol{A})=m(m<n)$.

推论 2 任意 n 个 n 维向量 $\boldsymbol{\alpha}_i=(a_{1i},a_{2i},\cdots,a_{ni})^{\mathrm{T}}(i=1,2,\cdots,n)$ 线性无关的充分必要条件是矩阵 $\boldsymbol{A}$ 的行列式不等于零.

推论 3 当 $m>n$ 时，m 个 n 维向量线性相关.

定理 3.5 若 m 个 s 维向量 $\boldsymbol{\alpha}_i=(a_{1i},a_{2i},\cdots,a_{si})^{\mathrm{T}}(i=1,2,\cdots,m)$ 线性无关，则对应的 m 个 $s+1$ 维向量 $\boldsymbol{\beta}_i=(a_{1i},a_{2i},\cdots,a_{si},a_{s+1,i})^{\mathrm{T}}(i=1,2,\cdots,m)$ 也线性无关.

证明 记

$$\boldsymbol{A}=(\boldsymbol{\alpha}_1,\boldsymbol{\alpha}_2,\cdots,\boldsymbol{\alpha}_m)=\begin{pmatrix}a_{11}&a_{12}&\cdots&a_{1m}\\a_{21}&a_{22}&\cdots&a_{2m}\\\vdots&\vdots&&\vdots\\a_{s1}&a_{s2}&\cdots&a_{sm}\end{pmatrix},$$

$$\boldsymbol{B}=(\boldsymbol{\beta}_1,\boldsymbol{\beta}_2,\cdots,\boldsymbol{\beta}_m)=\begin{pmatrix}a_{11}&a_{12}&\cdots&a_{1m}\\a_{21}&a_{22}&\cdots&a_{2m}\\\vdots&\vdots&&\vdots\\a_{s1}&a_{s2}&\cdots&a_{s,m}\\a_{s+1,1}&a_{s+1,2}&\cdots&a_{s+1,m}\end{pmatrix},$$

则 $r(\boldsymbol{A})\leqslant r(\boldsymbol{B})$．由定理 3.4 的推论 1 知 $r(\boldsymbol{A})=m$，故 $r(\boldsymbol{B})=m$，从而向量组 $\boldsymbol{\beta}_1,\boldsymbol{\beta}_2,\cdots,\boldsymbol{\beta}_m$ 线性无关.

我们称 m 个 s 维向量 $\boldsymbol{\alpha}_i=(a_{1i},a_{2i},\cdots,a_{si})^{\mathrm{T}}(i=1,2,\cdots,m)$ 添加 $n-s$ 个分量后得到的向量组 $\boldsymbol{\gamma}_i=(a_{1i},a_{2i},\cdots,a_{si},a_{s+1,i},\cdots,a_{n-1,i},a_{ni})^{\mathrm{T}}(i=1,2,\cdots,m)$ 为原向量组 $\boldsymbol{\alpha}_1,\boldsymbol{\alpha}_2,\cdots,\boldsymbol{\alpha}_m$ 的延长向量组，则有如下推论.

推论　若一个向量组线性无关，则其延长向量组线性无关.

例 3.14　已知向量 $\boldsymbol{\alpha}_1=(1,2,-1,3)^{\mathrm{T}},\boldsymbol{\alpha}_2=(2,-1,3,5)^{\mathrm{T}},\boldsymbol{\alpha}_3=(-1,a+17,a,-1)^{\mathrm{T}}$，问：$a$ 为何值时，向量组 $\boldsymbol{\alpha}_1,\boldsymbol{\alpha}_2,\boldsymbol{\alpha}_3$ 线性相关、线性无关？

微课：例3.14

解　对矩阵 $(\boldsymbol{\alpha}_1,\boldsymbol{\alpha}_2,\boldsymbol{\alpha}_3)$ 实施初等行变换，将其化为行阶梯形矩阵，有

$$(\boldsymbol{\alpha}_1,\boldsymbol{\alpha}_2,\boldsymbol{\alpha}_3)=\begin{pmatrix}1&2&-1\\2&-1&a+17\\-1&3&a\\3&5&-1\end{pmatrix}\xrightarrow[\substack{r_3+r_1\\r_4-3r_1}]{r_2-2r_1}\begin{pmatrix}1&2&-1\\0&-5&a+19\\0&5&a-1\\0&-1&2\end{pmatrix}$$

$$\xrightarrow{r_2\leftrightarrow r_4}\begin{pmatrix}1&2&-1\\0&-1&2\\0&5&a-1\\0&-5&a+19\end{pmatrix}\xrightarrow[r_4-5r_2]{r_3+5r_2}\begin{pmatrix}1&2&-1\\0&-1&2\\0&0&a+9\\0&0&a+9\end{pmatrix}\xrightarrow{r_4-r_3}\begin{pmatrix}1&2&-1\\0&-1&2\\0&0&a+9\\0&0&0\end{pmatrix}.$$

当 $a+9\neq0$，即 $a\neq-9$ 时，$r(\boldsymbol{\alpha}_1,\boldsymbol{\alpha}_2,\boldsymbol{\alpha}_3)=3$，由定理 3.4 知，向量组 $\boldsymbol{\alpha}_1,\boldsymbol{\alpha}_2,\boldsymbol{\alpha}_3$ 线性无关；当 $a+9=0$，即 $a=-9$ 时，$r(\boldsymbol{\alpha}_1,\boldsymbol{\alpha}_2,\boldsymbol{\alpha}_3)=2<3$，向量组 $\boldsymbol{\alpha}_1,\boldsymbol{\alpha}_2,\boldsymbol{\alpha}_3$ 线性相关.

例 3.15　已知向量 $\boldsymbol{\alpha}_1=(1,1,1)^{\mathrm{T}},\boldsymbol{\alpha}_2=(1,2,3)^{\mathrm{T}},\boldsymbol{\alpha}_3=(1,3,t)^{\mathrm{T}}$.

（1）当 t 为何值时，向量组 $\boldsymbol{\alpha}_1,\boldsymbol{\alpha}_2,\boldsymbol{\alpha}_3$ 线性无关？

（2）当 t 为何值时，向量组 $\boldsymbol{\alpha}_1,\boldsymbol{\alpha}_2,\boldsymbol{\alpha}_3$ 线性相关？

（3）当向量组 $\boldsymbol{\alpha}_1,\boldsymbol{\alpha}_2,\boldsymbol{\alpha}_3$ 线性相关时，将 $\boldsymbol{\alpha}_3$ 表示为 $\boldsymbol{\alpha}_1$ 和 $\boldsymbol{\alpha}_2$ 的线性组合.

解　由于 $|\boldsymbol{\alpha}_1,\boldsymbol{\alpha}_2,\boldsymbol{\alpha}_3|=\begin{vmatrix}1&1&1\\1&2&3\\1&3&t\end{vmatrix}=t-5$，由定理 3.4 的推论 2 可知，当 $t\neq5$ 时，向量组 $\boldsymbol{\alpha}_1,\boldsymbol{\alpha}_2,\boldsymbol{\alpha}_3$ 线性无关；$t=5$ 时，向量组 $\boldsymbol{\alpha}_1,\boldsymbol{\alpha}_2,\boldsymbol{\alpha}_3$ 线性相关.

当 $t=5$ 时，设有一组数 x_1,x_2，使 $x_1\boldsymbol{\alpha}_1+x_2\boldsymbol{\alpha}_2=\boldsymbol{\alpha}_3$，即

$$\begin{cases}x_1+x_2=1,\\x_1+2x_2=3,\\x_1+3x_2=5.\end{cases}$$

解得 $x_1=-1,x_2=2$. 即 $\boldsymbol{\alpha}_3=-\boldsymbol{\alpha}_1+2\boldsymbol{\alpha}_2$.

同步习题 3.2

基础题

1. 设 $\boldsymbol{a}_1,\boldsymbol{a}_2,\cdots,\boldsymbol{a}_m$ 均为 n 维向量，那么下列结论正确的是（　　）.

A. 若 $k_1\boldsymbol{a}_1+k_2\boldsymbol{a}_2+\cdots+k_m\boldsymbol{a}_m=\boldsymbol{0}$，则 $\boldsymbol{a}_1,\boldsymbol{a}_2,\cdots,\boldsymbol{a}_m$ 线性相关

B．若对任意一组不全为零的数 $k_1,k_2,\cdots,k_m$，都有 $k_1\boldsymbol{a}_1+k_2\boldsymbol{a}_2+\cdots+k_m\boldsymbol{a}_m\neq\boldsymbol{0}$，则 $\boldsymbol{a}_1,\boldsymbol{a}_2,\cdots,\boldsymbol{a}_m$ 线性无关

C．若 $\boldsymbol{a}_1,\boldsymbol{a}_2,\cdots,\boldsymbol{a}_m$ 线性相关，则对任意一组不全为零的数 $k_1,k_2,\cdots,k_m$，都有 $k_1\boldsymbol{a}_1+k_2\boldsymbol{a}_2+\cdots+k_m\boldsymbol{a}_m\neq\boldsymbol{0}$

D．若 $0\boldsymbol{a}_1+0\boldsymbol{a}_2+\cdots+0\boldsymbol{a}_m=\boldsymbol{0}$，则 $\boldsymbol{a}_1,\boldsymbol{a}_2,\cdots,\boldsymbol{a}_m$ 线性无关

2．n 维向量组 $\boldsymbol{\alpha}_1,\boldsymbol{\alpha}_2,\cdots,\boldsymbol{\alpha}_s\,(3\leqslant s\leqslant n)$ 线性无关的充分必要条件是（　　）.

A．存在一组不全为零的数 $k_1,k_2,\cdots,k_s$，使 $k_1\boldsymbol{\alpha}_1+k_2\boldsymbol{\alpha}_2+\cdots+k_s\boldsymbol{\alpha}_s\neq\boldsymbol{0}$

B．$\boldsymbol{\alpha}_1,\boldsymbol{\alpha}_2,\cdots,\boldsymbol{\alpha}_s$ 中任意两个向量都线性无关

C．$\boldsymbol{\alpha}_1,\boldsymbol{\alpha}_2,\cdots,\boldsymbol{\alpha}_s$ 中存在一个向量，它不能用其余向量线性表示

D．$\boldsymbol{\alpha}_1,\boldsymbol{\alpha}_2,\cdots,\boldsymbol{\alpha}_s$ 中任意一个向量都不能用其余向量线性表示

3．向量组 $\boldsymbol{\alpha}_1,\boldsymbol{\alpha}_2,\cdots,\boldsymbol{\alpha}_s$ 线性无关的充分条件是（　　）.

A．$\boldsymbol{\alpha}_1,\boldsymbol{\alpha}_2,\cdots,\boldsymbol{\alpha}_s$ 均不为零向量

B．$\boldsymbol{\alpha}_1,\boldsymbol{\alpha}_2,\cdots,\boldsymbol{\alpha}_s$ 中任意两个向量的分量不成比例

C．$\boldsymbol{\alpha}_1,\boldsymbol{\alpha}_2,\cdots,\boldsymbol{\alpha}_s$ 中任意一个向量均不能由其余 $s-1$ 个向量线性表示

D．$\boldsymbol{\alpha}_1,\boldsymbol{\alpha}_2,\cdots,\boldsymbol{\alpha}_s$ 中有一部分向量线性无关

4．向量组 $\boldsymbol{\alpha}_1,\boldsymbol{\alpha}_2,\cdots,\boldsymbol{\alpha}_s$ 线性相关的充分必要条件是（　　）.

A．$\boldsymbol{\alpha}_1,\boldsymbol{\alpha}_2,\cdots,\boldsymbol{\alpha}_s$ 中有一个零向量

B．$\boldsymbol{\alpha}_1,\boldsymbol{\alpha}_2,\cdots,\boldsymbol{\alpha}_s$ 中任意两个向量的分量成比例

C．$\boldsymbol{\alpha}_1,\boldsymbol{\alpha}_2,\cdots,\boldsymbol{\alpha}_s$ 中有一个向量是其余向量的线性组合

D．$\boldsymbol{\alpha}_1,\boldsymbol{\alpha}_2,\cdots,\boldsymbol{\alpha}_s$ 中任意一个向量都是其余向量的线性组合

5．填空题.

（1）$\boldsymbol{\alpha}_1=(1,1,0)^{\mathrm{T}},\boldsymbol{\alpha}_2=(1,2,0)^{\mathrm{T}},\boldsymbol{\alpha}_3=(1,1,4)^{\mathrm{T}},\boldsymbol{\alpha}_4=(1,1,9)^{\mathrm{T}}$ 的线性关系是______.

（2）$\boldsymbol{\alpha}_1=(1,1,0,0,1)^{\mathrm{T}},\boldsymbol{\alpha}_2=(0,2,1,0,2)^{\mathrm{T}},\boldsymbol{\alpha}_3=(0,3,0,1,3)^{\mathrm{T}}$ 的线性关系是______.

6．判断下列向量组是否线性相关：$\boldsymbol{\alpha}_1=(1,2,-1,3)^{\mathrm{T}},\boldsymbol{\alpha}_2=(2,1,0,-1)^{\mathrm{T}},\boldsymbol{\alpha}_3=(3,3,-1,2)^{\mathrm{T}}$.

7．已知向量组 $\boldsymbol{\alpha}_1=(1,1,1,3)^{\mathrm{T}},\boldsymbol{\alpha}_2=(-1,-3,5,1)^{\mathrm{T}},\boldsymbol{\alpha}_3=(3,2,-1,k+2)^{\mathrm{T}},\boldsymbol{\alpha}_4=(-2,-6,10,k)^{\mathrm{T}}$ 线性相关，求 k.

8．已知向量组 $\boldsymbol{\alpha}_1,\boldsymbol{\alpha}_2,\boldsymbol{\alpha}_3$ 线性无关，证明：$\boldsymbol{\alpha}_1+2\boldsymbol{\alpha}_2,2\boldsymbol{\alpha}_1+3\boldsymbol{\alpha}_3,3\boldsymbol{\alpha}_3+\boldsymbol{\alpha}_1$ 线性无关.

9．已知向量组 $\boldsymbol{\alpha}_1,\boldsymbol{\alpha}_2,\cdots,\boldsymbol{\alpha}_m$ 线性无关，证明：$\boldsymbol{\beta}_1=\boldsymbol{\alpha}_1,\boldsymbol{\beta}_2=\boldsymbol{\alpha}_1+\boldsymbol{\alpha}_2,\cdots,\boldsymbol{\beta}_m=\boldsymbol{\alpha}_1+\boldsymbol{\alpha}_2+\cdots+\boldsymbol{\alpha}_m$ 线性无关.

10．已知 $\boldsymbol{\alpha}_1,\boldsymbol{\alpha}_2,\boldsymbol{\alpha}_3$ 线性无关，且 $km\neq1$，证明：向量组 $k\boldsymbol{\alpha}_2-\boldsymbol{\alpha}_1,m\boldsymbol{\alpha}_3-\boldsymbol{\alpha}_2,\boldsymbol{\alpha}_1-\boldsymbol{\alpha}_3$ 线性无关.

提高题

1．设n维向量组$\boldsymbol{\alpha}_1,\boldsymbol{\alpha}_2,\cdots,\boldsymbol{\alpha}_n$，证明：$\boldsymbol{\alpha}_1,\boldsymbol{\alpha}_2,\cdots,\boldsymbol{\alpha}_n$线性无关的充分必要条件是任意$n$维列向量都可以由它们线性表示．

2．设$\boldsymbol{\alpha}_1,\boldsymbol{\alpha}_2,\cdots,\boldsymbol{\alpha}_s$均为$n$维列向量，$\boldsymbol{A}$是$m\times n$矩阵，下列选项正确的是（　　）．

A．若$\boldsymbol{\alpha}_1,\boldsymbol{\alpha}_2,\cdots,\boldsymbol{\alpha}_s$线性相关，则$\boldsymbol{A\alpha}_1,\boldsymbol{A\alpha}_2,\cdots,\boldsymbol{A\alpha}_s$线性相关

B．若$\boldsymbol{\alpha}_1,\boldsymbol{\alpha}_2,\cdots,\boldsymbol{\alpha}_s$线性相关，则$\boldsymbol{A\alpha}_1,\boldsymbol{A\alpha}_2,\cdots,\boldsymbol{A\alpha}_s$线性无关

C．若$\boldsymbol{\alpha}_1,\boldsymbol{\alpha}_2,\cdots,\boldsymbol{\alpha}_s$线性无关，则$\boldsymbol{A\alpha}_1,\boldsymbol{A\alpha}_2,\cdots,\boldsymbol{A\alpha}_s$线性相关

D．若$\boldsymbol{\alpha}_1,\boldsymbol{\alpha}_2,\cdots,\boldsymbol{\alpha}_s$线性无关，则$\boldsymbol{A\alpha}_1,\boldsymbol{A\alpha}_2,\cdots,\boldsymbol{A\alpha}_s$线性无关

3．设$\boldsymbol{A}$是n阶矩阵，$\boldsymbol{\alpha}_1$是n维非零列向量，若$\boldsymbol{A\alpha}_1=2\boldsymbol{\alpha}_1,\boldsymbol{A\alpha}_2=2\boldsymbol{\alpha}_2+\boldsymbol{\alpha}_1$，$\boldsymbol{A\alpha}_3=2\boldsymbol{\alpha}_3+\boldsymbol{\alpha}_2$．证明：向量组$\boldsymbol{\alpha}_1,\boldsymbol{\alpha}_2,\boldsymbol{\alpha}_3$线性无关．

4．设向量组$\boldsymbol{\alpha}_1,\boldsymbol{\alpha}_2,\cdots,\boldsymbol{\alpha}_s\ (s\geqslant 2)$线性无关，且$\boldsymbol{\beta}_1=\boldsymbol{\alpha}_1+\boldsymbol{\alpha}_2,\boldsymbol{\beta}_2=\boldsymbol{\alpha}_2+\boldsymbol{\alpha}_3,\cdots,\boldsymbol{\beta}_{s-1}=\boldsymbol{\alpha}_{s-1}+\boldsymbol{\alpha}_s,\boldsymbol{\beta}_s=\boldsymbol{\alpha}_s+\boldsymbol{\alpha}_1$，讨论向量组$\boldsymbol{\beta}_1,\boldsymbol{\beta}_2,\cdots,\boldsymbol{\beta}_s$的线性相关性．

3.3 极大线性无关组和秩

n维基本单位向量组$\boldsymbol{e}_1,\boldsymbol{e}_2,\cdots,\boldsymbol{e}_n$是线性无关的，而且任意一个$n$维向量都可由它们线性表示．很自然的一个问题是，在一个向量组中，具备上述性质的部分组是什么样的呢？这就是本节要学习的内容．

3.3.1 向量组的极大线性无关组和秩的定义

定义 3.6 在向量组$\boldsymbol{\alpha}_1,\boldsymbol{\alpha}_2,\cdots,\boldsymbol{\alpha}_m$中，选取$r$个向量$\boldsymbol{\alpha}_{i_1},\boldsymbol{\alpha}_{i_2},\cdots,\boldsymbol{\alpha}_{i_r}$，如果满足

（1）$\boldsymbol{\alpha}_{i_1},\boldsymbol{\alpha}_{i_2},\cdots,\boldsymbol{\alpha}_{i_r}$线性无关；

（2）$\boldsymbol{\alpha}_1,\boldsymbol{\alpha}_2,\cdots,\boldsymbol{\alpha}_m$中任意一个向量都可由$\boldsymbol{\alpha}_{i_1},\boldsymbol{\alpha}_{i_2},\cdots,\boldsymbol{\alpha}_{i_r}$线性表示，

则称$\boldsymbol{\alpha}_{i_1},\boldsymbol{\alpha}_{i_2},\cdots,\boldsymbol{\alpha}_{i_r}$是向量组$\boldsymbol{\alpha}_1,\boldsymbol{\alpha}_2,\cdots,\boldsymbol{\alpha}_m$的一个极大线性无关组，简称为极大无关组．

若$\boldsymbol{\alpha}_{i_1},\boldsymbol{\alpha}_{i_2},\cdots,\boldsymbol{\alpha}_{i_r}$是向量组$\boldsymbol{\alpha}_1,\boldsymbol{\alpha}_2,\cdots,\boldsymbol{\alpha}_m$的一个极大无关组，由定义，向量组中任意向量都可由$\boldsymbol{\alpha}_{i_1},\boldsymbol{\alpha}_{i_2},\cdots,\boldsymbol{\alpha}_{i_r}$线性表示，再结合线性相关性的性质3.6可知，任意$r$+1个向量都是线性相关的．反之，若向量组$\boldsymbol{\alpha}_1,\boldsymbol{\alpha}_2,\cdots,\boldsymbol{\alpha}_m$中的任意$r$+1个向量都是线性相关的，则由上述定义3.6可知，任意向量$\boldsymbol{\alpha}_i$都可由$\boldsymbol{\alpha}_{i_1},\boldsymbol{\alpha}_{i_2},\cdots,\boldsymbol{\alpha}_{i_r}$线性表示．所以，我们得到极大无关组的等价定义．

定义 3.7 在向量组$\boldsymbol{\alpha}_1,\boldsymbol{\alpha}_2,\cdots,\boldsymbol{\alpha}_m$中，选取$r$个向量$\boldsymbol{\alpha}_{i_1},\boldsymbol{\alpha}_{i_2},\cdots,\boldsymbol{\alpha}_{i_r}$，如果满足

（1）$\boldsymbol{\alpha}_{i_1},\boldsymbol{\alpha}_{i_2},\cdots,\boldsymbol{\alpha}_{i_r}$线性无关；

（2）$\boldsymbol{\alpha}_1,\boldsymbol{\alpha}_2,\cdots,\boldsymbol{\alpha}_m$中任意$r$+1个向量都线性相关，

则称$\boldsymbol{\alpha}_{i_1},\boldsymbol{\alpha}_{i_2},\cdots,\boldsymbol{\alpha}_{i_r}$是向量组$\boldsymbol{\alpha}_1,\boldsymbol{\alpha}_2,\cdots,\boldsymbol{\alpha}_m$的一个极大线性无关组．

由等价定义可知，极大无关组就是向量组中个数最多的、线性无关的部分组．

需要注意的是，若向量组是线性无关的，那么极大无关组是唯一的，就是向量组本身．若向

量组是线性相关的，则极大无关组不一定唯一．例如，向量组 $\boldsymbol{\alpha}_1=(1,0)^{\mathrm{T}},\boldsymbol{\alpha}_2=(0,1)^{\mathrm{T}},\boldsymbol{\alpha}_3=(2,3)^{\mathrm{T}}$ 是线性相关的，任意两个向量线性无关，所以，任意两个向量都是其极大无关组．

由极大无关组的定义还可以得到，向量组和它的任意一个极大无关组都是等价的，进而同一向量组的任意两个极大无关组是等价的．当向量组线性相关时，其极大无关组不唯一，但是由性质 3.6 的推论 2 知极大无关组所含向量的个数是唯一的．

定义 3.8 向量组 $\boldsymbol{\alpha}_1,\boldsymbol{\alpha}_2,\cdots,\boldsymbol{\alpha}_m$ 的极大无关组所含向量的个数称为向量组的秩，记作 $r(\boldsymbol{\alpha}_1,\boldsymbol{\alpha}_2,\cdots,\boldsymbol{\alpha}_m)$．

微课：定义3.8

只含有零向量的向量组没有极大无关组，规定秩为零．

由定义可知，向量组 $\boldsymbol{\alpha}_1,\boldsymbol{\alpha}_2,\cdots,\boldsymbol{\alpha}_m$ 线性无关的充分必要条件是秩等于 m，线性相关的充分必要条件是秩小于 m.

定理 3.6 等价的向量组有相同的秩.

证明 设向量组 $\boldsymbol{\alpha}_1,\boldsymbol{\alpha}_2,\cdots,\boldsymbol{\alpha}_m$ 和 $\boldsymbol{\beta}_1,\boldsymbol{\beta}_2,\cdots,\boldsymbol{\beta}_s$ 等价，两个向量组的秩分别为 r_1,r_2．因为 $\boldsymbol{\alpha}_1,\boldsymbol{\alpha}_2,\cdots,\boldsymbol{\alpha}_m$ 可由 $\boldsymbol{\beta}_1,\boldsymbol{\beta}_2,\cdots,\boldsymbol{\beta}_s$ 线性表示，即 $\boldsymbol{\alpha}_1,\boldsymbol{\alpha}_2,\cdots,\boldsymbol{\alpha}_m$ 的极大无关组可由 $\boldsymbol{\beta}_1,\boldsymbol{\beta}_2,\cdots,\boldsymbol{\beta}_s$ 线性表示，进而可由 $\boldsymbol{\beta}_1,\boldsymbol{\beta}_2,\cdots,\boldsymbol{\beta}_s$ 的极大无关组线性表示．由线性相关性的性质 3.6 的推论 1，$r_1\leqslant r_2$，同理可得，$r_2\leqslant r_1$．所以，两个向量组的秩相同.

需要注意的是，若两个向量组的秩相同，这两个向量组未必等价．例如，一个向量 $\boldsymbol{\alpha}=(1,0)^{\mathrm{T}}$ 构成的向量组的秩为 1，一个向量 $\boldsymbol{\beta}=(0,1)^{\mathrm{T}}$ 构成的向量组的秩也为 1，但是显然二者不等价.

【即时提问 3.3】矩阵的等价和向量组的等价的区别是什么？

对于特殊的向量组，比如，全体 n 维向量构成的向量组，记作 $\mathbf{R}^n$，则单位向量组 $\boldsymbol{e}_1=(1,0,\cdots,0)^{\mathrm{T}},\boldsymbol{e}_2=(0,1,\cdots,0)^{\mathrm{T}},\cdots,\boldsymbol{e}_n=(0,0,\cdots,1)^{\mathrm{T}}$ 为 $\mathbf{R}^n$ 的一个极大无关组，$\mathbf{R}^n$ 的秩为 n．那么，对于一般的向量组，如何求出它的极大无关组和秩呢？

3.3.2 向量组的秩和矩阵的秩的关系

对于 $m\times n$ 矩阵 $\boldsymbol{A}$，我们称 $\boldsymbol{A}$ 的行向量组的秩为 $\boldsymbol{A}$ 的行秩，称 $\boldsymbol{A}$ 的列向量组的秩为 $\boldsymbol{A}$ 的列秩.

定理 3.7 设 $\boldsymbol{A}$ 为 $m\times n$ 矩阵，则 $\boldsymbol{A}$ 的秩等于 $\boldsymbol{A}$ 的行秩，也等于 $\boldsymbol{A}$ 的列秩.

微课：定理3.7

证明 令 $\boldsymbol{A}=(\boldsymbol{\alpha}_1,\boldsymbol{\alpha}_2,\cdots,\boldsymbol{\alpha}_n)$，设 $r(\boldsymbol{A})=r$，根据矩阵的秩的定义，存在 r 阶子式 $D_r\neq 0$．若 D_r 位于 $\boldsymbol{A}$ 中的第 $s_1,s_2,\cdots,s_r$ 列上，这里 $s_1<s_2<\cdots<s_r$，则由 $\boldsymbol{A}$ 的 r 个列向量 $\boldsymbol{\alpha}_{s_1},\boldsymbol{\alpha}_{s_2},\cdots,\boldsymbol{\alpha}_{s_r}$ 构成的矩阵 $\boldsymbol{A}_1=(\boldsymbol{\alpha}_{s_1},\boldsymbol{\alpha}_{s_2}\cdots,\boldsymbol{\alpha}_{s_r})$，其秩 $r(\boldsymbol{A}_1)=r$．故 $\boldsymbol{\alpha}_{s_1},\boldsymbol{\alpha}_{s_2},\cdots,\boldsymbol{\alpha}_{s_r}$ 线性无关.

再从矩阵 $\boldsymbol{A}$ 的列向量组中任取 $r+1$ 个，记这 $r+1$ 个列向量构成的矩阵为 $\boldsymbol{A}_2$，显然 $r(\boldsymbol{A}_2)\leqslant r(\boldsymbol{A})=r<r+1$，故 $\boldsymbol{A}$ 的列向量组中任意的 $r+1$ 个向量线性相关．于是 $\boldsymbol{\alpha}_{s_1},\boldsymbol{\alpha}_{s_2},\cdots,\boldsymbol{\alpha}_{s_r}$ 是 $\boldsymbol{\alpha}_1,\boldsymbol{\alpha}_2,\cdots,\boldsymbol{\alpha}_n$ 的一个极大无关组，即 $\boldsymbol{A}$ 的列向量组 $\boldsymbol{\alpha}_1,\boldsymbol{\alpha}_2,\cdots,\boldsymbol{\alpha}_n$ 的秩为 r.

由于 $r(\boldsymbol{A})=r(\boldsymbol{A}^{\mathrm{T}})$，而 $\boldsymbol{A}$ 的行向量组的秩就是 $\boldsymbol{A}^{\mathrm{T}}$ 的列向量组的秩，故 $\boldsymbol{A}$ 的行向量组的秩也等于矩阵 $\boldsymbol{A}$ 的秩．从而矩阵 $\boldsymbol{A}$ 的秩等于 $\boldsymbol{A}$ 的行秩，也等于 $\boldsymbol{A}$ 的列秩.

由定理的证明过程可知，若 D_r 是矩阵 $\boldsymbol{A}$ 的一个最高阶非零子式，则 D_r 所在的 r 列就是 $\boldsymbol{A}$

的列向量组的一个极大无关组，而 D_r 所在的 r 行就是 $\boldsymbol{A}$ 的行向量组的一个极大无关组.

我们知道，如果对矩阵 $\boldsymbol{A}$ 进行初等行变换将其化为矩阵 $\boldsymbol{B}$，相当于将线性方程组 $\boldsymbol{AX}=\boldsymbol{0}$ 化为同解的线性方程组 $\boldsymbol{BX}=\boldsymbol{0}$．所以，矩阵 $\boldsymbol{A}$ 的列向量组和矩阵 $\boldsymbol{B}$ 的列向量组有相同的线性关系．也就是说，矩阵的初等行变换不改变列向量组的线性关系．据此，我们得到了求向量组的极大无关组的方法.

例 3.16 求向量组 $\boldsymbol{\alpha}_1=(1,1,4)^{\mathrm{T}},\boldsymbol{\alpha}_2=(1,0,4)^{\mathrm{T}},\boldsymbol{\alpha}_3=(1,2,4)^{\mathrm{T}},\boldsymbol{\alpha}_4=(1,3,4)^{\mathrm{T}}$ 的秩和一个极大无关组，并将其余向量用该极大无关组线性表示.

解 令

$$\boldsymbol{A}=(\boldsymbol{\alpha}_1,\boldsymbol{\alpha}_2,\boldsymbol{\alpha}_3,\boldsymbol{\alpha}_4)=\begin{pmatrix}1&1&1&1\\1&0&2&3\\4&4&4&4\end{pmatrix}.$$

对 $\boldsymbol{A}$ 进行初等行变换，将其化为行阶梯形矩阵：

$$\boldsymbol{A}\to\begin{pmatrix}1&1&1&1\\0&1&-1&-2\\0&0&0&0\end{pmatrix}=\boldsymbol{B}.$$

可得 $\boldsymbol{A}$ 的秩为 2，即 $\boldsymbol{A}$ 的列向量组 $\boldsymbol{\alpha}_1,\boldsymbol{\alpha}_2,\boldsymbol{\alpha}_3,\boldsymbol{\alpha}_4$ 的秩为 2.

又因为以 $\boldsymbol{B}$ 的两个非零行的第 1 个非零元为对角元的二阶子式 $\begin{vmatrix}1&1\\0&1\end{vmatrix}\neq 0$，所以，$\boldsymbol{B}$ 的两个非零行的第 1 个非零元所在的列即为 $\boldsymbol{B}$ 的列向量组的一个极大无关组.

由于矩阵 $\boldsymbol{A}$ 进行初等行变换化为矩阵 $\boldsymbol{B}$，即 $\boldsymbol{A}$ 的列向量组和 $\boldsymbol{B}$ 的列向量组有相同的线性关系，所以 $\boldsymbol{\alpha}_1,\boldsymbol{\alpha}_2$ 为 $\boldsymbol{\alpha}_1,\boldsymbol{\alpha}_2,\boldsymbol{\alpha}_3,\boldsymbol{\alpha}_4$ 的一个极大无关组.

为了将 $\boldsymbol{\alpha}_3,\boldsymbol{\alpha}_4$ 用 $\boldsymbol{\alpha}_1,\boldsymbol{\alpha}_2$ 线性表示，我们再对 $\boldsymbol{A}$ 进行初等行变换，将其化为行最简形矩阵：

$$\boldsymbol{A}\to\begin{pmatrix}1&0&2&3\\0&1&-1&-2\\0&0&0&0\end{pmatrix}=\boldsymbol{C}.$$

令 $\boldsymbol{C}=(\boldsymbol{\beta}_1,\boldsymbol{\beta}_2,\boldsymbol{\beta}_3,\boldsymbol{\beta}_4)$，则 $\boldsymbol{\beta}_3=2\boldsymbol{\beta}_1-\boldsymbol{\beta}_2,\boldsymbol{\beta}_4=3\boldsymbol{\beta}_1-2\boldsymbol{\beta}_2$．因为 $\boldsymbol{A}$ 的列向量组和 $\boldsymbol{C}$ 的列向量组有相同的线性关系，所以 $\boldsymbol{\alpha}_3=2\boldsymbol{\alpha}_1-\boldsymbol{\alpha}_2,\boldsymbol{\alpha}_4=3\boldsymbol{\alpha}_1-2\boldsymbol{\alpha}_2$.

下面我们利用向量组的极大无关组和秩来证明矩阵的秩的两个重要性质.

例 3.17 设 $\boldsymbol{A},\boldsymbol{B}$ 为 $m\times n$ 矩阵，则 $r(\boldsymbol{A}+\boldsymbol{B})\leqslant r(\boldsymbol{A})+r(\boldsymbol{B})$.

证明 令

$$\boldsymbol{A}=(\boldsymbol{\alpha}_1,\boldsymbol{\alpha}_2,\cdots,\boldsymbol{\alpha}_n),\boldsymbol{B}=(\boldsymbol{\beta}_1,\boldsymbol{\beta}_2,\cdots,\boldsymbol{\beta}_n),$$

则

$$\boldsymbol{A}+\boldsymbol{B}=(\boldsymbol{\alpha}_1+\boldsymbol{\beta}_1,\boldsymbol{\alpha}_2+\boldsymbol{\beta}_2,\cdots,\boldsymbol{\alpha}_n+\boldsymbol{\beta}_n).$$

设 $r(\boldsymbol{A})=r_1,r(\boldsymbol{B})=r_2$，由定理 3.7 知，$\boldsymbol{A},\boldsymbol{B}$ 的列向量组的秩分别等于 r_1,r_2，不妨设 $\boldsymbol{A},\boldsymbol{B}$ 的列向量组的极大无关组分别为 $\boldsymbol{\alpha}_1,\boldsymbol{\alpha}_2,\cdots,\boldsymbol{\alpha}_{r_1}$ 和 $\boldsymbol{\beta}_1,\boldsymbol{\beta}_2,\cdots,\boldsymbol{\beta}_{r_2}$．由极大无关组的定义，$\boldsymbol{A}$ 的列向量组 $\boldsymbol{\alpha}_1,\boldsymbol{\alpha}_2,\cdots,\boldsymbol{\alpha}_n$ 可由 $\boldsymbol{\alpha}_1,\boldsymbol{\alpha}_2,\cdots,\boldsymbol{\alpha}_{r_1}$ 线性表示，$\boldsymbol{B}$ 的列向量组 $\boldsymbol{\beta}_1,\boldsymbol{\beta}_2,\cdots,\boldsymbol{\beta}_n$ 可由 $\boldsymbol{\beta}_1,\boldsymbol{\beta}_2,\cdots,\boldsymbol{\beta}_{r_2}$ 线性表

示，从而矩阵 $\boldsymbol{A}+\boldsymbol{B}$ 的列向量组 $\boldsymbol{\alpha}_1+\boldsymbol{\beta}_1,\boldsymbol{\alpha}_2+\boldsymbol{\beta}_2,\cdots,\boldsymbol{\alpha}_n+\boldsymbol{\beta}_n$ 可由向量组 $\boldsymbol{\alpha}_1,\boldsymbol{\alpha}_2,\cdots,\boldsymbol{\alpha}_{r_1},\boldsymbol{\beta}_1,\boldsymbol{\beta}_2,\cdots,\boldsymbol{\beta}_{r_2}$ 线性表示，所以

$$r(\boldsymbol{A}+\boldsymbol{B})\leqslant r(\boldsymbol{\alpha}_1,\boldsymbol{\alpha}_2,\cdots,\boldsymbol{\alpha}_{r_1},\boldsymbol{\beta}_1,\boldsymbol{\beta}_2,\cdots,\boldsymbol{\beta}_{r_2})\leqslant r_1+r_2.$$

例 3.18 设 $\boldsymbol{A}$ 为 $m\times s$ 矩阵，$\boldsymbol{B}$ 为 $s\times n$ 矩阵，则 $r(\boldsymbol{AB})\leqslant\min\{r(\boldsymbol{A}),r(\boldsymbol{B})\}$．

证明 令

$$\boldsymbol{A}=(\boldsymbol{\alpha}_1,\boldsymbol{\alpha}_2,\cdots,\boldsymbol{\alpha}_s),\boldsymbol{B}=(b_{ij}),\boldsymbol{AB}=(\boldsymbol{\beta}_1,\boldsymbol{\beta}_2,\cdots,\boldsymbol{\beta}_n),$$

计算机可视化

则

$$\boldsymbol{AB}=(\boldsymbol{\beta}_1,\boldsymbol{\beta}_2,\cdots,\boldsymbol{\beta}_n)=(\boldsymbol{\alpha}_1,\boldsymbol{\alpha}_2,\cdots,\boldsymbol{\alpha}_s)\begin{pmatrix} b_{11} & \cdots & b_{1n} \\ \vdots & & \vdots \\ b_{s1} & \cdots & b_{sn}\end{pmatrix},$$

即 $\boldsymbol{AB}$ 的列向量组可由 $\boldsymbol{A}$ 的列向量组线性表示，从而，$r(\boldsymbol{AB})\leqslant r(\boldsymbol{A})$.

又因为 $(\boldsymbol{AB})^{\mathrm{T}}=\boldsymbol{B}^{\mathrm{T}}\boldsymbol{A}^{\mathrm{T}}$，则 $r[(\boldsymbol{AB})^{\mathrm{T}}]\leqslant r(\boldsymbol{B}^{\mathrm{T}})$，即 $r(\boldsymbol{AB})\leqslant r(\boldsymbol{B})$．所以 $r(\boldsymbol{AB})\leqslant\min\{r(\boldsymbol{A}),r(\boldsymbol{B})\}$.

同步习题 3.3

基础题

1．若 $\boldsymbol{\alpha}_1,\boldsymbol{\alpha}_2,\cdots,\boldsymbol{\alpha}_r$ 是向量组 $\boldsymbol{\alpha}_1,\boldsymbol{\alpha}_2,\cdots,\boldsymbol{\alpha}_r,\cdots,\boldsymbol{\alpha}_n$ 的极大无关组，则下列选项中不正确的是（ ）.

A．$\boldsymbol{\alpha}_n$ 可由 $\boldsymbol{\alpha}_1,\boldsymbol{\alpha}_2,\cdots,\boldsymbol{\alpha}_r$ 线性表示　　B．$\boldsymbol{\alpha}_1$ 可由 $\boldsymbol{\alpha}_{r+1},\boldsymbol{\alpha}_{r+2},\cdots,\boldsymbol{\alpha}_n$ 线性表示

C．$\boldsymbol{\alpha}_1$ 可由 $\boldsymbol{\alpha}_1,\boldsymbol{\alpha}_2,\cdots,\boldsymbol{\alpha}_r$ 线性表示　　D．$\boldsymbol{\alpha}_n$ 可由 $\boldsymbol{\alpha}_{r+1},\boldsymbol{\alpha}_{r+2},\cdots,\boldsymbol{\alpha}_n$ 线性表示

2．设 $\boldsymbol{\alpha}_1=(1,1,2,2,1)^{\mathrm{T}},\boldsymbol{\alpha}_2=(0,2,1,5,-1)^{\mathrm{T}},\boldsymbol{\alpha}_3=(2,0,3,-1,3)^{\mathrm{T}},\boldsymbol{\alpha}_4=(1,1,0,4,-1)^{\mathrm{T}}$，则 $r(\boldsymbol{\alpha}_1,\boldsymbol{\alpha}_2,\boldsymbol{\alpha}_3,\boldsymbol{\alpha}_4)=$ ______．

3．已知向量组 $\boldsymbol{\alpha}_1=(1,2,-1,1)^{\mathrm{T}},\boldsymbol{\alpha}_2=(2,0,t,0)^{\mathrm{T}},\boldsymbol{\alpha}_3=(0,-4,5,-2)^{\mathrm{T}}$ 的秩为 2，则 $t=$ ______．

4．求向量组 $\boldsymbol{\alpha}_1=(1,1,1,3)^{\mathrm{T}},\boldsymbol{\alpha}_2=(-1,-3,5,1)^{\mathrm{T}},\boldsymbol{\alpha}_3=(3,2,-1,4)^{\mathrm{T}},\boldsymbol{\alpha}_4=(-2,-6,10,2)^{\mathrm{T}}$ 的秩及一个极大无关组．

5．求向量组 $\boldsymbol{\alpha}_1=(1,-1,2,4)^{\mathrm{T}},\boldsymbol{\alpha}_2=(0,3,1,2)^{\mathrm{T}},\boldsymbol{\alpha}_3=(3,0,7,14)^{\mathrm{T}},\boldsymbol{\alpha}_4=(2,1,5,6)^{\mathrm{T}}$，$\boldsymbol{\alpha}_5=(1,-1,2,0)^{\mathrm{T}}$ 的秩及一个包含 $\boldsymbol{\alpha}_1,\boldsymbol{\alpha}_5$ 的极大无关组，并将其余向量用此极大无关组线性表示．

6．求矩阵 $\begin{pmatrix} 2 & -1 & -1 & 1 & 2 \\ 1 & 1 & -2 & 1 & 4 \\ 4 & -6 & 2 & -2 & 4 \\ 3 & 6 & -9 & 7 & 9\end{pmatrix}$ 的列向量组的秩和一个极大无关组．

提高题

1．设矩阵 $\boldsymbol{A}=\begin{pmatrix}1&-1&2&1&0\\2&-2&4&-2&0\\3&0&6&-1&1\\0&3&0&0&1\end{pmatrix}$，求 $\boldsymbol{A}$ 的行向量组的秩和一个极大无关组，并用此极大无关组线性表示其余行向量．

2．设向量组 $\boldsymbol{\alpha}_1=(1+a,1,1,1)^{\mathrm{T}},\boldsymbol{\alpha}_2=(2,2+a,2,2)^{\mathrm{T}},\boldsymbol{\alpha}_3=(3,3,3+a,3)^{\mathrm{T}},\boldsymbol{\alpha}_4=(4,4,4,4+a)^{\mathrm{T}}$，问：何时它们线性相关？当线性相关时，求一个极大无关组，并把其余向量用该极大无关组线性表示．

3．已知向量组（Ⅰ）$\boldsymbol{\alpha}_1,\boldsymbol{\alpha}_2,\boldsymbol{\alpha}_3$；（Ⅱ）$\boldsymbol{\alpha}_1,\boldsymbol{\alpha}_2,\boldsymbol{\alpha}_3,\boldsymbol{\alpha}_4$；（Ⅲ）$\boldsymbol{\alpha}_1,\boldsymbol{\alpha}_2,\boldsymbol{\alpha}_3,\boldsymbol{\alpha}_5$，证明：若向量组（Ⅰ）和（Ⅱ）的秩为3，向量组（Ⅲ）的秩为4，则向量组 $\boldsymbol{\alpha}_1,\boldsymbol{\alpha}_2,\boldsymbol{\alpha}_3,\boldsymbol{\alpha}_5-\boldsymbol{\alpha}_4$ 的秩为4．

3.4 向量空间

3.4.1 向量空间的定义

定义 3.9 设 V 是 n 维向量的非空集合，如果 V 对加法和数乘两种运算都封闭，即

（1）若 $\boldsymbol{\alpha}\in V,\boldsymbol{\beta}\in V$，则 $\boldsymbol{\alpha}+\boldsymbol{\beta}\in V$，

（2）若 $\boldsymbol{\alpha}\in V,k\in\mathbf{R}$，则 $k\boldsymbol{\alpha}\in V$，

则称 V 是 $\mathbf{R}$ 上的向量空间．

例 3.19 全体 n 维向量的集合 $\mathbf{R}^n$ 构成一向量空间，称为 n 维向量空间．特别地，$n=1$ 时，$\mathbf{R}^1$ 表示一维向量空间，即数轴；$n=2$ 时，$\mathbf{R}^2$ 表示二维向量空间，即平面；$n=3$ 时，$\mathbf{R}^3$ 表示三维向量空间，即立体空间．

例 3.20 判断下列集合是否构成向量空间．

（1）$V_1=\{(0,x_2,\cdots,x_n)^{\mathrm{T}}\mid x_2,\cdots,x_n\in\mathbf{R}\}$．

（2）$V_2=\{(1,x_2,\cdots,x_n)^{\mathrm{T}}\mid x_2,\cdots,x_n\in\mathbf{R}\}$．

解（1）V_1 构成向量空间．

事实上，任取 V_1 中的两个向量 $\boldsymbol{\alpha}=(0,a_2,\cdots,a_n)^{\mathrm{T}},\boldsymbol{\beta}=(0,b_2,\cdots,b_n)^{\mathrm{T}}$ 及 $k\in\mathbf{R}$，有

$$\boldsymbol{\alpha}+\boldsymbol{\beta}=(0,a_2+b_2,\cdots,a_n+b_n)^{\mathrm{T}}\in V_1,\ k\boldsymbol{\alpha}=(0,ka_2,\cdots,ka_n)^{\mathrm{T}}\in V_1.$$

（2）V_2 不构成向量空间．

事实上，任取 V_2 中的一个向量 $\boldsymbol{\alpha}=(1,a_2,\cdots,a_n)^{\mathrm{T}}$，有 $2\boldsymbol{\alpha}=(2,2a_2,\cdots,2a_n)^{\mathrm{T}}\notin V_2$．

例 3.21 设 $\boldsymbol{\alpha}_1,\boldsymbol{\alpha}_2,\cdots,\boldsymbol{\alpha}_m$ 为 m 个 n 维向量，证明集合

$$V=\{\boldsymbol{\xi}\mid\boldsymbol{\xi}=k_1\boldsymbol{\alpha}_1+k_2\boldsymbol{\alpha}_2+\cdots+k_m\boldsymbol{\alpha}_m,k_1,k_2,\cdots,k_m\in\mathbf{R}\}$$

是一个向量空间．

微课：例3.21

证明 任取V中的两个向量

$$\boldsymbol{\xi}_1 = k_1\boldsymbol{\alpha}_1 + k_2\boldsymbol{\alpha}_2 + \cdots + k_m\boldsymbol{\alpha}_m, \boldsymbol{\xi}_2 = l_1\boldsymbol{\alpha}_1 + l_2\boldsymbol{\alpha}_2 + \cdots + l_m\boldsymbol{\alpha}_m$$

及$s \in \mathbf{R}$，有

$$\boldsymbol{\xi}_1 + \boldsymbol{\xi}_2 = (k_1 + l_1)\boldsymbol{\alpha}_1 + (k_2 + l_2)\boldsymbol{\alpha}_2 + \cdots + (k_m + l_m)\boldsymbol{\alpha}_m \in V,$$

$$s\boldsymbol{\xi} = sk_1\boldsymbol{\alpha}_1 + sk_2\boldsymbol{\alpha}_2 + \cdots + sk_m\boldsymbol{\alpha}_m \in V.$$

这说明V中的向量对向量的加法和数乘运算具有封闭性，从而构成向量空间．我们称这个向量空间V是由向量组$\boldsymbol{\alpha}_1, \boldsymbol{\alpha}_2, \cdots, \boldsymbol{\alpha}_m$生成的向量空间．

定义 3.10 设V_1, V_2为向量空间，若$V_1 \subseteq V_2$，称V_1是V_2的子空间．

例如，任意向量空间V都有两个子空间，即由零向量构成的零子空间$\{\mathbf{0}\}$和V本身，称为平凡子空间．任意向量空间V都是$\mathbf{R}^n$的子空间，特别地，由n维向量$\boldsymbol{\alpha}_1, \boldsymbol{\alpha}_2, \cdots, \boldsymbol{\alpha}_m$生成的向量空间是$\mathbf{R}^n$的子空间．

定义 3.11 设V是向量空间，若V中有m个向量$\boldsymbol{\alpha}_1, \boldsymbol{\alpha}_2, \cdots, \boldsymbol{\alpha}_m$满足

（1）$\boldsymbol{\alpha}_1, \boldsymbol{\alpha}_2, \cdots, \boldsymbol{\alpha}_m$线性无关；

（2）V中任意一个向量都能由$\boldsymbol{\alpha}_1, \boldsymbol{\alpha}_2, \cdots, \boldsymbol{\alpha}_m$线性表示，

则称$\boldsymbol{\alpha}_1, \boldsymbol{\alpha}_2, \cdots, \boldsymbol{\alpha}_m$为向量空间$V$的一个基，向量空间$V$的基中所含的向量个数称为向量空间$V$的维数，并称$V$为$m$维向量空间．

我们规定零向量空间$\{\mathbf{0}\}$的维数为0，称为0维向量空间，它没有基．

由定义可知，若把向量空间V看作向量组，V的一个基就是一个极大无关组，而维数就是向量组的秩．而且，若$\boldsymbol{\alpha}_1, \boldsymbol{\alpha}_2, \cdots, \boldsymbol{\alpha}_m$为向量空间$V$的一个基，则$V$可看作由$\boldsymbol{\alpha}_1, \boldsymbol{\alpha}_2, \cdots, \boldsymbol{\alpha}_m$生成的向量空间．

【即时提问 3.4】向量空间的基是唯一的吗？

例 3.22 对于向量空间$\mathbf{R}^n$，n维基本单位向量组$\boldsymbol{e}_1 = (1,0,\cdots,0)^{\mathrm{T}}, \boldsymbol{e}_2 = (0,1,\cdots,0)^{\mathrm{T}}, \cdots, \boldsymbol{e}_n = (0,0,\cdots,1)^{\mathrm{T}}$是一个基，维数为$n$，故称$\mathbf{R}^n$为$n$维向量空间．

例 3.23 对于由向量组$\boldsymbol{\alpha}_1, \boldsymbol{\alpha}_2, \cdots, \boldsymbol{\alpha}_m$生成的向量空间$V$，$\boldsymbol{\alpha}_1, \boldsymbol{\alpha}_2, \cdots, \boldsymbol{\alpha}_m$的极大无关组就是$V$的一个基，$\boldsymbol{\alpha}_1, \boldsymbol{\alpha}_2, \cdots, \boldsymbol{\alpha}_m$的秩就是$V$的维数．

3.4.2 过渡矩阵与坐标变换

定义 3.12 设$\boldsymbol{\alpha}_1, \boldsymbol{\alpha}_2, \cdots, \boldsymbol{\alpha}_m$是$m$维向量空间$V$的一个基，则对$V$中任意向量$\boldsymbol{\beta}$，存在唯一的一组实数$x_1, x_2, \cdots, x_m$，使$\boldsymbol{\beta} = x_1\boldsymbol{\alpha}_1 + x_2\boldsymbol{\alpha}_2 + \cdots + x_m\boldsymbol{\alpha}_m$，称有序实数组$(x_1, x_2, \cdots, x_m)^{\mathrm{T}}$为向量$\boldsymbol{\beta}$在基$\boldsymbol{\alpha}_1, \boldsymbol{\alpha}_2, \cdots, \boldsymbol{\alpha}_m$下的坐标．

由定义可知，向量空间$\mathbf{R}^n$中任意向量$\boldsymbol{\alpha} = (a_1, a_2, \cdots, a_n)$在基$\boldsymbol{e}_1 = (1,0,\cdots,0)^{\mathrm{T}}$，$\boldsymbol{e}_2 = (0,1,\cdots,0)^{\mathrm{T}}$，$\cdots$，$\boldsymbol{e}_n = (0,0,\cdots,1)^{\mathrm{T}}$下的坐标就是它的分量．

例 3.24 设向量组$\boldsymbol{\alpha}_1 = (1,2,1)^{\mathrm{T}}, \boldsymbol{\alpha}_2 = (1,3,2)^{\mathrm{T}}, \boldsymbol{\alpha}_3 = (1,a,3)^{\mathrm{T}}$为$\mathbf{R}^3$的一个基，$\boldsymbol{\beta} = (1,1,1)^{\mathrm{T}}$在这个基下的坐标为$(b,c,1)^{\mathrm{T}}$，求$a,b,c$．

解 由题意可知$\boldsymbol{\beta} = b\boldsymbol{\alpha}_1 + c\boldsymbol{\alpha}_2 + \boldsymbol{\alpha}_3$，代入可得

$$\begin{cases} b+c+1=1, \\ 2b+3c+a=1, \\ b+2c+3=1, \end{cases}$$

解得

$$\begin{cases} a=3, \\ b=2, \\ c=-2. \end{cases}$$

由向量空间的基的定义，任意两个基是等价的．若 $\boldsymbol{\alpha}_1,\boldsymbol{\alpha}_2,\cdots,\boldsymbol{\alpha}_m$ 和 $\boldsymbol{\beta}_1,\boldsymbol{\beta}_2,\cdots,\boldsymbol{\beta}_m$ 是 m 维向量空间 V 的两个基，则它们可以相互线性表示，从而存在矩阵 $\boldsymbol{C}$，使

$$(\boldsymbol{\beta}_1,\boldsymbol{\beta}_2,\cdots,\boldsymbol{\beta}_m)=(\boldsymbol{\alpha}_1,\boldsymbol{\alpha}_2,\cdots,\boldsymbol{\alpha}_m)\boldsymbol{C}.$$

我们称这个表达式为基变换公式，称矩阵 $\boldsymbol{C}$ 为从基 $\boldsymbol{\alpha}_1,\boldsymbol{\alpha}_2,\cdots,\boldsymbol{\alpha}_m$ 到基 $\boldsymbol{\beta}_1,\boldsymbol{\beta}_2,\cdots,\boldsymbol{\beta}_m$ 的过渡矩阵．

从基 $\boldsymbol{\alpha}_1,\boldsymbol{\alpha}_2,\cdots,\boldsymbol{\alpha}_m$ 到基 $\boldsymbol{\beta}_1,\boldsymbol{\beta}_2,\cdots,\boldsymbol{\beta}_m$ 的过渡矩阵实际上就是向量 $\boldsymbol{\beta}_1,\boldsymbol{\beta}_2,\cdots,\boldsymbol{\beta}_m$ 分别在基 $\boldsymbol{\alpha}_1,\boldsymbol{\alpha}_2,\cdots,\boldsymbol{\alpha}_m$ 下的坐标组成的矩阵，也就是前文定义的表示矩阵．

例 3.25 设 $\boldsymbol{\alpha}_1=(1,1,0)^{\mathrm{T}},\boldsymbol{\alpha}_2=(0,1,1)^{\mathrm{T}},\boldsymbol{\alpha}_3=(0,0,1)^{\mathrm{T}}$ 和 $\boldsymbol{\beta}_1=(1,-1,-1)^{\mathrm{T}},\boldsymbol{\beta}_2=(1,1,-1)^{\mathrm{T}},\boldsymbol{\beta}_3=(-1,1,0)^{\mathrm{T}}$ 是向量空间 $\mathbf{R}^3$ 的两个基．求从基 $\boldsymbol{\alpha}_1,\boldsymbol{\alpha}_2,\boldsymbol{\alpha}_3$ 到基 $\boldsymbol{\beta}_1,\boldsymbol{\beta}_2,\boldsymbol{\beta}_3$ 的过渡矩阵．

解 设矩阵 $\boldsymbol{C}$ 是从基 $\boldsymbol{\alpha}_1,\boldsymbol{\alpha}_2,\boldsymbol{\alpha}_3$ 到基 $\boldsymbol{\beta}_1,\boldsymbol{\beta}_2,\boldsymbol{\beta}_3$ 的过渡矩阵，则

$$(\boldsymbol{\beta}_1,\boldsymbol{\beta}_2,\boldsymbol{\beta}_3)=(\boldsymbol{\alpha}_1,\boldsymbol{\alpha}_2,\boldsymbol{\alpha}_3)\boldsymbol{C},$$

即

$$\begin{pmatrix} 1 & 1 & -1 \\ -1 & 1 & 1 \\ -1 & -1 & 0 \end{pmatrix}=\begin{pmatrix} 1 & 0 & 0 \\ 1 & 1 & 0 \\ 0 & 1 & 1 \end{pmatrix}\boldsymbol{C}.$$

由于 $\boldsymbol{\alpha}_1,\boldsymbol{\alpha}_2,\boldsymbol{\alpha}_3$ 线性无关，故矩阵

$$\begin{pmatrix} 1 & 0 & 0 \\ 1 & 1 & 0 \\ 0 & 1 & 1 \end{pmatrix}$$

可逆，从而

$$\boldsymbol{C}=\begin{pmatrix} 1 & 0 & 0 \\ 1 & 1 & 0 \\ 0 & 1 & 1 \end{pmatrix}^{-1}\begin{pmatrix} 1 & 1 & -1 \\ -1 & 1 & 1 \\ -1 & -1 & 0 \end{pmatrix}=\begin{pmatrix} 1 & 0 & 0 \\ -1 & 1 & 0 \\ 1 & -1 & 1 \end{pmatrix}\begin{pmatrix} 1 & 1 & -1 \\ -1 & 1 & 1 \\ -1 & -1 & 0 \end{pmatrix}=\begin{pmatrix} 1 & 1 & -1 \\ -2 & 0 & 2 \\ 1 & -1 & -2 \end{pmatrix}.$$

若 $\boldsymbol{\gamma}$ 在基 $\boldsymbol{\alpha}_1,\boldsymbol{\alpha}_2,\cdots,\boldsymbol{\alpha}_m$ 和 $\boldsymbol{\beta}_1,\boldsymbol{\beta}_2,\cdots,\boldsymbol{\beta}_m$ 下的坐标分别为 $(x_1,x_2,\cdots,x_m)^{\mathrm{T}}$ 和 $(y_1,y_2,\cdots,y_m)^{\mathrm{T}}$，则有

$$(x_1,x_2,\cdots,x_m)^{\mathrm{T}}=\boldsymbol{C}(y_1,y_2,\cdots,y_m)^{\mathrm{T}}$$

或

$$(y_1,y_2,\cdots,y_m)^{\mathrm{T}}=\boldsymbol{C}^{-1}(x_1,x_2,\cdots,x_m)^{\mathrm{T}},$$

称为坐标变换公式，其中 $\boldsymbol{C}$ 是从基 $\boldsymbol{\alpha}_1,\boldsymbol{\alpha}_2,\cdots,\boldsymbol{\alpha}_m$ 到基 $\boldsymbol{\beta}_1,\boldsymbol{\beta}_2,\cdots,\boldsymbol{\beta}_m$ 的过渡矩阵．

例 3.26　已知 $\mathbf{R}^3$ 的两个基 $\boldsymbol{\alpha}_1=\begin{pmatrix}1\\0\\-1\end{pmatrix},\boldsymbol{\alpha}_2=\begin{pmatrix}2\\1\\1\end{pmatrix},\boldsymbol{\alpha}_3=\begin{pmatrix}1\\1\\1\end{pmatrix}$ 与 $\boldsymbol{\beta}_1=\begin{pmatrix}0\\1\\1\end{pmatrix},\boldsymbol{\beta}_2=\begin{pmatrix}-1\\1\\0\end{pmatrix},\boldsymbol{\beta}_3=\begin{pmatrix}1\\2\\1\end{pmatrix}$.

（1）求从基 $\boldsymbol{\alpha}_1,\boldsymbol{\alpha}_2,\boldsymbol{\alpha}_3$ 到基 $\boldsymbol{\beta}_1,\boldsymbol{\beta}_2,\boldsymbol{\beta}_3$ 的过渡矩阵.

（2）求 $\boldsymbol{\gamma}=(9,6,5)^{\mathrm{T}}$ 在这两个基下的坐标.

微课：例3.26

解　（1）设从基 $\boldsymbol{\alpha}_1,\boldsymbol{\alpha}_2,\boldsymbol{\alpha}_3$ 到基 $\boldsymbol{\beta}_1,\boldsymbol{\beta}_2,\boldsymbol{\beta}_3$ 的过渡矩阵为 $\boldsymbol{C}$，则

$$(\boldsymbol{\beta}_1,\boldsymbol{\beta}_2,\boldsymbol{\beta}_3)=(\boldsymbol{\alpha}_1,\boldsymbol{\alpha}_2,\boldsymbol{\alpha}_3)\boldsymbol{C},$$

故

$$\boldsymbol{C}=(\boldsymbol{\alpha}_1,\boldsymbol{\alpha}_2,\boldsymbol{\alpha}_3)^{-1}(\boldsymbol{\beta}_1,\boldsymbol{\beta}_2,\boldsymbol{\beta}_3)=\begin{pmatrix}1&2&1\\0&1&1\\-1&1&1\end{pmatrix}^{-1}\begin{pmatrix}0&-1&1\\1&1&2\\1&0&1\end{pmatrix}$$

$$=\begin{pmatrix}0&1&-1\\1&-2&1\\-1&3&-1\end{pmatrix}\begin{pmatrix}0&-1&1\\1&1&2\\1&0&1\end{pmatrix}=\begin{pmatrix}0&1&1\\-1&-3&-2\\2&4&4\end{pmatrix}.$$

（2）设 $\boldsymbol{\gamma}$ 在基 $\boldsymbol{\beta}_1,\boldsymbol{\beta}_2,\boldsymbol{\beta}_3$ 下的坐标是 $(y_1,y_2,y_3)^{\mathrm{T}}$，即 $y_1\boldsymbol{\beta}_1+y_2\boldsymbol{\beta}_2+y_3\boldsymbol{\beta}_3=\boldsymbol{\gamma}$，亦即

$$\begin{cases}-y_2+y_3=9,\\y_1+y_2+2y_3=6,\\y_1+y_3=5,\end{cases}\Rightarrow\begin{cases}y_1=0,\\y_2=-4,\\y_3=5.\end{cases}$$

设 $\boldsymbol{\gamma}$ 在基 $\boldsymbol{\alpha}_1,\boldsymbol{\alpha}_2,\boldsymbol{\alpha}_3$ 下的坐标是 $(x_1,x_2,x_3)^{\mathrm{T}}$，由坐标变换公式，有

$$(x_1,x_2,x_3)^{\mathrm{T}}=\begin{pmatrix}0&1&1\\-1&-3&-2\\2&4&4\end{pmatrix}\begin{pmatrix}0\\-4\\5\end{pmatrix}=\begin{pmatrix}1\\2\\4\end{pmatrix},$$

可见 $\boldsymbol{\gamma}$ 在两个基下的坐标分别是 $(1,2,4)^{\mathrm{T}}$ 和 $(0,-4,5)^{\mathrm{T}}$.

同步习题 3.4

基础题

1. 已知向量组 $\boldsymbol{\alpha}_1=(1,-1,1)^{\mathrm{T}},\boldsymbol{\alpha}_2=(1,-2,2)^{\mathrm{T}},\boldsymbol{\alpha}_3=(1,a,5)^{\mathrm{T}}$ 是向量空间 $\mathbf{R}^3$ 的一个基，求 a.

2. 设向量组 $\boldsymbol{\alpha}_1=(2,1,-2)^{\mathrm{T}},\boldsymbol{\alpha}_2=(0,3,1)^{\mathrm{T}},\boldsymbol{\alpha}_3=(0,0,k-2)^{\mathrm{T}}$ 为 $\mathbf{R}^3$ 的一个基，求 k.

3. 已知三维向量空间的一个基为 $\boldsymbol{\alpha}_1=(1,1,0)^{\mathrm{T}},\boldsymbol{\alpha}_2=(1,0,1)^{\mathrm{T}},\boldsymbol{\alpha}_3=(0,1,1)^{\mathrm{T}}$，求向量 $\boldsymbol{u}=(2,0,0)^{\mathrm{T}}$ 在上述基下的坐标.

提高题

设向量组 $\boldsymbol{\alpha}_1=(1,2,1)^{\mathrm{T}},\boldsymbol{\alpha}_2=(1,3,2)^{\mathrm{T}},\boldsymbol{\alpha}_3=(1,3,3)^{\mathrm{T}}$ 为 $\mathbf{R}^3$ 的一个基，$\boldsymbol{\beta}=(1,1,1)^{\mathrm{T}}$ 在这个基下的坐标为 $(2,-2,1)^{\mathrm{T}}$. 证明 $\boldsymbol{\alpha}_2,\boldsymbol{\alpha}_3,\boldsymbol{\beta}$ 为 $\mathbf{R}^3$ 的一个基，并求 $\boldsymbol{\alpha}_2,\boldsymbol{\alpha}_3,\boldsymbol{\beta}$ 到 $\boldsymbol{\alpha}_1,\boldsymbol{\alpha}_2,\boldsymbol{\alpha}_3$ 的过渡矩阵.

3.5　向量的内积

在二维向量空间 $\mathbf{R}^2$ 和三维向量空间 $\mathbf{R}^3$ 中，我们借助向量的数量积，给出了向量的长度、夹角等度量性质．那么，在 n 维向量空间 $\mathbf{R}^n$ 中，我们借助什么工具来定义 n 维向量的长度、夹角呢？本节首先将几何空间的数量积推广到 n 维向量空间 $\mathbf{R}^n$，并由此进一步定义 $\mathbf{R}^n$ 中向量的长度、夹角等概念．

3.5.1　向量的内积的定义

定义 3.13　设 n 维向量空间 $\mathbf{R}^n$ 中的两个向量 $\boldsymbol{\alpha}=(a_1,a_2,\cdots,a_n)^{\mathrm{T}},\boldsymbol{\beta}=(b_1,b_2,\cdots,b_n)^{\mathrm{T}}$，称 $(\boldsymbol{\alpha},\boldsymbol{\beta})=a_1b_1+a_2b_2+\cdots+a_nb_n$ 为向量 $\boldsymbol{\alpha}$ 与 $\boldsymbol{\beta}$ 的内积．

由定义可知，内积是向量的一种运算，其结果是一个实数．特别地，当 n=2,3 时，内积即为解析几何中的数量积．

由内积的定义，容易得到如下的性质．

（1）$(\boldsymbol{\alpha},\boldsymbol{\beta})=(\boldsymbol{\beta},\boldsymbol{\alpha})$．

（2）$(k\boldsymbol{\alpha}+l\boldsymbol{\beta},\boldsymbol{\gamma})=k(\boldsymbol{\alpha},\boldsymbol{\gamma})+l(\boldsymbol{\beta},\boldsymbol{\gamma})$．

（3）$(\boldsymbol{\alpha},\boldsymbol{\alpha})\geqslant 0$，当且仅当 $\boldsymbol{\alpha}=\mathbf{0}$ 时，有 $(\boldsymbol{\alpha},\boldsymbol{\alpha})=0$．

用上述性质，可以得到柯西－布涅柯夫斯基不等式

$$(\boldsymbol{\alpha},\boldsymbol{\beta})^2\leqslant(\boldsymbol{\alpha},\boldsymbol{\alpha})(\boldsymbol{\beta},\boldsymbol{\beta}).$$

下面我们利用内积定义 n 维向量的长度．

定义 3.14　设 n 维向量 $\boldsymbol{\alpha}=(a_1,a_2,\cdots,a_n)^{\mathrm{T}}$，令

$$\|\boldsymbol{\alpha}\|=\sqrt{(\boldsymbol{\alpha},\boldsymbol{\alpha})}=\sqrt{a_1^2+a_2^2+\cdots+a_n^2},$$

称 $\|\boldsymbol{\alpha}\|$ 为向量 $\boldsymbol{\alpha}$ 的长度（或范数）．

由定义，可以得到关于向量长度的下列性质．

（1）非负性：$\|\boldsymbol{\alpha}\|\geqslant 0$，当且仅当 $\boldsymbol{\alpha}=\mathbf{0}$时，有 $\|\boldsymbol{\alpha}\|=0$．

（2）齐次性：$\|\lambda\boldsymbol{\alpha}\|=|\lambda|\|\boldsymbol{\alpha}\|$．

（3）三角不等式：$\|\boldsymbol{\alpha}+\boldsymbol{\beta}\|\leqslant\|\boldsymbol{\alpha}\|+\|\boldsymbol{\beta}\|$．

证明　根据长度的定义，（1）和（2）是显然成立的．下面证明（3）．

由内积的定义，

$$\|\boldsymbol{\alpha}+\boldsymbol{\beta}\|^2=(\boldsymbol{\alpha}+\boldsymbol{\beta},\boldsymbol{\alpha}+\boldsymbol{\beta})=(\boldsymbol{\alpha},\boldsymbol{\alpha})+2(\boldsymbol{\alpha},\boldsymbol{\beta})+(\boldsymbol{\beta},\boldsymbol{\beta}),$$

根据柯西－布涅柯夫斯基不等式，可得

$$|(\boldsymbol{\alpha},\boldsymbol{\beta})|\leqslant\sqrt{(\boldsymbol{\alpha},\boldsymbol{\alpha})(\boldsymbol{\beta},\boldsymbol{\beta})}.$$

从而

$$\begin{aligned}\|\boldsymbol{\alpha}+\boldsymbol{\beta}\|^2&\leqslant(\boldsymbol{\alpha},\boldsymbol{\alpha})+2\sqrt{(\boldsymbol{\alpha},\boldsymbol{\alpha})(\boldsymbol{\beta},\boldsymbol{\beta})}+(\boldsymbol{\beta},\boldsymbol{\beta})\\&=\|\boldsymbol{\alpha}\|^2+2\|\boldsymbol{\alpha}\|\,\|\boldsymbol{\beta}\|+\|\boldsymbol{\beta}\|^2=(\|\boldsymbol{\alpha}\|+\|\boldsymbol{\beta}\|)^2,\end{aligned}$$

即

$$\|\boldsymbol{\alpha}+\boldsymbol{\beta}\|\leqslant\|\boldsymbol{\alpha}\|+\|\boldsymbol{\beta}\|.$$

当$\|\boldsymbol{\alpha}\|=1$时，称$\boldsymbol{\alpha}$为单位向量.

如果$\boldsymbol{\alpha}\neq\mathbf{0}$，令$e=\dfrac{\boldsymbol{\alpha}}{\|\boldsymbol{\alpha}\|}$，则向量$\boldsymbol{e}$的长度

$$\|\boldsymbol{e}\|=\left\|\frac{\boldsymbol{\alpha}}{\|\boldsymbol{\alpha}\|}\right\|=\frac{1}{\|\boldsymbol{\alpha}\|}\|\boldsymbol{\alpha}\|=1,$$

即$\boldsymbol{e}$是一个单位向量. 我们把这一过程称为向量$\boldsymbol{\alpha}$的单位化.

当n维向量$\boldsymbol{\alpha}\neq\mathbf{0},\boldsymbol{\beta}\neq\mathbf{0}$时，由柯西 - 布涅柯夫斯基不等式可得

$$\left|\frac{(\boldsymbol{\alpha},\boldsymbol{\beta})}{\sqrt{(\boldsymbol{\alpha},\boldsymbol{\alpha})(\boldsymbol{\beta},\boldsymbol{\beta})}}\right|\leqslant 1,$$

由此可定义两个向量的夹角.

定义 3.15　设n维向量$\boldsymbol{\alpha}\neq\mathbf{0},\boldsymbol{\beta}\neq\mathbf{0}$,

$$\theta=\arccos\frac{(\boldsymbol{\alpha},\boldsymbol{\beta})}{\|\boldsymbol{\alpha}\|\,\|\boldsymbol{\beta}\|}$$

称为向量$\boldsymbol{\alpha}$和$\boldsymbol{\beta}$的夹角.

例 3.27　求四维向量$\boldsymbol{\alpha}=(1,2,2,3)^{\mathrm{T}}$和$\boldsymbol{\beta}=(3,1,5,1)^{\mathrm{T}}$的夹角.

解

$$\|\boldsymbol{\alpha}\|=\sqrt{1^2+2^2+2^2+3^2}=3\sqrt{2},$$

$$\|\boldsymbol{\beta}\|=\sqrt{3^2+1^2+5^2+1^2}=6,$$

$$(\boldsymbol{\alpha},\boldsymbol{\beta})=1\times3+2\times1+2\times5+3\times1=18,$$

从而夹角

$$\theta=\arccos\frac{(\boldsymbol{\alpha},\boldsymbol{\beta})}{\|\boldsymbol{\alpha}\|\,\|\boldsymbol{\beta}\|}=\arccos\frac{\sqrt{2}}{2}=\frac{\pi}{4}.$$

3.5.2　向量组的正交规范化

定义 3.16　若向量$\boldsymbol{\alpha}$和$\boldsymbol{\beta}$的内积为零，即$(\boldsymbol{\alpha},\boldsymbol{\beta})=0$，则称$\boldsymbol{\alpha}$和$\boldsymbol{\beta}$正交.

由定义，零向量与任何向量都正交. 而且，若$\boldsymbol{\alpha}$和$\boldsymbol{\beta}$正交，则夹角为$\dfrac{\pi}{2}$，即正交的几何意义为垂直，所以，$\boldsymbol{\alpha}$和$\boldsymbol{\beta}$正交，可以记作$\boldsymbol{\alpha}\perp\boldsymbol{\beta}$.

【即时提问 3.5】什么向量可以和任何向量都正交?

定义 3.17　若一个非零向量组的任意两个向量都是正交的，则称该向量组为正交向量组. 若正交向量组的每一个向量都是单位向量，则称为标准正交向量组.

特别地，如果标准正交向量组的秩等于向量空间的维数，则称该标准正交向量组为标准正交基.

例如，n维基本单位向量组$\boldsymbol{e}_1=(1,0,\cdots,0)^{\mathrm{T}},\boldsymbol{e}_2=(0,1,\cdots,0)^{\mathrm{T}},\cdots,\boldsymbol{e}_n=(0,0,\cdots,1)^{\mathrm{T}}$是$n$维向量空间$\mathbf{R}^n$的一个标准正交基.

又如，四维向量组 $\boldsymbol{\alpha}_1=(1,0,0,0)^{\mathrm{T}},\boldsymbol{\alpha}_2=(0,1,0,0)^{\mathrm{T}},\boldsymbol{\alpha}_3=\left(0,0,\frac{\sqrt{2}}{2},\frac{\sqrt{2}}{2}\right)^{\mathrm{T}}$，$\boldsymbol{\alpha}_4=\left(0,0,\frac{\sqrt{2}}{2},-\frac{\sqrt{2}}{2}\right)^{\mathrm{T}}$ 是四维向量空间 $\mathbf{R}^4$ 的一个标准正交基.

关于正交向量组，有如下重要性质.

定理 3.8　设 n 维向量组 $\boldsymbol{\alpha}_1,\boldsymbol{\alpha}_2,\cdots,\boldsymbol{\alpha}_m$ 是正交向量组，则 $\boldsymbol{\alpha}_1,\boldsymbol{\alpha}_2,\cdots,\boldsymbol{\alpha}_m$ 是线性无关的.

微课：定理3.8

证明　设有一组数 $k_1,k_2,\cdots,k_m$，使

$$k_1\boldsymbol{\alpha}_1+k_2\boldsymbol{\alpha}_2+\cdots+k_m\boldsymbol{\alpha}_m=\mathbf{0},$$

用 $\boldsymbol{\alpha}_i(i=1,2,\cdots,m)$ 分别和上式两端作内积，当 $i\neq j$ 时，$(\boldsymbol{\alpha}_i,\boldsymbol{\alpha}_j)=0$，所以有

$$k_i(\boldsymbol{\alpha}_i,\boldsymbol{\alpha}_i)=0(i=1,2,\cdots,m).$$

又因为 $\boldsymbol{\alpha}_i\neq\mathbf{0}(i=1,2,\cdots,m)$，有 $(\boldsymbol{\alpha}_i,\boldsymbol{\alpha}_i)\neq 0$，所以 $k_i=0(i=1,2,\cdots,m)$，即 $\boldsymbol{\alpha}_1,\boldsymbol{\alpha}_2,\cdots,\boldsymbol{\alpha}_m$ 线性无关.

现在的问题是，给定线性无关的向量组，如何变成与之等价的标准正交向量组，或者，给定向量空间的一个基，如何变成与之等价的标准正交基？这就是下面要介绍的施密特正交化方法.

设 $\boldsymbol{\alpha}_1,\boldsymbol{\alpha}_2,\cdots,\boldsymbol{\alpha}_s$ 线性无关，令

$$\boldsymbol{\beta}_1=\boldsymbol{\alpha}_1,\ \boldsymbol{\beta}_2=\boldsymbol{\alpha}_2-\frac{(\boldsymbol{\alpha}_2,\boldsymbol{\beta}_1)}{(\boldsymbol{\beta}_1,\boldsymbol{\beta}_1)}\boldsymbol{\beta}_1,\cdots,$$

$$\boldsymbol{\beta}_s=\boldsymbol{\alpha}_s-\frac{(\boldsymbol{\alpha}_s,\boldsymbol{\beta}_1)}{(\boldsymbol{\beta}_1,\boldsymbol{\beta}_1)}\boldsymbol{\beta}_1-\frac{(\boldsymbol{\alpha}_s,\boldsymbol{\beta}_2)}{(\boldsymbol{\beta}_2,\boldsymbol{\beta}_2)}\boldsymbol{\beta}_2-\cdots-\frac{(\boldsymbol{\alpha}_s,\boldsymbol{\beta}_{s-1})}{(\boldsymbol{\beta}_{s-1},\boldsymbol{\beta}_{s-1})}\boldsymbol{\beta}_{s-1},$$

则 $\boldsymbol{\beta}_1,\boldsymbol{\beta}_2,\cdots,\boldsymbol{\beta}_s$ 是与 $\boldsymbol{\alpha}_1,\boldsymbol{\alpha}_2,\cdots,\boldsymbol{\alpha}_s$ 等价的正交向量组.

再令

$$\boldsymbol{\gamma}_1=\frac{\boldsymbol{\beta}_1}{\|\boldsymbol{\beta}_1\|},\boldsymbol{\gamma}_2=\frac{\boldsymbol{\beta}_2}{\|\boldsymbol{\beta}_2\|},\cdots,\boldsymbol{\gamma}_s=\frac{\boldsymbol{\beta}_s}{\|\boldsymbol{\beta}_s\|},$$

则 $\boldsymbol{\gamma}_1,\boldsymbol{\gamma}_2,\cdots,\boldsymbol{\gamma}_s$ 是与 $\boldsymbol{\alpha}_1,\boldsymbol{\alpha}_2,\cdots,\boldsymbol{\alpha}_s$ 等价的标准正交向量组.

上述过程称为向量组 $\boldsymbol{\alpha}_1,\boldsymbol{\alpha}_2,\cdots,\boldsymbol{\alpha}_s$ 的正交规范化过程.

例 3.28　设 $\boldsymbol{\alpha}_1=(1,1,1)^{\mathrm{T}},\boldsymbol{\alpha}_2=(0,1,1)^{\mathrm{T}},\boldsymbol{\alpha}_3=(0,0,1)^{\mathrm{T}}$，用施密特正交化方法将该向量组正交规范化.

微课：例3.28

解　令

$$\boldsymbol{\beta}_1=\boldsymbol{\alpha}_1=(1,1,1)^{\mathrm{T}},$$

$$\boldsymbol{\beta}_2=\boldsymbol{\alpha}_2-\frac{(\boldsymbol{\alpha}_2,\boldsymbol{\beta}_1)}{(\boldsymbol{\beta}_1,\boldsymbol{\beta}_1)}\boldsymbol{\beta}_1=\left(-\frac{2}{3},\frac{1}{3},\frac{1}{3}\right)^{\mathrm{T}},$$

$$\boldsymbol{\beta}_3=\boldsymbol{\alpha}_3-\frac{(\boldsymbol{\alpha}_3,\boldsymbol{\beta}_1)}{(\boldsymbol{\beta}_1,\boldsymbol{\beta}_1)}\boldsymbol{\beta}_1-\frac{(\boldsymbol{\alpha}_3,\boldsymbol{\beta}_2)}{(\boldsymbol{\beta}_2,\boldsymbol{\beta}_2)}\boldsymbol{\beta}_2=\left(0,-\frac{1}{2},\frac{1}{2}\right)^{\mathrm{T}}.$$

再令

$$\boldsymbol{\gamma}_1=\frac{\boldsymbol{\beta}_1}{\|\boldsymbol{\beta}_1\|}=\frac{1}{\sqrt{3}}(1,1,1)^{\mathrm{T}},\boldsymbol{\gamma}_2=\frac{\boldsymbol{\beta}_2}{\|\boldsymbol{\beta}_2\|}=\frac{1}{\sqrt{6}}(-2,1,1)^{\mathrm{T}},\boldsymbol{\gamma}_3=\frac{\boldsymbol{\beta}_3}{\|\boldsymbol{\beta}_3\|}=\sqrt{2}\left(0,-\frac{1}{2},\frac{1}{2}\right)^{\mathrm{T}},$$

则 $\boldsymbol{\gamma}_1,\boldsymbol{\gamma}_2,\boldsymbol{\gamma}_3$ 即为所求.

3.5.3 正交矩阵

n 维向量空间 $\mathbf{R}^n$ 的一个基 $\boldsymbol{\alpha}_1,\boldsymbol{\alpha}_2,\cdots,\boldsymbol{\alpha}_n$ 是标准正交基的充分必要条件是

$$(\boldsymbol{\alpha}_i,\boldsymbol{\alpha}_j)=\begin{cases}1, & i=j,\\ 0, & i\neq j\end{cases}\quad (i,j=1,2,\cdots,n).$$

若 $\boldsymbol{\alpha}_1,\boldsymbol{\alpha}_2,\cdots,\boldsymbol{\alpha}_n$ 是 n 维向量空间 $\mathbf{R}^n$ 的标准正交基，记 $\boldsymbol{A}=(\boldsymbol{\alpha}_1,\boldsymbol{\alpha}_2,\cdots,\boldsymbol{\alpha}_n)$，则有

$$\boldsymbol{A}^{\mathrm{T}}\boldsymbol{A}=\begin{pmatrix}\boldsymbol{\alpha}_1^{\mathrm{T}}\\ \boldsymbol{\alpha}_2^{\mathrm{T}}\\ \vdots\\ \boldsymbol{\alpha}_n^{\mathrm{T}}\end{pmatrix}(\boldsymbol{\alpha}_1,\boldsymbol{\alpha}_2,\cdots,\boldsymbol{\alpha}_n)=\boldsymbol{E}.$$

定义 3.18 如果 n 阶实方阵 $\boldsymbol{A}$ 满足 $\boldsymbol{A}^{\mathrm{T}}\boldsymbol{A}=\boldsymbol{E}$，则称 $\boldsymbol{A}$ 为正交矩阵.

由定义容易证明 n 阶正交矩阵 $\boldsymbol{A}$ 具有以下性质.

性质 3.7 设 $\boldsymbol{A}$ 为 n 阶正交矩阵，则

（1）$\boldsymbol{A}$ 的行列式为 1 或 −1；

（2）$\boldsymbol{A}$ 为可逆矩阵，且 $\boldsymbol{A}^{-1}=\boldsymbol{A}^{\mathrm{T}}$；

（3）$\boldsymbol{A}$ 的列向量组是 $\mathbf{R}^n$ 的一个标准正交基.

同步习题 3.5

基础题

1．求下列向量的夹角.

（1）$\boldsymbol{\alpha}=(2,1,3,2)^{\mathrm{T}},\boldsymbol{\beta}=(1,2,-2,1)^{\mathrm{T}}$.

（2）$\boldsymbol{\alpha}=(1,2,2,3)^{\mathrm{T}},\boldsymbol{\beta}=(3,1,5,1)^{\mathrm{T}}$.

2．将下列向量组正交规范化.

（1）$\boldsymbol{\alpha}_1=(1,1,1)^{\mathrm{T}},\boldsymbol{\alpha}_2=(1,2,3)^{\mathrm{T}},\boldsymbol{\alpha}_3=(1,4,9)^{\mathrm{T}}$.

（2）$\boldsymbol{\alpha}_1=(1,0,-1,1)^{\mathrm{T}},\boldsymbol{\alpha}_2=(1,-1,0,1)^{\mathrm{T}},\boldsymbol{\alpha}_3=(-1,1,1,0)^{\mathrm{T}}$.

3．设 $\boldsymbol{\alpha}_1=(1,2,3)^{\mathrm{T}}$，求非零向量 $\boldsymbol{\alpha}_2,\boldsymbol{\alpha}_3$，使 $\boldsymbol{\alpha}_1,\boldsymbol{\alpha}_2,\boldsymbol{\alpha}_3$ 为三维向量空间的一个正交基.

4．设 $\boldsymbol{\alpha}_1=(1,1,1)^{\mathrm{T}},\boldsymbol{\alpha}_2=(1,-1,-1)^{\mathrm{T}}$，求与 $\boldsymbol{\alpha}_1,\boldsymbol{\alpha}_2$ 均正交的单位向量 $\boldsymbol{\beta}$，并求与向量组 $\boldsymbol{\alpha}_1,\boldsymbol{\alpha}_2,\boldsymbol{\beta}$ 等价的标准正交向量组.

提高题

1．已知 n 维向量组 $\boldsymbol{\alpha}_1,\boldsymbol{\alpha}_2,\cdots,\boldsymbol{\alpha}_n$ 线性无关，若向量 $\boldsymbol{\beta}$ 与 $\boldsymbol{\alpha}_1,\boldsymbol{\alpha}_2,\cdots,\boldsymbol{\alpha}_n$ 都正交，证明 $\boldsymbol{\beta}$ 为零向量.

2．已知向量组 $\boldsymbol{\alpha}_1,\boldsymbol{\alpha}_2,\cdots,\boldsymbol{\alpha}_m$ 线性无关，若非零向量 $\boldsymbol{\beta}$ 与 $\boldsymbol{\alpha}_1,\boldsymbol{\alpha}_2,\cdots,\boldsymbol{\alpha}_m$ 都正交，证明 $\boldsymbol{\alpha}_1,\boldsymbol{\alpha}_2,\cdots,\boldsymbol{\alpha}_m,\boldsymbol{\beta}$ 线性无关.

3.6 运用MATLAB解决向量问题

MATLAB 可以识别数字及一些特殊常量，包括本章讲解的向量．通过本节的学习，大家可以学会运用 MATLAB 解决向量问题．

由向量的定义可以看出，向量是一种特殊形式的矩阵，因此，向量的生成方法仍然可以采用直接输入法．而且，矩阵运算对向量同样适用．

3.6.1 判断向量组的线性相关性

在 MATLAB 中，利用向量组构成的矩阵的秩可以判定该向量组是否线性相关，一般步骤如下．

（1）将向量组按列排成矩阵 $\boldsymbol{A}$．

（2）利用函数命令“rank(A)”求出向量组的秩．

例 3.29 判断向量组 $\boldsymbol{\alpha}_1=\begin{pmatrix}1\\1\\1\end{pmatrix},\boldsymbol{\alpha}_2=\begin{pmatrix}2\\2\\2\end{pmatrix},\boldsymbol{\alpha}_3=\begin{pmatrix}3\\5\\7\end{pmatrix}$ 的线性相关性．

解

```
>> A=[1,1,1;2,2,2;3,5,7];
>> R=rank(A)
R =
     2
```

由于 $r(\boldsymbol{A})=2<3$，从而该向量组线性相关．

3.6.2 求极大无关组

在 MATLAB 中，要求一向量组的极大无关组，一般步骤如下．

（1）将向量组按列排成矩阵 $\boldsymbol{A}$．

（2）利用函数命令“rref(A)”将矩阵 $\boldsymbol{A}$ 化为行最简形矩阵．

例 3.30 求向量组 $\boldsymbol{\alpha}_1=\begin{pmatrix}1\\2\\3\\0\end{pmatrix},\boldsymbol{\alpha}_2=\begin{pmatrix}-1\\-1\\-3\\1\end{pmatrix},\boldsymbol{\alpha}_3=\begin{pmatrix}5\\0\\15\\-10\end{pmatrix},\boldsymbol{\alpha}_4=\begin{pmatrix}-2\\1\\-6\\5\end{pmatrix},\boldsymbol{\alpha}_5=\begin{pmatrix}2\\0\\5\\-4\end{pmatrix}$ 的一个极大无关组，并将不属于极大无关组的向量用极大无关组线性表示．

解

```
>> A=[1,2,3,0;-1,-1,-3,1;5,0,15,-10;-2,1,-6,5;2,0,5,-4]';
>> B=rref(A)
B =
     1     0    -5     3     0
     0     1   -10     5     0
     0     0     0     0     1
     0     0     0     0     0
```

由行最简形矩阵 $\boldsymbol{B}$ 可以看出，$\boldsymbol{\alpha}_1,\boldsymbol{\alpha}_2,\boldsymbol{\alpha}_5$ 是向量组 $\boldsymbol{\alpha}_1,\boldsymbol{\alpha}_2,\boldsymbol{\alpha}_3,\boldsymbol{\alpha}_4,\boldsymbol{\alpha}_5$ 的极大无关组，且有

$\boldsymbol{\alpha}_3 = -5\boldsymbol{\alpha}_1 - 10\boldsymbol{\alpha}_2 + 0\cdot\boldsymbol{\alpha}_5$, $\boldsymbol{\alpha}_4 = 3\boldsymbol{\alpha}_1 + 5\boldsymbol{\alpha}_2 + 0\cdot\boldsymbol{\alpha}_5$.

3.6.3 将向量组正交规范化

在 MATLAB 中，利用函数命令“qr”可以对向量组进行正交规范化．一般步骤如下．

（1）将向量组按列排成矩阵 $\boldsymbol{A}$.

（2）利用函数命令“[Q,R]=qr(A)”可得矩阵 $\boldsymbol{Q}$.

矩阵 $\boldsymbol{Q}$ 的列向量组就是所求的正交规范化向量组.

例 3.31 将向量组 $\boldsymbol{\alpha}_1 = \begin{pmatrix} 1 \\ 1 \\ -1 \end{pmatrix}, \boldsymbol{\alpha}_2 = \begin{pmatrix} 0 \\ 4 \\ 1 \end{pmatrix}, \boldsymbol{\alpha}_3 = \begin{pmatrix} -2 \\ 1 \\ 1 \end{pmatrix}$ 正交规范化.

微课：例3.31

解

```
>> A=[1,1,-1;0,4,1;-2,1,1]';
>> [Q,R]=qr(A)
Q =
   -0.5774    0.2673    0.7715
   -0.5774   -0.8018   -0.1543
    0.5774   -0.5345    0.6172
R =
   -1.7321   -1.7321    1.1547
         0   -3.7417   -1.8708
         0         0   -1.0801
```

于是，$\boldsymbol{\xi}_1 = \begin{pmatrix} -0.577\,4 \\ -0.577\,4 \\ 0.577\,4 \end{pmatrix}, \boldsymbol{\xi}_2 = \begin{pmatrix} 0.267\,3 \\ -0.801\,8 \\ -0.534\,5 \end{pmatrix}, \boldsymbol{\xi}_3 = \begin{pmatrix} 0.771\,5 \\ -0.154\,3 \\ 0.617\,2 \end{pmatrix}$ 为所求的正交规范化向量组．我们还可以利用下述命令验证 $\boldsymbol{\xi}_1, \boldsymbol{\xi}_2, \boldsymbol{\xi}_3$ 的正交规范性.

```
>> Q'*Q
ans =
     1.0000    0.0000    0.0000
     0.0000    1.0000    0.0000
     0.0000    0.0000    1.0000
```

即 $\boldsymbol{Q}$ 是一个正交矩阵，所以 $\boldsymbol{\xi}_1, \boldsymbol{\xi}_2, \boldsymbol{\xi}_3$ 是正交规范化向量组.

第 3 章思维导图

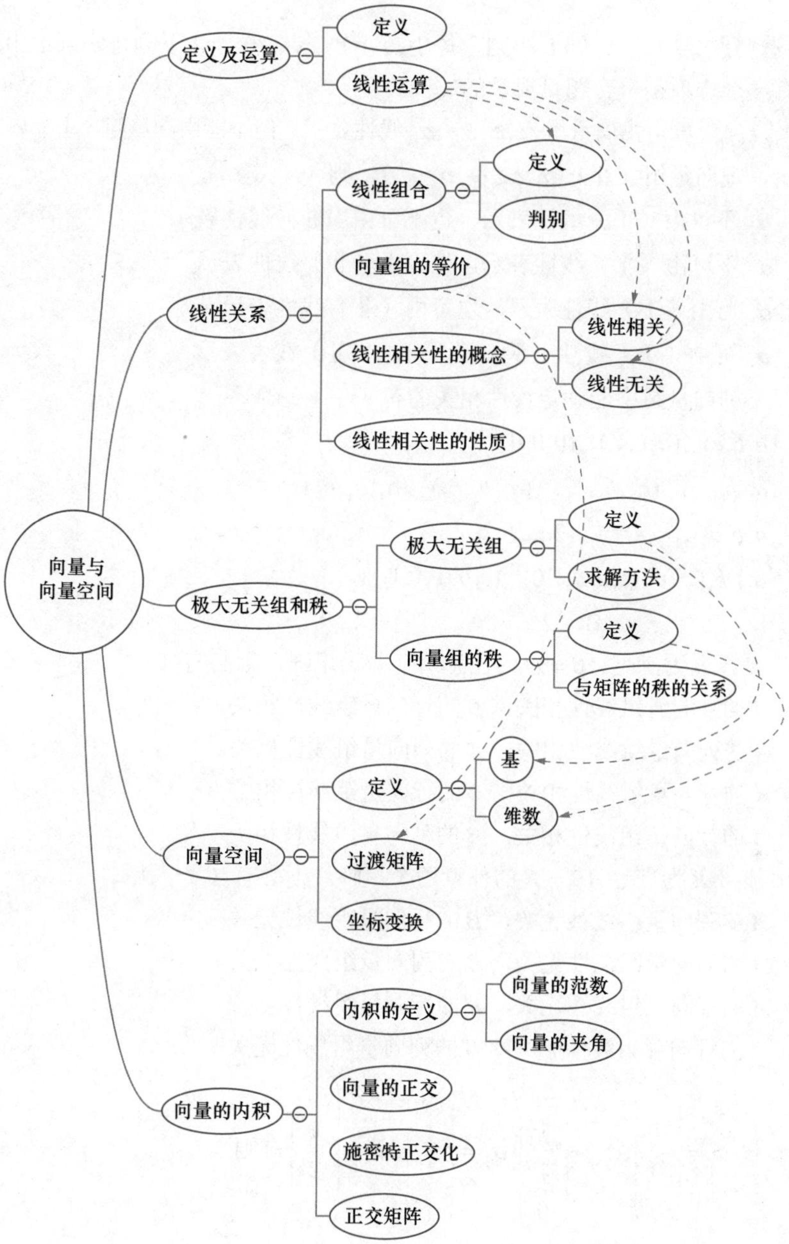

本章小结

中国数学学者

个人成就

数学家，教育家，中国科学院院士，曾任浙江大学教授，复旦大学教授、校长、名誉校长，全国政协副主席．苏步青主要从事微分几何学、计算几何学研究，创立了国内外公认的微分几何学派．

苏步青

第3章总复习题·基础篇

1. 选择题：（1）～（5）小题，每小题4分，共20分．下列每小题给出的4个选项中，只有一个选项是符合题目要求的．

（1）设向量$\boldsymbol{\beta}$可由向量组$\boldsymbol{\alpha}_1,\boldsymbol{\alpha}_2,\cdots,\boldsymbol{\alpha}_m$线性表示，但不能由向量组（Ⅰ）$\boldsymbol{\alpha}_1,\boldsymbol{\alpha}_2,\cdots,\boldsymbol{\alpha}_{m-1}$线性表示，记向量组（Ⅱ）$\boldsymbol{\alpha}_1,\boldsymbol{\alpha}_2,\cdots,\boldsymbol{\alpha}_{m-1},\boldsymbol{\beta}$，则（　　）．

A．$\boldsymbol{\alpha}_m$不可由（Ⅰ）线性表示，也不可由（Ⅱ）线性表示

B．$\boldsymbol{\alpha}_m$不可由（Ⅰ）线性表示，但可由（Ⅱ）线性表示

C．$\boldsymbol{\alpha}_m$可由（Ⅰ）线性表示，也可由（Ⅱ）线性表示

D．$\boldsymbol{\alpha}_m$可由（Ⅰ）线性表示，但不可由（Ⅱ）线性表示

（2）下列向量组中能确定线性相关的有（　　）个．

① $(a,b,c)^{\mathrm{T}},(d,e,f)^{\mathrm{T}},(0,0,0)^{\mathrm{T}}$．

② $(a_1,b_1,c_1)^{\mathrm{T}},(a_2,b_2,c_2)^{\mathrm{T}},(a_3,b_3,c_3)^{\mathrm{T}},(a_4,b_4,c_4)^{\mathrm{T}}$．

③ $(a,b,c)^{\mathrm{T}},(d,e,f)^{\mathrm{T}},(2a,2b,2c)^{\mathrm{T}}$．

④ $(a,1,b,0,0)^{\mathrm{T}},(c,0,d,1,0)^{\mathrm{T}},(e,0,f,0,1)^{\mathrm{T}}$．

A．1　　B．2　　C．3　　D．4

（3）设$\boldsymbol{A},\boldsymbol{B}$为满足$\boldsymbol{AB}=\boldsymbol{O}$的任意两个非零矩阵，则必有（　　）．

A．$\boldsymbol{A}$的列向量组线性相关，$\boldsymbol{B}$的行向量组线性相关

B．$\boldsymbol{A}$的列向量组线性相关，$\boldsymbol{B}$的列向量组线性相关

C．$\boldsymbol{A}$的行向量组线性相关，$\boldsymbol{B}$的行向量组线性相关

D．$\boldsymbol{A}$的行向量组线性相关，$\boldsymbol{B}$的列向量组线性相关

（4）设$\boldsymbol{A},\boldsymbol{B}$为满足$\boldsymbol{AB}=\boldsymbol{E}$的任意两个矩阵，则必有（　　）．

A．$\boldsymbol{A}$的列向量组线性无关，$\boldsymbol{B}$的行向量组线性无关

B．$\boldsymbol{A}$的列向量组线性无关，$\boldsymbol{B}$的列向量组线性无关

C．$\boldsymbol{A}$的行向量组线性无关，$\boldsymbol{B}$的行向量组线性无关

D．$\boldsymbol{A}$的行向量组线性无关，$\boldsymbol{B}$的列向量组线性无关

（5）设$\boldsymbol{\alpha}_1=\begin{pmatrix}a_1\\1\\0\\0\end{pmatrix},\boldsymbol{\alpha}_2=\begin{pmatrix}a_2\\1\\1\\0\end{pmatrix},\boldsymbol{\alpha}_3=\begin{pmatrix}a_3\\1\\1\\1\end{pmatrix},\boldsymbol{\alpha}_4=\begin{pmatrix}a_4\\2\\2\\1\end{pmatrix}$，则（　　）．

A．$\boldsymbol{\alpha}_1,\boldsymbol{\alpha}_2,\boldsymbol{\alpha}_3$线性相关

B．$\boldsymbol{\alpha}_1,\boldsymbol{\alpha}_2,\boldsymbol{\alpha}_3$线性无关

C．$\boldsymbol{\alpha}_2,\boldsymbol{\alpha}_3,\boldsymbol{\alpha}_4$线性相关

D．$\boldsymbol{\alpha}_2,\boldsymbol{\alpha}_3,\boldsymbol{\alpha}_4$线性无关

2. 填空题：（6）～（10）小题，每小题4分，共20分．

（6）已知向量组$\boldsymbol{\alpha}_1=(k,1,1)^{\mathrm{T}},\boldsymbol{\alpha}_2=(0,2,3)^{\mathrm{T}},\boldsymbol{\alpha}_3=(1,2,1)^{\mathrm{T}}$线性相关，则$k=$________．

（7）已知向量组 $\boldsymbol{\alpha}_1=\begin{pmatrix}a\\1\\\vdots\\1\end{pmatrix},\boldsymbol{\alpha}_2=\begin{pmatrix}1\\a\\\vdots\\1\end{pmatrix},\cdots,\boldsymbol{\alpha}_n=\begin{pmatrix}1\\1\\\vdots\\a\end{pmatrix}$ 线性无关，则 a 满足 ________.

（8）矩阵 $\begin{pmatrix}1&2&3&0&1\\2&1&1&2&1\\1&3&4&0&1\end{pmatrix}$ 的列向量组的秩为 ________.

（9）从 $\mathbf{R}^2$ 的基 $\boldsymbol{\alpha}_1=\begin{pmatrix}1\\0\end{pmatrix},\boldsymbol{\alpha}_2=\begin{pmatrix}1\\-1\end{pmatrix}$ 到基 $\boldsymbol{\beta}_1=\begin{pmatrix}1\\1\end{pmatrix},\boldsymbol{\beta}_2=\begin{pmatrix}1\\2\end{pmatrix}$ 的过渡矩阵为 ________.

（10）由向量组 $\boldsymbol{\alpha}_1=(1,3,1,-1)^{\mathrm{T}},\boldsymbol{\alpha}_2=(2,-1,-1,4)^{\mathrm{T}},\boldsymbol{\alpha}_3=(5,1,-1,7)^{\mathrm{T}},\boldsymbol{\alpha}_4=(2,6,2,-3)^{\mathrm{T}}$ 生成的向量空间的维数为 ________.

3. 解答题：（11）～（16）小题，每小题 10 分，共 60 分．解答时应写出文字说明、证明过程或演算步骤．

（11）设 $\boldsymbol{\alpha}_1=(6,a+1,3)^{\mathrm{T}},\boldsymbol{\alpha}_2=(a,2,-2)^{\mathrm{T}},\boldsymbol{\alpha}_3=(a,1,0)^{\mathrm{T}}$，问：

① a 为何值时，$\boldsymbol{\alpha}_1,\boldsymbol{\alpha}_2$ 线性相关？线性无关？

② a 为何值时，$\boldsymbol{\alpha}_1,\boldsymbol{\alpha}_2,\boldsymbol{\alpha}_3$ 线性相关？线性无关？

（12）设 $\boldsymbol{\alpha}$ 可由 $\boldsymbol{\alpha}_1,\boldsymbol{\alpha}_2,\boldsymbol{\alpha}_3$ 线性表示，但 $\boldsymbol{\alpha}$ 不能由 $\boldsymbol{\alpha}_2,\boldsymbol{\alpha}_3$ 线性表示．证明：$\boldsymbol{\alpha}_1$ 可由 $\boldsymbol{\alpha},\boldsymbol{\alpha}_2,\boldsymbol{\alpha}_3$ 线性表示．

（13）设向量组 $\boldsymbol{\alpha}_1,\boldsymbol{\alpha}_2,\boldsymbol{\alpha}_3,\boldsymbol{\beta}$ 线性无关，令 $\boldsymbol{\beta}_1=\boldsymbol{\alpha}_1+\boldsymbol{\beta},\boldsymbol{\beta}_2=\boldsymbol{\alpha}_2+2\boldsymbol{\beta},\boldsymbol{\beta}_3=\boldsymbol{\alpha}_3+3\boldsymbol{\beta}$，证明向量组 $\boldsymbol{\beta}_1,\boldsymbol{\beta}_2,\boldsymbol{\beta}_3,\boldsymbol{\beta}$ 线性无关．

（14）求向量组 $\boldsymbol{\alpha}_1=\begin{pmatrix}1\\1\\1\\k\end{pmatrix},\boldsymbol{\alpha}_2=\begin{pmatrix}1\\1\\k\\1\end{pmatrix},\boldsymbol{\alpha}_3=\begin{pmatrix}1\\2\\1\\1\end{pmatrix}$ 的秩和一个极大无关组．

（15）已知 $\boldsymbol{\alpha}_1=(1,0,1,2)^{\mathrm{T}},\boldsymbol{\alpha}_2=(0,1,1,2)^{\mathrm{T}},\boldsymbol{\alpha}_3=(-1,1,0,a-3)^{\mathrm{T}},\boldsymbol{\alpha}_4=(1,2,a,6)^{\mathrm{T}}$，$\boldsymbol{\alpha}_5=(1,1,2,3)^{\mathrm{T}}$，问：$a$ 为何值时，向量组 $\boldsymbol{\alpha}_1,\boldsymbol{\alpha}_2,\boldsymbol{\alpha}_3,\boldsymbol{\alpha}_4,\boldsymbol{\alpha}_5$ 的秩等于 3？并求出此时它的一个极大无关组．

（16）设 $\mathbf{R}^3$ 中的两个基 $\boldsymbol{\alpha}_1=(1,0,1)^{\mathrm{T}},\boldsymbol{\alpha}_2=(0,1,0)^{\mathrm{T}},\boldsymbol{\alpha}_3=(1,2,2)^{\mathrm{T}}$ 和 $\boldsymbol{\beta}_1=(1,0,0)^{\mathrm{T}},\boldsymbol{\beta}_2=(1,1,0)^{\mathrm{T}},\boldsymbol{\beta}_3=(1,1,1)^{\mathrm{T}}$．

① 求从基 $\boldsymbol{\alpha}_1,\boldsymbol{\alpha}_2,\boldsymbol{\alpha}_3$ 到基 $\boldsymbol{\beta}_1,\boldsymbol{\beta}_2,\boldsymbol{\beta}_3$ 的过渡矩阵．

② 求 $\boldsymbol{\alpha}=(1,3,0)^{\mathrm{T}}$ 在基 $\boldsymbol{\alpha}_1,\boldsymbol{\alpha}_2,\boldsymbol{\alpha}_3$ 下的坐标．

第 3 章总复习题 · 提高篇

1. 选择题：（1）～（5）小题，每小题 4 分，共 20 分．下列每小题给出的 4 个选项中，只有一个选项是符合题目要求的．

（1）（2003304）设 $\boldsymbol{\alpha}_1,\boldsymbol{\alpha}_2,\cdots,\boldsymbol{\alpha}_s$ 均为 n 维向量，下列结论不正确的是（　　）．

A．若对于任意一组不全为零的数 $k_1,k_2,\cdots,k_s$，都有 $k_1\boldsymbol{\alpha}_1+k_2\boldsymbol{\alpha}_2+\cdots+k_s\boldsymbol{\alpha}_s\neq\mathbf{0}$，则 $\boldsymbol{\alpha}_1,\boldsymbol{\alpha}_2,\cdots,\boldsymbol{\alpha}_s$ 线性无关

B．若 $\boldsymbol{\alpha}_1,\boldsymbol{\alpha}_2,\cdots,\boldsymbol{\alpha}_s$ 线性相关，则对于任意一组不全为零的数 $k_1,k_2,\cdots,k_s$，都有 $k_1\boldsymbol{\alpha}_1+k_2\boldsymbol{\alpha}_2+\cdots+k_s\boldsymbol{\alpha}_s=\mathbf{0}$

C．$\boldsymbol{\alpha}_1,\boldsymbol{\alpha}_2,\cdots,\boldsymbol{\alpha}_s$ 线性无关的充分必要条件是此向量组的秩为 s

D．$\boldsymbol{\alpha}_1,\boldsymbol{\alpha}_2,\cdots,\boldsymbol{\alpha}_s$ 线性无关的必要条件是其中任意两个向量线性无关

（2）（2012104,2012204,2012304）　设 $\boldsymbol{\alpha}_1=\begin{pmatrix}0\\0\\c_1\end{pmatrix},\boldsymbol{\alpha}_2=\begin{pmatrix}0\\1\\c_2\end{pmatrix},\boldsymbol{\alpha}_3=\begin{pmatrix}1\\-1\\c_3\end{pmatrix},\boldsymbol{\alpha}_4=\begin{pmatrix}-1\\1\\c_4\end{pmatrix}$，其中 c_1,c_2,c_3,c_4 为任意常数，则下列向量组一定线性相关的是（　　）.

A．$\boldsymbol{\alpha}_1,\boldsymbol{\alpha}_2,\boldsymbol{\alpha}_3$　　B．$\boldsymbol{\alpha}_1,\boldsymbol{\alpha}_2,\boldsymbol{\alpha}_4$　　C．$\boldsymbol{\alpha}_1,\boldsymbol{\alpha}_3,\boldsymbol{\alpha}_4$　　D．$\boldsymbol{\alpha}_2,\boldsymbol{\alpha}_3,\boldsymbol{\alpha}_4$

（3）（2010204,2010304）设向量组（Ⅰ）$\boldsymbol{\alpha}_1,\boldsymbol{\alpha}_2,\cdots,\boldsymbol{\alpha}_r$ 可由向量组（Ⅱ）$\boldsymbol{\beta}_1,\boldsymbol{\beta}_2,\cdots,\boldsymbol{\beta}_s$ 线性表示，下列命题正确的是（　　）.

A．若向量组（Ⅰ）线性无关，则 $r\leqslant s$　　B．若向量组（Ⅰ）线性相关，则 $r>s$

C．若向量组（Ⅱ）线性无关，则 $r\leqslant s$　　D．若向量组（Ⅱ）线性相关，则 $r>s$

（4）（2014104,2014204,2014304）设 $\boldsymbol{\alpha}_1,\boldsymbol{\alpha}_2,\boldsymbol{\alpha}_3$ 均为三维向量，则对任意常数 k,l，向量组 $\boldsymbol{\alpha}_1+k\boldsymbol{\alpha}_3,\boldsymbol{\alpha}_2+l\boldsymbol{\alpha}_3$ 线性无关是向量组 $\boldsymbol{\alpha}_1,\boldsymbol{\alpha}_2,\boldsymbol{\alpha}_3$ 线性无关的（　　）.

A．必要非充分条件　　B．充分非必要条件

C．充分必要条件　　D．既非充分也非必要条件

（5）（2022105,2022205,2022305）　设 $\boldsymbol{\alpha}_1=(\lambda,1,1)^{\mathrm{T}},\boldsymbol{\alpha}_2=(1,\lambda,1)^{\mathrm{T}},\boldsymbol{\alpha}_3=(1,1,\lambda)^{\mathrm{T}}$，$\boldsymbol{\alpha}_4=(1,\lambda,\lambda^2)^{\mathrm{T}}$，若向量组 $\boldsymbol{\alpha}_1,\boldsymbol{\alpha}_2,\boldsymbol{\alpha}_3$ 与 $\boldsymbol{\alpha}_1,\boldsymbol{\alpha}_2,\boldsymbol{\alpha}_4$ 等价，则 λ 的取值范围是（　　）.

A．$\{0,1\}$　　B．$\{\lambda\mid\lambda\in\mathbf{R},\lambda\neq-2\}$

C．$\{\lambda\mid\lambda\in\mathbf{R},\lambda\neq-2$ 且 $\lambda\neq-1\}$　　D．$\{\lambda\mid\lambda\in\mathbf{R},\lambda\neq-1\}$

2．填空题：（6）～（10）小题，每小题 4 分，共 20 分.

（6）（2005304）已知向量组 $\boldsymbol{\alpha}_1=(2,1,1,1)^{\mathrm{T}},\boldsymbol{\alpha}_2=(2,1,a,a)^{\mathrm{T}},\boldsymbol{\alpha}_3=(3,2,1,a)^{\mathrm{T}},\boldsymbol{\alpha}_4=(4,3,2,1)^{\mathrm{T}}$ 线性相关，且 $a\neq1$，则 a 的值为______.

（7）（2017104,2017304）设矩阵 $\boldsymbol{A}=\begin{pmatrix}1&0&1\\1&1&2\\0&1&1\end{pmatrix}$，$\boldsymbol{\alpha}_1,\boldsymbol{\alpha}_2,\boldsymbol{\alpha}_3$ 为线性无关的三维列向量组，则向量组 $\boldsymbol{A\alpha}_1,\boldsymbol{A\alpha}_2,\boldsymbol{A\alpha}_3$ 的秩为______.

（8）（2023105）已知向量 $\boldsymbol{\alpha}_1=\begin{pmatrix}1\\0\\1\\1\end{pmatrix},\boldsymbol{\alpha}_2=\begin{pmatrix}-1\\-1\\0\\1\end{pmatrix},\boldsymbol{\alpha}_3=\begin{pmatrix}0\\1\\-1\\1\end{pmatrix},\boldsymbol{\beta}=\begin{pmatrix}1\\1\\1\\-1\end{pmatrix}$，$\boldsymbol{\gamma}=k_1\boldsymbol{\alpha}_1+k_2\boldsymbol{\alpha}_2+k_3\boldsymbol{\alpha}_3$.

若 $\boldsymbol{\gamma}^{\mathrm{T}}\boldsymbol{\alpha}_i=\boldsymbol{\beta}^{\mathrm{T}}\boldsymbol{\alpha}_i(i=1,2,3)$，则 $k_1^2+k_2^2+k_3^2=$ _________.

（9）（2010104）设 $\boldsymbol{\alpha}_1=(1,2,-1,0)^{\mathrm{T}}$，$\boldsymbol{\alpha}_2=(1,1,0,2)^{\mathrm{T}}$，$\boldsymbol{\alpha}_3=(2,1,1,a)^{\mathrm{T}}$．若由 $\boldsymbol{\alpha}_1,\boldsymbol{\alpha}_2,\boldsymbol{\alpha}_3$

生成的向量空间的维数为 2，则 $a=$ ______.

（10）（2009104）设 $\boldsymbol{\alpha}_1,\boldsymbol{\alpha}_2,\boldsymbol{\alpha}_3$ 为三维向量空间 $\mathbf{R}^3$ 的一个基，则从基 $\boldsymbol{\alpha}_1,\frac{1}{2}\boldsymbol{\alpha}_2,\frac{1}{3}\boldsymbol{\alpha}_3$ 到基 $\boldsymbol{\alpha}_1+\boldsymbol{\alpha}_2,\boldsymbol{\alpha}_2+\boldsymbol{\alpha}_3,\boldsymbol{\alpha}_3+\boldsymbol{\alpha}_1$ 的过渡矩阵为 ________.

3. 解答题：（11）～（16）小题，每小题 10 分，共 60 分．解答时应写出文字说明、证明过程或演算步骤．

（11）（2011111,2011211,2011311）设向量组 $\boldsymbol{\alpha}_1=(1,0,1)^{\mathrm{T}},\boldsymbol{\alpha}_2=(0,1,1)^{\mathrm{T}},\boldsymbol{\alpha}_3=(1,3,5)^{\mathrm{T}}$ 不能由向量组 $\boldsymbol{\beta}_1=(1,1,1)^{\mathrm{T}}$，$\boldsymbol{\beta}_2=(1,2,3)^{\mathrm{T}}$，$\boldsymbol{\beta}_3=(3,4,a)^{\mathrm{T}}$ 线性表示．

① 求 a 的值．

② 将 $\boldsymbol{\beta}_1,\boldsymbol{\beta}_2,\boldsymbol{\beta}_3$ 用 $\boldsymbol{\alpha}_1,\boldsymbol{\alpha}_2,\boldsymbol{\alpha}_3$ 线性表示．

（12）（2015111）设向量组 $\boldsymbol{\alpha}_1,\boldsymbol{\alpha}_2,\boldsymbol{\alpha}_3$ 为 $\mathbf{R}^3$ 的一个基，$\boldsymbol{\beta}_1=2\boldsymbol{\alpha}_1+2k\boldsymbol{\alpha}_3,\boldsymbol{\beta}_2=2\boldsymbol{\alpha}_2$，$\boldsymbol{\beta}_3=\boldsymbol{\alpha}_1+(k+1)\boldsymbol{\alpha}_3$．

① 证明向量组 $\boldsymbol{\beta}_1,\boldsymbol{\beta}_2,\boldsymbol{\beta}_3$ 为 $\mathbf{R}^3$ 的一个基．

② 当 k 为何值时，存在非零向量 $\boldsymbol{\xi}$ 在基 $\boldsymbol{\alpha}_1,\boldsymbol{\alpha}_2,\boldsymbol{\alpha}_3$ 与基 $\boldsymbol{\beta}_1,\boldsymbol{\beta}_2,\boldsymbol{\beta}_3$ 下的坐标相同，并求所有的 $\boldsymbol{\xi}$．

（13）（2019111）设向量组 $\boldsymbol{\alpha}_1=(1,2,1)^{\mathrm{T}},\boldsymbol{\alpha}_2=(1,3,2)^{\mathrm{T}},\boldsymbol{\alpha}_3=(1,a,3)^{\mathrm{T}}$ 为 $\mathbf{R}^3$ 的一个基，$\boldsymbol{\beta}=(1,1,1)^{\mathrm{T}}$ 在这个基下的坐标为 $(b,c,1)^{\mathrm{T}}$．

微课：第3章总复习题·提高篇（13）

① 求 a,b,c．

② 证明 $\boldsymbol{\alpha}_2,\boldsymbol{\alpha}_3,\boldsymbol{\beta}$ 为 $\mathbf{R}^3$ 的一个基，并求 $\boldsymbol{\alpha}_2,\boldsymbol{\alpha}_3,\boldsymbol{\beta}$ 到 $\boldsymbol{\alpha}_1,\boldsymbol{\alpha}_2,\boldsymbol{\alpha}_3$ 的过渡矩阵．

（14）（1998104）设 $\boldsymbol{A}$ 是 n 阶矩阵，$\boldsymbol{\alpha}$ 是 n 维列向量，若 $\boldsymbol{A}^{m-1}\boldsymbol{\alpha}\neq\mathbf{0}$，$\boldsymbol{A}^m\boldsymbol{\alpha}=\mathbf{0}$，证明：向量组 $\boldsymbol{\alpha},\boldsymbol{A\alpha},\boldsymbol{A}^2\boldsymbol{\alpha},\cdots,\boldsymbol{A}^{m-1}\boldsymbol{\alpha}$ 线性无关．

（15）（2019211,2019311）设向量组（Ⅰ）$\boldsymbol{\alpha}_1=(1,1,4)^{\mathrm{T}},\boldsymbol{\alpha}_2=(1,0,4)^{\mathrm{T}},\boldsymbol{\alpha}_3=(1,2,a^2+3)^{\mathrm{T}}$；（Ⅱ）$\boldsymbol{\beta}_1=(1,1,a+3)^{\mathrm{T}},\boldsymbol{\beta}_2=(0,2,1-a)^{\mathrm{T}},\boldsymbol{\beta}_3=(1,3,a^2+3)^{\mathrm{T}}$．若向量组（Ⅰ）与向量组（Ⅱ）等价，求 a 的值，并将 $\boldsymbol{\beta}_3$ 用 $\boldsymbol{\alpha}_1,\boldsymbol{\alpha}_2,\boldsymbol{\alpha}_3$ 线性表示．

（16）（2000207）已知向量组 $\boldsymbol{\beta}_1=\begin{pmatrix}0\\1\\-1\end{pmatrix}$，$\boldsymbol{\beta}_2=\begin{pmatrix}a\\2\\1\end{pmatrix}$，$\boldsymbol{\beta}_3=\begin{pmatrix}b\\1\\0\end{pmatrix}$ 与向量组 $\boldsymbol{\alpha}_1=\begin{pmatrix}1\\2\\-3\end{pmatrix}$，$\boldsymbol{\alpha}_2=\begin{pmatrix}3\\0\\1\end{pmatrix},\boldsymbol{\alpha}_3=\begin{pmatrix}9\\6\\-7\end{pmatrix}$ 具有相同的秩，且 $\boldsymbol{\beta}_3$ 可由 $\boldsymbol{\alpha}_1,\boldsymbol{\alpha}_2,\boldsymbol{\alpha}_3$ 线性表示，求 a,b 的值．

本章即时提问答案　　本章同步习题答案　　本章总复习题答案

04

第 4 章 线性方程组

在科学技术和经济分析中，许多问题的数学模型都可归结为线性方程组的问题．线性方程组中变量个数与方程个数不一定相等，对线性方程组的解的研究在理论上和实际应用上都是十分重要的．一般线性方程组都可以用高斯消元法，即加减消元法，也即对线性方程组的增广矩阵进行初等变换（主要进行初等行变换，必要时可交换系数矩阵的两列，此时只改变解的顺序），来求解线性方程组．这种方法简明，可操作性强，有效地解决了一般线性方程组的求解问题．本章将详细讨论线性方程组的有解条件、求解方法、解之间的关系及与之有关的一些问题．

本章导学

4.1 齐次线性方程组

本节将对齐次线性方程组的性质和解的情况进行介绍．

4.1.1 引例

方程组

$$\begin{cases} a_{11}x_1 + a_{12}x_2 + \cdots + a_{1n}x_n = 0, \\ a_{21}x_1 + a_{22}x_2 + \cdots + a_{2n}x_n = 0, \\ \cdots\cdots\cdots\cdots \\ a_{m1}x_1 + a_{m2}x_2 + \cdots + a_{mn}x_n = 0 \end{cases} \tag{4.1}$$

称为 n 个未知量 m 个方程的齐次线性方程组，其中 $x_1, x_2, \cdots, x_n$ 表示 n 个未知量，常数 a_{ij} $(i = 1, 2, \cdots, m; j = 1, 2, \cdots, n)$ 称为方程组的系数．系数 a_{ij} 的第 1 个下标 i 表示 a_{ij} 所在的第 i 个方程，第 2 个下标 j 表示它是未知量 x_j 的系数．

记

$$\boldsymbol{A} = \begin{pmatrix} a_{11} & a_{12} & \cdots & a_{1n} \\ a_{21} & a_{22} & \cdots & a_{2n} \\ \vdots & \vdots & & \vdots \\ a_{m1} & a_{m2} & \cdots & a_{mn} \end{pmatrix}, \quad \boldsymbol{X} = \begin{pmatrix} x_1 \\ x_2 \\ \vdots \\ x_n \end{pmatrix},$$

则式（4.1）可表示为

$$\boldsymbol{AX} = \boldsymbol{0}. \tag{4.2}$$

式（4.2）称为齐次线性方程组的矩阵形式，$\boldsymbol{A}$ 称为系数矩阵.

若 $x_1=c_1,x_2=c_2,\cdots,x_n=c_n$ 满足齐次线性方程组 $\boldsymbol{AX}=\boldsymbol{0}$，则称 $c_1,c_2,\cdots,c_n$ 是该方程组的解. 列向量 $(c_1,c_2,\cdots,c_n)^{\mathrm{T}}$ 称为齐次线性方程组 $\boldsymbol{AX}=\boldsymbol{0}$ 的解向量.

我们知道，$(0,0,\cdots,0)^{\mathrm{T}}$ 为齐次线性方程组 $\boldsymbol{AX}=\boldsymbol{0}$ 的解，称为零解. 若非零列向量 $(c_1,c_2,\cdots,c_n)^{\mathrm{T}}$ 为 $\boldsymbol{AX}=\boldsymbol{0}$ 的解，则称为非零解.

本节的重点是讨论齐次线性方程组 $\boldsymbol{AX}=\boldsymbol{0}$ 是否有非零解.

4.1.2 齐次线性方程组解的性质

性质 4.1 若 $\boldsymbol{\xi}_1,\boldsymbol{\xi}_2$ 是齐次线性方程组 $\boldsymbol{AX}=\boldsymbol{0}$ 的解，则 $\boldsymbol{\xi}_1+\boldsymbol{\xi}_2$ 也是 $\boldsymbol{AX}=\boldsymbol{0}$ 的解.

证明 因为 $\boldsymbol{A\xi}_1=\boldsymbol{0},\boldsymbol{A\xi}_2=\boldsymbol{0}$，两式相加得 $\boldsymbol{A}(\boldsymbol{\xi}_1+\boldsymbol{\xi}_2)=\boldsymbol{A\xi}_1+\boldsymbol{A\xi}_2=\boldsymbol{0}$.

性质 4.2 若 $\boldsymbol{\xi}$ 是齐次线性方程组 $\boldsymbol{AX}=\boldsymbol{0}$ 的解，k 为实数，则 $k\boldsymbol{\xi}$ 也是 $\boldsymbol{AX}=\boldsymbol{0}$ 的解.

微课：性质4.1与性质4.2

证明 由 $\boldsymbol{A\xi}=\boldsymbol{0}$ 可推出 $\boldsymbol{A}(k\boldsymbol{\xi})=k\cdot\boldsymbol{A\xi}=\boldsymbol{0}$.

上述两个性质结合向量空间的定义可以看出，若齐次线性方程组 $\boldsymbol{AX}=\boldsymbol{0}$ 有非零解，则一定有无数个非零解，且解向量的集合构成向量空间，我们称此非空集合为 $\boldsymbol{AX}=\boldsymbol{0}$ 的解空间或矩阵 $\boldsymbol{A}$ 的零子空间，记作 $V=\{\boldsymbol{\xi}\,|\,\boldsymbol{A\xi}=\boldsymbol{0}\}$.

此时，求 $\boldsymbol{AX}=\boldsymbol{0}$ 的所有非零解，只需寻找解空间 V 的一个基，则 $\boldsymbol{AX}=\boldsymbol{0}$ 的所有解均可用这个基的线性组合来表示，为了讨论方便，引入基础解系的定义.

4.1.3 齐次线性方程组的基础解系

定义 4.1 若齐次线性方程组 $\boldsymbol{AX}=\boldsymbol{0}$ 的解 $\boldsymbol{\xi}_1,\boldsymbol{\xi}_2,\cdots,\boldsymbol{\xi}_s$ 满足

（1）$\boldsymbol{\xi}_1,\boldsymbol{\xi}_2,\cdots,\boldsymbol{\xi}_s$ 线性无关，

（2）方程组的任一解可以由 $\boldsymbol{\xi}_1,\boldsymbol{\xi}_2,\cdots,\boldsymbol{\xi}_s$ 线性表示，

则称 $\boldsymbol{\xi}_1,\boldsymbol{\xi}_2,\cdots,\boldsymbol{\xi}_s$ 是 $\boldsymbol{AX}=\boldsymbol{0}$ 的一个基础解系.

定理 4.1 设 $\boldsymbol{A}$ 是 $m\times n$ 矩阵，$r(\boldsymbol{A})=r<n$，则齐次线性方程组 $\boldsymbol{AX}=\boldsymbol{0}$ 的基础解系存在，且基础解系中所含解向量的个数为 $n-r$.

证明 由定理 2.1 知 $m\times n$ 矩阵 $\boldsymbol{A}$ 总可以经过若干次初等行变换化为行最简形矩阵，不妨设为

$$\boldsymbol{B}=\begin{pmatrix} 1 & 0 & \cdots & 0 & b_{1,r+1} & b_{1,r+2} & \cdots & b_{1n} \\ 0 & 1 & \cdots & 0 & b_{2,r+1} & b_{2,r+2} & \cdots & b_{2n} \\ \vdots & \vdots & & \vdots & \vdots & \vdots & & \vdots \\ 0 & 0 & \cdots & 1 & b_{r,r+1} & b_{r,r+2} & \cdots & b_{rn} \\ 0 & 0 & \cdots & 0 & 0 & 0 & \cdots & 0 \\ \vdots & \vdots & & \vdots & \vdots & \vdots & & \vdots \\ 0 & 0 & \cdots & 0 & 0 & 0 & \cdots & 0 \end{pmatrix},$$

$\boldsymbol{BX}=\boldsymbol{0}$ 与 $\boldsymbol{AX}=\boldsymbol{0}$ 为同解方程组，$\boldsymbol{BX}=\boldsymbol{0}$ 为

$$\begin{cases} x_1 + b_{1,r+1}x_{r+1} + b_{1,r+2}x_{r+2} + \cdots + b_{1n}x_n = 0, \\ x_2 + b_{2,r+1}x_{r+1} + b_{2,r+2}x_{r+2} + \cdots + b_{2n}x_n = 0, \\ \cdots\cdots\cdots\cdots \\ x_r + b_{r,r+1}x_{r+1} + b_{r,r+2}x_{r+2} + \cdots + b_{rn}x_n = 0, \end{cases}$$

即

$$\begin{cases} x_1 = -b_{1,r+1}x_{r+1} - b_{1,r+2}x_{r+2} - \cdots - b_{1n}x_n, \\ x_2 = -b_{2,r+1}x_{r+1} - b_{2,r+2}x_{r+2} - \cdots - b_{2n}x_n, \\ \cdots\cdots\cdots\cdots \\ x_r = -b_{r,r+1}x_{r+1} - b_{r,r+2}x_{r+2} - \cdots - b_{rn}x_n, \end{cases}$$

因为未知量 $x_1, x_2, \cdots, x_r$ 由 $x_{r+1}, x_{r+2}, \cdots, x_n$ 唯一确定，所以称 $x_1, x_2, \cdots, x_r$ 为真未知量，称 $x_{r+1}, x_{r+2}, \cdots, x_n$ 为自由未知量．对自由未知量 $x_{r+1}, x_{r+2}, \cdots, x_n$ 分别取

$$\begin{pmatrix} x_{r+1} \\ x_{r+2} \\ \vdots \\ x_n \end{pmatrix} = \begin{pmatrix} 1 \\ 0 \\ \vdots \\ 0 \end{pmatrix}, \begin{pmatrix} 0 \\ 1 \\ \vdots \\ 0 \end{pmatrix}, \cdots, \begin{pmatrix} 0 \\ 0 \\ \vdots \\ 1 \end{pmatrix},$$

可解得

$$\begin{pmatrix} x_1 \\ x_2 \\ \vdots \\ x_r \end{pmatrix} = \begin{pmatrix} -b_{1,r+1} \\ -b_{2,r+1} \\ \vdots \\ -b_{r,r+1} \end{pmatrix}, \begin{pmatrix} -b_{1,r+2} \\ -b_{2,r+2} \\ \vdots \\ -b_{r,r+2} \end{pmatrix}, \cdots, \begin{pmatrix} -b_{1n} \\ -b_{2n} \\ \vdots \\ -b_{rn} \end{pmatrix},$$

故得方程组的解为

$$\xi_1 = (-b_{1,r+1}, -b_{2,r+1}, \cdots, -b_{r,r+1}, 1, 0, \cdots, 0)^{\mathrm{T}},$$

$$\xi_2 = (-b_{1,r+2}, -b_{2,r+2}, \cdots, -b_{r,r+2}, 0, 1, \cdots, 0)^{\mathrm{T}},$$

$$\cdots\cdots\cdots\cdots$$

$$\xi_{n-r} = (-b_{1n}, -b_{2n}, \cdots, -b_{rn}, 0, 0, \cdots, 1)^{\mathrm{T}}.$$

下面证明这 $n-r$ 个向量构成齐次线性方程组的基础解系．

首先，上述每个向量中下方的 $n-r$ 个分量构成 $n-r$ 阶的单位矩阵，从而得这 $n-r$ 个向量线性无关．

其次，方程组 $\boldsymbol{AX}=\boldsymbol{0}$ 的任一解 ξ 可由 $\xi_1, \xi_2, \cdots, \xi_{n-r}$ 线性表示．

事实上，设 $\boldsymbol{\xi} = (k_1, k_2, \cdots, k_r, k_{r+1}, \cdots, k_n)^{\mathrm{T}}$ 是方程组 $\boldsymbol{AX}=\boldsymbol{0}$ 的任一解，令

$$\xi_0 = k_{r+1}\xi_1 + k_{r+2}\xi_2 + \cdots + k_n\xi_{n-r},$$

由性质 4.1、性质 4.2 知，ξ_0 也是 $\boldsymbol{AX}=\boldsymbol{0}$ 的解向量，且 ξ_0 的后 $n-r$ 个分量与 ξ 的后 $n-r$ 个分量相同，由自由未知量的一组确定值唯一确定方程组 $\boldsymbol{AX}=\boldsymbol{0}$ 的一个解向量知 $\boldsymbol{\xi}=\xi_0$，故 $\boldsymbol{\xi} = k_{r+1}\xi_1 + k_{r+2}\xi_2 + \cdots + k_n\xi_{n-r}$．

推论 1 设齐次线性方程组 $\boldsymbol{AX}=\boldsymbol{0}$，其中 $\boldsymbol{A}$ 为 $m \times n$ 矩阵．

（1）当$r(\boldsymbol{A})=n$时，方程组有唯一解.

（2）当$r(\boldsymbol{A})=r<n$时，方程组有无穷多解，其通解为$c_1\boldsymbol{\xi}_1+c_2\boldsymbol{\xi}_2+\cdots+c_{n-r}\boldsymbol{\xi}_{n-r}$，其中$\boldsymbol{\xi}_1,\boldsymbol{\xi}_2,\cdots,\boldsymbol{\xi}_{n-r}$为基础解系，$c_1,c_2,\cdots,c_{n-r}$为任意常数.

推论2 n个方程n个未知量的齐次线性方程组$\boldsymbol{AX}=\boldsymbol{0}$有非零解的充分必要条件是$|\boldsymbol{A}|=0$.

【即时提问4.1】若$r(\boldsymbol{A}_{m\times n})=m$，则齐次线性方程组$\boldsymbol{AX}=\boldsymbol{0}$只有零解. 该说法是否正确？请说明理由.

例4.1 求方程组

$$\begin{cases}x_1+2x_2-x_3=0,\\2x_1+3x_2+x_3=0,\\4x_1+7x_2-x_3=0\end{cases}$$

的解.

解 对系数矩阵$\boldsymbol{A}$作初等行变换，将其化为行最简形，有

$$\boldsymbol{A}=\begin{pmatrix}1&2&-1\\2&3&1\\4&7&-1\end{pmatrix}\xrightarrow[r_3-4r_1]{r_2-2r_1}\begin{pmatrix}1&2&-1\\0&-1&3\\0&-1&3\end{pmatrix}\xrightarrow{r_3-r_2}\begin{pmatrix}1&2&-1\\0&-1&3\\0&0&0\end{pmatrix}$$

$$\xrightarrow{r_1+2r_2}\begin{pmatrix}1&0&5\\0&-1&3\\0&0&0\end{pmatrix}\xrightarrow{r_2\times(-1)}\begin{pmatrix}1&0&5\\0&1&-3\\0&0&0\end{pmatrix}.$$

同解方程组为

$$\begin{cases}x_1=-5x_3,\\x_2=3x_3,\end{cases}$$

自由未知量取x_3，令$x_3=1$，得基础解系为$\boldsymbol{\xi}=(-5,3,1)^{\mathrm{T}}$.

故该方程组的通解为$c\boldsymbol{\xi}=c(-5,3,1)^{\mathrm{T}}$，其中$c$为任意常数.

例4.2 求齐次线性方程组

$$\begin{cases}x_1+x_2+x_3-x_4=0,\\2x_1+3x_2+x_3-x_4=0,\\3x_1+4x_2+2x_3-2x_4=0\end{cases}$$

微课：例4.2

的基础解系和通解.

解 对系数矩阵$\boldsymbol{A}$作初等行变换，将其化为行最简形，有

$$\boldsymbol{A}=\begin{pmatrix}1&1&1&-1\\2&3&1&-1\\3&4&2&-2\end{pmatrix}\xrightarrow[r_3-3r_1]{r_2-2r_1}\begin{pmatrix}1&1&1&-1\\0&1&-1&1\\0&1&-1&1\end{pmatrix}$$

$$\xrightarrow{r_3-r_2}\begin{pmatrix}1&1&1&-1\\0&1&-1&1\\0&0&0&0\end{pmatrix}\xrightarrow{r_1-r_2}\begin{pmatrix}1&0&2&-2\\0&1&-1&1\\0&0&0&0\end{pmatrix}.$$

同解方程组为

$$\begin{cases} x_1 = -2x_3 + 2x_4, \\ x_2 = x_3 - x_4, \end{cases}$$

自由未知量取x_3, x_4，令

$$\begin{pmatrix} x_3 \\ x_4 \end{pmatrix} = \begin{pmatrix} 1 \\ 0 \end{pmatrix}, \begin{pmatrix} 0 \\ 1 \end{pmatrix},$$

得基础解系为 $\boldsymbol{\xi}_1 = (-2,1,1,0)^{\mathrm{T}}, \boldsymbol{\xi}_2 = (2,-1,0,1)^{\mathrm{T}}$.

故该方程组的通解为$c_1\boldsymbol{\xi}_1 + c_2\boldsymbol{\xi}_2$，其中$c_1, c_2$为任意常数.

例 4.3 设$\boldsymbol{\alpha}_1, \boldsymbol{\alpha}_2, \cdots, \boldsymbol{\alpha}_s$为齐次线性方程组$\boldsymbol{AX} = \mathbf{0}$的一个基础解系，$\boldsymbol{\beta}_1 = t_1\boldsymbol{\alpha}_1 + t_2\boldsymbol{\alpha}_2, \boldsymbol{\beta}_2 = t_1\boldsymbol{\alpha}_2 + t_2\boldsymbol{\alpha}_3, \cdots, \boldsymbol{\beta}_s = t_1\boldsymbol{\alpha}_s + t_2\boldsymbol{\alpha}_1$，其中$t_1, t_2$为实常数. 问：$t_1, t_2$满足什么关系时，$\boldsymbol{\beta}_1, \boldsymbol{\beta}_2, \cdots, \boldsymbol{\beta}_s$也为$\boldsymbol{AX} = \mathbf{0}$的基础解系.

解 由于$\boldsymbol{\beta}_i (i = 1,2,\cdots,s)$为$\boldsymbol{\alpha}_1, \boldsymbol{\alpha}_2, \cdots, \boldsymbol{\alpha}_s$的线性组合，所以$\boldsymbol{\beta}_i (i = 1,2,\cdots,s)$均为$\boldsymbol{AX} = \mathbf{0}$的解.

设$k_1\boldsymbol{\beta}_1 + k_2\boldsymbol{\beta}_2 + \cdots + k_s\boldsymbol{\beta}_s = \mathbf{0}$，即$(t_2k_s + t_1k_1)\boldsymbol{\alpha}_1 + (t_2k_1 + t_1k_2)\boldsymbol{\alpha}_2 + \cdots + (t_2k_{s-1} + t_1k_s)\boldsymbol{\alpha}_s = \mathbf{0}$. 由于$\boldsymbol{\alpha}_1, \boldsymbol{\alpha}_2, \cdots, \boldsymbol{\alpha}_s$线性无关，所以

$$\begin{cases} t_2k_s + t_1k_1 = 0, \\ t_2k_1 + t_1k_2 = 0, \\ \cdots\cdots\cdots\cdots \\ t_2k_{s-1} + t_1k_s = 0, \end{cases}$$

其系数行列式

$$\begin{vmatrix} t_1 & 0 & 0 & \cdots & t_2 \\ t_2 & t_1 & 0 & \cdots & 0 \\ 0 & t_2 & t_1 & \cdots & 0 \\ \vdots & \vdots & \vdots & & \vdots \\ 0 & 0 & 0 & t_2 & t_1 \end{vmatrix} = t_1^s + (-1)^{s+1} t_2^s,$$

当且仅当s为偶数，$t_1 \neq \pm t_2$时，或s为奇数，$t_1 \neq -t_2$时，方程组只有零解，$k_1 = k_2 = \cdots = k_s = 0$，$\boldsymbol{\beta}_1, \boldsymbol{\beta}_2, \cdots, \boldsymbol{\beta}_s$线性无关，从而构成方程组的一个基础解系.

例 4.4（配方问题） 化工、医药等行业经常涉及配方问题，在不考虑各种成分之间可能发生的某些化学反应的前提下，配方问题可使用线性方程组的理论来求解.

设配方由 4 种原料A, B, C, D混合而成，现有 2 个配方. 在第 1 个配方中，4 种原料的质量比例为 2∶3∶1∶1；在第 2 个配方中，4 种原料的质量比例为 1∶2∶1∶2. 现在需要配制 4 种原料的质量比例为 4∶7∶3∶5 的第 3 个配方. 试研究第 3 个配方能否由第 1、第 2 个配方按一定比例配制而成.

解 将第 1、第 2、第 3 个配方的成分比例看作向量，令

$$\boldsymbol{\alpha}_1 = (2,3,1,1)^{\mathrm{T}}, \boldsymbol{\alpha}_2 = (1,2,1,2)^{\mathrm{T}}, \boldsymbol{\beta} = (4,7,3,5)^{\mathrm{T}}.$$

假设需要第 1 个配方x_1份和第 2 个配方x_2份配制成第 3 个配方x_3份，则有线性方程组$\boldsymbol{\alpha}_1 x_1 + \boldsymbol{\alpha}_2 x_2 = \boldsymbol{\beta} x_3$，即$\boldsymbol{\alpha}_1 x_1 + \boldsymbol{\alpha}_2 x_2 - \boldsymbol{\beta} x_3 = \mathbf{0}$，也即

$$\begin{cases}2x_1+x_2-4x_3=0,\\3x_1+2x_2-7x_3=0,\\x_1+x_2-3x_3=0,\\x_1+2x_2-5x_3=0.\end{cases}$$

对此齐次线性方程组的系数矩阵 $\boldsymbol{A}$ 作初等行变换，将其化为行最简形，有

$$\boldsymbol{A}=\begin{pmatrix}2&1&-4\\3&2&-7\\1&1&-3\\1&2&-5\end{pmatrix}\xrightarrow[r_2\leftrightarrow r_4]{r_1\leftrightarrow r_3}\begin{pmatrix}1&1&-3\\1&2&-5\\2&1&-4\\3&2&-7\end{pmatrix}\xrightarrow[r_4-3r_1]{\substack{r_2-r_1\\r_3-2r_1}}\begin{pmatrix}1&1&-3\\0&1&-2\\0&-1&2\\0&-1&2\end{pmatrix}$$

$$\xrightarrow[r_4+r_2]{r_3+r_2}\begin{pmatrix}1&1&-3\\0&1&-2\\0&0&0\\0&0&0\end{pmatrix}\xrightarrow{r_1-r_2}\begin{pmatrix}1&0&-1\\0&1&-2\\0&0&0\\0&0&0\end{pmatrix}.$$

同解方程组为

$$\begin{cases}x_1=x_3,\\x_2=2x_3,\end{cases}$$

自由未知量取 x_3，令 $x_3=1$，得基础解系为 $\boldsymbol{\xi}=(1,2,1)^{\mathrm{T}}$. 取最小正整数解 $x_1=1,x_2=2,x_3=1$ 即可完成配方的配制.

同步习题 4.1

基础题

1. 求方程组 $\begin{cases}3x_1+2x_2+5x_3=0,\\3x_1-2x_2+6x_3=0,\\2x_1+5x_3=0\end{cases}$ 的解.

2. 求下列齐次线性方程组的基础解系.

（1）$\begin{cases}x_1-x_2-x_3+x_4=0,\\x_1-3x_2+x_3-3x_4=0,\\x_1-2x_3+3x_4=0.\end{cases}$　（2）$\begin{cases}x_1+x_2+x_5=0,\\x_1+x_2-x_3=0,\\x_3+x_4+x_5=0.\end{cases}$

3. 求下列齐次线性方程组的基础解系和通解.

（1）$\begin{cases}x_1+x_2-2x_3+x_4=0,\\2x_1-x_2-x_3+x_4=0,\\3x_1+6x_2-9x_3+7x_4=0,\\4x_1-6x_2+2x_3-2x_4=0.\end{cases}$　（2）$\begin{cases}x_1-x_2+5x_3-x_4+x_5=0,\\x_1+x_2-2x_3+3x_4-x_5=0,\\3x_1-x_2+8x_3+x_4+2x_5=0,\\x_1+3x_2-9x_3+7x_4-3x_5=0.\end{cases}$

4．设齐次线性方程组 $\boldsymbol{AX}=\boldsymbol{0}$ 有非零解，$\boldsymbol{A}=\begin{pmatrix}1&2&3\\2&t&1\\-1&3&2\\-2&1&-1\end{pmatrix}$，则 $t=$ ______ .

5．如果五元线性方程组 $\boldsymbol{AX}=\boldsymbol{0}$ 的同解方程组是 $\begin{cases}x_1=-3x_2,\\x_2=0,\end{cases}$ 则有 $r(\boldsymbol{A})=$ ______ ，自由未知量的个数为 ______ 个，$\boldsymbol{AX}=\boldsymbol{0}$ 的基础解系有 ______ 个解向量.

6．要使 $\boldsymbol{\xi}_1=(1,0,2)^{\mathrm{T}},\boldsymbol{\xi}_2=(0,1,-1)^{\mathrm{T}}$ 都是线性方程组 $\boldsymbol{AX}=\boldsymbol{0}$ 的解，只需要系数矩阵为（　　）.

A．$(-2\ \ 1\ \ 1)$　　B．$\begin{pmatrix}2&0&-1\\0&1&1\end{pmatrix}$　　C．$\begin{pmatrix}-1&0&2\\0&1&-1\end{pmatrix}$　　D．$\begin{pmatrix}0&1&-1\\4&-2&2\\0&1&1\end{pmatrix}$

7．设 $\boldsymbol{A}$ 是 n 阶方阵，$r(\boldsymbol{A})=n-3$，且 $\boldsymbol{\alpha}_1,\boldsymbol{\alpha}_2,\boldsymbol{\alpha}_3$ 是线性方程组 $\boldsymbol{AX}=\boldsymbol{0}$ 的 3 个线性无关的解向量，则 $\boldsymbol{AX}=\boldsymbol{0}$ 的基础解系为（　　）.

A．$\boldsymbol{\alpha}_1+\boldsymbol{\alpha}_2,\boldsymbol{\alpha}_2+\boldsymbol{\alpha}_3,\boldsymbol{\alpha}_3+\boldsymbol{\alpha}_1$　　B．$\boldsymbol{\alpha}_2-\boldsymbol{\alpha}_1,\boldsymbol{\alpha}_3-\boldsymbol{\alpha}_2,\boldsymbol{\alpha}_1-\boldsymbol{\alpha}_3$

C．$2\boldsymbol{\alpha}_2-\boldsymbol{\alpha}_1,\frac{1}{2}\boldsymbol{\alpha}_3-\boldsymbol{\alpha}_2,\boldsymbol{\alpha}_1-\boldsymbol{\alpha}_3$　　D．$\boldsymbol{\alpha}_1+\boldsymbol{\alpha}_2+\boldsymbol{\alpha}_3,\boldsymbol{\alpha}_3-\boldsymbol{\alpha}_2,-\boldsymbol{\alpha}_1-2\boldsymbol{\alpha}_3$

提高题

1．设 $\boldsymbol{A}=(a_{ij})_{n\times n}$，且 $|\boldsymbol{A}|=0$，但 $\boldsymbol{A}$ 中某元素的代数余子式 $A_{kl}\neq 0$，则齐次线性方程组 $\boldsymbol{AX}=\boldsymbol{0}$ 的基础解系中所含向量的个数为（　　）.

A．1　　B．k　　C．l　　D．n

2．设 $\boldsymbol{A}$ 为 $m\times n$ 矩阵，则对齐次线性方程组 $\boldsymbol{AX}=\boldsymbol{0}$ 有结论（　　）.

A．当 $m\geqslant n$ 时，方程组只有零解

B．当 $m<n$ 时，方程组有非零解，且基础解系中含 $n-m$ 个线性无关的解向量

C．若 $\boldsymbol{A}$ 有 n 阶子式不为零，则方程组只有零解

D．若 $\boldsymbol{A}$ 所有 $n-1$ 阶子式不为零，则方程组只有零解

3．设 $\boldsymbol{\eta}_1,\boldsymbol{\eta}_2,\boldsymbol{\eta}_3$ 为线性方程组 $\boldsymbol{AX}=\boldsymbol{0}$ 的一个基础解系，则（　　）也是该方程组的基础解系（　　）.

A．$\boldsymbol{\eta}_1-\boldsymbol{\eta}_3,3\boldsymbol{\eta}_2-\boldsymbol{\eta}_3,-\boldsymbol{\eta}_1-3\boldsymbol{\eta}_2+2\boldsymbol{\eta}_3$

B．$\boldsymbol{\eta}_1+2\boldsymbol{\eta}_2+\boldsymbol{\eta}_3,\boldsymbol{\eta}_1+\boldsymbol{\eta}_2,\boldsymbol{\eta}_2+\boldsymbol{\eta}_3$

C．与 $\boldsymbol{\eta}_1,\boldsymbol{\eta}_2,\boldsymbol{\eta}_3$ 等价的同维向量组 $\boldsymbol{\alpha}_1,\boldsymbol{\alpha}_2,\boldsymbol{\alpha}_3,\boldsymbol{\alpha}_4$

D．与 $\boldsymbol{\eta}_1,\boldsymbol{\eta}_2,\boldsymbol{\eta}_3$ 等价的同维向量组 $\boldsymbol{\beta}_1,\boldsymbol{\beta}_2,\boldsymbol{\beta}_3$

4．设 $A=\begin{pmatrix}1&2&1&2\\0&1&t&t\\1&t&0&1\end{pmatrix}$，且方程组 $AX=\mathbf{0}$ 的基础解系中含有 2 个解向量，求 $AX=\mathbf{0}$ 的通解.

5．设有齐次线性方程组

$$\begin{cases}(1+a)x_1+x_2+x_3+x_4=0,\\2x_1+(2+a)x_2+2x_3+2x_4=0,\\3x_1+3x_2+(3+a)x_3+3x_4=0,\\4x_1+4x_2+4x_3+(4+a)x_4=0.\end{cases}$$

试讨论 a 取何值时，该方程组有非零解，并求出其通解.

4.2 非齐次线性方程组

由 1.4 节的内容可知，克拉默法则仅适用于方程的个数与未知量的个数相同的情况. 一般情况下，方程的个数与未知量的个数不相同，此时克拉默法则就失效了，本节讨论此类非齐次线性方程组的求解问题.

4.2.1 非齐次线性方程组的基本概念

延伸微课

m 个方程 n 个未知量的方程组

$$\begin{cases}a_{11}x_1+a_{12}x_2+\cdots+a_{1n}x_n=b_1,\\a_{21}x_1+a_{22}x_2+\cdots+a_{2n}x_n=b_2,\\\cdots\cdots\cdots\cdots\\a_{m1}x_1+a_{m2}x_2+\cdots+a_{mn}x_n=b_m,\end{cases}\tag{4.3}$$

其中 $b_1,b_2,\cdots,b_m$ 不全为 0，称为非齐次线性方程组，其中 $x_1,x_2,\cdots,x_n$ 表示 n 个未知量，常数 a_{ij} $(i=1,2,\cdots,m;j=1,2,\cdots,n)$ 称为系数，b_i $(i=1,2,\cdots,m)$ 称为方程组的常数项. 记

$$A=\begin{pmatrix}a_{11}&a_{12}&\cdots&a_{1n}\\a_{21}&a_{22}&\cdots&a_{2n}\\\vdots&\vdots&&\vdots\\a_{m1}&a_{m2}&\cdots&a_{mn}\end{pmatrix},X=\begin{pmatrix}x_1\\x_2\\\vdots\\x_n\end{pmatrix},b=\begin{pmatrix}b_1\\b_2\\\vdots\\b_m\end{pmatrix},$$

则式（4.3）可表示为

$$AX=b.\tag{4.4}$$

式（4.4）称为非齐次线性方程组的矩阵形式，A 称为系数矩阵.

非齐次线性方程组 $AX=b$ 对应的齐次线性方程组 $AX=\mathbf{0}$ 称为 $AX=b$ 的导出组.

$m\times(n+1)$ 矩阵

$$\overline{A}=\begin{pmatrix} a_{11} & a_{12} & \cdots & a_{1n} & b_1 \\ a_{21} & a_{22} & \cdots & a_{2n} & b_2 \\ \vdots & \vdots & & \vdots & \vdots \\ a_{m1} & a_{m2} & \cdots & a_{mn} & b_m \end{pmatrix}=(\boldsymbol{\alpha}_1,\boldsymbol{\alpha}_2,\cdots,\boldsymbol{\alpha}_n,\boldsymbol{b})=(\boldsymbol{A},\boldsymbol{b})$$

称为非齐次线性方程组 $\boldsymbol{AX}=\boldsymbol{b}$ 的增广矩阵.

非齐次线性方程组 $\boldsymbol{AX}=\boldsymbol{b}$ 不同于齐次线性方程组 $\boldsymbol{AX}=\boldsymbol{0}$，$\boldsymbol{AX}=\boldsymbol{0}$ 至少有一个零解，而非齐次线性方程组 $\boldsymbol{AX}=\boldsymbol{b}$ 并不能保证有解.

当方程组 $\boldsymbol{AX}=\boldsymbol{b}$ 有解时，就称方程组是相容的，否则就称方程组不相容.

4.2.2 非齐次线性方程组解的性质

性质 4.3 若 $\boldsymbol{\eta}_1,\boldsymbol{\eta}_2$ 是非齐次线性方程组 $\boldsymbol{AX}=\boldsymbol{b}$ 的解，则 $\boldsymbol{\eta}_1-\boldsymbol{\eta}_2$ 为导出组 $\boldsymbol{AX}=\boldsymbol{0}$ 的解.

证明 因为 $\boldsymbol{A\eta}_1=\boldsymbol{b},\boldsymbol{A\eta}_2=\boldsymbol{b}$，则 $\boldsymbol{A}(\boldsymbol{\eta}_1-\boldsymbol{\eta}_2)=\boldsymbol{A\eta}_1-\boldsymbol{A\eta}_2=\boldsymbol{b}-\boldsymbol{b}=\boldsymbol{0}$.

性质 4.4 若 $\boldsymbol{\eta}$ 是非齐次线性方程组 $\boldsymbol{AX}=\boldsymbol{b}$ 的解，$\boldsymbol{\xi}$ 是对应导出组 $\boldsymbol{AX}=\boldsymbol{0}$ 的解，则 $\boldsymbol{\eta}+\boldsymbol{\xi}$ 是 $\boldsymbol{AX}=\boldsymbol{b}$ 的解.

证明 由 $\boldsymbol{A\eta}=\boldsymbol{b}$ 及 $\boldsymbol{A\xi}=\boldsymbol{0}$ 可推出 $\boldsymbol{A}(\boldsymbol{\eta}+\boldsymbol{\xi})=\boldsymbol{A\eta}+\boldsymbol{A\xi}=\boldsymbol{b}$.

非齐次线性方程组 $\boldsymbol{AX}=\boldsymbol{b}$ 的全部解称为通解，根据以上两个性质可以得到非齐次线性方程组解的结构定理.

微课：性质4.3与定理4.2

定理 4.2 设 $\boldsymbol{\eta}^*$ 是非齐次线性方程组 $\boldsymbol{AX}=\boldsymbol{b}$ 的一个特解，$\boldsymbol{\xi}_1,\boldsymbol{\xi}_2,\cdots,\boldsymbol{\xi}_{n-r}$ 是对应导出组 $\boldsymbol{AX}=\boldsymbol{0}$ 的一个基础解系，$r=r(\boldsymbol{A})$，则非齐次线性方程组 $\boldsymbol{AX}=\boldsymbol{b}$ 的通解为

$$\boldsymbol{\eta}^*+c_1\boldsymbol{\xi}_1+c_2\boldsymbol{\xi}_2+\cdots+c_{n-r}\boldsymbol{\xi}_{n-r},$$

其中 $c_1,c_2,\cdots,c_{n-r}$ 为任意常数.

证明 设 $\boldsymbol{\eta}$ 是非齐次线性方程组 $\boldsymbol{AX}=\boldsymbol{b}$ 的任一解，根据性质 4.3 得 $\boldsymbol{\eta}-\boldsymbol{\eta}^*$ 为导出组 $\boldsymbol{AX}=\boldsymbol{0}$ 的解，从而存在常数 $c_1,c_2,\cdots,c_{n-r}$，使 $\boldsymbol{\eta}-\boldsymbol{\eta}^*=c_1\boldsymbol{\xi}_1+c_2\boldsymbol{\xi}_2+\cdots+c_{n-r}\boldsymbol{\xi}_{n-r}$，即 $\boldsymbol{\eta}=\boldsymbol{\eta}^*+c_1\boldsymbol{\xi}_1+c_2\boldsymbol{\xi}_2+\cdots+c_{n-r}\boldsymbol{\xi}_{n-r}$.

4.2.3 非齐次线性方程组的解法

定理 4.3 非齐次线性方程组 $\boldsymbol{AX}=\boldsymbol{b}$，当系数矩阵 $\boldsymbol{A}$ 的秩与增广矩阵 $\overline{\boldsymbol{A}}$ 的秩满足以下条件时，有

（1）若 $r(\boldsymbol{A})\neq r(\overline{\boldsymbol{A}})$，则非齐次线性方程组 $\boldsymbol{AX}=\boldsymbol{b}$ 无解；

（2）若 $r(\boldsymbol{A})=r(\overline{\boldsymbol{A}})=n$，则非齐次线性方程组 $\boldsymbol{AX}=\boldsymbol{b}$ 有唯一解；

（3）若 $r(\boldsymbol{A})=r(\overline{\boldsymbol{A}})=r<n$，则非齐次线性方程组 $\boldsymbol{AX}=\boldsymbol{b}$ 有无穷多解. 若 $\boldsymbol{\eta}^*$ 是非齐次线性方程组 $\boldsymbol{AX}=\boldsymbol{b}$ 的一个特解，$\boldsymbol{\xi}_1,\boldsymbol{\xi}_2,\cdots,\boldsymbol{\xi}_{n-r}$ 为导出组 $\boldsymbol{AX}=\boldsymbol{0}$ 的基础解系，则通解可表示为

$$\boldsymbol{\eta}^*+c_1\boldsymbol{\xi}_1+c_2\boldsymbol{\xi}_2+\cdots+c_{n-r}\boldsymbol{\xi}_{n-r},$$

其中 $c_1,c_2,\cdots,c_{n-r}$ 为任意常数.

证明 为方便叙述，不妨假设增广矩阵 $\overline{\boldsymbol{A}}=(\boldsymbol{\alpha}_1,\boldsymbol{\alpha}_2,\cdots,\boldsymbol{\alpha}_n,\boldsymbol{b})$ 的行最简形为

$$\begin{pmatrix} 1 & 0 & \cdots & 0 & b_{1,r+1} & \cdots & b_{1n} & d_1 \\ 0 & 1 & \cdots & 0 & b_{2,r+1} & \cdots & b_{2n} & d_2 \\ \vdots & \vdots & & \vdots & \vdots & & \vdots & \vdots \\ 0 & 0 & \cdots & 1 & b_{r,r+1} & \cdots & b_{rn} & d_r \\ 0 & 0 & \cdots & 0 & 0 & \cdots & 0 & d_{r+1} \\ \vdots & \vdots & & \vdots & \vdots & & \vdots & \vdots \\ 0 & 0 & \cdots & 0 & 0 & \cdots & 0 & 0 \end{pmatrix}.$$

（1）若 $r(\boldsymbol{A}) \neq r(\overline{\boldsymbol{A}})$，即 $d_{r+1} \neq 0$，此时第 $r+1$ 行对应矛盾的方程 $0 = d_{r+1}$，故线性方程组无解.

（2）若 $r(\boldsymbol{A}) = r(\overline{\boldsymbol{A}}) = n$，则 $\overline{\boldsymbol{A}} = (\boldsymbol{\alpha}_1, \boldsymbol{\alpha}_2, \cdots, \boldsymbol{\alpha}_n, \boldsymbol{b})$ 的行最简形为

$$\begin{pmatrix} 1 & 0 & \cdots & 0 & d_1 \\ 0 & 1 & \cdots & 0 & d_2 \\ \vdots & \vdots & & \vdots & \vdots \\ 0 & 0 & \cdots & 1 & d_n \end{pmatrix}.$$

此时线性方程组有唯一解

$$\begin{cases} x_1 = d_1, \\ x_2 = d_2, \\ \quad \vdots \\ x_n = d_n, \end{cases}$$

或写为

$$\begin{pmatrix} x_1 \\ x_2 \\ \vdots \\ x_n \end{pmatrix} = \begin{pmatrix} d_1 \\ d_2 \\ \vdots \\ d_n \end{pmatrix}.$$

（3）若 $r(\boldsymbol{A}) = r(\overline{\boldsymbol{A}}) = r < n$，则增广矩阵 $\overline{\boldsymbol{A}} = (\boldsymbol{\alpha}_1, \boldsymbol{\alpha}_2, \cdots, \boldsymbol{\alpha}_n, \boldsymbol{b})$ 的行最简形为

$$\begin{pmatrix} 1 & 0 & \cdots & 0 & b_{1,r+1} & \cdots & b_{1n} & d_1 \\ 0 & 1 & \cdots & 0 & b_{2,r+1} & \cdots & b_{2n} & d_2 \\ \vdots & \vdots & & \vdots & \vdots & & \vdots & \vdots \\ 0 & 0 & \cdots & 1 & b_{r,r+1} & \cdots & b_{rn} & d_r \\ 0 & 0 & \cdots & 0 & 0 & \cdots & 0 & 0 \\ \vdots & \vdots & & \vdots & \vdots & & \vdots & \vdots \\ 0 & 0 & \cdots & 0 & 0 & \cdots & 0 & 0 \end{pmatrix},$$

与 $\boldsymbol{AX} = \boldsymbol{b}$ 同解的线性方程组为

$$\begin{cases} x_1 \qquad\qquad + b_{1,r+1}x_{r+1} + b_{1,r+2}x_{r+2} + \cdots + b_{1n}x_n = d_1, \\ \qquad x_2 \qquad + b_{2,r+1}x_{r+1} + b_{2,r+2}x_{r+2} + \cdots + b_{2n}x_n = d_2, \\ \cdots\cdots\cdots\cdots \\ \qquad\qquad x_r + b_{r,r+1}x_{r+1} + b_{r,r+2}x_{r+2} + \cdots + b_{rn}x_n = d_r, \end{cases}$$

即

$$\begin{cases} x_1 = -b_{1,r+1}x_{r+1} - b_{1,r+2}x_{r+2} - \cdots - b_{1n}x_n + d_1, \\ x_2 = -b_{2,r+1}x_{r+1} - b_{2,r+2}x_{r+2} - \cdots - b_{2n}x_n + d_2, \\ \cdots\cdots\cdots\cdots \\ x_r = -b_{r,r+1}x_{r+1} - b_{r,r+2}x_{r+2} - \cdots - b_{rn}x_n + d_r. \end{cases}$$

令自由未知量 $x_{r+1} = c_1, x_{r+2} = c_2, \cdots, x_n = c_{n-r}$，得到 $\boldsymbol{AX} = \boldsymbol{b}$ 的一组解，即

$$\begin{cases} x_1 = -b_{1,r+1}c_1 - b_{1,r+2}c_2 - \cdots - b_{1n}c_{n-r} + d_1, \\ x_2 = -b_{2,r+1}c_1 - b_{2,r+2}c_2 - \cdots - b_{2n}c_{n-r} + d_2, \\ \cdots\cdots\cdots\cdots \\ x_r = -b_{r,r+1}c_1 - b_{r,r+2}c_2 - \cdots - b_{rn}c_{n-r} + d_r, \\ x_{r+1} = c_1, \\ x_{r+2} = c_2, \\ \cdots\cdots\cdots\cdots \\ x_n = c_{n-r}, \end{cases}$$

或写成

$$\begin{pmatrix} x_1 \\ \vdots \\ x_r \\ x_{r+1} \\ \vdots \\ x_n \end{pmatrix} = \begin{pmatrix} -b_{1,r+1}c_1 - \cdots - b_{1n}c_{n-r} + d_1 \\ \vdots \\ -b_{r,r+1}c_1 - \cdots - b_{rn}c_{n-r} + d_r \\ c_1 \\ \vdots \\ c_{n-r} \end{pmatrix} = c_1 \begin{pmatrix} -b_{1,r+1} \\ \vdots \\ -b_{r,r+1} \\ 1 \\ \vdots \\ 0 \end{pmatrix} + \cdots + c_{n-r} \begin{pmatrix} -b_{1n} \\ \vdots \\ -b_{rn} \\ 0 \\ \vdots \\ 1 \end{pmatrix} + \begin{pmatrix} d_1 \\ \vdots \\ d_r \\ 0 \\ \vdots \\ 0 \end{pmatrix},$$

其中 $c_1, c_2, \cdots, c_{n-r}$ 为任意常数．因此，$\boldsymbol{AX} = \boldsymbol{b}$ 不仅有解，且有无穷多解．

【即时提问 4.2】若线性方程组 $\boldsymbol{AX} = \boldsymbol{b}\ (\boldsymbol{b} \neq \boldsymbol{0})$ 有无穷多解，则齐次线性方程组 $\boldsymbol{AX} = \boldsymbol{0}$ 也有无穷多解．该说法是否正确？请说明理由．

例 4.5 求解方程组

$$\begin{cases} x_1 + 2x_2 - x_3 = 1, \\ 2x_1 + 3x_2 + x_3 = 0, \\ 4x_1 + 7x_2 - x_3 = 2. \end{cases}$$

微课：例4.5

解 $$\overline{\boldsymbol{A}} = \left(\begin{array}{ccc:c} 1 & 2 & -1 & 1 \\ 2 & 3 & 1 & 0 \\ 4 & 7 & -1 & 2 \end{array}\right) \to \left(\begin{array}{ccc:c} 1 & 2 & -1 & 1 \\ 0 & -1 & 3 & -2 \\ 0 & -1 & 3 & -2 \end{array}\right) \to \left(\begin{array}{ccc:c} 1 & 2 & -1 & 1 \\ 0 & -1 & 3 & -2 \\ 0 & 0 & 0 & 0 \end{array}\right)$$

$$\to \left(\begin{array}{ccc:c} 1 & 0 & 5 & -3 \\ 0 & -1 & 3 & -2 \\ 0 & 0 & 0 & 0 \end{array}\right) \to \left(\begin{array}{ccc:c} 1 & 0 & 5 & -3 \\ 0 & 1 & -3 & 2 \\ 0 & 0 & 0 & 0 \end{array}\right).$$

$r(\overline{\boldsymbol{A}}) = r(\boldsymbol{A}) = 2, n = 3 \Rightarrow$ 导出组的基础解系含 1 个解向量．

齐次同解方程组为 $\begin{cases} x_1 = -5x_3, \\ x_2 = 3x_3, \end{cases}$ 基础解系为 $\boldsymbol{\xi} = (-5,3,1)^{\mathrm{T}}$.

非齐次同解方程组为 $\begin{cases} x_1 = -5x_3 - 3, \\ x_2 = 3x_3 + 2, \end{cases}$ 特解为 $\boldsymbol{\eta}^* = (-3,2,0)^{\mathrm{T}}$.

故通解为 $\boldsymbol{\eta}^* + c\boldsymbol{\xi} = (-3,2,0)^{\mathrm{T}} + c(-5,3,1)^{\mathrm{T}}$，其中 c 为任意常数.

例 4.6　已知线性方程组 $\begin{cases} x_1 + x_2 - 2x_3 + 3x_4 = 0, \\ 2x_1 + x_2 - 6x_3 + 4x_4 = -1, \\ 3x_1 + 2x_2 + px_3 + 7x_4 = -1, \\ x_1 - x_2 - 6x_3 - x_4 = t, \end{cases}$ 当参数 p,t 取何值时，方程组有解、无解？当方程组有解时，试用导出组的基础解系表示通解.

解

$$\overline{\boldsymbol{A}} = \begin{pmatrix} 1 & 1 & -2 & 3 & 0 \\ 2 & 1 & -6 & 4 & -1 \\ 3 & 2 & p & 7 & -1 \\ 1 & -1 & -6 & -1 & t \end{pmatrix} \to \begin{pmatrix} 1 & 1 & -2 & 3 & 0 \\ 0 & -1 & -2 & -2 & -1 \\ 0 & -1 & p+6 & -2 & -1 \\ 0 & -2 & -4 & -4 & t \end{pmatrix} \to \begin{pmatrix} 1 & 1 & -2 & 3 & 0 \\ 0 & 1 & 2 & 2 & 1 \\ 0 & 0 & p+8 & 0 & 0 \\ 0 & 0 & 0 & 0 & t+2 \end{pmatrix}$$

$$\to \begin{pmatrix} 1 & 0 & -4 & 1 & -1 \\ 0 & 1 & 2 & 2 & 1 \\ 0 & 0 & p+8 & 0 & 0 \\ 0 & 0 & 0 & 0 & t+2 \end{pmatrix}.$$

计算机可视化

（1）当 $t \neq -2$ 时，$r(\boldsymbol{A}) \neq r(\overline{\boldsymbol{A}})$，方程组无解.

（2）当 $t = -2$ 时，$r(\boldsymbol{A}) = r(\overline{\boldsymbol{A}})$，方程组有解.

① 若 $p = -8$，

$$\overline{\boldsymbol{A}} \to \begin{pmatrix} 1 & 0 & -4 & 1 & -1 \\ 0 & 1 & 2 & 2 & 1 \\ 0 & 0 & 0 & 0 & 0 \\ 0 & 0 & 0 & 0 & 0 \end{pmatrix},$$

同解方程组为 $\begin{cases} x_1 = 4x_3 - x_4 - 1, \\ x_2 = -2x_3 - 2x_4 + 1, \end{cases}$ 可得通解 $\boldsymbol{x} = (-1,1,0,0)^{\mathrm{T}} + c_1(4,-2,1,0)^{\mathrm{T}} + c_2(-1,-2,0,1)^{\mathrm{T}}$，其中 c_1, c_2 为任意常数.

② 若 $p \neq -8$，

$$\overline{\boldsymbol{A}} \to \begin{pmatrix} 1 & 0 & -4 & 1 & -1 \\ 0 & 1 & 2 & 2 & 1 \\ 0 & 0 & 1 & 0 & 0 \\ 0 & 0 & 0 & 0 & 0 \end{pmatrix} \to \begin{pmatrix} 1 & 0 & 0 & 1 & -1 \\ 0 & 1 & 0 & 2 & 1 \\ 0 & 0 & 1 & 0 & 0 \\ 0 & 0 & 0 & 0 & 0 \end{pmatrix},$$

同解方程组为 $\begin{cases} x_1 = -x_4 - 1, \\ x_2 = -2x_4 + 1, \\ x_3 = 0, \end{cases}$ 可得通解 $\boldsymbol{x} = (-1,1,0,0)^{\mathrm{T}} + c(-1,-2,0,1)^{\mathrm{T}}$，其中 c 为任意常数.

例 4.7 证明方程组 $\begin{cases} x_1 - x_2 = a_1, \\ x_2 - x_3 = a_2, \\ x_3 - x_4 = a_3, \\ x_4 - x_5 = a_4, \\ x_5 - x_1 = a_5 \end{cases}$ 有解的充分必要条件是 $\sum_{i=1}^{5} a_i = 0$.

证明

$$\overline{A} = \begin{pmatrix} 1 & -1 & 0 & 0 & 0 & a_1 \\ 0 & 1 & -1 & 0 & 0 & a_2 \\ 0 & 0 & 1 & -1 & 0 & a_3 \\ 0 & 0 & 0 & 1 & -1 & a_4 \\ -1 & 0 & 0 & 0 & 1 & a_5 \end{pmatrix} \to \begin{pmatrix} 1 & -1 & 0 & 0 & 0 & a_1 \\ 0 & 1 & -1 & 0 & 0 & a_2 \\ 0 & 0 & 1 & -1 & 0 & a_3 \\ 0 & 0 & 0 & 1 & -1 & a_4 \\ 0 & -1 & 0 & 0 & 1 & a_1 + a_5 \end{pmatrix}$$

$$\to \begin{pmatrix} 1 & -1 & 0 & 0 & 0 & a_1 \\ 0 & 1 & -1 & 0 & 0 & a_2 \\ 0 & 0 & 1 & -1 & 0 & a_3 \\ 0 & 0 & 0 & 1 & -1 & a_4 \\ 0 & 0 & -1 & 0 & 1 & a_1 + a_2 + a_5 \end{pmatrix}.$$

继续对上述矩阵作初等行变换，将第 3、第 4 行加到第 5 行，得

$$\overline{A} \to \begin{pmatrix} 1 & -1 & 0 & 0 & 0 & a_1 \\ 0 & 1 & -1 & 0 & 0 & a_2 \\ 0 & 0 & 1 & -1 & 0 & a_3 \\ 0 & 0 & 0 & 1 & -1 & a_4 \\ 0 & 0 & 0 & 0 & 0 & \sum_{i=1}^{5} a_i \end{pmatrix},$$

所以方程组有解的充分必要条件为 $r(A) = r(\overline{A})$，即 $\sum_{i=1}^{5} a_i = 0$.

例 4.8（交通网络流量分析问题） 对城市道路网中每条道路、每个交叉路口的车流量进行调查，是分析、评价及改善城市交通状况的基础．根据实际车流量信息可以设计流量控制方案，必要时设置单行线，以免车辆长时间拥堵．

某城市单行线如图 4.1 所示，其中的数字表示该路段每小时按箭头方向行驶的车流量（单

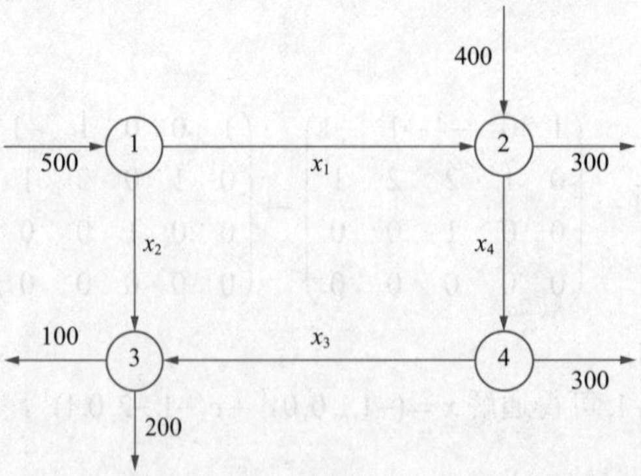

图 4.1

位：辆），假设每条道路都是单行线，每个交叉路口进入和驶离的车辆数量相等，建立确定每条道路流量的线性方程组.

（1）为了唯一确定未知车流量，还需要增加哪几条道路的流量信息？

（2）当 x_4=350 时，确定 x_1,x_2,x_3 的值.

（3）当 x_4=200 时，单行线该如何改动才合理？

解　（1）根据图 4.1 和上述假设，在①②③④这 4 个路口进出的车辆数量分别满足

$$\begin{cases}500=x_1+x_2,\\400+x_1=x_4+300,\\x_2+x_3=100+200,\\x_4=x_3+300.\end{cases}$$

对线性方程组的增广矩阵进行初等变换，将其化为行最简形，有

$$(\boldsymbol{A},\boldsymbol{b})=\begin{pmatrix}1&1&0&0&500\\1&0&0&-1&-100\\0&1&1&0&300\\0&0&-1&1&300\end{pmatrix}\xrightarrow{\text{初等行变换}}\begin{pmatrix}1&0&0&-1&-100\\0&1&0&1&600\\0&0&1&-1&-300\\0&0&0&0&0\end{pmatrix}.$$

由此可得

$$\begin{cases}x_1=x_4-100,\\x_2=-x_4+600,\\x_3=x_4-300.\end{cases}$$

由此可知，为了唯一确定未知车流量，只要增加 x_4 的流量信息即可.

（2）当 $x_4=350$ 时，可确定 $x_1=250$，$x_2=250$，$x_3=50$.

（3）若 $x_4=200$，则 $x_1=100$，$x_2=400$，$x_3=-100<0$，这表明单行线"③←④"应改为"③→④"才合理.

同步习题 4.2

基础题

1．解方程组 $\begin{cases}x_1+x_2-2x_3=1,\\3x_1+8x_2+x_3=-2,\\7x_1+2x_2-21x_3=13.\end{cases}$

2．求下列线性方程组的通解.

（1）$\begin{cases}x_1-x_2+2x_3-2x_4=1,\\x_2+x_3+2x_4=-1,\\2x_1-x_2+5x_3-2x_4=1,\\x_1-x_2-4x_4=3.\end{cases}$　　（2）$\begin{cases}x_1+5x_2-x_3-x_4=-1,\\x_1-2x_2+x_3+3x_4=3,\\3x_1+8x_2-x_3+x_4=1,\\x_1-9x_2+3x_3+7x_4=7.\end{cases}$

3．对下列线性方程组，讨论 λ 取何值时，方程组无解、有唯一解和有无穷多解，方程组有无穷多解时，试用其导出组的基础解系表示通解．

（1）$\begin{cases}\lambda x_1+x_2+x_3=\lambda-3,\\ x_1+\lambda x_2+x_3=-2,\\ x_1+x_2+\lambda x_3=-2.\end{cases}$　　（2）$\begin{cases}2x_1+\lambda x_2-x_3=1,\\ \lambda x_1-x_2+x_3=2,\\ 4x_1+5x_2-5x_3=-1.\end{cases}$

4．设方程组 $\begin{pmatrix}a&1&1\\1&a&1\\1&1&a\end{pmatrix}\begin{pmatrix}x_1\\x_2\\x_3\end{pmatrix}=\begin{pmatrix}1\\1\\-2\end{pmatrix}$ 有无穷多解，则 $a=$ ______．

5．若线性方程组 $\begin{cases}x_1+x_2=-a_1,\\ x_2+x_3=a_2,\\ x_3+x_4=-a_3,\\ x_4+x_1=a_4\end{cases}$ 有解，则常数 a_1,a_2,a_3,a_4 应满足条件 ______．

6．非齐次线性方程组 $\boldsymbol{AX}=\boldsymbol{b}$ 中未知量个数为 n，方程个数为 m，系数矩阵 $\boldsymbol{A}$ 的秩为 r，则（　　）．

A．$r=m$ 时，方程组 $\boldsymbol{AX}=\boldsymbol{b}$ 有解

B．$r=n$ 时，方程组 $\boldsymbol{AX}=\boldsymbol{b}$ 有唯一解

C．$m=n$ 时，方程组 $\boldsymbol{AX}=\boldsymbol{b}$ 有唯一解

D．$r<n$ 时，方程组 $\boldsymbol{AX}=\boldsymbol{b}$ 有无穷多解

7．设 $\boldsymbol{A}$ 是 $m\times n$ 矩阵，$\boldsymbol{AX}=\boldsymbol{0}$ 是非齐次线性方程组 $\boldsymbol{AX}=\boldsymbol{b}$ 所对应的齐次线性方程组，则下列结论正确的是（　　）．

A．若 $\boldsymbol{AX}=\boldsymbol{0}$ 仅有零解，则 $\boldsymbol{AX}=\boldsymbol{b}$ 有唯一解

B．若 $\boldsymbol{AX}=\boldsymbol{0}$ 有非零解，则 $\boldsymbol{AX}=\boldsymbol{b}$ 有无穷多解

C．若 $\boldsymbol{AX}=\boldsymbol{b}$ 有无穷多解，则 $\boldsymbol{AX}=\boldsymbol{0}$ 有非零解

D．若 $\boldsymbol{AX}=\boldsymbol{b}$ 有无穷多解，则 $\boldsymbol{AX}=\boldsymbol{0}$ 只有零解

8．设 $\boldsymbol{A}$ 是 $m\times n$ 矩阵，非齐次线性方程组 $\boldsymbol{AX}=\boldsymbol{b}$ 有解的充分条件是（　　）．

A．$r(\boldsymbol{A})=m$　　B．$\boldsymbol{A}$ 的行向量组线性相关

C．$r(\boldsymbol{A})=n$　　D．$\boldsymbol{A}$ 的列向量组线性相关

9．设 n 阶矩阵 $\boldsymbol{A}$ 的伴随矩阵 $\boldsymbol{A}^*\neq\boldsymbol{O}$，若 ξ_1,ξ_2,ξ_3,ξ_4 是非齐次线性方程组 $\boldsymbol{AX}=\boldsymbol{b}$ 的互不相等的解，则对应的齐次线性方程组 $\boldsymbol{AX}=\boldsymbol{0}$ 的基础解系（　　）．

A．不存在

B．仅含 1 个非零解向量

C．含有 2 个线性无关的解向量

D．含有 3 个线性无关的解向量

提高题

1．设矩阵 $A=\begin{pmatrix}1&1&1\\1&2&a\\1&4&a^2\end{pmatrix}$，$b=\begin{pmatrix}1\\d\\d^2\end{pmatrix}$．若集合 $\Omega=\{1,2\}$，则线性方程组 $AX=b$ 有无穷多解的充分必要条件为（　　）．

A．$a\notin\Omega, d\notin\Omega$　　B．$a\notin\Omega, d\in\Omega$

C．$a\in\Omega, d\notin\Omega$　　D．$a\in\Omega, d\in\Omega$

2．设 A 是 n 阶矩阵，$\boldsymbol{\alpha}$ 为 n 维列向量，若 $r\begin{pmatrix}A&\boldsymbol{\alpha}\\\boldsymbol{\alpha}^{\mathrm T}&0\end{pmatrix}=r(A)$，则线性方程组（　　）．

A．$AX=\boldsymbol{\alpha}$ 必有无穷多解　　B．$AX=\boldsymbol{\alpha}$ 必有唯一解

C．$\begin{pmatrix}A&\boldsymbol{\alpha}\\\boldsymbol{\alpha}^{\mathrm T}&0\end{pmatrix}\begin{pmatrix}x\\y\end{pmatrix}=\mathbf{0}$ 仅有零解　　D．$\begin{pmatrix}A&\boldsymbol{\alpha}\\\boldsymbol{\alpha}^{\mathrm T}&0\end{pmatrix}\begin{pmatrix}x\\y\end{pmatrix}=\mathbf{0}$ 必有非零解

3．已知非齐次线性方程组

$$\begin{cases}x_1+x_2+x_3+x_4=-1,\\4x_1+3x_2+5x_3-x_4=-1,\\ax_1+x_2+3x_3+bx_4=1\end{cases}$$

有 3 个线性无关的解．

（1）证明：方程组系数矩阵 A 的秩 $r(A)=2$．

（2）求 a,b 的值及方程组的通解．

4．设 $A=(a_{ij})_{3\times3}$ 满足条件：（1）$a_{ij}=A_{ij}\,(i,j=1,2,3)$，其中 A_{ij} 是元素 a_{ij} 的代数余子式；（2）$a_{33}=-1$．求方程组 $AX=b$ 的解，其中 $b=(0,0,1)^{\mathrm T}$．

4.3　线性方程组的应用

线性方程组是线性代数的重要内容，与向量组、矩阵方程有密切的关系．线性方程组及其求解方法在经济分析领域和大多数理工科专业课程（如“电路分析”“信号与线性系统分析”“数学建模”等）中被广泛应用，许多相关问题可以通过建立数学模型转化为线性方程组或一阶常系数线性微分方程组，进行求解．

4.3.1　向量组与线性方程组

对于非齐次线性方程组 $AX=b$，记系数矩阵 $A=(\boldsymbol{\alpha}_1,\boldsymbol{\alpha}_2,\cdots,\boldsymbol{\alpha}_n)$，即

$$\boldsymbol{\alpha}_1=\begin{pmatrix}a_{11}\\a_{21}\\\vdots\\a_{m1}\end{pmatrix},\boldsymbol{\alpha}_2=\begin{pmatrix}a_{12}\\a_{22}\\\vdots\\a_{m2}\end{pmatrix},\cdots,\boldsymbol{\alpha}_n=\begin{pmatrix}a_{1n}\\a_{2n}\\\vdots\\a_{mn}\end{pmatrix},$$

则导出组 $\boldsymbol{AX}=\boldsymbol{0}$ 可化为

$$x_1\boldsymbol{\alpha}_1+x_2\boldsymbol{\alpha}_2+\cdots+x_n\boldsymbol{\alpha}_n=\boldsymbol{0}, \tag{4.5}$$

式（4.5）称为齐次线性方程组 $\boldsymbol{AX}=\boldsymbol{0}$ 的向量形式.

方程组 $\boldsymbol{AX}=\boldsymbol{b}$ 可化为

$$x_1\boldsymbol{\alpha}_1+x_2\boldsymbol{\alpha}_2+\cdots+x_n\boldsymbol{\alpha}_n=\boldsymbol{b}, \tag{4.6}$$

式（4.6）称为非齐次线性方程组的向量形式.

定理 4.4 齐次线性方程组 $\boldsymbol{AX}=\boldsymbol{0}$ 有唯一零解的充分必要条件是系数矩阵 $\boldsymbol{A}$ 的列向量组线性无关.

证明 先证必要性. 已知齐次线性方程组 $\boldsymbol{AX}=\boldsymbol{0}$ 有唯一零解，即当且仅当 $x_1=0,x_2=0,\cdots,x_n=0$ 时，$x_1\boldsymbol{\alpha}_1+x_2\boldsymbol{\alpha}_2+\cdots+x_n\boldsymbol{\alpha}_n=\boldsymbol{0}$ 成立，根据定义 3.5 知矩阵 $\boldsymbol{A}$ 的列向量组线性无关.

再证充分性. 若矩阵 $\boldsymbol{A}$ 的列向量组线性无关，由定义可得，当 $x_1=0,x_2=0,\cdots,x_n=0$ 时，$x_1\boldsymbol{\alpha}_1+x_2\boldsymbol{\alpha}_2+\cdots+x_n\boldsymbol{\alpha}_n=\boldsymbol{0}$，即 $\boldsymbol{AX}=\boldsymbol{0}$ 只有唯一零解.

推论 齐次线性方程组 $\boldsymbol{AX}=\boldsymbol{0}$ 有非零解的充分必要条件是矩阵 $\boldsymbol{A}$ 的列向量组线性相关.

定理 4.5 非齐次线性方程组 $\boldsymbol{AX}=\boldsymbol{b}$ 有解的充分必要条件是向量 $\boldsymbol{b}$ 可由系数矩阵 $\boldsymbol{A}$ 的列向量组线性表示.

证明 先证必要性. 已知非齐次线性方程组 $\boldsymbol{AX}=\boldsymbol{b}$ 有解，即存在 $x_1,x_2,\cdots,x_n$ 满足 $x_1\boldsymbol{\alpha}_1+x_2\boldsymbol{\alpha}_2+\cdots+x_n\boldsymbol{\alpha}_n=\boldsymbol{b}$，从而向量 $\boldsymbol{b}$ 可由系数矩阵 $\boldsymbol{A}$ 的列向量组线性表示.

再证充分性. 若向量 $\boldsymbol{b}$ 可由系数矩阵 $\boldsymbol{A}$ 的列向量组线性表示，则存在 $x_1,x_2,\cdots,x_n$ 满足 $\boldsymbol{b}=x_1\boldsymbol{\alpha}_1+x_2\boldsymbol{\alpha}_2+\cdots+x_n\boldsymbol{\alpha}_n$，即

$$(\boldsymbol{\alpha}_1,\boldsymbol{\alpha}_2,\cdots,\boldsymbol{\alpha}_n)\begin{pmatrix}x_1\\x_2\\\vdots\\x_n\end{pmatrix}=\boldsymbol{b}.$$

记 $\boldsymbol{A}=(\boldsymbol{\alpha}_1,\boldsymbol{\alpha}_2,\cdots,\boldsymbol{\alpha}_n),\boldsymbol{X}=\begin{pmatrix}x_1\\x_2\\\vdots\\x_n\end{pmatrix}$，则上式变为 $\boldsymbol{AX}=\boldsymbol{b}$. 由 $x_1,x_2,\cdots,x_n$ 的存在性知非齐次线性方程组 $\boldsymbol{AX}=\boldsymbol{b}$ 有解.

推论 已知 m 维向量 $\boldsymbol{b}$ 及 m 维向量组 $\boldsymbol{\alpha}_1,\boldsymbol{\alpha}_2,\cdots,\boldsymbol{\alpha}_n$，记 $\boldsymbol{A}=(\boldsymbol{\alpha}_1,\boldsymbol{\alpha}_2,\cdots,\boldsymbol{\alpha}_n),\overline{\boldsymbol{A}}=(\boldsymbol{\alpha}_1,\boldsymbol{\alpha}_2,\cdots,\boldsymbol{\alpha}_n,\boldsymbol{b})$.

（1）若 $r(\boldsymbol{A})\neq r(\overline{\boldsymbol{A}})$，则向量 $\boldsymbol{b}$ 不能由向量组 $\boldsymbol{\alpha}_1,\boldsymbol{\alpha}_2,\cdots,\boldsymbol{\alpha}_n$ 线性表示.

（2）若 $r(\boldsymbol{A})=r(\overline{\boldsymbol{A}})=n$，则向量 $\boldsymbol{b}$ 可由向量组 $\boldsymbol{\alpha}_1,\boldsymbol{\alpha}_2,\cdots,\boldsymbol{\alpha}_n$ 唯一线性表示.

（3）若 $r(\boldsymbol{A})=r(\overline{\boldsymbol{A}})<n$，则向量 $\boldsymbol{b}$ 可由向量组 $\boldsymbol{\alpha}_1,\boldsymbol{\alpha}_2,\cdots,\boldsymbol{\alpha}_n$ 线性表示，但表示式不唯一.

【即时提问 4.3】设 $\boldsymbol{A}$ 为 n 阶方阵，$\boldsymbol{b}$ 为 n 维非零向量，$\boldsymbol{x}_1$ 为 $\boldsymbol{AX}=\boldsymbol{b}$ 的解，$\boldsymbol{\alpha}_1,\boldsymbol{\alpha}_2,\cdots,\boldsymbol{\alpha}_r$ 为 $\boldsymbol{AX}=\boldsymbol{0}$ 的基础解系，则 $r(\boldsymbol{x}_1,\boldsymbol{\alpha}_1,\boldsymbol{\alpha}_2,\cdots,\boldsymbol{\alpha}_r)=r+1$. 该说法是否正确？请说明理由.

例 4.9　已知 $\boldsymbol{\alpha}_1=(1,0,2,3)$，$\boldsymbol{\alpha}_2=(1,1,3,5)$，$\boldsymbol{\alpha}_3=(1,-1,a+2,1)$，$\boldsymbol{\alpha}_4=(1,2,4,a+8)$，$\boldsymbol{\beta}=(1,1,b+3,5)$．

（1）a,b 为何值时，$\boldsymbol{\beta}$ 不能表示成 $\boldsymbol{\alpha}_1,\boldsymbol{\alpha}_2,\boldsymbol{\alpha}_3,\boldsymbol{\alpha}_4$ 的线性组合？

（2）a,b 为何值时，$\boldsymbol{\beta}$ 可由 $\boldsymbol{\alpha}_1,\boldsymbol{\alpha}_2,\boldsymbol{\alpha}_3,\boldsymbol{\alpha}_4$ 唯一线性表示？写出该表示式．

解　设 $\boldsymbol{\beta}=k_1\boldsymbol{\alpha}_1+k_2\boldsymbol{\alpha}_2+k_3\boldsymbol{\alpha}_3+k_4\boldsymbol{\alpha}_4$，则

$$\begin{cases} k_1+k_2+k_3+k_4=1, \\ k_2-k_3+2k_4=1, \\ 2k_1+3k_2+(a+2)k_3+4k_4=b+3, \\ 3k_1+5k_2+k_3+(a+8)k_4=5. \end{cases}$$

$$\begin{pmatrix} 1 & 1 & 1 & 1 & 1 \\ 0 & 1 & -1 & 2 & 1 \\ 2 & 3 & a+2 & 4 & b+3 \\ 3 & 5 & 1 & a+8 & 5 \end{pmatrix} \to \begin{pmatrix} 1 & 1 & 1 & 1 & 1 \\ 0 & 1 & -1 & 2 & 1 \\ 0 & 1 & a & 2 & b+1 \\ 0 & 2 & -2 & a+5 & 2 \end{pmatrix} \to \begin{pmatrix} 1 & 1 & 1 & 1 & 1 \\ 0 & 1 & -1 & 2 & 1 \\ 0 & 0 & a+1 & 0 & b \\ 0 & 0 & 0 & a+1 & 0 \end{pmatrix}.$$

（1）当 $a=-1,b\neq 0$ 时，$\boldsymbol{\beta}$ 不能表示成 $\boldsymbol{\alpha}_1,\boldsymbol{\alpha}_2,\boldsymbol{\alpha}_3,\boldsymbol{\alpha}_4$ 的线性组合．

（2）当 $a\neq -1$ 时，表示式唯一，且 $\boldsymbol{\beta}=-\dfrac{2b}{a+1}\boldsymbol{\alpha}_1+\dfrac{a+b+1}{a+1}\boldsymbol{\alpha}_2+\dfrac{b}{a+1}\boldsymbol{\alpha}_3+0\boldsymbol{\alpha}_4$．

4.3.2 利用线性方程组解的理论求解线性方程组

当问题中的线性方程组没有明确给出，但已知条件与方程组的解向量有关时，可考虑用线性方程组解的理论来求解此类问题．

例 4.10　设 n 阶矩阵 $\boldsymbol{A}$ 的各行元素之和均为零，且 $\boldsymbol{A}$ 的秩为 $n-1$，求线性方程组 $\boldsymbol{AX}=\boldsymbol{0}$ 的通解．

解　由于 $\boldsymbol{A}$ 的秩为 $n-1$，故 $\boldsymbol{AX}=\boldsymbol{0}$ 的基础解系中解向量的个数为 1．

由 $\boldsymbol{A}=(a_{ij})$ 的各行元素之和均为零，有 $\sum\limits_{j=1}^{n}a_{ij}=0\ (i=1,2,\cdots,n)$，因此，

微课：例4.10

$\boldsymbol{X}=(1,1,\cdots,1)^{\mathrm{T}}$ 为 $\boldsymbol{AX}=\boldsymbol{0}$ 的解．

于是 $\boldsymbol{AX}=\boldsymbol{0}$ 的通解为 $c(1,1,\cdots,1)^{\mathrm{T}}$，其中 c 为任意常数．

注　当一个向量组只含一个向量时，若该向量是零向量，则线性相关时；该向量为非零向量，则线性无关．

例 4.11　已知 $\boldsymbol{\alpha}=(0,1,0)^{\mathrm{T}}$，$\boldsymbol{\beta}=(-3,2,2)^{\mathrm{T}}$ 是线性方程组 $\begin{cases} x_1-x_2+2x_3=-1, \\ 3x_1+x_2+4x_3=1, \\ ax_1+bx_2+cx_3=d \end{cases}$ 的两个解，求此方程组的通解．

解　由已知得 $\boldsymbol{A}=\begin{pmatrix} 1 & -1 & 2 \\ 3 & 1 & 4 \\ a & b & c \end{pmatrix}$，$\boldsymbol{\alpha},\boldsymbol{\beta}$ 为 $\boldsymbol{AX}=\boldsymbol{b}$ 的两个不同解，则方程组有解且解不唯一，故有 $r(\boldsymbol{A})=r(\overline{\boldsymbol{A}})<3$．

A的二阶子式$\begin{vmatrix}1 & -1\\3 & 1\end{vmatrix}\neq 0$，可知$r(A)\geqslant 2$，由于$r(A)\leqslant 2$，故$r(A)=2$.

$AX=0$的基础解系中含有的向量个数为$3-r(A)=1$.

$\xi=\alpha-\beta=(0,1,0)^T-(-3,2,2)^T=(3,-1,-2)^T\neq 0$为基础解系.

故方程组的通解为$c\xi+\alpha=c(3,-1,-2)^T+(0,1,0)^T$，其中$c$为任意常数.

4.3.3 矩阵方程与线性方程组

1. $AB=O$与齐次线性方程组

定理 4.6　设A是$m\times n$矩阵，B是$n\times s$矩阵，若$AB=O$，则B的列向量均为齐次线性方程组$AX=0$的解向量.

微课：定理4.6

证明　记$B=(\beta_1,\beta_2,\cdots,\beta_s)$，则$AB=A(\beta_1,\beta_2,\cdots,\beta_s)=(A\beta_1,A\beta_2,\cdots,A\beta_s)$. $AB=O$化为$(A\beta_1,A\beta_2,\cdots,A\beta_s)=(0,0,\cdots,0)$.

根据矩阵相等的定义得$A\beta_1=0,A\beta_2=0,\cdots,A\beta_s=0$，这说明$B$的列向量$\beta_1,\beta_2,\cdots,\beta_s$均为方程组$AX=0$的解向量.

推论　设A是$m\times n$矩阵，B是$n\times s$矩阵，若$AB=O$，且$B\neq O$，则齐次线性方程组$AX=0$有非零解.

例 4.12　设$A=\begin{pmatrix}-1 & 2 & -2\\-4 & t & 3\\3 & 1 & -1\end{pmatrix}$，$B$为三阶非零矩阵，且$AB=O$，求$t$.

解　由$AB=O$且$B\neq O$，说明齐次线性方程组$AX=0$有非零解.

对于3×3矩阵A，要使$AX=0$有非零解，等价条件是$|A|=0$.

$$|A|=\begin{vmatrix}-1 & 2 & -2\\-4 & t & 3\\3 & 1 & -1\end{vmatrix}=\begin{vmatrix}-1 & 0 & 0\\-4 & t+3 & 11\\3 & 0 & -7\end{vmatrix}=7(t+3)=0,$$

故$t=-3$.

例 4.13　设A为$m\times n$矩阵，B为$n\times s$矩阵，且满足$AB=O$，证明：$r(A)+r(B)\leqslant n$.

证明　由$AB=O$，根据定理4.6知B的列向量组是齐次线性方程组$AX=0$的解向量集合中的部分解向量；而齐次线性方程组$AX=0$所有解向量构成的向量集合的秩就是基础解系所含解向量的个数$n-r(A)$，因此必有$r(B)\leqslant n-r(A)$，即$r(A)+r(B)\leqslant n$.

2. 解矩阵方程

设有矩阵方程$AX=B$，若A可逆，可将方程两边同时左乘A^{-1}，可得解$X=A^{-1}B$. 利用初等变换的性质，如果对矩阵(A,B)作初等行变换，只要把A化为E，就可以把B化为$A^{-1}B$，即得$X=A^{-1}B$，此时X是唯一的.

若A不是方阵，或不可逆时，可以令$X=(X_1,X_2,\cdots,X_s),B=(b_1,b_2,\cdots,b_s)$，$X_1,X_2,\cdots,X_s$，$b_1,b_2,\cdots,b_s$为列向量，这样矩阵方程$AX=B$就化为$s$个方程$AX_i=b_i$（$i=1,2,\cdots,s$），解出$X_1,X_2,\cdots,X_s$，此时$X$不唯一，这里就不再论述了（此方法对于$A$可逆时也适用）.

例 4.14　设 $\boldsymbol{\alpha}=\begin{pmatrix}1\\2\\1\end{pmatrix},\boldsymbol{\beta}=\begin{pmatrix}1\\\frac{1}{2}\\0\end{pmatrix},\boldsymbol{\gamma}=\begin{pmatrix}0\\0\\8\end{pmatrix},\boldsymbol{A}=\boldsymbol{\alpha}\boldsymbol{\beta}^{\mathrm{T}},\boldsymbol{B}=\boldsymbol{\beta}^{\mathrm{T}}\boldsymbol{\alpha}$，其中 $\boldsymbol{\beta}^{\mathrm{T}}$ 是 $\boldsymbol{\beta}$ 的转置，求解方程 $2\boldsymbol{B}^2\boldsymbol{A}^2\boldsymbol{X}=\boldsymbol{A}^4\boldsymbol{X}+\boldsymbol{B}^4\boldsymbol{X}+\boldsymbol{\gamma}$.

解　由题设得 $\boldsymbol{A}=\begin{pmatrix}1\\2\\1\end{pmatrix}\begin{pmatrix}1,\frac{1}{2},0\end{pmatrix}=\begin{pmatrix}1&\frac{1}{2}&0\\2&1&0\\1&\frac{1}{2}&0\end{pmatrix},\boldsymbol{B}=\begin{pmatrix}1,\frac{1}{2},0\end{pmatrix}\begin{pmatrix}1\\2\\1\end{pmatrix}=2$.

又 $\boldsymbol{A}^2=\boldsymbol{\alpha}\boldsymbol{\beta}^{\mathrm{T}}\boldsymbol{\alpha}\boldsymbol{\beta}^{\mathrm{T}}=\boldsymbol{\alpha}(\boldsymbol{\beta}^{\mathrm{T}}\boldsymbol{\alpha})\boldsymbol{\beta}^{\mathrm{T}}=2\boldsymbol{A},\boldsymbol{A}^4=8\boldsymbol{A}$，代入原方程，得 $16\boldsymbol{A}\boldsymbol{X}=8\boldsymbol{A}\boldsymbol{X}+16\boldsymbol{X}+\boldsymbol{\gamma}$，即 $8(\boldsymbol{A}-2\boldsymbol{E})\boldsymbol{X}=\boldsymbol{\gamma}$（其中 $\boldsymbol{E}$ 是三阶单位矩阵），也即 $(\boldsymbol{A}-2\boldsymbol{E})\boldsymbol{X}=\frac{1}{8}\boldsymbol{\gamma}$.

$$\boldsymbol{A}-2\boldsymbol{E}=\begin{pmatrix}-1&\frac{1}{2}&0\\2&-1&0\\1&\frac{1}{2}&-2\end{pmatrix}.$$

令 $\boldsymbol{X}=(x_1,x_2,x_3)^{\mathrm{T}}$，有

$$\begin{pmatrix}-1&\frac{1}{2}&0\\2&-1&0\\1&\frac{1}{2}&-2\end{pmatrix}\begin{pmatrix}x_1\\x_2\\x_3\end{pmatrix}=\begin{pmatrix}0\\0\\1\end{pmatrix},$$

得到非齐次线性方程组

$$\begin{cases}-x_1+\frac{1}{2}x_2=0,\\2x_1-x_2=0,\\x_1+\frac{1}{2}x_2-2x_3=1.\end{cases}$$

可得

$$\begin{pmatrix}-1&\frac{1}{2}&0&0\\2&-1&0&0\\1&\frac{1}{2}&-2&1\end{pmatrix}\to\begin{pmatrix}1&-\frac{1}{2}&0&0\\0&1&-2&1\\0&0&0&0\end{pmatrix}\to\begin{pmatrix}1&0&-1&\frac{1}{2}\\0&1&-2&1\\0&0&0&0\end{pmatrix},$$

得同解方程组

$$\begin{cases}x_1=x_3+\frac{1}{2},\\x_2=2x_3+1.\end{cases}$$

对应齐次线性方程组的基础解系为$\xi=(1,2,1)^{\mathrm T}$，非齐次线性方程组的特解为$\eta^*=\left(0,0,-\dfrac{1}{2}\right)^{\mathrm T}$，于是所求方程组的解为$X=\eta^*+c\xi=\left(0,0,-\dfrac{1}{2}\right)^{\mathrm T}+c(1,2,1)^{\mathrm T}$，其中$c$为任意常数.

4.3.4 同解与公共解

1. 同解

线性方程组有下列3种变换，称为线性方程组的初等变换.

（1）换法变换：交换两个方程的位置.

（2）倍法变换：某个方程的两端同乘以一个非零常数.

（3）消法变换：把一个方程的若干倍加到另一个方程上去.

在线性方程组的3种初等变换之下，线性方程组的同解性不变，从而对线性方程组的同解性有以下结论.

（1）齐次线性方程组$\boldsymbol{AX}=\mathbf{0}$和$\boldsymbol{BX}=\mathbf{0}$同解的充分必要条件为$r(\boldsymbol A)=r\begin{pmatrix}\boldsymbol A\\ \boldsymbol B\end{pmatrix}=r(\boldsymbol B)$.

（2）非齐次线性方程组$\boldsymbol{AX}=\boldsymbol b_1$和$\boldsymbol{BX}=\boldsymbol b_2$有解，则它们同解的充分必要条件为$r(\boldsymbol A)=r\begin{pmatrix}\boldsymbol A & \boldsymbol b_1\\ \boldsymbol B & \boldsymbol b_2\end{pmatrix}=r(\boldsymbol B)$.

（3）常见的同解方程组如下.

① 若$\boldsymbol P$为n阶可逆矩阵，则$\boldsymbol{AX}=\mathbf{0}$和$\boldsymbol{PAX}=\mathbf{0}$同解，$\boldsymbol{AX}=\boldsymbol b$和$\boldsymbol{PAX}=\boldsymbol{Pb}$同解，且$r(\boldsymbol A)=r(\boldsymbol{PA})$.

② 若$\boldsymbol A$为$m\times n$实矩阵，则$\boldsymbol{AX}=\mathbf{0}$和$\boldsymbol A^{\mathrm T}\boldsymbol{AX}=\mathbf{0}$同解，且$r(\boldsymbol A)=r(\boldsymbol A^{\mathrm T}\boldsymbol A)$.

③ 若$\boldsymbol A$为n阶实对称矩阵，则$\boldsymbol{AX}=\mathbf{0}$和$\boldsymbol A^2\boldsymbol X=\mathbf{0}$同解，且$r(\boldsymbol A)=r(\boldsymbol A^2)$.

④ 若$\boldsymbol A$为n阶方阵，则$\boldsymbol A^n\boldsymbol X=\mathbf{0}$和$\boldsymbol A^{n+1}\boldsymbol X=\mathbf{0}$同解，且$r(\boldsymbol A^n)=r(\boldsymbol A^{n+1})$.

现以第2种同解方程组为例进行论证.

一方面，若$\boldsymbol\alpha$为$\boldsymbol{AX}=\mathbf{0}$的解，即$\boldsymbol{A\alpha}=\mathbf{0}$，则$\boldsymbol A^{\mathrm T}\boldsymbol{A\alpha}=\boldsymbol A^{\mathrm T}\mathbf{0}=\mathbf{0}$，$\boldsymbol\alpha$必为$\boldsymbol A^{\mathrm T}\boldsymbol{AX}=\mathbf{0}$的解. 另一方面，若$\boldsymbol\beta$为$\boldsymbol A^{\mathrm T}\boldsymbol{AX}=\mathbf{0}$的解，即$\boldsymbol A^{\mathrm T}\boldsymbol{A\beta}=\mathbf{0}$，两边同乘$\boldsymbol\beta^{\mathrm T}$，有$\boldsymbol\beta^{\mathrm T}\boldsymbol A^{\mathrm T}\boldsymbol{A\beta}=\mathbf{0}$.

设$\boldsymbol{A\beta}=\begin{pmatrix}y_1\\ y_2\\ \vdots\\ y_m\end{pmatrix}$，则$(\boldsymbol{A\beta})^{\mathrm T}\boldsymbol{A\beta}=y_1^2+y_2^2+\cdots+y_m^2=0$，得$y_1=y_2=\cdots=y_m=0$，即有$\boldsymbol{A\beta}=\mathbf{0}$，所以$\boldsymbol\beta$必为$\boldsymbol{AX}=\mathbf{0}$的解. 故方程组$\boldsymbol{AX}=\mathbf{0}$和$\boldsymbol A^{\mathrm T}\boldsymbol{AX}=\mathbf{0}$同解.

例 4.15 设方程组（Ⅰ）$\begin{cases}x_1+2x_2-x_3+x_4=l,\\ 3x_1+mx_2+3x_3+2x_4=-11,\\ 2x_1+2x_2+nx_3+x_4=-4\end{cases}$与方程组（Ⅱ）$\begin{cases}x_1+3x_3=-2,\\ x_2-2x_3=5,\\ x_4=-10\end{cases}$是同解方程组，试确定方程组（Ⅰ）中的参数$l,m,n$的值并求解.

解 （Ⅱ）中令$x_3=1$，易找到（Ⅱ）的一个特解

$$\boldsymbol{\eta}=(-5,7,1,-10)^{\mathrm{T}},$$

由于（Ⅰ）与（Ⅱ）同解，所以$\boldsymbol{\eta}$满足（Ⅰ）.

把$\boldsymbol{\eta}$代入（Ⅰ）得

$$\begin{cases}-5+14-1-10=l,\\-15+7m+3-20=-11,\\-10+14+n-10=-4,\end{cases}$$

解得

$$\begin{cases}l=-2,\\m=3,\\n=2.\end{cases}$$

将（Ⅰ）与（Ⅱ）合并为一个方程组，对其增广矩阵作初等行变换，得

$$\begin{pmatrix}1&0&3&0&-2\\0&1&-2&0&5\\0&0&0&1&-10\\1&2&-1&1&-2\\3&3&3&2&-11\\2&2&2&1&-4\end{pmatrix}\to\begin{pmatrix}1&0&3&0&-2\\0&1&-2&0&5\\0&0&0&1&-10\\0&2&-4&1&0\\0&3&-6&2&-5\\0&2&-4&1&0\end{pmatrix}$$

$$\to\begin{pmatrix}1&0&3&0&-2\\0&1&-2&0&5\\0&0&0&1&-10\\0&0&0&1&-10\\0&0&0&2&-20\\0&0&0&0&0\end{pmatrix}\to\begin{pmatrix}1&0&3&0&-2\\0&1&-2&0&5\\0&0&0&1&-10\\0&0&0&0&0\\0&0&0&0&0\\0&0&0&0&0\end{pmatrix}.$$

对应导出组的同解方程组为$\begin{cases}x_1=-3x_3-2,\\x_2=2x_3+5,\\x_4=-10,\end{cases}$其基础解系为$(-3,2,1,0)^{\mathrm{T}}$，非齐次线性方程组的同解方程组为$\begin{cases}x_1=-3x_3-2,\\x_2=2x_3+5,\\x_4=-10,\end{cases}$得其中一个特解为$(-2,5,0,-10)^{\mathrm{T}}$.

（Ⅰ）与（Ⅱ）同解，解为$(-2,5,0,-10)^{\mathrm{T}}+c(-3,2,1,0)^{\mathrm{T}}$，其中$c$为任意常数.

2. 公共解

例 4.16　设线性方程组（Ⅰ）$\begin{cases}x_1+x_2+x_3=0,\\x_1+2x_2+ax_3=0,\\x_1+4x_2+a^2x_3=0\end{cases}$与方程（Ⅱ）$x_1+2x_2+x_3=a-1$有公共解，求$a$的值及所有公共解.

微课：例4.16

解　联立方程组

$$\begin{cases} x_1+x_2+x_3=0, \\ x_1+2x_2+ax_3=0, \\ x_1+4x_2+a^2x_3=0, \\ x_1+2x_2+x_3=a-1. \end{cases}$$

$$\overline{\boldsymbol{A}}=\begin{pmatrix} 1 & 1 & 1 & 0 \\ 1 & 2 & a & 0 \\ 1 & 4 & a^2 & 0 \\ 1 & 2 & 1 & a-1 \end{pmatrix} \to \begin{pmatrix} 1 & 1 & 1 & 0 \\ 0 & 1 & a-1 & 0 \\ 0 & 3 & a^2-1 & 0 \\ 0 & 1 & 0 & a-1 \end{pmatrix} \to \begin{pmatrix} 1 & 1 & 1 & 0 \\ 0 & 1 & 0 & a-1 \\ 0 & 1 & a-1 & 0 \\ 0 & 3 & a^2-1 & 0 \end{pmatrix}$$

$$\to \begin{pmatrix} 1 & 1 & 1 & 0 \\ 0 & 1 & 0 & a-1 \\ 0 & 0 & a-1 & 1-a \\ 0 & 0 & a^2-1 & -3(a-1) \end{pmatrix} \to \begin{pmatrix} 1 & 1 & 1 & 0 \\ 0 & 1 & 0 & a-1 \\ 0 & 0 & a-1 & 1-a \\ 0 & 0 & 0 & (a-1)(a-2) \end{pmatrix}.$$

因为有解，故$a=1$或$a=2$.

当$a=1$时，

$$\overline{\boldsymbol{A}} \to \begin{pmatrix} 1 & 1 & 1 & 0 \\ 0 & 1 & 0 & 0 \\ 0 & 0 & 0 & 0 \\ 0 & 0 & 0 & 0 \end{pmatrix} \to \begin{pmatrix} 1 & 0 & 1 & 0 \\ 0 & 1 & 0 & 0 \\ 0 & 0 & 0 & 0 \\ 0 & 0 & 0 & 0 \end{pmatrix}.$$

同解方程组为$\begin{cases} x_1=-x_3, \\ x_2=0, \end{cases}$公共解为$c(-1,0,1)^{\mathrm{T}}$，其中$c$为任意常数.

当$a=2$时，

$$\overline{\boldsymbol{A}} \to \begin{pmatrix} 1 & 1 & 1 & 0 \\ 0 & 1 & 0 & 1 \\ 0 & 0 & 1 & -1 \\ 0 & 0 & 0 & 0 \end{pmatrix} \to \begin{pmatrix} 1 & 0 & 1 & -1 \\ 0 & 1 & 0 & 1 \\ 0 & 0 & 1 & -1 \\ 0 & 0 & 0 & 0 \end{pmatrix} \to \begin{pmatrix} 1 & 0 & 0 & 0 \\ 0 & 1 & 0 & 1 \\ 0 & 0 & 1 & -1 \\ 0 & 0 & 0 & 0 \end{pmatrix}.$$

同解方程组为$\begin{cases} x_1=0, \\ x_2=1, \\ x_3=-1, \end{cases}$ 有唯一公共解$(0,1,-1)^{\mathrm{T}}$.

公共解的求解一般包括两种类型，求解方法如下.

（1）由两个方程组合并为一个新的方程组求公共解.

若已知两个方程组（Ⅰ）（Ⅱ）的一般表达式，只需把这两个方程组（Ⅰ）（Ⅱ）合并为一个新的方程组（Ⅲ），此新的方程组的通解即为已知方程组的公共解.

（2）由同解表达式相等求公共解.

若已知方程组（Ⅰ）的基础解系及方程组（Ⅱ）的一般表达式，则只需把方程组（Ⅰ）的通解代入方程组（Ⅱ）即可求得两个方程组的公共解.

4.3.5 线性方程组的应用

实际问题 4.1 空间平面与平面的关系.

定理 4.7 已知平面 $\Pi_1: a_1x+b_1y+c_1z=d_1$ 与 $\Pi_2: a_2x+b_2y+c_2z=d_2$，记线性方程组

$$\begin{cases} a_1x+b_1y+c_1z=d_1, \\ a_2x+b_2y+c_2z=d_2 \end{cases}$$

计算机可视化

的系数矩阵为 $\boldsymbol{A}=\begin{pmatrix} a_1 & b_1 & c_1 \\ a_2 & b_2 & c_2 \end{pmatrix}$，增广矩阵为 $\overline{\boldsymbol{A}}=\begin{pmatrix} a_1 & b_1 & c_1 & d_1 \\ a_2 & b_2 & c_2 & d_2 \end{pmatrix}$.

（1）若 $r(\boldsymbol{A})=r(\overline{\boldsymbol{A}})=2$，则平面 Π_1 与 Π_2 相交于一条直线.

（2）若 $r(\boldsymbol{A})=r(\overline{\boldsymbol{A}})=1$，则平面 Π_1 与 Π_2 重合.

（3）若 $r(\boldsymbol{A})=1$，而 $r(\overline{\boldsymbol{A}})=2$，则平面 Π_1 与 Π_2 平行.

实际问题 4.2 空间直线与平面的关系.

定理 4.8 已知空间直线 $L:\begin{cases} a_1x+b_1y+c_1z=d_1, \\ a_2x+b_2y+c_2z=d_2 \end{cases}$ 与平面 $\Pi: ax+by+cz=d$，记线性方程组

$$\begin{cases} a_1x+b_1y+c_1z=d_1, \\ a_2x+b_2y+c_2z=d_2, \\ ax+by+cz=d \end{cases}$$

微课：定理4.8

的系数矩阵为 $\boldsymbol{A}=\begin{pmatrix} a_1 & b_1 & c_1 \\ a_2 & b_2 & c_2 \\ a & b & c \end{pmatrix}$，增广矩阵为 $\overline{\boldsymbol{A}}=\begin{pmatrix} a_1 & b_1 & c_1 & d_1 \\ a_2 & b_2 & c_2 & d_2 \\ a & b & c & d \end{pmatrix}$.

（1）若 $r(\boldsymbol{A})=r(\overline{\boldsymbol{A}})=3$，则直线 L 与平面 Π 相交.

（2）若 $r(\boldsymbol{A})=2$，而 $r(\overline{\boldsymbol{A}})=3$，则直线 L 与平面 Π 平行.

（3）若 $r(\boldsymbol{A})=r(\overline{\boldsymbol{A}})=2$，则直线 L 在平面 Π 上.

实际问题 4.3 生产与生活中的应用问题.

例 4.17（百鸡百钱） 今有百钱买百鸡．鸡翁一值钱五，鸡母一值钱三，鸡雏三值钱一，问：鸡翁、鸡母、鸡雏各几何？

解 设鸡翁、鸡母、鸡雏各买 x, y, z 只，依题意得方程组

$$\begin{cases} x+y+z=100, \\ 5x+3y+\frac{1}{3}z=100, \end{cases} \to \begin{cases} x+y+z=100, \\ 15x+9y+z=300. \end{cases}$$

其增广矩阵为

$$\overline{\boldsymbol{A}}=\begin{pmatrix} 1 & 1 & 1 & 100 \\ 15 & 9 & 1 & 300 \end{pmatrix} \to \begin{pmatrix} 1 & 1 & 1 & 100 \\ 0 & -6 & -14 & -1\,200 \end{pmatrix}$$

$$\to \begin{pmatrix} 1 & 1 & 1 & 100 \\ 0 & 1 & \frac{7}{3} & 200 \end{pmatrix} \to \begin{pmatrix} 1 & 0 & -\frac{4}{3} & -100 \\ 0 & 1 & \frac{7}{3} & 200 \end{pmatrix}.$$

同解方程组为

$$\begin{cases} x = \dfrac{4}{3}z - 100, \\ y = 200 - \dfrac{7}{3}z. \end{cases}$$

考虑 $x, y, z \geqslant 0$，且 x, y, z 必须为非负整数，所以 z 为 3 的倍数，且 $75 \leqslant z \leqslant \dfrac{600}{7}$，所有可能的解为

$$\begin{cases} x = 0, \\ y = 25, \\ z = 75, \end{cases} \begin{cases} x = 4, \\ y = 18, \\ z = 78, \end{cases} \begin{cases} x = 8, \\ y = 11, \\ z = 81, \end{cases} \begin{cases} x = 12, \\ y = 4, \\ z = 84. \end{cases}$$

例 4.18 一制造商生产 3 种不同的产品 A, B, C，每种产品都需要经过两种机器 M, N 的制作．每种产品每生产 1t，所需使用两部机器的时间如表 4.1 所示（单位：h），机器 M 每星期最多使用 80h，机器 N 每星期最多使用 60h．假设制造商可以卖出每周生产的所有产品，经营者希望机器持续运转．问：在一周内每种产品需要生产多少吨，才能使机器被充分利用？

表 4.1

机器	产品 A	产品 B	产品 C
M	2	3	4
N	2	2	3

解 设一周内产品 A, B, C 分别生产 x_1, x_2, x_3 吨，依题意可得方程组

$$\begin{cases} 2x_1 + 3x_2 + 4x_3 = 80, \\ 2x_1 + 2x_2 + 3x_3 = 60. \end{cases}$$

对上述方程组的增广矩阵进行初等行变换，得

$$\overline{\boldsymbol{A}} = \begin{pmatrix} 2 & 3 & 4 & 80 \\ 2 & 2 & 3 & 60 \end{pmatrix} \to \begin{pmatrix} 1 & 0 & \dfrac{1}{2} & 10 \\ 0 & 1 & 1 & 20 \end{pmatrix}.$$

解得方程组的全部解为

$$\begin{cases} x_1 = -\dfrac{1}{2}c + 10, \\ x_2 = -c + 20, \\ x_3 = c. \end{cases}$$

由题意知 $x_1, x_2, x_3 \geqslant 0$ 且为整数，得 $0 \leqslant c < 20$，且 c 为偶数．

同步习题 4.3

基础题

1．选择题.

（1）设 $\boldsymbol{A}^2=\boldsymbol{E}$，$\boldsymbol{E}$ 为单位矩阵，则下列结论正确的是（　　）.

A．$\boldsymbol{A}-\boldsymbol{E}$ 可逆　　B．$\boldsymbol{A}+\boldsymbol{E}$ 可逆

C．$\boldsymbol{A}\neq\boldsymbol{E}$ 时，$\boldsymbol{A}+\boldsymbol{E}$ 可逆　　D．$\boldsymbol{A}\neq\boldsymbol{E}$ 时，$\boldsymbol{A}+\boldsymbol{E}$ 不可逆

（2）已知 $\boldsymbol{\beta}_1,\boldsymbol{\beta}_2$ 是非齐次线性方程组 $\boldsymbol{AX}=\boldsymbol{b}$ 的两个不同的解，$\boldsymbol{\alpha}_1,\boldsymbol{\alpha}_2$ 是对应齐次线性方程组 $\boldsymbol{AX}=\boldsymbol{0}$ 的基础解系，k_1,k_2 为任意常数，则方程组 $\boldsymbol{AX}=\boldsymbol{b}$ 的通解必是（　　）.

A．$k_1\boldsymbol{\alpha}_1+k_2(\boldsymbol{\alpha}_1+\boldsymbol{\alpha}_2)+\dfrac{\boldsymbol{\beta}_1-\boldsymbol{\beta}_2}{2}$　　B．$k_1\boldsymbol{\alpha}_1+k_2(\boldsymbol{\alpha}_1-\boldsymbol{\alpha}_2)+\dfrac{\boldsymbol{\beta}_1+\boldsymbol{\beta}_2}{2}$

C．$k_1\boldsymbol{\alpha}_1+k_2(\boldsymbol{\beta}_1+\boldsymbol{\beta}_2)+\dfrac{\boldsymbol{\beta}_1-\boldsymbol{\beta}_2}{2}$　　D．$k_1\boldsymbol{\alpha}_1+k_2(\boldsymbol{\beta}_1-\boldsymbol{\beta}_2)+\dfrac{\boldsymbol{\beta}_1+\boldsymbol{\beta}_2}{2}$

（3）设 $\boldsymbol{A}$ 为 $m\times n$ 矩阵，则与 $\boldsymbol{AX}=\boldsymbol{b}$ 同解的方程组是（　　）.

A．$m=n$ 时，$\boldsymbol{A}^{\mathrm{T}}\boldsymbol{X}=\boldsymbol{b}$

B．$\boldsymbol{QAX}=\boldsymbol{Qb}$，其中 $\boldsymbol{Q}$ 为可逆矩阵

C．$r(\boldsymbol{A})=r(\overline{\boldsymbol{A}})$，由 $\boldsymbol{AX}=\boldsymbol{b}$ 前 r 个方程组成的方程组

D．$r(\boldsymbol{A})=r(\boldsymbol{C})$，$\boldsymbol{C}_{m\times n}\boldsymbol{X}=\boldsymbol{b}$

（4）设 $\boldsymbol{A}$ 为 n 阶实矩阵，$\boldsymbol{A}^{\mathrm{T}}$ 是 $\boldsymbol{A}$ 的转置矩阵，则对于线性方程组（Ⅰ）$\boldsymbol{AX}=\boldsymbol{0}$ 和（Ⅱ）$\boldsymbol{A}^{\mathrm{T}}\boldsymbol{AX}=\boldsymbol{0}$ 必有（　　）.

A．（Ⅱ）的解是（Ⅰ）的解，（Ⅰ）的解也是（Ⅱ）的解

B．（Ⅱ）的解是（Ⅰ）的解，但（Ⅰ）的解不是（Ⅱ）的解

C．（Ⅱ）的解不是（Ⅰ）的解，（Ⅰ）的解不是（Ⅱ）的解

D．（Ⅰ）的解是（Ⅱ）的解，但（Ⅱ）的解不是（Ⅰ）的解

2．设四元非齐次线性方程组 $\boldsymbol{AX}=\boldsymbol{b}$ 的系数矩阵 $\boldsymbol{A}$ 的秩为 3，$\boldsymbol{\eta}_1,\boldsymbol{\eta}_2,\boldsymbol{\eta}_3$ 是它的 3 个特解，且 $\boldsymbol{\eta}_1=(2,3,4,5)^{\mathrm{T}}$，$\boldsymbol{\eta}_2+\boldsymbol{\eta}_3=(1,2,3,4)^{\mathrm{T}}$，求 $\boldsymbol{AX}=\boldsymbol{b}$ 的通解.

3．设方程组（Ⅰ）$\begin{cases}x_1+x_4=0,\\x_2+x_3=0,\end{cases}$ 方程组（Ⅱ）$\begin{cases}x_1+2x_3=0,\\2x_2+x_4=0,\end{cases}$ 求（Ⅰ）与（Ⅱ）的公共解.

4．已知方程组 $\begin{pmatrix}\lambda & 1 & 1\\0 & \lambda-1 & 0\\1 & 1 & \lambda\end{pmatrix}\begin{pmatrix}x_1\\x_2\\x_3\end{pmatrix}=\begin{pmatrix}a\\1\\1\end{pmatrix}$ 存在两个不同解.

（1）求 λ,a.

（2）求其通解.

5．已知 $\boldsymbol{\alpha}_1=(1,4,0,2)^{\mathrm{T}}$，$\boldsymbol{\alpha}_2=(2,7,1,3)^{\mathrm{T}}$，$\boldsymbol{\alpha}_3=(0,1,-1,a)^{\mathrm{T}}$，$\boldsymbol{\beta}=(3,10,b,4)^{\mathrm{T}}$.

（1）a,b 取何值时，$\boldsymbol{\beta}$ 不可由 $\boldsymbol{\alpha}_1,\boldsymbol{\alpha}_2,\boldsymbol{\alpha}_3$ 线性表示？

（2）a,b取何值时，$\boldsymbol{\beta}$可由$\boldsymbol{\alpha}_1,\boldsymbol{\alpha}_2,\boldsymbol{\alpha}_3$线性表示？写出此表示式．

6．在深入开展健康中国行动和爱国卫生运动，倡导文明健康生活方式的背景下，吃得科学、吃得营养、吃得健康成为许多家庭和个人关心的话题．营养师给某客户的饮食建议中，每天应包含蛋白质100单位、糖类200单位、脂肪50单位．现储备食物有4种：A,B,C,D．每种食物的蛋白质、糖类、脂肪的含量（各按标准单位）如表4.2所示．问：该客户的食物储备是否满足营养师给出的饮食建议？

表 4.2

食物	蛋白质	糖类	脂肪
A	5	20	2
B	4	25	2
C	7	10	10
D	10	5	6

提高题

1．选择题．

（1）已知$\boldsymbol{A}=\begin{pmatrix}1&2&3\\2&4&t\\3&6&9\end{pmatrix}$，$\boldsymbol{B}$为三阶非零矩阵，且满足$\boldsymbol{BA}=\boldsymbol{O}$，则（　　）．

A．$t=6$时，$\boldsymbol{B}$的秩必为1　　　B．$t=6$时，$\boldsymbol{B}$的秩必为2

C．$t\neq 6$时，$\boldsymbol{B}$的秩必为1　　　D．$t\neq 6$时，$\boldsymbol{B}$的秩必为2

（2）齐次线性方程组$\begin{cases}\lambda x_1+x_2+\lambda^2x_3=0,\\x_1+\lambda x_2+x_3=0,\\x_1+x_2+\lambda x_3=0\end{cases}$的系数矩阵为$\boldsymbol{A}$，若存在三阶矩阵$\boldsymbol{B}\neq\boldsymbol{O}$，使$\boldsymbol{AB}=\boldsymbol{O}$，则（　　）．

A．$\lambda=-2$且$|\boldsymbol{B}|=0$　　　B．$\lambda=-2$且$|\boldsymbol{B}|\neq 0$

C．$\lambda=1$且$|\boldsymbol{B}|=0$　　　D．$\lambda=1$且$|\boldsymbol{B}|\neq 0$

2．设四元方程组（Ⅰ）$\begin{cases}x_1+x_2=0,\\x_3-x_4=0,\end{cases}$又已知齐次线性方程组（Ⅱ）的通解为$k_1(0,1,1,0)^{\mathrm{T}}+k_2(-1,2,2,1)^{\mathrm{T}}$．

（1）求方程组（Ⅰ）的基础解系．

（2）线性方程组（Ⅰ）和（Ⅱ）是否有非零公共解？若有，求出所有的非零公共解；若没有，说明理由．

3．（中国古代问题）今有物不知数，三三数之剩一，五五数之剩二，七七数之剩三，问：物几何？

4.4 运用MATLAB求解线性方程组

在自然科学和工程技术中，很多问题的解决常常可归结为解线性方程组，例如，电学中的网格问题，船体数学放样中建立三次样条函数问题，用最小二乘法求实验数据的曲线拟合问题等，最终都是求解线性方程组问题．本节主要从齐次线性方程组和非齐次线性方程组两个方面来学习运用 MATLAB 求解线性方程组．

4.4.1 求解齐次线性方程组

在 MATLAB 中，我们可以利用函数命令“null(A)”来求出 $\boldsymbol{AX}=\boldsymbol{0}$ 的一个基础解系，从而求出方程组的解．其中，$\boldsymbol{A}$ 可以是数值矩阵，也可以是符号矩阵．如果 $\boldsymbol{A}$ 是数值矩阵，则返回的基础解系是正交规范的．

例 4.19 求齐次线性方程组 $\begin{cases} x_1+x_2+x_3-2x_5=0, \\ 2x_1+2x_2+x_3+2x_4-3x_5=0, \\ x_1+x_2+3x_3-4x_4-4x_5=0 \end{cases}$ 的基础解系与通解．

微课：例4.19

解

```
>> A=[1,1,1,0,-2;2,2,1,2,-3;1,1,3,-4,-4];
>> A1=sym(A)
A1 =
[ 1, 1, 1,  0, -2]
[ 2, 2, 1,  2, -3]
[ 1, 1, 3, -4, -4]
>> null(A1)
ans =
[ -1, -2, 1]
[  1,  0, 0]
[  0,  2, 1]
[  0,  1, 0]
[  0,  0, 1]
```

故基础解系为 $\xi_1=\begin{pmatrix}-1\\1\\0\\0\\0\end{pmatrix}$，$\xi_2=\begin{pmatrix}-2\\0\\2\\1\\0\end{pmatrix}$，$\xi_3=\begin{pmatrix}1\\0\\1\\0\\1\end{pmatrix}$，通解为 $\boldsymbol{X}=k_1\xi_1+k_2\xi_2+k_3\xi_3$（$k_1,k_2,k_3$为任意常数）．

说明：“sym(A)”的作用是将非符号对象转化为符号对象．

4.4.2 求解非齐次线性方程组

非齐次线性方程组的矩阵形式为 $\boldsymbol{AX}=\boldsymbol{b}$．其中，$\boldsymbol{A}$ 为 $m\times n$ 矩阵，$\boldsymbol{X}$ 和 $\boldsymbol{b}$ 为向量，$\bar{\boldsymbol{A}}$ 为其增广矩阵 $(\boldsymbol{A}\ \ \boldsymbol{b})$．

（1）若 $r(\boldsymbol{A})=r(\bar{\boldsymbol{A}})=n$，则 $\boldsymbol{AX}=\boldsymbol{b}$ 有唯一解．

例 4.20 已知非齐次线性方程组$\begin{cases}x_1+2x_2-x_3=0,\\3x_1-2x_2+x_3=4,\\x_1-x_2-x_3=6,\end{cases}$先判断方程组有唯一解，然后解方程组.

微课：例4.20

解

```
>> A=[1,2,-1;3,-2,1;1,-1,-1];
>> b=[0;4;6];
>> B=[A b];
>> r=[rank(A),rank(B)]
r =
   3    3
```

即$r(\boldsymbol{A})=r(\boldsymbol{B})=3=n$，从而方程组有唯一解.

```
>> X1=inv(A)*b
X1 =
    1
   -2
   -3
```

故方程组的解为$x_1=1$，$x_2=-2$，$x_3=-3$.

（2）若$r(\boldsymbol{A})=r(\boldsymbol{B})<n$，则$\boldsymbol{AX}=\boldsymbol{\beta}$有无穷多解.

在 MATLAB 中，当方程组有无穷多解时，可以对其增广矩阵利用函数命令“rref(B)”进行初等行变换求通解.

例 4.21 求解非齐次线性方程组$\begin{cases}x_1-2x_2+4x_3=-5,\\2x_1+3x_2+x_3=4,\\3x_1+8x_2-2x_3=13.\end{cases}$

微课：例4.21

解

```
>> A=[1,-2,4;2,3,1;3,8,-2];
>> b=[-5;4;13];
>> B=[A b];
>> r=[rank(A),rank(B)]
r =
    2    2
```

即$r(\boldsymbol{A})=r(\boldsymbol{B})=2<n$，从而方程组有无穷多解.

下面对增广矩阵进行初等行变换求通解.

```
>> rref(B)
ans =
     1    0    2   -1
     0    1   -1    2
     0    0    0    0
```

由此得方程组$\begin{cases}x_1=-1-2x_3,\\x_2=2+x_3,\end{cases}$于是，方程组的通解为

$$\boldsymbol{X}=(-1,2,0)^{\mathrm{T}}+k(-2,1,1)^{\mathrm{T}},$$

其中 k 为任意常数.

第 4 章思维导图

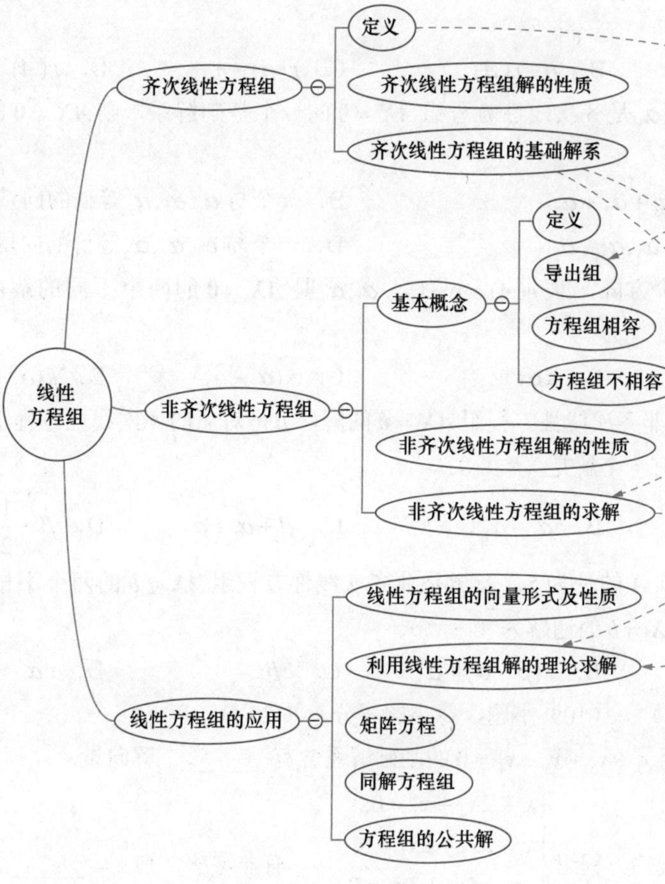

本章小结

中国数学学者

个人成就

控制科学家，中国科学院院士，第十三届全国人民代表大会常务委员会副秘书长，曾任中国科学院数学与系统科学研究院院长. 郭雷解决了自适应控制中随机自适应跟踪、极点配置与 LQG 控制等几个基本的理论问题，解决了最小二乘自校正调节器的稳定性和收敛性这一国际著名难题.

郭　雷

第 4 章总复习题 · 基础篇

1. 选择题：（1）～（5）小题，每小题 4 分，共 20 分．下列每小题给出的 4 个选项中，只有一个选项是符合题目要求的．

（1）n 元齐次线性方程组 $\boldsymbol{AX}=\boldsymbol{0}$ 有非零解时，它的每个基础解系中所含解向量的个数为（　　）．

A．$r(\boldsymbol{A})+n$　　B．$n-r(\boldsymbol{A})$　　C．$r(\boldsymbol{A})-n$　　D．$r(\boldsymbol{A})$

（2）已知 $\boldsymbol{\alpha}_1,\boldsymbol{\alpha}_2,\boldsymbol{\alpha}_3$ 是齐次线性方程组 $\boldsymbol{AX}=\boldsymbol{0}$ 的一个基础解系，则 $\boldsymbol{AX}=\boldsymbol{0}$ 的基础解系还可以表示为（　　）．

A．$\boldsymbol{\alpha}_1,\boldsymbol{\alpha}_1+\boldsymbol{\alpha}_2,\boldsymbol{\alpha}_1+\boldsymbol{\alpha}_2+\boldsymbol{\alpha}_3$　　B．一个与 $\boldsymbol{\alpha}_1,\boldsymbol{\alpha}_2,\boldsymbol{\alpha}_3$ 等秩的向量组

C．$\boldsymbol{\alpha}_1-\boldsymbol{\alpha}_2,\boldsymbol{\alpha}_2-\boldsymbol{\alpha}_3,\boldsymbol{\alpha}_3-\boldsymbol{\alpha}_1$　　D．一个与 $\boldsymbol{\alpha}_1,\boldsymbol{\alpha}_2,\boldsymbol{\alpha}_3$ 等价的向量组

（3）设 $\boldsymbol{A}$ 为 n 阶方阵，且 $r(\boldsymbol{A})=n-1$，$\boldsymbol{\alpha}_1,\boldsymbol{\alpha}_2$ 是 $\boldsymbol{AX}=\boldsymbol{0}$ 的两个不同的解向量，则 $\boldsymbol{AX}=\boldsymbol{0}$ 的通解为（　　）．

A．$k\boldsymbol{\alpha}_1$　　B．$k\boldsymbol{\alpha}_2$　　C．$k(\boldsymbol{\alpha}_1-\boldsymbol{\alpha}_2)$　　D．$k(\boldsymbol{\alpha}_1+\boldsymbol{\alpha}_2)$

（4）设 $\boldsymbol{\alpha}_1,\boldsymbol{\alpha}_2$ 是非齐次线性方程组 $\boldsymbol{AX}=\boldsymbol{b}$ 的解，$\boldsymbol{\beta}$ 是对应的齐次线性方程组 $\boldsymbol{AX}=\boldsymbol{0}$ 的解，则 $\boldsymbol{AX}=\boldsymbol{b}$ 必有一个解是（　　）．

A．$\boldsymbol{\alpha}_1+\boldsymbol{\alpha}_2$　　B．$\boldsymbol{\alpha}_1-\boldsymbol{\alpha}_2$　　C．$\boldsymbol{\beta}+\boldsymbol{\alpha}_1+\boldsymbol{\alpha}_2$　　D．$\boldsymbol{\beta}+\frac{1}{2}\boldsymbol{\alpha}_1+\frac{1}{2}\boldsymbol{\alpha}_2$

（5）设六阶方阵 $\boldsymbol{A}$ 的秩为 5，$\boldsymbol{\alpha},\boldsymbol{\beta}$ 是非齐次线性方程组 $\boldsymbol{AX}=\boldsymbol{b}$ 的两个不相等的解，c 为任意常数，则 $\boldsymbol{AX}=\boldsymbol{b}$ 的通解为（　　）．

A．$c(\boldsymbol{\beta}-\boldsymbol{\alpha})$　　B．$c(\boldsymbol{\beta}-\boldsymbol{\alpha})+\boldsymbol{\alpha}$　　C．$c\boldsymbol{\beta}$　　D．$c\boldsymbol{\alpha}$

2. 填空题：（6）～（10）小题，每小题 4 分，共 20 分．

（6）线性方程组 $x_1+x_2+x_3+x_4=0$ 的基础解系含有______个解向量．

（7）已知齐次线性方程组 $\begin{cases}x_1+2x_2+x_3=0,\\x_1+ax_2+2x_3=0,\\ax_1+4x_2+3x_3=0,\\2x_1+(a+2)x_2-5x_3=0\end{cases}$ 有非零解，则 $a=$______．

（8）设 $\boldsymbol{A}$ 为 100 阶矩阵，且对任意 100 维的非零列向量 $\boldsymbol{X}$，均有 $\boldsymbol{AX}\neq\boldsymbol{0}$，则 $\boldsymbol{A}$ 的秩为______．

（9）当 $\lambda=$______时，方程组 $\begin{cases}x_1+2x_2-x_3+3x_4=4,\\x_1+x_2-3x_3+5x_4=5,\\x_2+2x_3-2x_4=2\lambda\end{cases}$ 有解．

（10）已知 $\boldsymbol{A}=\begin{pmatrix}1&1&1\\1&a&3\\1&a^2&9\end{pmatrix}$，$\boldsymbol{\beta}=\begin{pmatrix}1\\4\\16\end{pmatrix}$，若方程组 $\boldsymbol{AX}=\boldsymbol{\beta}$ 无解，则 $a=$______．

3. 解答题：（11）～（16）小题，每小题 10 分，共 60 分．解答时应写出文字说明、证明过程或演算步骤．

（11）求齐次线性方程组 $\begin{cases} x_1 + x_4 = 0, \\ x_2 + x_3 = 0, \\ x_1 + 2x_3 = 0, \\ 2x_2 + x_4 = 0 \end{cases}$ 的一个基础解系，并给出通解．

（12）已知向量 $(1,a,2)^{\mathrm{T}},(-1,4,b)^{\mathrm{T}}$ 构成齐次线性方程组 $\begin{cases} sx_1 + x_2 - 2x_3 = 0, \\ 2x_1 - tx_2 - 2x_3 = 0 \end{cases}$ 的一个基础解系，求 a,b,s,t ．

（13）求非齐次线性方程组 $\begin{cases} 2x_1 + x_2 - x_3 + x_4 = 1, \\ 4x_1 + 2x_2 - 2x_3 + x_4 = 2, \\ 2x_1 + x_2 - x_3 - x_4 = 1 \end{cases}$ 的通解．

（14）当 a 取何值时，线性方程组 $\begin{cases} x_1 + x_2 + 2x_3 + 3x_4 = 1, \\ x_1 + 3x_2 + 6x_3 + x_4 = 3, \\ x_1 + 5x_2 + 10x_3 - x_4 = 5, \\ 3x_1 + 5x_2 + 10x_3 + 7x_4 = a \end{cases}$ 有解？方程组有解时，用其导出组的基础解系表示方程组的通解．

（15）设方程组 $\begin{cases} (1+k)x_1 + x_2 + x_3 = 0, \\ x_1 + (1+k)x_2 + x_3 = 3, \\ x_1 + x_2 + (1+k)x_3 = k, \end{cases}$ 当 k 分别取何值时，此方程组无解、有唯一解、有无穷多解？有无穷多解时，求通解．

（16）设 $\boldsymbol{\eta}^*$ 是非齐次线性方程组 $\boldsymbol{AX} = \boldsymbol{b}$ 的一个解，$\boldsymbol{\xi}_1, \boldsymbol{\xi}_2, \cdots, \boldsymbol{\xi}_{n-r}$ 是其导出组 $\boldsymbol{AX} = \boldsymbol{0}$ 的一个基础解系，证明：$\boldsymbol{\eta}^*, \boldsymbol{\xi}_1, \boldsymbol{\xi}_2, \cdots, \boldsymbol{\xi}_{n-r}$ 线性无关．

第 4 章总复习题 · 提高篇

1. 选择题：（1）～（5）小题，每小题 4 分，共 20 分．下列每小题给出的 4 个选项中，只有一个选项是符合题目要求的．

（1）（2002303）设 $\boldsymbol{A}$ 是 $m \times n$ 矩阵，$\boldsymbol{B}$ 是 $n \times m$ 矩阵，则齐次线性方程组 $(\boldsymbol{AB})\boldsymbol{X} = \boldsymbol{0}$（　　）．

A．当 $n > m$ 时仅有零解　　B．当 $n > m$ 时必有非零解

C．当 $m > n$ 时仅有零解　　D．当 $m > n$ 时必有非零解

（2）（2011104,2011204）设 $\boldsymbol{A} = (\boldsymbol{\alpha}_1, \boldsymbol{\alpha}_2, \boldsymbol{\alpha}_3, \boldsymbol{\alpha}_4)$ 是四阶矩阵，$\boldsymbol{A}^*$ 为 $\boldsymbol{A}$ 的伴随矩阵，若 $(1,0,1,0)^{\mathrm{T}}$ 是方程组 $\boldsymbol{AX} = \boldsymbol{0}$ 的一个基础解系，则 $\boldsymbol{A}^*\boldsymbol{X} = \boldsymbol{0}$ 的一个基础解系为（　　）．

微课：第4章总复习题 · 提高篇（2）

A. $\boldsymbol{\alpha}_1,\boldsymbol{\alpha}_3$　　B. $\boldsymbol{\alpha}_1,\boldsymbol{\alpha}_2$

C. $\boldsymbol{\alpha}_1,\boldsymbol{\alpha}_2,\boldsymbol{\alpha}_3$　　D. $\boldsymbol{\alpha}_2,\boldsymbol{\alpha}_3,\boldsymbol{\alpha}_4$

（3）（2021305）设 $\boldsymbol{A}=(\boldsymbol{\alpha}_1,\boldsymbol{\alpha}_2,\boldsymbol{\alpha}_3,\boldsymbol{\alpha}_4)$ 为四阶正交矩阵，若 $\boldsymbol{B}=\begin{pmatrix}\boldsymbol{\alpha}_1^{\mathrm{T}}\\ \boldsymbol{\alpha}_2^{\mathrm{T}}\\ \boldsymbol{\alpha}_3^{\mathrm{T}}\end{pmatrix}$，$\boldsymbol{\beta}=\begin{pmatrix}1\\1\\1\end{pmatrix}$，$c$ 为任意常数，则线性方程组 $\boldsymbol{BX}=\boldsymbol{\beta}$ 的通解 $\boldsymbol{X}=$（　　）.

A. $\boldsymbol{\alpha}_2+\boldsymbol{\alpha}_3+\boldsymbol{\alpha}_4+c\boldsymbol{\alpha}_1$　　B. $\boldsymbol{\alpha}_1+\boldsymbol{\alpha}_2+\boldsymbol{\alpha}_3+c\boldsymbol{\alpha}_4$

C. $\boldsymbol{\alpha}_1+\boldsymbol{\alpha}_2+\boldsymbol{\alpha}_4+c\boldsymbol{\alpha}_3$　　D. $\boldsymbol{\alpha}_1+\boldsymbol{\alpha}_3+\boldsymbol{\alpha}_4+c\boldsymbol{\alpha}_2$

（4）（2011304）设 $\boldsymbol{A}$ 为 4×3 矩阵，$\boldsymbol{\eta}_1,\boldsymbol{\eta}_2,\boldsymbol{\eta}_3$ 是非齐次线性方程组 $\boldsymbol{AX}=\boldsymbol{\beta}$ 的 3 个线性无关的解，k_1,k_2 为任意常数，则 $\boldsymbol{AX}=\boldsymbol{\beta}$ 的通解为（　　）.

A. $\dfrac{\boldsymbol{\eta}_1+\boldsymbol{\eta}_2}{2}+k_1(\boldsymbol{\eta}_2-\boldsymbol{\eta}_1)$　　B. $\dfrac{\boldsymbol{\eta}_2-\boldsymbol{\eta}_3}{2}+k_2(\boldsymbol{\eta}_2-\boldsymbol{\eta}_1)$

C. $\dfrac{\boldsymbol{\eta}_2+\boldsymbol{\eta}_3}{2}+k_1(\boldsymbol{\eta}_3-\boldsymbol{\eta}_1)+k_2(\boldsymbol{\eta}_2-\boldsymbol{\eta}_1)$　　D. $\dfrac{\boldsymbol{\eta}_2-\boldsymbol{\eta}_3}{2}+k_1(\boldsymbol{\eta}_3-\boldsymbol{\eta}_1)+k_2(\boldsymbol{\eta}_2-\boldsymbol{\eta}_1)$

（5）（2022205,2022305）设 $\boldsymbol{A}=\begin{pmatrix}1&1&1\\1&a&a^2\\1&b&b^2\end{pmatrix}$，$\boldsymbol{b}=\begin{pmatrix}1\\2\\4\end{pmatrix}$，则线性方程组 $\boldsymbol{AX}=\boldsymbol{b}$ 的解的情况为（　　）.

A．有唯一解或无解　　B．有解　　C．有无穷多解或无解　　D．无解

2. 填空题：（6）～（10）小题，每小题 4 分，共 20 分.

（6）（2019204,2019304 改编）设 $\boldsymbol{A}$ 为四阶矩阵，$\boldsymbol{A}^*$ 为 $\boldsymbol{A}$ 的伴随矩阵，若线性方程组 $\boldsymbol{AX}=\boldsymbol{0}$ 的基础解系中只有 2 个解向量，则 $r(\boldsymbol{A}^*)=$ ______ .

（7）（2019104）设 $\boldsymbol{A}=(\boldsymbol{\alpha}_1,\boldsymbol{\alpha}_2,\boldsymbol{\alpha}_3)$ 为三阶矩阵，若 $\boldsymbol{\alpha}_1,\boldsymbol{\alpha}_2$ 线性无关，且 $\boldsymbol{\alpha}_3=-\boldsymbol{\alpha}_1+2\boldsymbol{\alpha}_2$，则线性方程组 $\boldsymbol{AX}=\boldsymbol{0}$ 的通解为 ______ .

（8）（2000103）已知方程组 $\begin{pmatrix}1&2&1\\2&3&a+2\\1&a&-2\end{pmatrix}\begin{pmatrix}x_1\\x_2\\x_3\end{pmatrix}=\begin{pmatrix}1\\3\\0\end{pmatrix}$ 无解，则 $a=$ ______ .

（9）（2019304）已知 $\boldsymbol{A}=\begin{pmatrix}1&0&-1\\1&1&-1\\0&1&a^2-1\end{pmatrix}$，$\boldsymbol{b}=\begin{pmatrix}0\\1\\a\end{pmatrix}$，若线性方程组 $\boldsymbol{AX}=\boldsymbol{b}$ 有无穷多解，则 $a=$ ______ .

（10）（2004404）设 $\boldsymbol{A}=(a_{ij})_{3\times 3}$ 是实正交矩阵，且 $a_{11}=1$，$\boldsymbol{b}=(1,0,0)^{\mathrm{T}}$，则线性方程组 $\boldsymbol{AX}=\boldsymbol{b}$ 的解是 ______ .

3. 解答题：（11）～（16）小题，每小题 10 分，共 60 分．解答时应写出文字说明、证明过程或演算步骤.

（11）（2005109,2005209）已知三阶矩阵 $\boldsymbol{A}$ 的第 1 行是 (a,b,c)，a,b,c 不全为零，矩

阵 $\boldsymbol{B}=\begin{pmatrix}1&2&3\\2&4&6\\3&6&k\end{pmatrix}$（$k$为常数），且 $\boldsymbol{AB}=\boldsymbol{O}$，求线性方程组 $\boldsymbol{Ax}=\boldsymbol{0}$ 的通解.

（12）（2004109,2004209）设有齐次线性方程组

$$\begin{cases}(1+a)x_1+x_2+\cdots+x_n=0,\\2x_1+(2+a)x_2+\cdots+2x_n=0,\\\cdots\cdots\cdots\cdots\\nx_1+nx_2+\cdots+(n+a)x_n=0\end{cases}\quad(n\geqslant 2).$$

微课：第4章总复习题·提高篇（12）

问 a 取何值时，该方程组有非零解？求出其通解.

（13）（2001206）已知 $\boldsymbol{\alpha}_1,\boldsymbol{\alpha}_2,\boldsymbol{\alpha}_3,\boldsymbol{\alpha}_4$ 是线性方程组 $\boldsymbol{Ax}=\boldsymbol{0}$ 的一个基础解系，若 $\boldsymbol{\beta}_1=\boldsymbol{\alpha}_1+t\boldsymbol{\alpha}_2$，$\boldsymbol{\beta}_2=\boldsymbol{\alpha}_2+t\boldsymbol{\alpha}_3$，$\boldsymbol{\beta}_3=\boldsymbol{\alpha}_3+t\boldsymbol{\alpha}_4$，$\boldsymbol{\beta}_4=\boldsymbol{\alpha}_4+t\boldsymbol{\alpha}_1$，讨论实数 t 满足什么条件时，$\boldsymbol{\beta}_1,\boldsymbol{\beta}_2,\boldsymbol{\beta}_3,\boldsymbol{\beta}_4$ 也是 $\boldsymbol{Ax}=\boldsymbol{0}$ 的一个基础解系.

（14）（2016211,2016311）设 $\boldsymbol{A}=\begin{pmatrix}1&1&1-a\\1&0&a\\a+1&1&a+1\end{pmatrix}$，$\boldsymbol{\beta}=\begin{pmatrix}0\\1\\2a-2\end{pmatrix}$，且方程组 $\boldsymbol{Ax}=\boldsymbol{\beta}$ 无解.

① 求 a 的值.

② 求方程组 $\boldsymbol{A}^{\mathrm{T}}\boldsymbol{Ax}=\boldsymbol{A}^{\mathrm{T}}\boldsymbol{\beta}$ 的通解.

（15）（2018111,2018211,2018311）已知 a 是常数，且矩阵 $\boldsymbol{A}=\begin{pmatrix}1&2&a\\1&3&0\\2&7&-a\end{pmatrix}$ 可经初等列变换化为 $\boldsymbol{B}=\begin{pmatrix}1&a&2\\0&1&1\\-1&1&1\end{pmatrix}$.

① 求 a.

② 求满足 $\boldsymbol{AP}=\boldsymbol{B}$ 的可逆矩阵 $\boldsymbol{P}$.

（16）（2009111,2009211,2009311）设 $\boldsymbol{A}=\begin{pmatrix}1&-1&-1\\-1&1&1\\0&-4&-2\end{pmatrix}$，$\xi_1=\begin{pmatrix}-1\\1\\-2\end{pmatrix}$.

① 求满足 $\boldsymbol{A}\xi_2=\xi_1,\boldsymbol{A}^2\xi_3=\xi_1$ 的所有向量 ξ_2,ξ_3.

② 对①中的任意向量 ξ_2,ξ_3，证明：ξ_1,ξ_2,ξ_3 线性无关.

本章即时提问答案　　本章同步习题答案　　本章总复习题答案

05

第 5 章 矩阵的特征值与特征向量

矩阵的特征值与特征向量是矩阵理论的重要组成部分．工程技术中的振动问题、图像处理和稳定性问题，数学中矩阵的相似对角化与微分方程组的求解问题等，都可归结为求一个矩阵的特征值和特征向量问题．

本章先介绍矩阵的特征值与特征向量的定义及求法，再引入相似矩阵的定义，并讨论方阵的相似对角化，最后讨论实对称矩阵的正交相似对角化．

本章导学

5.1 特征值与特征向量

对于一个给定的 n 阶方阵 $\boldsymbol{A}$，和非零向量 $\boldsymbol{X}$ 作矩阵乘法，是把 $\boldsymbol{X}$ 变成一个方向和长度都改变的新向量．在实际问题中，经常会遇到这样的问题：是否存在这样的向量 $\boldsymbol{X}$，在矩阵乘法中方阵 $\boldsymbol{A}$ 只使它发生伸缩变换，而不产生旋转效果，即存在常数 λ，使 $\boldsymbol{AX}=\lambda\boldsymbol{X}$ 成立．在数学上，这就是矩阵的特征值与特征向量问题．矩阵的特征值与特征向量不仅在纯数学和应用数学中有重要应用，而且在工程设计、数量经济分析和量子力学等多个领域也有广泛的应用．

延伸微课

5.1.1 特征值与特征向量的定义

定义 5.1 设 $\boldsymbol{A}$ 是 n 阶方阵，如果存在数 λ 和 n 维非零列向量 $\boldsymbol{X}$，使关系式

$$\boldsymbol{AX}=\lambda\boldsymbol{X} \tag{5.1}$$

成立，那么称 λ 为方阵 $\boldsymbol{A}$ 的特征值，非零列向量 $\boldsymbol{X}$ 称为 $\boldsymbol{A}$ 的对应于特征值 λ 的特征向量．

微课：特征值与特征向量的定义

定义 5.1 既概括了特征值与特征向量的几何意义（图形变换），又阐明了其物理意义．特征值与特征向量的本质是：特征向量在矩阵的作用下做伸缩运动，伸缩的幅度由其特征值决定．在量子力学中，矩阵代表力学量，矩阵的特征向量代表定态波函数，特征值代表力学量中的某个可能的观测值．

计算机可视化

例如，对任意 n 维非零列向量 $\boldsymbol{X}$，由于 $\boldsymbol{EX}=1\boldsymbol{X}$，所以 1 是 n 阶单位矩阵 $\boldsymbol{E}$ 的特征值，任意 n 维非零列向量 $\boldsymbol{X}$ 都是 $\boldsymbol{E}$ 的对应于特征值 1 的特征向量．

式（5.1）可以写成

$$(\boldsymbol{A}-\lambda\boldsymbol{E})\boldsymbol{X}=\boldsymbol{0}, \tag{5.2}$$

这是 n 个未知量 n 个方程的齐次线性方程组，它有非零解的充分必要条件是系数行列式

$$|\boldsymbol{A}-\lambda\boldsymbol{E}|=0,\tag{5.3}$$

即

$$\begin{vmatrix} a_{11}-\lambda & a_{12} & \cdots & a_{1n} \\ a_{21} & a_{22}-\lambda & \cdots & a_{2n} \\ \vdots & \vdots & & \vdots \\ a_{n1} & a_{n2} & \cdots & a_{nn}-\lambda \end{vmatrix}=0.$$

上式左端 $|\boldsymbol{A}-\lambda\boldsymbol{E}|$ 是关于 λ 的 n 次多项式，称为方阵 $\boldsymbol{A}$ 的特征多项式，记作 $f_A(\lambda)$，$\boldsymbol{A}-\lambda\boldsymbol{E}$ 称为 $\boldsymbol{A}$ 的特征矩阵. 因此，上式是以 λ 为未知量的一元 n 次方程，称为方阵 $\boldsymbol{A}$ 的特征方程.

显然，$\boldsymbol{A}$ 的特征值就是特征方程的解，$\boldsymbol{A}$ 的特征向量就是齐次线性方程组（5.2）的非零解向量. 在复数范围内特征方程恒有解，其解的个数等于特征方程的次数（重根按重数计算），因此，n 阶方阵 $\boldsymbol{A}$ 在复数域内有 n 个特征值.

例 5.1 求 $\boldsymbol{A}=\begin{pmatrix} 4 & 3 \\ 1 & 2 \end{pmatrix}$ 的特征值和特征向量.

解 $\boldsymbol{A}$ 的特征多项式为

$$|\boldsymbol{A}-\lambda\boldsymbol{E}|=\begin{vmatrix} 4-\lambda & 3 \\ 1 & 2-\lambda \end{vmatrix}=(4-\lambda)(2-\lambda)-3=\lambda^2-6\lambda+5,$$

所以 $\boldsymbol{A}$ 的特征值为 $\lambda_1=1,\lambda_2=5$.

当 $\lambda_1=1$ 时，解方程组 $(\boldsymbol{A}-\boldsymbol{E})\boldsymbol{X}=\boldsymbol{0}$，由

$$\boldsymbol{A}-\boldsymbol{E}=\begin{pmatrix} 3 & 3 \\ 1 & 1 \end{pmatrix}\xrightarrow{r}\begin{pmatrix} 1 & 1 \\ 0 & 0 \end{pmatrix},$$

得基础解系

$$\boldsymbol{p}_1=\begin{pmatrix} -1 \\ 1 \end{pmatrix},$$

所以对应于 $\lambda_1=1$ 的全部特征向量为 $k_1\boldsymbol{p}_1(k_1\neq 0)$.

当 $\lambda_2=5$ 时，解方程组 $(\boldsymbol{A}-5\boldsymbol{E})\boldsymbol{X}=\boldsymbol{0}$，由

$$\boldsymbol{A}-5\boldsymbol{E}=\begin{pmatrix} -1 & 3 \\ 1 & -3 \end{pmatrix}\xrightarrow{r}\begin{pmatrix} 1 & -3 \\ 0 & 0 \end{pmatrix},$$

得基础解系

$$\boldsymbol{p}_2=\begin{pmatrix} 3 \\ 1 \end{pmatrix},$$

所以对应于 $\lambda_2=5$ 的全部特征向量为 $k_2\boldsymbol{p}_2(k_2\neq 0)$.

例 5.2 求矩阵 $\boldsymbol{A}=\begin{pmatrix} 1 & -1 & 1 \\ 1 & 3 & 0 \\ 0 & 0 & 1 \end{pmatrix}$ 的特征值和特征向量.

解 $\boldsymbol{A}$ 的特征多项式为

$$|\boldsymbol{A}-\lambda\boldsymbol{E}|=\begin{vmatrix}1-\lambda & -1 & 1\\ 1 & 3-\lambda & 0\\ 0 & 0 & 1-\lambda\end{vmatrix}=(1-\lambda)(\lambda-2)^2,$$

所以$\boldsymbol{A}$的特征值为$\lambda_1=1,\lambda_2=\lambda_3=2$.

当$\lambda_1=1$时，解方程组$(\boldsymbol{A}-\boldsymbol{E})\boldsymbol{X}=\boldsymbol{0}$，由

$$\boldsymbol{A}-\boldsymbol{E}=\begin{pmatrix}0 & -1 & 1\\ 1 & 2 & 0\\ 0 & 0 & 0\end{pmatrix}\xrightarrow{r}\begin{pmatrix}1 & 0 & 2\\ 0 & 1 & -1\\ 0 & 0 & 0\end{pmatrix},$$

得基础解系

$$\boldsymbol{p}_1=\begin{pmatrix}-2\\ 1\\ 1\end{pmatrix},$$

所以对应于$\lambda_1=1$的全部特征向量为$k_1\boldsymbol{p}_1(k_1\neq 0)$.

当$\lambda_2=\lambda_3=2$时，解方程组$(\boldsymbol{A}-2\boldsymbol{E})\boldsymbol{X}=\boldsymbol{0}$，由

$$\boldsymbol{A}-2\boldsymbol{E}=\begin{pmatrix}-1 & -1 & 1\\ 1 & 1 & 0\\ 0 & 0 & -1\end{pmatrix}\xrightarrow{r}\begin{pmatrix}1 & 1 & 0\\ 0 & 0 & 1\\ 0 & 0 & 0\end{pmatrix},$$

得基础解系

$$\boldsymbol{p}_2=\begin{pmatrix}-1\\ 1\\ 0\end{pmatrix},$$

所以对应于$\lambda_2=\lambda_3=2$的全部特征向量为$k_2\boldsymbol{p}_2(k_2\neq 0)$.

例 5.3 求矩阵$\boldsymbol{A}=\begin{pmatrix}-2 & 1 & 1\\ 0 & 2 & 0\\ -4 & 1 & 3\end{pmatrix}$的特征值和特征向量.

解 $\boldsymbol{A}$的特征多项式为

$$|\boldsymbol{A}-\lambda\boldsymbol{E}|=\begin{vmatrix}-2-\lambda & 1 & 1\\ 0 & 2-\lambda & 0\\ -4 & 1 & 3-\lambda\end{vmatrix}=(2-\lambda)\begin{vmatrix}-2-\lambda & 1\\ -4 & 3-\lambda\end{vmatrix}$$

$$=-(\lambda+1)(\lambda-2)^2,$$

所以$\boldsymbol{A}$的特征值为$\lambda_1=-1,\lambda_2=\lambda_3=2$.

当$\lambda_1=-1$时，解方程组$(\boldsymbol{A}+\boldsymbol{E})\boldsymbol{X}=\boldsymbol{0}$，由

$$\boldsymbol{A}+\boldsymbol{E}=\begin{pmatrix}-1 & 1 & 1\\ 0 & 3 & 0\\ -4 & 1 & 4\end{pmatrix}\xrightarrow{r}\begin{pmatrix}1 & 0 & -1\\ 0 & 1 & 0\\ 0 & 0 & 0\end{pmatrix},$$

得基础解系

$$p_1 = \begin{pmatrix} 1 \\ 0 \\ 1 \end{pmatrix},$$

所以对应于 $\lambda_1 = -1$ 的全部特征向量为 $k_1 \boldsymbol{p}_1 (k_1 \neq 0)$.

当 $\lambda_2 = \lambda_3 = 2$ 时，解方程组 $(\boldsymbol{A} - 2\boldsymbol{E})\boldsymbol{X} = \boldsymbol{0}$，由

$$\boldsymbol{A} - 2\boldsymbol{E} = \begin{pmatrix} -4 & 1 & 1 \\ 0 & 0 & 0 \\ -4 & 1 & 1 \end{pmatrix} \xrightarrow{r} \begin{pmatrix} -4 & 1 & 1 \\ 0 & 0 & 0 \\ 0 & 0 & 0 \end{pmatrix},$$

得基础解系

$$\boldsymbol{p}_2 = \begin{pmatrix} 0 \\ 1 \\ -1 \end{pmatrix}, \boldsymbol{p}_3 = \begin{pmatrix} 1 \\ 0 \\ 4 \end{pmatrix},$$

所以对应于 $\lambda_2 = \lambda_3 = 2$ 的全部特征向量为 $k_2 \boldsymbol{p}_2 + k_3 \boldsymbol{p}_3$ (k_2, k_3 不同时为 0).

由例 5.2、例 5.3 两个例子看到，例 5.2 中的特征值 2 与例 5.3 中的特征值 2 都是相应特征方程的二重根，但例 5.2 中的特征值 2 有一个线性无关的特征向量，而例 5.3 中的特征值 2 有两个线性无关的特征向量．一般地，n 阶矩阵 $\boldsymbol{A}$ 必有 n 个特征值（重根按重数计算），单根的特征值必有一个线性无关的特征向量；但对于 r 重根的特征值，其对应的线性无关的特征向量的个数，有可能为 r 个，也有可能少于 r 个，需要由矩阵 $\boldsymbol{A}$ 的结构确定.

5.1.2　特征值与特征向量的性质

性质 5.1　设矩阵 $\boldsymbol{A} = (a_{ij})_{n \times n}$ 的特征值为 $\lambda_1, \lambda_2, \cdots, \lambda_n$，则

（1）$\lambda_1 + \lambda_2 + \cdots + \lambda_n = a_{11} + a_{22} + \cdots + a_{nn}$；

（2）$\lambda_1 \lambda_2 \cdots \lambda_n = |\boldsymbol{A}|$.

该定理的证明要用到一元 n 次方程根与系数之间的关系，在此不予证明.

【即时提问 5.1】已知 $\boldsymbol{A}$ 是 n 阶方阵，且 $\boldsymbol{AX} = \boldsymbol{0}$ 有非零解，则 $\boldsymbol{A}$ 必有一个特征值是 0．这种说法是否正确？请说明理由.

定义 5.2　设矩阵 $\boldsymbol{A} = (a_{ij})_{n \times n}$，称 $a_{11} + a_{22} + \cdots + a_{nn}$ 为 $\boldsymbol{A}$ 的迹，记作 $\operatorname{tr} \boldsymbol{A}$.

性质 5.2　矩阵 $\boldsymbol{A}$ 和 $\boldsymbol{A}^{\mathrm{T}}$ 有相同的特征值.

证明　因为

$$|\boldsymbol{A}^{\mathrm{T}} - \lambda \boldsymbol{E}| = |(\boldsymbol{A} - \lambda \boldsymbol{E})^{\mathrm{T}}| = |\boldsymbol{A} - \lambda \boldsymbol{E}|,$$

所以 $\boldsymbol{A}$ 和 $\boldsymbol{A}^{\mathrm{T}}$ 有相同的特征多项式，故它们有相同的特征值.

性质 5.3　设 $\boldsymbol{A}$ 是 n 阶可逆矩阵，则

（1）$\boldsymbol{A}$ 的特征值都不为零；

（2）若 λ 是 $\boldsymbol{A}$ 的特征值，则 λ^{-1} 是 $\boldsymbol{A}^{-1}$ 的特征值.

证明　（1）设 $\boldsymbol{A}$ 的全部特征值为 $\lambda_1, \lambda_2, \cdots, \lambda_n$．由性质 5.1，$\lambda_1 \lambda_2 \cdots \lambda_n = |\boldsymbol{A}|$，因 $\boldsymbol{A}$ 可逆，所以 $|\boldsymbol{A}| \neq 0$，故 $\lambda_1, \lambda_2, \cdots, \lambda_n$ 都不为零.

（2）设 $\boldsymbol{\xi}$ 是 $\boldsymbol{A}$ 的属于 λ 的特征向量，则 $\boldsymbol{A\xi} = \lambda \boldsymbol{\xi}$．根据（1），$\lambda \neq 0$，于是

$$\frac{1}{\lambda}A\xi=\xi,$$

用A^{-1}同时左乘上式的两边得

$$A^{-1}\xi=\frac{1}{\lambda}\xi,$$

由$\xi\neq 0$知，λ^{-1}是A^{-1}的特征值.

例 5.4 设λ是n阶方阵A的特征值，证明：λ^2是A^2的特征值.

证明 因为λ是A的特征值，故有n维列向量$X\neq 0$，使$AX=\lambda X$，于是

$$A^2X=A(AX)=A(\lambda X)=\lambda(AX)=\lambda^2X,$$

所以λ^2是A^2的特征值.

类似地，可以证明下列性质.

性质 5.4 设$f(x)=a_mx^m+\cdots+a_1x+a_0$是关于$x$的多项式，$A$是$n$阶方阵，此时

$$f(A)=a_mA^m+\cdots+a_1A+a_0E.$$

若λ是A的特征值，则$f(\lambda)$是$f(A)$的特征值.

例 5.5 已知三阶方阵A的特征值为$-1,1,2$，求$|A^3-5A^2|$.

解 设$f(x)=x^3-5x^2$，则$f(A)=A^3-5A^2$，由性质5.4知，$f(A)$的全部特征值为$f(-1)=-6, f(1)=-4, f(2)=-12$，因此，根据性质5.1可知

$$|A^3-5A^2|=(-6)\times(-4)\times(-12)=-288.$$

定理 5.1 设$\lambda_1,\lambda_2,\cdots,\lambda_m$是$n$阶方阵$A$的$m$个特征值，$x_1,x_2,\cdots,x_m$依次是与之对应的特征向量. 如果$\lambda_1,\lambda_2,\cdots,\lambda_m$互不相等，则$x_1,x_2,\cdots,x_m$线性无关.

微课：不同特征值的特征向量线性无关

证明 用数学归纳法. 当m=1时，显然成立.

假设当m=k时结论成立，即向量组$x_1,x_2,\cdots,x_k$线性无关. 下面证明向量组$x_1,x_2,\cdots,x_k,x_{k+1}$线性无关. 令

$$p_1x_1+p_2x_2+\cdots+p_kx_k+p_{k+1}x_{k+1}=0, \tag{5.4}$$

用A左乘式（5.4），得

$$p_1Ax_1+p_2Ax_2+\cdots+p_kAx_k+p_{k+1}Ax_{k+1}=0,$$

即

$$p_1\lambda_1x_1+p_2\lambda_2x_2+\cdots+p_k\lambda_kx_k+p_{k+1}\lambda_{k+1}x_{k+1}=0. \tag{5.5}$$

式（5.5）减去式（5.4）的λ_{k+1}倍，得

$$p_1(\lambda_1-\lambda_{k+1})x_1+p_2(\lambda_2-\lambda_{k+1})x_2+\cdots+p_k(\lambda_k-\lambda_{k+1})x_k=0.$$

由于$x_1,x_2,\cdots,x_k$线性无关，故$p_i(\lambda_i-\lambda_{k+1})=0\ (i=1,2,\cdots,k)$. 而$\lambda_i-\lambda_{k+1}\neq 0$，所以$p_i=0\ (i=1,2,\cdots,k)$. 代入式（5.4）得$p_{k+1}x_{k+1}=0$. 又由于$x_{k+1}\neq 0$，所以$p_{k+1}=0$. 因此，向量组$x_1,x_2,\cdots,x_k,x_{k+1}$线性无关.

例 5.6 已知A为n阶方阵，λ_1,λ_2是A的两个不同的特征值，x_1,x_2是A的分别对应于λ_1,λ_2的特征向量，证明：x_1+x_2不是A的特征向量.

微课：例5.6

证明 用反证法. 因为$\boldsymbol{A}\boldsymbol{x}_1=\lambda_1\boldsymbol{x}_1,\boldsymbol{A}\boldsymbol{x}_2=\lambda_2\boldsymbol{x}_2,\lambda_1\neq\lambda_2$，有

$$\boldsymbol{A}(\boldsymbol{x}_1+\boldsymbol{x}_2)=\lambda_1\boldsymbol{x}_1+\lambda_2\boldsymbol{x}_2. \tag{5.6}$$

若$\boldsymbol{x}_1+\boldsymbol{x}_2$是$\boldsymbol{A}$的特征向量，设对应的特征值为$\lambda$，则有

$$\boldsymbol{A}(\boldsymbol{x}_1+\boldsymbol{x}_2)=\lambda(\boldsymbol{x}_1+\boldsymbol{x}_2)=\lambda\boldsymbol{x}_1+\lambda\boldsymbol{x}_2. \tag{5.7}$$

由式（5.6）和式（5.7）得$\lambda_1\boldsymbol{x}_1+\lambda_2\boldsymbol{x}_2=\lambda\boldsymbol{x}_1+\lambda\boldsymbol{x}_2$，即$(\lambda-\lambda_1)\boldsymbol{x}_1+(\lambda-\lambda_2)\boldsymbol{x}_2=\boldsymbol{0}$.

由定理 5.1 知$\boldsymbol{x}_1,\boldsymbol{x}_2$线性无关，所以$\lambda-\lambda_1=0,\lambda-\lambda_2=0$，从而$\lambda_1=\lambda_2$，与条件$\lambda_1\neq\lambda_2$矛盾，故$\boldsymbol{x}_1+\boldsymbol{x}_2$不是$\boldsymbol{A}$的特征向量.

例 5.7 设x_0,y_0分别为某地区目前的环境污染水平与经济发展水平. x_t,y_t分别为该地区t年后的环境污染水平和经济发展水平，有如下关系式：

$$\begin{cases}x_t=3x_{t-1}+y_{t-1},\\ y_t=2x_{t-1}+2y_{t-1}\end{cases}(t=1,2,\cdots,k). \tag{5.8}$$

试预测该地区t年后的环境污染水平和经济发展水平之间的关系.

解 令$\boldsymbol{\alpha}_0=\begin{pmatrix}x_0\\y_0\end{pmatrix},\boldsymbol{\alpha}_t=\begin{pmatrix}x_t\\y_t\end{pmatrix},\boldsymbol{A}=\begin{pmatrix}3&1\\2&2\end{pmatrix}$，由式（5.8）知$\boldsymbol{\alpha}_t=\boldsymbol{A}\boldsymbol{\alpha}_{t-1}=\cdots=\boldsymbol{A}^t\boldsymbol{\alpha}_0$，由于$\boldsymbol{A}$的特征多项式为

$$|\boldsymbol{A}-\lambda\boldsymbol{E}|=\begin{vmatrix}3-\lambda&1\\2&2-\lambda\end{vmatrix}=(\lambda-4)(\lambda-1),$$

所以$\boldsymbol{A}$的特征值为$\lambda_1=4,\lambda_2=1$.

当$\lambda_1=4$时，解方程组$(\boldsymbol{A}-4\boldsymbol{E})\boldsymbol{X}=\boldsymbol{0}$，得特征向量

$$\boldsymbol{p}_1=\begin{pmatrix}1\\1\end{pmatrix}.$$

当$\lambda_2=1$时，解方程组$(\boldsymbol{A}-\boldsymbol{E})\boldsymbol{X}=\boldsymbol{0}$，得特征向量

$$\boldsymbol{p}_2=\begin{pmatrix}1\\-2\end{pmatrix}.$$

显然，$\boldsymbol{p}_1,\boldsymbol{p}_2$线性无关.

下面分 3 种情况进行分析.

（1）取$\boldsymbol{\alpha}_0=\boldsymbol{p}_1=\begin{pmatrix}1\\1\end{pmatrix}$，由特征值与特征向量的性质知

$$\boldsymbol{\alpha}_t=\boldsymbol{A}^t\boldsymbol{\alpha}_0=\boldsymbol{A}^t\boldsymbol{p}_1=\lambda_1^t\boldsymbol{p}_1=4^t\begin{pmatrix}1\\1\end{pmatrix},$$

即

$$\begin{pmatrix}x_t\\y_t\end{pmatrix}=4^t\begin{pmatrix}1\\1\end{pmatrix}\text{或}x_t=y_t=4^t.$$

这表明：在当前的环境污染水平和经济发展水平的前提下，t年后水平达到较高程度时，环境污染也保持同步恶化趋势.

（2）取 $\boldsymbol{\alpha}_0=\boldsymbol{p}_2=\begin{pmatrix}1\\-2\end{pmatrix}$，因为 $y_0=-2<0$，所以不必讨论此情况.

（3）任取一个二维非零列向量，如取 $\boldsymbol{\alpha}_0=\begin{pmatrix}1\\7\end{pmatrix}$，因为 $\boldsymbol{\alpha}_0$ 不是特征向量，所以不能类似分析. 但是 $\boldsymbol{\alpha}_0$ 可以由 $\boldsymbol{p}_1,\boldsymbol{p}_2$ 唯一线性表示为 $\boldsymbol{\alpha}_0=3\boldsymbol{p}_1-2\boldsymbol{p}_2$. 因为

$$\boldsymbol{\alpha}_t=\boldsymbol{A}^t\boldsymbol{\alpha}_0=\boldsymbol{A}^t(3\boldsymbol{p}_1-2\boldsymbol{p}_2)=3\boldsymbol{A}^t\boldsymbol{p}_1-2\boldsymbol{A}^t\boldsymbol{p}_2=3\lambda^t\boldsymbol{p}_1-2\lambda^t\boldsymbol{p}_2=\begin{pmatrix}3\times4^t-2\\3\times4^t+4\end{pmatrix},$$

即

$$\begin{pmatrix}x_t\\y_t\end{pmatrix}=\begin{pmatrix}3\times4^t-2\\3\times4^t+4\end{pmatrix}.$$

由此可预测该地区 t 年后的环境污染水平和经济发展水平. 因 $\boldsymbol{p}_2$ 无实际意义而在（2）中未进行讨论，但在（3）的讨论中起到了重要的作用.

由经济发展和环境污染的增长模型可以看出，特征值和特征向量理论在建模的分析和讨论中可发挥重要的应用价值.

同步习题 5.1

基础题

1．填空题.

（1）已知矩阵 $\boldsymbol{A}=\begin{pmatrix}1&1&1&1\\1&1&1&1\\1&1&1&1\\1&1&1&1\end{pmatrix}$，则 $\boldsymbol{A}$ 的非零特征值是______.

（2）已知三阶方阵 $\boldsymbol{A}$ 的特征值为 1, 2, 3，则 $\boldsymbol{A}$ 的迹 = ______，$(2\boldsymbol{A}^2)^{-1}$ 的特征值为______.

（3）已知三阶方阵 $\boldsymbol{A}$ 的特征值为 $-1,1,3$，则 $|\boldsymbol{A}^3-2\boldsymbol{A}+2\boldsymbol{E}|=$ ______.

（4）已知矩阵 $\boldsymbol{A}=\begin{pmatrix}1&-1&1\\2&4&a\\-3&-3&5\end{pmatrix}$ 的特征值为 6,2,2，则 $a=$ ______.

（5）已知三阶矩阵 $\boldsymbol{A}+\boldsymbol{E},\boldsymbol{A}-2\boldsymbol{E},2\boldsymbol{A}+\boldsymbol{E}$ 均为奇异矩阵，则 $|\boldsymbol{A}|=$ ______.

2．求下列矩阵的特征值与特征向量.

（1）$\begin{pmatrix}1&0&0\\0&2&0\\0&0&3\end{pmatrix}$.　（2）$\begin{pmatrix}0&0&1\\0&1&0\\1&0&0\end{pmatrix}$.　（3）$\begin{pmatrix}2&0&0\\0&2&3\\0&0&2\end{pmatrix}$.

3．设 $\lambda_1 = 12$ 是矩阵 $\boldsymbol{A} = \begin{pmatrix} 7 & 4 & -1 \\ 4 & 7 & -1 \\ -4 & a & 4 \end{pmatrix}$ 的一个特征值，求常数 a 及 $\boldsymbol{A}$ 的其余特征值．

4．设矩阵 $\boldsymbol{A}$ 满足 $\boldsymbol{A}^2 = \boldsymbol{E}$，证明：$\boldsymbol{A}$ 的特征值只能是 1 或 -1．

5．设 λ 是 n 阶可逆方阵 $\boldsymbol{A}$ 的特征值，证明：$\dfrac{|\boldsymbol{A}|}{\lambda}$ 是 $\boldsymbol{A}^*$ 的特征值．

6．求 n 阶矩阵 $\boldsymbol{A} = \begin{pmatrix} a & 1 & \cdots & 1 \\ 1 & a & \cdots & 1 \\ \vdots & \vdots & & \vdots \\ 1 & 1 & 1 & a \end{pmatrix} (a \neq 0)$ 的特征值．

提高题

1．设 $\boldsymbol{A}$ 为 $n(n \geqslant 2)$ 阶可逆矩阵，λ 是 $\boldsymbol{A}$ 的一个特征值，则 $\boldsymbol{A}$ 的伴随矩阵 $\boldsymbol{A}^*$ 的伴随矩阵 $(\boldsymbol{A}^*)^*$ 的特征值之一是（　　）．

A．$\lambda^{-1}|\boldsymbol{A}|^n$　　B．$\lambda|\boldsymbol{A}|$　　C．$\lambda|\boldsymbol{A}|^{n-2}$　　D．$\lambda^{-1}|\boldsymbol{A}|$

2．设 λ_1, λ_2 是矩阵 $\boldsymbol{A}$ 的两个不同的特征值，对应的特征向量分别为 $\boldsymbol{x}_1, \boldsymbol{x}_2$，则 $\boldsymbol{x}_1$，$\boldsymbol{A}(\boldsymbol{x}_1 + \boldsymbol{x}_2)$ 线性无关的充分必要条件是（　　）．

A．$\lambda_1 = 0$　　B．$\lambda_2 = 0$　　C．$\lambda_1 \neq 0$　　D．$\lambda_2 \neq 0$

3．已知 $\boldsymbol{A}$ 的各列元素之和为 -1，则下列说法正确的是（　　）．

A．$\boldsymbol{A}$ 有一个特征值 -1，且对应的特征向量为 $(1,1,\cdots,1)^{\mathrm{T}}$

B．$\boldsymbol{A}$ 有一个特征值 -1，但不一定有对应的特征向量 $(1,1,\cdots,1)^{\mathrm{T}}$

C．-1 不是 $\boldsymbol{A}$ 的一个特征值

D．仅由题设无法确定 $\boldsymbol{A}$ 是否有一个特征值 -1

4．设矩阵 $\boldsymbol{A} = \begin{pmatrix} a & -1 & c \\ 5 & b & 3 \\ 1-c & 0 & -a \end{pmatrix}$，其行列式 $|\boldsymbol{A}| = -1$，又 $\boldsymbol{A}$ 的伴随矩阵 $\boldsymbol{A}^*$ 有一个特征值 λ_0，对应于 λ_0 的一个特征向量为 $\boldsymbol{\alpha} = (-1,-1,1)^{\mathrm{T}}$，求 a,b,c 和 λ_0 的值．

5.2 相似矩阵

矩阵的相似是同阶方阵之间的一种重要关系，矩阵的相似关系实质上是矩阵的一种分解．本节首先介绍相似矩阵的定义和性质，然后讨论 n 阶方阵与对角矩阵相似的条件和方法，最后给出 n 阶方阵相似对角化在求解微分方程组等方面的应用．

5.2.1 相似矩阵的定义及性质

定义 5.3 设 $\boldsymbol{A}, \boldsymbol{B}$ 都是 n 阶方阵，若存在可逆矩阵 $\boldsymbol{P}$，使 $\boldsymbol{P}^{-1}\boldsymbol{A}\boldsymbol{P} = \boldsymbol{B}$，则称 $\boldsymbol{B}$ 是 $\boldsymbol{A}$ 的相似

矩阵，或称矩阵$\boldsymbol{A}$与$\boldsymbol{B}$相似，记作$\boldsymbol{A}\sim\boldsymbol{B}$. 对$\boldsymbol{A}$进行运算$\boldsymbol{P}^{-1}\boldsymbol{A}\boldsymbol{P}$称为对$\boldsymbol{A}$进行相似变换，可逆矩阵$\boldsymbol{P}$称为把$\boldsymbol{A}$变成$\boldsymbol{B}$的相似变换矩阵.

矩阵的相似有以下性质.

（1）自反性：对任意n阶方阵$\boldsymbol{A}$，$\boldsymbol{A}$与$\boldsymbol{A}$相似.

（2）对称性：若$\boldsymbol{A}$与$\boldsymbol{B}$相似，则$\boldsymbol{B}$与$\boldsymbol{A}$相似.

（3）传递性：若$\boldsymbol{A}$与$\boldsymbol{B}$相似，$\boldsymbol{B}$与$\boldsymbol{C}$相似，则$\boldsymbol{A}$与$\boldsymbol{C}$相似.

微课：相似矩阵的定义及性质

证明 （1）（2）显然成立，现证（3）.

若$\boldsymbol{A}$与$\boldsymbol{B}$相似，$\boldsymbol{B}$与$\boldsymbol{C}$相似，则存在可逆矩阵$\boldsymbol{P}$和$\boldsymbol{Q}$，使

$$\boldsymbol{P}^{-1}\boldsymbol{A}\boldsymbol{P}=\boldsymbol{B},\boldsymbol{Q}^{-1}\boldsymbol{B}\boldsymbol{Q}=\boldsymbol{C},$$

从而有

$$\boldsymbol{C}=\boldsymbol{Q}^{-1}\boldsymbol{B}\boldsymbol{Q}=\boldsymbol{Q}^{-1}(\boldsymbol{P}^{-1}\boldsymbol{A}\boldsymbol{P})\boldsymbol{Q}=(\boldsymbol{Q}^{-1}\boldsymbol{P}^{-1})\boldsymbol{A}(\boldsymbol{P}\boldsymbol{Q})=(\boldsymbol{P}\boldsymbol{Q})^{-1}\boldsymbol{A}(\boldsymbol{P}\boldsymbol{Q}),$$

所以$\boldsymbol{A}$与$\boldsymbol{C}$相似.

例 5.8 设$\boldsymbol{A}$与$\boldsymbol{B}$相似，证明$\boldsymbol{A}^2$与$\boldsymbol{B}^2$相似.

证明 若$\boldsymbol{A}$与$\boldsymbol{B}$相似，则存在可逆矩阵$\boldsymbol{P}$，使$\boldsymbol{P}^{-1}\boldsymbol{A}\boldsymbol{P}=\boldsymbol{B}$，因此

$$\boldsymbol{B}^2=(\boldsymbol{P}^{-1}\boldsymbol{A}\boldsymbol{P})^2=\boldsymbol{P}^{-1}\boldsymbol{A}\boldsymbol{P}\cdot\boldsymbol{P}^{-1}\boldsymbol{A}\boldsymbol{P}=\boldsymbol{P}^{-1}\boldsymbol{A}^2\boldsymbol{P},$$

所以$\boldsymbol{A}^2$与$\boldsymbol{B}^2$相似.

性质 5.5 （1）若$\boldsymbol{A}\sim\boldsymbol{B}$，则$\boldsymbol{A}^{\mathrm{T}}\sim\boldsymbol{B}^{\mathrm{T}}$.

（2）若$\boldsymbol{A}\sim\boldsymbol{B}$，设$f(x)$是一个多项式，则$f(\boldsymbol{A})\sim f(\boldsymbol{B})$.

（3）若$\boldsymbol{A}\sim\boldsymbol{B}$，且$\boldsymbol{A}$可逆，则$\boldsymbol{B}$也可逆，且$\boldsymbol{A}^{-1}\sim\boldsymbol{B}^{-1}$.

利用与例 5.8 类似的方法可证明该性质.

定理 5.2 若n阶方阵$\boldsymbol{A}$与$\boldsymbol{B}$相似，则$\boldsymbol{A}$与$\boldsymbol{B}$的特征多项式相同.

证明 $\boldsymbol{A}$与$\boldsymbol{B}$相似，即有可逆矩阵$\boldsymbol{P}$，使$\boldsymbol{P}^{-1}\boldsymbol{A}\boldsymbol{P}=\boldsymbol{B}$，于是

$$\begin{aligned}|\boldsymbol{B}-\lambda\boldsymbol{E}|&=|\boldsymbol{P}^{-1}\boldsymbol{A}\boldsymbol{P}-\boldsymbol{P}^{-1}(\lambda\boldsymbol{E})\boldsymbol{P}|=|\boldsymbol{P}^{-1}(\boldsymbol{A}-\lambda\boldsymbol{E})\boldsymbol{P}|\\&=|\boldsymbol{P}^{-1}||\boldsymbol{A}-\lambda\boldsymbol{E}||\boldsymbol{P}|=|\boldsymbol{A}-\lambda\boldsymbol{E}|.\end{aligned}$$

微课：相似矩阵的特征多项式相同

推论 1 若$\boldsymbol{A}$与$\boldsymbol{B}$相似，则$\boldsymbol{A}$与$\boldsymbol{B}$的特征值相同，进而$\boldsymbol{A}$与$\boldsymbol{B}$的行列式相等.

但是，推论的逆命题未必成立. 例如，矩阵

$$\boldsymbol{E}=\begin{pmatrix}1&0\\0&1\end{pmatrix},\ \boldsymbol{A}=\begin{pmatrix}1&1\\0&1\end{pmatrix}$$

都以 1 为二重特征值，但对于任何可逆矩阵$\boldsymbol{P}$，都有$\boldsymbol{P}^{-1}\boldsymbol{E}\boldsymbol{P}=\boldsymbol{E}\neq\boldsymbol{A}$，故$\boldsymbol{A}$和$\boldsymbol{E}$不相似.

推论 2 若n阶矩阵$\boldsymbol{A}$与对角矩阵

$$\boldsymbol{\Lambda}=\begin{pmatrix}\lambda_1&&&\\&\lambda_2&&\\&&\ddots&\\&&&\lambda_n\end{pmatrix}$$

相似，则$\lambda_1,\lambda_2,\cdots,\lambda_n$是$\boldsymbol{A}$的全部$n$个特征值.

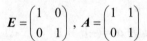

5.2.2　方阵的相似对角化

定义 5.4　若方阵 $\boldsymbol{A}$ 能与一个对角矩阵 $\boldsymbol{\Lambda}$ 相似，则称 $\boldsymbol{A}$ 可以相似对角化，简称 $\boldsymbol{A}$ 可对角化.

定理 5.3　n 阶方阵 $\boldsymbol{A}$ 可以相似对角化的充分必要条件是 $\boldsymbol{A}$ 有 n 个线性无关的特征向量.

证明　先证必要性．设与 $\boldsymbol{A}$ 相似的对角矩阵为

$$\boldsymbol{\Lambda}=\begin{pmatrix}\lambda_1 & & & \\ & \lambda_2 & & \\ & & \ddots & \\ & & & \lambda_n\end{pmatrix},$$

则存在一个可逆矩阵 $\boldsymbol{P}$，使 $\boldsymbol{P}^{-1}\boldsymbol{AP}=\boldsymbol{\Lambda}$．两边左乘 $\boldsymbol{P}$，于是有 $\boldsymbol{AP}=\boldsymbol{P\Lambda}$．将矩阵 $\boldsymbol{P}$ 按列分块，记为 $\boldsymbol{P}=(\boldsymbol{x}_1,\boldsymbol{x}_2,\cdots,\boldsymbol{x}_n)$，那么

$$\boldsymbol{A}(\boldsymbol{x}_1,\boldsymbol{x}_2,\cdots,\boldsymbol{x}_n)=(\boldsymbol{x}_1,\boldsymbol{x}_2,\cdots,\boldsymbol{x}_n)\begin{pmatrix}\lambda_1 & & & \\ & \lambda_2 & & \\ & & \ddots & \\ & & & \lambda_n\end{pmatrix},$$

或 $(\boldsymbol{Ax}_1,\boldsymbol{Ax}_2,\cdots,\boldsymbol{Ax}_n)=(\lambda_1\boldsymbol{x}_1,\lambda_2\boldsymbol{x}_2,\cdots,\lambda_n\boldsymbol{x}_n)$，从而有 $\boldsymbol{Ax}_i=\lambda_i\boldsymbol{x}_i\ (i=1,2,\cdots,n)$，即 λ_i 是 $\boldsymbol{A}$ 的特征值，$\boldsymbol{P}$ 的列向量 $\boldsymbol{x}_i$ 就是 $\boldsymbol{A}$ 的对应于特征值 λ_i 的特征向量．又因为 $\boldsymbol{P}$ 是可逆矩阵，所以 $\boldsymbol{x}_1,\boldsymbol{x}_2,\cdots,\boldsymbol{x}_n$ 线性无关.

再证充分性．假设方阵 $\boldsymbol{A}$ 有 n 个线性无关的特征向量 $\boldsymbol{x}_1,\boldsymbol{x}_2,\cdots,\boldsymbol{x}_n$，即 $\boldsymbol{Ax}_i=\lambda_i\boldsymbol{x}_i(i=1,2,\cdots,n)$．令 $\boldsymbol{P}=(\boldsymbol{x}_1,\boldsymbol{x}_2,\cdots,\boldsymbol{x}_n)$，则

$$\begin{aligned}\boldsymbol{AP}&=\boldsymbol{A}(\boldsymbol{x}_1,\boldsymbol{x}_2,\cdots,\boldsymbol{x}_n)=(\boldsymbol{Ax}_1,\boldsymbol{Ax}_2,\cdots,\boldsymbol{Ax}_n)=(\lambda_1\boldsymbol{x}_1,\lambda_2\boldsymbol{x}_2,\cdots,\lambda_n\boldsymbol{x}_n)\\&=(\boldsymbol{x}_1,\boldsymbol{x}_2,\cdots,\boldsymbol{x}_n)\begin{pmatrix}\lambda_1 & & & \\ & \lambda_2 & & \\ & & \ddots & \\ & & & \lambda_n\end{pmatrix}=\boldsymbol{P\Lambda}.\end{aligned}$$

因此

$$\boldsymbol{P}^{-1}\boldsymbol{AP}=\boldsymbol{\Lambda}.$$

推论 1　如果 n 阶方阵 $\boldsymbol{A}$ 的 n 个特征值互不相等，则 $\boldsymbol{A}$ 与对角矩阵相似.

当矩阵 $\boldsymbol{A}$ 的特征方程有重根时，就不一定有 n 个线性无关的特征向量，从而不一定能相似对角化．例如，在例 5.2 中矩阵 $\boldsymbol{A}$ 的特征方程有二重特征值 $\lambda_2=\lambda_3=2$，但只能找到一个线性无关的特征向量，因此，例 5.2 中的矩阵 $\boldsymbol{A}$ 不能相似对角化；在例 5.3 中矩阵 $\boldsymbol{A}$ 的特征方程也有二重特征值 $\lambda_2=\lambda_3=2$，但因能找到两个线性无关的特征向量，所以例 5.3 中的矩阵 $\boldsymbol{A}$ 可相似对角化.

推论 2　n 阶方阵 $\boldsymbol{A}$ 可相似对角化的充分必要条件是对应于 $\boldsymbol{A}$ 的每个特征值的线性无关的特征向量的个数恰好等于该特征值的重数，即设 λ_i 是方阵 $\boldsymbol{A}$ 的 k_i 重根，则 $\boldsymbol{A}$ 与对角矩阵 $\boldsymbol{\Lambda}$ 相似，当且仅当

$$r(\boldsymbol{A}-\lambda_i\boldsymbol{E})=n-k_i.$$

此外，由定理 5.3 的证明可见，$\boldsymbol{A}$ 的 n 个线性无关的特征向量 $\boldsymbol{x}_1,\boldsymbol{x}_2,\cdots,\boldsymbol{x}_n$ 所构成的矩阵

$\boldsymbol{P}=(\boldsymbol{x}_1,\boldsymbol{x}_2,\cdots,\boldsymbol{x}_n)$，恰好就是$\boldsymbol{A}$到$\boldsymbol{\Lambda}=\begin{pmatrix}\lambda_1 & & & \\ & \lambda_2 & & \\ & & \ddots & \\ & & & \lambda_n\end{pmatrix}$的相似变换矩阵.

【即时提问 5.2】n阶方阵$\boldsymbol{A}$具有n个不同的特征值是$\boldsymbol{A}$与对角矩阵相似的充分必要条件. 这种说法是否正确？请说明理由.

例 5.9 已知

$$\boldsymbol{A}=\begin{pmatrix}4 & 6 & 0\\ -3 & -5 & 0\\ -3 & -6 & 1\end{pmatrix}.$$

微课：例5.9

（1）求可逆矩阵$\boldsymbol{P}$，使$\boldsymbol{P}^{-1}\boldsymbol{A}\boldsymbol{P}=\boldsymbol{\Lambda}$为对角矩阵.

（2）计算$\boldsymbol{A}^{10}$.

解（1）$\boldsymbol{A}$的特征多项式为

$$|\boldsymbol{A}-\lambda\boldsymbol{E}|=\begin{vmatrix}4-\lambda & 6 & 0\\ -3 & -5-\lambda & 0\\ -3 & -6 & 1-\lambda\end{vmatrix}=-(\lambda-1)^2(\lambda+2),$$

所以$\boldsymbol{A}$的特征值为$\lambda_1=-2,\lambda_2=\lambda_3=1$.

当$\lambda_1=-2$时，解方程组$(\boldsymbol{A}+2\boldsymbol{E})\boldsymbol{X}=\boldsymbol{0}$，由

$$\boldsymbol{A}+2\boldsymbol{E}=\begin{pmatrix}6 & 6 & 0\\ -3 & -3 & 0\\ -3 & -6 & 3\end{pmatrix}\xrightarrow{r}\begin{pmatrix}1 & 0 & 1\\ 0 & 1 & -1\\ 0 & 0 & 0\end{pmatrix},$$

得基础解系

$$\boldsymbol{p}_1=\begin{pmatrix}-1\\ 1\\ 1\end{pmatrix}.$$

当$\lambda_2=\lambda_3=1$时，解方程组$(\boldsymbol{A}-\boldsymbol{E})\boldsymbol{X}=\boldsymbol{0}$，由

$$\boldsymbol{A}-\boldsymbol{E}=\begin{pmatrix}3 & 6 & 0\\ -3 & -6 & 0\\ -3 & -6 & 0\end{pmatrix}\xrightarrow{r}\begin{pmatrix}1 & 2 & 0\\ 0 & 0 & 0\\ 0 & 0 & 0\end{pmatrix},$$

得基础解系

$$\boldsymbol{p}_2=\begin{pmatrix}-2\\ 1\\ 0\end{pmatrix},\ \boldsymbol{p}_3=\begin{pmatrix}0\\ 0\\ 1\end{pmatrix}.$$

由于$\boldsymbol{p}_1,\boldsymbol{p}_2,\boldsymbol{p}_3$线性无关，得

$$\boldsymbol{P}=(\boldsymbol{p}_1,\boldsymbol{p}_2,\boldsymbol{p}_3)=\begin{pmatrix}-1 & -2 & 0\\ 1 & 1 & 0\\ 1 & 0 & 1\end{pmatrix}$$

是可逆矩阵，则

$$P^{-1}AP=\begin{pmatrix}-2&&\\&1&\\&&1\end{pmatrix}=\Lambda.$$

（2）由（1）中的讨论可得 $A=P\Lambda P^{-1}$，故

$$\begin{aligned}A^{10}&=(P\Lambda P^{-1})^{10}=(P\Lambda P^{-1})(P\Lambda P^{-1})\cdots(P\Lambda P^{-1})=P\Lambda^{10}P^{-1}\\&=\begin{pmatrix}-1&-2&0\\1&1&0\\1&0&1\end{pmatrix}\begin{pmatrix}-2&&\\&1&\\&&1\end{pmatrix}^{10}\begin{pmatrix}-1&-2&0\\1&1&0\\1&0&1\end{pmatrix}^{-1}\\&=\begin{pmatrix}-1&-2&0\\1&1&0\\1&0&1\end{pmatrix}\begin{pmatrix}2^{10}&&\\&1&\\&&1\end{pmatrix}\begin{pmatrix}1&2&0\\-1&-1&0\\-1&-2&1\end{pmatrix}\\&=\begin{pmatrix}-2^{10}+2&-2^{11}+2&0\\2^{10}-1&2^{11}-1&0\\2^{10}-1&2^{11}-2&1\end{pmatrix}.\end{aligned}$$

例 5.10 求解一阶线性常系数微分方程组

$$\begin{cases}\dfrac{dx_1}{dt}=x_2,\\\dfrac{dx_2}{dt}=x_3,\\\dfrac{dx_3}{dt}=-6x_1-11x_2-6x_3.\end{cases}$$

解 把微分方程组改写成矩阵形式 $\dfrac{d\boldsymbol{x}}{dt}=A\boldsymbol{x}$，其中

$$\boldsymbol{x}=\begin{pmatrix}x_1\\x_2\\x_3\end{pmatrix},\ \frac{d\boldsymbol{x}}{dt}=\begin{pmatrix}\dfrac{dx_1}{dt}\\\dfrac{dx_2}{dt}\\\dfrac{dx_3}{dt}\end{pmatrix},\ A=\begin{pmatrix}0&1&0\\0&0&1\\-6&-11&-6\end{pmatrix}.$$

易求得矩阵 A 的特征值 $\lambda_1=-1,\lambda_2=-2,\lambda_3=-3$，由于 A 的 3 个特征值互不相同，故 A 可相似对角化. 可求得对应于 $\lambda_1,\lambda_2,\lambda_3$ 的特征向量分别为

$$\boldsymbol{p}_1=\begin{pmatrix}1\\-1\\1\end{pmatrix},\boldsymbol{p}_2=\begin{pmatrix}1\\-2\\4\end{pmatrix},\boldsymbol{p}_3=\begin{pmatrix}1\\-3\\9\end{pmatrix},$$

令 $P=\begin{pmatrix}1&1&1\\-1&-2&-3\\1&4&9\end{pmatrix}$，则 $P^{-1}AP=\begin{pmatrix}-1&&\\&-2&\\&&-3\end{pmatrix}$，再令 $\boldsymbol{x}=P\boldsymbol{y}$，$\boldsymbol{y}=\begin{pmatrix}y_1\\y_2\\y_3\end{pmatrix}$，则

$$\frac{\mathrm{d}\boldsymbol{y}}{\mathrm{d}t}=\boldsymbol{P}^{-1}\frac{\mathrm{d}\boldsymbol{x}}{\mathrm{d}t}=\boldsymbol{P}^{-1}\boldsymbol{A}\boldsymbol{x}=\boldsymbol{P}^{-1}\boldsymbol{A}\boldsymbol{P}\boldsymbol{y}=\begin{pmatrix}-1&&\\&-2&\\&&-3\end{pmatrix}\boldsymbol{y}.$$

从而

$$\begin{cases}\dfrac{\mathrm{d}y_1}{\mathrm{d}t}=-y_1,\\ \dfrac{\mathrm{d}y_2}{\mathrm{d}t}=-2y_2,\\ \dfrac{\mathrm{d}y_3}{\mathrm{d}t}=-3y_3.\end{cases}$$

易求得一般解为$y_1=c_1\mathrm{e}^{-t}, y_2=c_2\mathrm{e}^{-2t}, y_3=c_3\mathrm{e}^{-3t}$．再由$\boldsymbol{x}=\boldsymbol{P}\boldsymbol{y}$求得原微分方程组的一般解为

$$\begin{cases}x_1=c_1\mathrm{e}^{-t}+c_2\mathrm{e}^{-2t}+c_3\mathrm{e}^{-3t},\\ x_2=-c_1\mathrm{e}^{-t}-2c_2\mathrm{e}^{-2t}-3c_3\mathrm{e}^{-3t},\\ x_3=c_1\mathrm{e}^{-t}+4c_2\mathrm{e}^{-2t}+9c_3\mathrm{e}^{-3t}\end{cases}\ (c_1,c_2,c_3\text{为任意常数}).$$

同步习题 5.2

基础题

1．选择题．

（1）若矩阵$\boldsymbol{A}=\begin{pmatrix}4&2\\x&5\end{pmatrix}$与$\boldsymbol{B}=\begin{pmatrix}6&2\\-1&3\end{pmatrix}$相似，则$x$的值为（　　）．

A．-1　　B．1　　C．0　　D．2

（2）若$\boldsymbol{A}$与$\boldsymbol{B}$相似，则（　　）．

A．$\lambda\boldsymbol{E}-\boldsymbol{A}=\lambda\boldsymbol{E}-\boldsymbol{B}$　　B．$|\lambda\boldsymbol{E}+\boldsymbol{A}|=|\lambda\boldsymbol{E}+\boldsymbol{B}|$

C．$\boldsymbol{A}^*=\boldsymbol{B}^*$　　D．$\boldsymbol{A}^{-1}=\boldsymbol{B}^{-1}$

（3）设$\boldsymbol{A}\sim\begin{pmatrix}-1&0\\0&2\end{pmatrix}$，则$|\boldsymbol{A}-\boldsymbol{E}|=$（　　）．

A．-1　　B．0　　C．1　　D．-2

（4）对应于n阶方阵$\boldsymbol{A}$的每个k重特征值，$\boldsymbol{A}$有m个线性无关的特征向量，则（　　）．

A．当$m=k$时，$\boldsymbol{A}$与对角矩阵相似　　B．当$m>k$时，$\boldsymbol{A}$与对角矩阵相似

C．当$m<k$时，$\boldsymbol{A}$与对角矩阵相似　　D．$\boldsymbol{A}$是否与对角矩阵相似，与k,m无关

2．已知$\boldsymbol{A}=\begin{pmatrix}-2&0&0\\2&x&2\\3&1&1\end{pmatrix}$与$\boldsymbol{B}=\begin{pmatrix}-1&0&0\\0&2&0\\0&0&y\end{pmatrix}$相似．

（1）求x和y．

（2）求可逆阵 $\boldsymbol{P}$，使 $\boldsymbol{P}^{-1}\boldsymbol{A}\boldsymbol{P}=\boldsymbol{B}$.

3．设 $\boldsymbol{A}=\begin{pmatrix}0&0&1\\x&1&y\\1&0&0\end{pmatrix}$ 有 3 个线性无关的特征向量，求 x 与 y 应满足的条件.

4．设 $\boldsymbol{A}=\begin{pmatrix}1&4&-2\\0&-1&0\\1&2&-2\end{pmatrix}$，求 $\boldsymbol{A}^{2\,013}$.

5．设 $\boldsymbol{A}=\begin{pmatrix}3&1\\5&-1\end{pmatrix}$.

（1）$\boldsymbol{A}$ 是否与对角矩阵相似？若相似，将 $\boldsymbol{A}$ 相似对角化.

（2）求 $\boldsymbol{A}^{50}\begin{pmatrix}1\\-5\end{pmatrix}$.

6．设 $\boldsymbol{\xi}=\begin{pmatrix}1\\1\\-1\end{pmatrix}$ 是矩阵 $\boldsymbol{A}=\begin{pmatrix}2&-1&2\\5&a&3\\-1&b&-2\end{pmatrix}$ 的一个特征向量.

（1）确定参数 a,b.

（2）判断 $\boldsymbol{A}$ 能否与对角矩阵相似.

7．设 $\boldsymbol{A}$ 与 $\boldsymbol{B}$ 都是 n 阶方阵，且 $\boldsymbol{A}$ 可逆，证明：$\boldsymbol{AB}$ 与 $\boldsymbol{BA}$ 相似.

提高题

1．填空题.

（1）已知 $\boldsymbol{A}=\begin{pmatrix}1&-1&1\\2&4&-2\\-3&-3&a\end{pmatrix}$ 与 $\boldsymbol{B}=\begin{pmatrix}2&0&0\\0&2&0\\0&0&b\end{pmatrix}$ 相似，则 $a=$ ______，$b=$ ______.

（2）设 $\boldsymbol{\alpha}=\begin{pmatrix}1\\3\\2\end{pmatrix},\boldsymbol{\beta}=\begin{pmatrix}1\\-1\\2\end{pmatrix}$，若 $\boldsymbol{A}$ 与 $\boldsymbol{\alpha\beta}^{\mathrm{T}}$ 相似，则 $(2\boldsymbol{A}+\boldsymbol{E})^{*}$ 的特征值是 ______.

（3）设矩阵 $\boldsymbol{A}\sim\boldsymbol{\Lambda}=\begin{pmatrix}2&&&\\&3&&\\&&1&\\&&&1\end{pmatrix}$，则 $\boldsymbol{E}-\boldsymbol{A}^2\sim$ ______，$r(\boldsymbol{E}-\boldsymbol{A}^2)=$ ______.

（4）设 $\boldsymbol{x}$ 是矩阵 $\boldsymbol{A}$ 的特征向量，则 $\boldsymbol{P}^{-1}\boldsymbol{A}\boldsymbol{P}$ 的特征向量为 ______.

2．已知三阶方阵 $\boldsymbol{A}$ 的 3 个特征值为 1,1,2，对应的特征向量为 $(1,2,1)^{\mathrm{T}},(1,1,0)^{\mathrm{T}},(2,0,-1)^{\mathrm{T}}$，判断 $\boldsymbol{A}$ 是否与对角矩阵 $\boldsymbol{B}$ 相似．如果相似，求 $\boldsymbol{A},\boldsymbol{B}$ 及可逆矩阵 $\boldsymbol{P}$，使 $\boldsymbol{A}=\boldsymbol{PBP}^{-1}$.

3．若矩阵$A=\begin{pmatrix}2&2&0\\8&2&a\\0&0&6\end{pmatrix}$相似于对角矩阵$\Lambda$，试确定常数$a$的值，并求可逆矩阵$P$，使$P^{-1}AP=\Lambda$．

4．设A为三阶方阵，已知$A\begin{pmatrix}1&0\\1&0\\0&1\end{pmatrix}=\begin{pmatrix}2&0\\2&0\\0&1\end{pmatrix}$，$X=\begin{pmatrix}1\\-1\\0\end{pmatrix}$是齐次线性方程组$AX=0$的解．

（1）求矩阵A的所有特征值和特征向量．

（2）判断矩阵A是否与对角矩阵Λ相似，若相似，求出Λ及使$P^{-1}AP=\Lambda$的可逆矩阵P．

5.3 实对称矩阵及其正交相似对角化

根据5.2节的内容可知，要判断一般n阶方阵A是否可相似对角化，关键在于判断该矩阵是否具有n个线性无关的特征向量．但该问题比较复杂，对此不进行一般性的讨论．本节仅讨论实对称矩阵的相似对角化问题，这是因为实对称矩阵具有一般矩阵所没有的特殊性质．

5.3.1 实对称矩阵的特征值与特征向量

实对称矩阵的特征值、特征向量除具有5.1节给出的性质外，还具有以下性质．

性质5.6 （1）实对称矩阵的特征值一定为实数．

（2）实对称矩阵对应于不同特征值的特征向量必相互正交．

（3）设A为n阶实对称矩阵，λ是A的特征方程的r重根，则矩阵$A-\lambda E$的秩$r(A-\lambda E)=n-r$，从而对应特征值λ恰有r个线性无关的特征向量．

***证明** 下面只给出（1）（2）的证明，结论（3）在此不予证明．

（1）设λ是实对称矩阵A的任一特征值，对$Ax=\lambda x\ (x\neq 0)$取共轭，再取转置，并利用$\bar{A}=A$，$A^{\mathrm{T}}=A$，得$\bar{x}^{\mathrm{T}}A=\bar{\lambda}\bar{x}^{\mathrm{T}}$．其中，$\bar{\lambda}$表示$\lambda$的共轭复数，$\bar{x}$表示$x$的共轭复向量．上式两边右乘$x$，利用$Ax=\lambda x$，得$\lambda\bar{x}^{\mathrm{T}}x=\bar{x}^{\mathrm{T}}Ax=\bar{\lambda}\bar{x}^{\mathrm{T}}x$，即$(\lambda-\bar{\lambda})\bar{x}^{\mathrm{T}}x=0$．

因$x\neq 0$，故$\bar{x}^{\mathrm{T}}x=\bar{x}_1x_1+\bar{x}_2x_2+\cdots+\bar{x}_nx_n>0$，推出$\lambda=\bar{\lambda}$，即任一特征值为实数．

（2）设λ_1,λ_2是实对称矩阵A的两个特征值，p_1,p_2是对应的特征向量，且$\lambda_1\neq\lambda_2$，则$Ap_1=\lambda_1p_1$，$Ap_2=\lambda_2p_2$．

因A为实对称矩阵，故$\lambda_1p_1^{\mathrm{T}}=(\lambda_1p_1)^{\mathrm{T}}=(Ap_1)^{\mathrm{T}}=p_1^{\mathrm{T}}A^{\mathrm{T}}=p_1^{\mathrm{T}}A$，于是$\lambda_1p_1^{\mathrm{T}}p_2=p_1^{\mathrm{T}}Ap_2=p_1^{\mathrm{T}}(\lambda_2p_2)=\lambda_2p_1^{\mathrm{T}}p_2$，即$(\lambda_1-\lambda_2)p_1^{\mathrm{T}}p_2=0$．

由于$\lambda_1\neq\lambda_2$，故$p_1^{\mathrm{T}}p_2=0$，即p_1与p_2正交．

5.3.2 实对称矩阵的正交相似对角化

由性质5.6（3）和定理5.3的推论2可知，实对称矩阵A一定可以相似对角化，并且还可以要求相似变换矩阵是正交矩阵.

定理 5.4　设 $\boldsymbol{A}$ 为 n 阶实对称矩阵，则必存在 n 阶正交矩阵 $\boldsymbol{P}$，使

$$\boldsymbol{P}^{-1}\boldsymbol{A}\boldsymbol{P}=\boldsymbol{\Lambda}=\begin{pmatrix}\lambda_1 & & & \\ & \lambda_2 & & \\ & & \ddots & \\ & & & \lambda_n\end{pmatrix},$$

其中 $\lambda_1,\lambda_2,\cdots,\lambda_n$ 是 $\boldsymbol{A}$ 的 n 个特征值.

证明　设 $\boldsymbol{A}$ 的所有互不相等的特征值为 $\lambda_1,\lambda_2,\cdots,\lambda_s$，它们的重数依次是 $r_1,r_2,\cdots,r_s$ $(r_1+r_2+\cdots+r_s=n)$. 由实对称矩阵的特征值的性质 5.6（1）和性质 5.6（3）知，对应于特征值 $\lambda_i\ (i=1,2,\cdots,s)$ 恰有 r_i 个线性无关的实特征向量，把它们标准正交化，即得 r_i 个标准正交的特征向量，由 $r_1+r_2+\cdots+r_s=n$ 知，这样的特征向量共可得 n 个：

$$\boldsymbol{p}_{11},\boldsymbol{p}_{12},\cdots,\boldsymbol{p}_{1r_1},\cdots,\boldsymbol{p}_{s1},\boldsymbol{p}_{s2},\cdots,\boldsymbol{p}_{sr_s}. \tag{5.9}$$

由性质 5.6（2）知，向量组（5.9）是标准正交向量组，故可得到 n 个两两正交的单位特征向量，于是以它们为列向量构成正交矩阵 $\boldsymbol{P}$，并且由定理 5.3，得

$$\boldsymbol{P}^{-1}\boldsymbol{A}\boldsymbol{P}=\boldsymbol{\Lambda}=\begin{pmatrix}\lambda_1 & & & \\ & \lambda_2 & & \\ & & \ddots & \\ & & & \lambda_n\end{pmatrix}.$$

【即时提问 5.3】设三阶实对称矩阵 $\boldsymbol{A}$ 满足 $\boldsymbol{A}^2+\boldsymbol{A}=\boldsymbol{O}$，且 $r(\boldsymbol{A})=2$，试求矩阵 $\boldsymbol{A}$ 的特征值.

微课：即时提问5.3

由定理 5.4，易得如下的推论.

推论　设 $\boldsymbol{A}$ 为 n 阶实对称矩阵，则必存在 n 阶正交矩阵 $\boldsymbol{P}$，使

$$\boldsymbol{P}^{\mathrm{T}}\boldsymbol{A}\boldsymbol{P}=\boldsymbol{\Lambda}=\begin{pmatrix}\lambda_1 & & & \\ & \lambda_2 & & \\ & & \ddots & \\ & & & \lambda_n\end{pmatrix},$$

其中 $\lambda_1,\lambda_2,\cdots,\lambda_n$ 是 $\boldsymbol{A}$ 的 n 个特征值.

例 5.11　设 $\boldsymbol{A}=\begin{pmatrix}3&0&0\\0&1&2\\0&2&1\end{pmatrix}$，求一个正交矩阵 $\boldsymbol{P}$，使 $\boldsymbol{P}^{-1}\boldsymbol{A}\boldsymbol{P}=\boldsymbol{\Lambda}$ 为对角矩阵.

解　$\boldsymbol{A}$ 的特征多项式为

$$|\boldsymbol{A}-\lambda\boldsymbol{E}|=\begin{vmatrix}3-\lambda&0&0\\0&1-\lambda&2\\0&2&1-\lambda\end{vmatrix}=-(\lambda-3)^2(\lambda+1),$$

所以 $\boldsymbol{A}$ 的特征值为 $\lambda_1=-1,\lambda_2=\lambda_3=3$.

当 $\lambda_1=-1$ 时，解方程组 $(\boldsymbol{A}+\boldsymbol{E})\boldsymbol{X}=\boldsymbol{0}$，由

$$A+E=\begin{pmatrix}4&0&0\\0&2&2\\0&2&2\end{pmatrix}\xrightarrow{r}\begin{pmatrix}1&0&0\\0&1&1\\0&0&0\end{pmatrix},$$

得基础解系 $\boldsymbol{\xi}_1=\begin{pmatrix}0\\-1\\1\end{pmatrix}$，将 $\boldsymbol{\xi}_1$ 单位化，得 $\boldsymbol{p}_1=\begin{pmatrix}0\\-\frac{1}{\sqrt{2}}\\\frac{1}{\sqrt{2}}\end{pmatrix}$.

当 $\lambda_2=\lambda_3=3$ 时，解方程组 $(A-3E)X=0$，由

$$A-3E=\begin{pmatrix}0&0&0\\0&-2&2\\0&2&-2\end{pmatrix}\xrightarrow{r}\begin{pmatrix}0&1&-1\\0&0&0\\0&0&0\end{pmatrix},$$

得基础解系 $\boldsymbol{\xi}_1=\begin{pmatrix}1\\0\\0\end{pmatrix},\boldsymbol{\xi}_2=\begin{pmatrix}0\\1\\1\end{pmatrix}$，$\boldsymbol{\xi}_1$ 与 $\boldsymbol{\xi}_2$ 恰好正交，将它们单位化，得 $\boldsymbol{p}_2=\begin{pmatrix}1\\0\\0\end{pmatrix}$, $\boldsymbol{p}_3=\begin{pmatrix}0\\\frac{1}{\sqrt{2}}\\\frac{1}{\sqrt{2}}\end{pmatrix}$.

将 $\boldsymbol{p}_1,\boldsymbol{p}_2,\boldsymbol{p}_3$ 构成正交矩阵，得

$$P=(\boldsymbol{p}_1,\boldsymbol{p}_2,\boldsymbol{p}_3)=\begin{pmatrix}0&1&0\\-\frac{1}{\sqrt{2}}&0&\frac{1}{\sqrt{2}}\\\frac{1}{\sqrt{2}}&0&\frac{1}{\sqrt{2}}\end{pmatrix},$$

有

$$P^{-1}AP=P^{\mathrm{T}}AP=\Lambda=\begin{pmatrix}-1&&\\&3&\\&&3\end{pmatrix}.$$

例 5.12 设矩阵 A 是三阶实对称矩阵，A 的特征值为 1,2,2，$\boldsymbol{p}_1=(1,1,0)^{\mathrm{T}}$ 与 $\boldsymbol{p}_2=(0,1,1)^{\mathrm{T}}$ 都是矩阵 A 的对应于特征值 2 的特征向量．求 A 的对应于特征值 1 的特征向量，并求出矩阵 A．

微课：例5.12

解 设 $\boldsymbol{p}_3=(x_1,x_2,x_3)^{\mathrm{T}}$ 为 A 的对应于特征值 1 的特征向量．由于 A 是实对称矩阵，则 $\boldsymbol{p}_3$ 与 $\boldsymbol{p}_1,\boldsymbol{p}_2$ 都正交，故有

$$\begin{cases}x_1+x_2=0,\\x_2+x_3=0,\end{cases}$$

解得基础解系 $\boldsymbol{p}_3=\begin{pmatrix}1\\-1\\1\end{pmatrix}$．$A$ 的对应于特征值 1 的特征向量为 $k\boldsymbol{p}_3\ (k\neq 0)$．

方法 1 直接利用矩阵可相似对角化求解．

令

$$\boldsymbol{P}=(\boldsymbol{p}_1,\boldsymbol{p}_2,\boldsymbol{p}_3)=\begin{pmatrix}1&0&1\\1&1&-1\\0&1&1\end{pmatrix},$$

则

$$\boldsymbol{P}^{-1}\boldsymbol{A}\boldsymbol{P}=\begin{pmatrix}2&&\\&2&\\&&1\end{pmatrix}.$$

从而

$$\boldsymbol{A}=\boldsymbol{P}\begin{pmatrix}2&&\\&2&\\&&1\end{pmatrix}\boldsymbol{P}^{-1}=\begin{pmatrix}\frac{5}{3}&\frac{1}{3}&-\frac{1}{3}\\\frac{1}{3}&\frac{5}{3}&\frac{1}{3}\\-\frac{1}{3}&\frac{1}{3}&\frac{5}{3}\end{pmatrix}.$$

方法 2 利用矩阵可正交相似对角化求解.

将 $\boldsymbol{p}_1,\boldsymbol{p}_2$ 正交化，取

$$\boldsymbol{\eta}_1=\boldsymbol{p}_1=\begin{pmatrix}1\\1\\0\end{pmatrix},\ \boldsymbol{\eta}_2=\boldsymbol{p}_2-\frac{(\boldsymbol{p}_2,\boldsymbol{\eta}_1)}{\|\boldsymbol{\eta}_1\|^2}\boldsymbol{\eta}_1=\frac{1}{2}\begin{pmatrix}-1\\1\\2\end{pmatrix}.$$

再将 $\boldsymbol{\eta}_1,\boldsymbol{\eta}_2$ 单位化，得

$$\boldsymbol{\xi}_1=\frac{1}{\sqrt{2}}\begin{pmatrix}1\\1\\0\end{pmatrix},\ \boldsymbol{\xi}_2=\frac{1}{\sqrt{6}}\begin{pmatrix}-1\\1\\2\end{pmatrix}.$$

将 $\boldsymbol{p}_3$ 单位化，得

$$\boldsymbol{\xi}_3=\frac{1}{\sqrt{3}}\begin{pmatrix}1\\-1\\1\end{pmatrix}.$$

令

$$\boldsymbol{Q}=(\boldsymbol{\xi}_1,\boldsymbol{\xi}_2,\boldsymbol{\xi}_3)=\begin{pmatrix}\frac{1}{\sqrt{2}}&-\frac{1}{\sqrt{6}}&\frac{1}{\sqrt{3}}\\\frac{1}{\sqrt{2}}&\frac{1}{\sqrt{6}}&-\frac{1}{\sqrt{3}}\\0&\frac{2}{\sqrt{6}}&\frac{1}{\sqrt{3}}\end{pmatrix},$$

则

$$\boldsymbol{Q}^{-1}\boldsymbol{A}\boldsymbol{Q}=\boldsymbol{Q}^{\mathrm{T}}\boldsymbol{A}\boldsymbol{Q}=\begin{pmatrix}2&&\\&2&\\&&1\end{pmatrix}.$$

从而

$$A=Q\begin{pmatrix}2 & & \\ & 2 & \\ & & 1\end{pmatrix}Q^{\mathrm{T}}=\begin{pmatrix}\frac{5}{3} & \frac{1}{3} & -\frac{1}{3}\\ \frac{1}{3} & \frac{5}{3} & \frac{1}{3}\\ -\frac{1}{3} & \frac{1}{3} & \frac{5}{3}\end{pmatrix}.$$

例 5.13 设某城市共有 30 万人从事农、工、商工作，假定这个总人数在若干年内保持不变，而社会调查表明：

（1）在这 30 万人中，目前约有 15 万人从事农业工作、9 万人从事工业工作、6 万人从事商业工作；

（2）在从事农业工作的人员中，每年约有 20% 改为从事工业工作、10% 改为从事商业工作；

（3）在从事工业工作的人员中，每年约有 20% 改为从事农业工作、10% 改为从事商业工作；

（4）在从事商业工作的人员中，每年约有 10% 改为从事农业工作、10% 改为从事工业工作.

先预测 1、2 年后从事各行业工作的人数，以及若干年后，从事各行业工作的人数的发展趋势.

解 若用三维向量 $\boldsymbol{x}_i$ 表示第 i 年后从事 3 种行业工作的人数，则已知

$$\boldsymbol{x}_0=\begin{pmatrix}15\\ 9\\ 6\end{pmatrix},$$

而要求的是 $\boldsymbol{x}_1,\boldsymbol{x}_2$，并考察 $n\to\infty$ 时，$\boldsymbol{x}_n$ 的发展趋势.

用 $\boldsymbol{A}$ 来刻画各行业人员间的转移，于是有

$$\boldsymbol{A}=\begin{pmatrix}0.7 & 0.2 & 0.1\\ 0.2 & 0.7 & 0.1\\ 0.1 & 0.1 & 0.8\end{pmatrix},$$

则

$$\boldsymbol{x}_1=\boldsymbol{A}\boldsymbol{x}_0=\begin{pmatrix}12.9\\ 9.9\\ 7.2\end{pmatrix},$$

$$\boldsymbol{x}_2=\boldsymbol{A}\boldsymbol{x}_1=\boldsymbol{A}^2\boldsymbol{x}_0=\begin{pmatrix}11.73\\ 10.23\\ 8.04\end{pmatrix},$$

$$\boldsymbol{x}_n=\boldsymbol{A}\boldsymbol{x}_{n-1}=\boldsymbol{A}^n\boldsymbol{x}_0.$$

要分析 $\boldsymbol{x}_n$，就需要计算 $\boldsymbol{A}$ 的 n 次幂，为此，可先将 $\boldsymbol{A}$ 相似对角化.

$$|\boldsymbol{A}-\lambda\boldsymbol{E}|=\begin{vmatrix}0.7-\lambda & 0.2 & 0.1\\ 0.2 & 0.7-\lambda & 0.1\\ 0.1 & 0.1 & 0.8-\lambda\end{vmatrix}=(1-\lambda)(0.7-\lambda)(0.5-\lambda),$$

得 $\boldsymbol{A}$ 的特征值为 $\lambda_1=1,\lambda_2=0.7,\lambda_3=0.5$. 故 $\boldsymbol{A}$ 可相似对角化，即 $\boldsymbol{P}^{-1}\boldsymbol{A}\boldsymbol{P}=\boldsymbol{\Lambda}$，从而 $\boldsymbol{A}^n=\boldsymbol{P}\boldsymbol{\Lambda}^n\boldsymbol{P}^{-1}$. 其

中，$\boldsymbol{\Lambda}=\begin{pmatrix}1&&\\&0.7&\\&&0.5\end{pmatrix}$，$\boldsymbol{\Lambda}^n=\begin{pmatrix}1&&\\&0.7^n&\\&&0.5^n\end{pmatrix}$.

当 $n\to\infty$ 时，$\boldsymbol{\Lambda}^n\to\begin{pmatrix}1&&\\&0&\\&&0\end{pmatrix}$，从而 $\boldsymbol{A}^n=\boldsymbol{P}\begin{pmatrix}1&&\\&0&\\&&0\end{pmatrix}\boldsymbol{P}^{-1}$，因此，$\boldsymbol{x}_n$ 将趋于一个确定的向量 $\boldsymbol{x}^*$. 由 $\boldsymbol{x}_n=\boldsymbol{A}\boldsymbol{x}_{n-1}$ 知，$\boldsymbol{x}^*$ 必满足 $\boldsymbol{x}^*=\boldsymbol{A}\boldsymbol{x}^*$.

于是向量 $\boldsymbol{x}^*$ 是 $\boldsymbol{A}$ 的对应于特征值 $\lambda_1=1$ 的一个特征向量，即

$$\boldsymbol{x}^*=t\begin{pmatrix}1\\1\\1\end{pmatrix}.$$

再由 $t+t+t=30$ 可得 $t=10$. 照此规律转移，若干年后，从事这 3 种行业工作的人数将趋于相等，均为 10 万人.

同步习题 5.3

基础题

1．试求一个正交的相似变换矩阵，将下列实对称矩阵化为对角矩阵.

（1）$\begin{pmatrix}2&-2&0\\-2&1&-2\\0&-2&0\end{pmatrix}$.　　（2）$\begin{pmatrix}2&2&-2\\2&5&-4\\-2&-4&5\end{pmatrix}$.

2．设 $\boldsymbol{A}=\begin{pmatrix}3&-2\\-2&3\end{pmatrix}$，求 $\phi(\boldsymbol{A})=\boldsymbol{A}^{10}-5\boldsymbol{A}^9$.

3．设三阶实对称矩阵 $\boldsymbol{A}$ 的特征值为 1,2,3，矩阵 $\boldsymbol{A}$ 的对应于特征值 1,2 的特征向量分别是 $\boldsymbol{\alpha}_1=(-1,-1,1)^{\mathrm{T}},\boldsymbol{\alpha}_2=(1,-2,-1)^{\mathrm{T}}$.

（1）求 $\boldsymbol{A}$ 的对应于特征值 3 的特征向量.

（2）求矩阵 $\boldsymbol{A}$.

4．已知矩阵 $\boldsymbol{A}=\begin{pmatrix}1&2&0\\2&1&0\\-2&a&3\end{pmatrix}$，证明当 a=2 时，矩阵 $\boldsymbol{A}$ 与对角矩阵 $\boldsymbol{\Lambda}$ 相似，并写出与 $\boldsymbol{A}$ 相似的对角矩阵 $\boldsymbol{\Lambda}$.

5．设 $\boldsymbol{A}$ 为三阶实对称矩阵，$\boldsymbol{A}$ 的秩为 2，且 $\boldsymbol{A}\begin{pmatrix}1&1\\0&0\\-1&1\end{pmatrix}=\begin{pmatrix}-1&1\\0&0\\1&1\end{pmatrix}$.

（1）求 $\boldsymbol{A}$ 的所有特征值和特征向量.

（2）矩阵 $\boldsymbol{A}$ 是否与对角矩阵相似？若相似，写出其相似对角矩阵.

6．设三阶实对称矩阵 $\boldsymbol{A}$ 的特征值为6,3,3，与特征值6对应的一个特征向量为 $\boldsymbol{p}_1=(1,1,1)^{\mathrm{T}}$，求 $\boldsymbol{A}$.

提高题

1．设 $\boldsymbol{A}$ 是 n 阶实对称矩阵，$\boldsymbol{P}$ 是 n 阶可逆矩阵．已知 n 维列向量 $\boldsymbol{\alpha}$ 是 $\boldsymbol{A}$ 的对应于特征值 λ 的特征向量，则矩阵 $(\boldsymbol{P}^{-1}\boldsymbol{AP})^{\mathrm{T}}$ 对应于特征值 λ 的特征向量是（　　）.

A．$\boldsymbol{P}^{-1}\boldsymbol{\alpha}$　　B．$\boldsymbol{P}^{\mathrm{T}}\boldsymbol{\alpha}$　　C．$\boldsymbol{P\alpha}$　　D．$(\boldsymbol{P}^{-1})^{\mathrm{T}}\boldsymbol{\alpha}$

2．设三阶实对称矩阵 $\boldsymbol{A}$ 的各行元素之和均为3，且行列式 $|\boldsymbol{A}-2\boldsymbol{E}|=0$．向量 $\boldsymbol{\xi}=(1,-2,1)^{\mathrm{T}}$ 是线性方程组 $\boldsymbol{AX}=\boldsymbol{0}$ 的解，求：

（1）$\boldsymbol{A}$ 的特征值与特征向量；

（2）矩阵 $\boldsymbol{A}$.

3．设 $\boldsymbol{A}=\begin{pmatrix}0 & -1 & 4\\ -1 & 3 & a\\ 4 & a & 0\end{pmatrix}$，正交矩阵 $\boldsymbol{P}$ 使 $\boldsymbol{P}^{\mathrm{T}}\boldsymbol{AP}$ 为对角矩阵，如果 $\boldsymbol{P}$ 的第1列为 $\left(\frac{1}{\sqrt{6}},\frac{2}{\sqrt{6}},\frac{1}{\sqrt{6}}\right)^{\mathrm{T}}$，求 a, $\boldsymbol{P}$.

4．设 $\boldsymbol{A}$ 是三阶实对称矩阵，且 $\boldsymbol{A}^2+2\boldsymbol{A}=\boldsymbol{O}$，若 $\boldsymbol{A}$ 的秩为2，则 $\boldsymbol{A}$ 相似于______.

5.4 运用MATLAB求解矩阵问题

5.4.1 求特征值与特征向量

矩阵的特征值与特征向量在科学研究和工程计算中都有非常广泛的应用，在MATLAB中，求解矩阵特征值与特征向量的函数命令是“eig(A)”，它的基本用法如下.

（1）“d=eig(A)” 返回由矩阵 $\boldsymbol{A}$ 的特征值组成的列向量.

（2）“[V,D]=eig(A)” 返回特征值矩阵 $\boldsymbol{D}$ 和特征向量矩阵 $\boldsymbol{V}$．其中，矩阵 $\boldsymbol{D}$ 是以矩阵 $\boldsymbol{A}$ 的特征值为对角线元素生成的对角矩阵；矩阵 $\boldsymbol{A}$ 的第 i 个特征值所对应的特征向量是矩阵 $\boldsymbol{V}$ 的第 i 个列向量.

例 5.14 求矩阵 $\boldsymbol{A}=\begin{pmatrix}1 & -1 & 1\\ 1 & 3 & -1\\ 1 & 1 & 1\end{pmatrix}$ 的特征值与特征向量.

微课：例5.14

解

```
>> A=[1,-1,1;1,3,-1;1,1,1];
>> A1=sym(A)
A1 =
[ 1, -1,  1]
[ 1,  3, -1]
```

```
[ 1,  1,  1]
>> [V,D]=eig(A1)
V =
[ -1, -1, 1]
[  1,  1, 0]
[  1,  0, 1]
D =
[ 1, 0, 0]
[ 0, 2, 0]
[ 0, 0, 2]
```

所以，特征值为 $\lambda_1=1,\lambda_2=\lambda_3=2$，对应于 $\lambda_1=1$ 的全部特征向量为 $k_1\boldsymbol{\alpha}_1=k_1\begin{pmatrix}-1\\1\\1\end{pmatrix}(k_1\neq 0)$，对应于 $\lambda_2=\lambda_3=2$ 的全部特征向量为 $k_2\boldsymbol{\alpha}_2+k_3\boldsymbol{\alpha}_3=k_2\begin{pmatrix}-1\\1\\0\end{pmatrix}+k_3\begin{pmatrix}1\\0\\1\end{pmatrix}$ (k_2,k_3 不同时为 0).

5.4.2 矩阵相似对角化的判断

n 阶方阵 $\boldsymbol{A}$ 可相似对角化的条件是 $\boldsymbol{A}$ 具有 n 个线性无关的特征向量. 因此，在 MATLAB 中判断矩阵是否可相似对角化，可利用“[V,D]=eig(A)”返回特征值矩阵 $\boldsymbol{D}$ 和特征向量矩阵 $\boldsymbol{V}$(满足 $\boldsymbol{AV}=\boldsymbol{VD}$). 若 $\boldsymbol{V}$ 中列向量的个数等于矩阵 $\boldsymbol{A}$ 特征值的个数，则矩阵 $\boldsymbol{A}$ 可相似对角化.

例 5.15　判断下列矩阵是否可相似对角化，若可相似对角化，求矩阵 $\boldsymbol{P}$.

（1）$\boldsymbol{A}=\begin{pmatrix}1&0&2\\0&-1&0\\3&0&2\end{pmatrix}$.　（2）$\boldsymbol{B}=\begin{pmatrix}-1&1&0\\-4&3&0\\1&0&2\end{pmatrix}$.

微课：例5.15

解　(1)

```
>> A=[1,0,2;0,-1,0;3,0,2];
>> A1=sym(A)
A1 =
[ 1,  0, 2]
[ 0, -1, 0]
[ 3,  0, 2]
>> [V,D]=eig(A1)
V =
[ 2/3, 0, -1]
[   0, 1,  0]
[   1, 0,  1]
D =
[ 4,  0,  0]
[ 0, -1,  0]
[ 0,  0, -1]
```

因为 $\boldsymbol{V}$ 中列向量的个数等于矩阵 $\boldsymbol{A}$ 特征值的个数，所以矩阵 $\boldsymbol{A}$ 可相似对角化，且

```
>> inv(V)*A*V
```

```
ans =
[ 4,  0,  0]
[ 0, -1,  0]
[ 0,  0, -1]
```

（2）

```
>> B=[-1,1,0;-4,3,0;1,0,2];
>> B1=sym(B)
B1 =
[ -1, 1, 0]
[ -4, 3, 0]
[  1, 0, 2]
>> [V,D]=eig(B1)
V =
[ 0, -1]
[ 0, -2]
[ 1,  1]
D =
[ 2, 0, 0]
[ 0, 1, 0]
[ 0, 0, 1]
```

由于 $\boldsymbol{V}$ 中列向量的个数小于矩阵 $\boldsymbol{B}$ 特征值的个数，所以矩阵 $\boldsymbol{B}$ 不能相似对角化.

第 5 章思维导图

本章小结

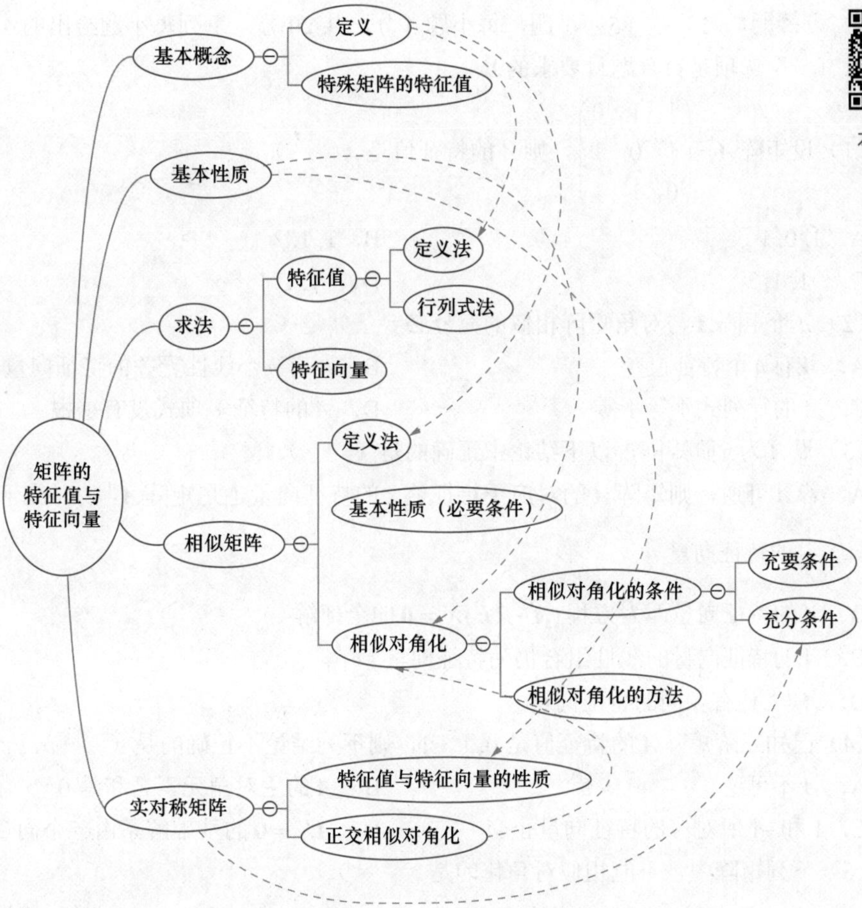

中国数学学者

个人成就

数学家，中国科学院院士，山东大学数学研究所所长．彭实戈在控制论和概率论方面作出了突出贡献．他将 Feynman-Kac 路径积分理论推广到非线性情况并建立了动态非线性数学期望理论．

彭实戈

第5章总复习题·基础篇

1. 选择题：（1）～（5）小题，每小题4分，共20分．下列每小题给出的4个选项中，只有一个选项是符合题目要求的．

（1）设矩阵 $\boldsymbol{A}=\begin{pmatrix}1&1&0\\1&0&1\\0&1&1\end{pmatrix}$，则 $\boldsymbol{A}$ 的特征值是（　　）．

A．1, 0, 1　　B．1, 1, 2

C．−1, 1, 2　　D．−1, 1, 1

（2）n 阶矩阵 $\boldsymbol{A}$ 与对角矩阵相似的充分必要条件是（　　）．

A．$\boldsymbol{A}$ 有 n 个特征值　　B．$\boldsymbol{A}$ 有 n 个线性无关的特征向量

C．$\boldsymbol{A}$ 的行列式不等于零　　D．$\boldsymbol{A}$ 的特征多项式没有重根

（3）设 $\boldsymbol{A}$ 为 n 阶矩阵，以下结论中正确的是（　　）．

A．若 $\boldsymbol{A}$ 可逆，则矩阵 $\boldsymbol{A}$ 的对应于特征值 λ 的特征向量也是矩阵 $\boldsymbol{A}^{-1}$ 的对应于特征值 $\dfrac{1}{\lambda}$ 的特征向量

B．$\boldsymbol{A}$ 的特征向量即为方程 $(\boldsymbol{A}-\lambda\boldsymbol{E})\boldsymbol{X}=\boldsymbol{0}$ 的全部解

C．$\boldsymbol{A}$ 的特征向量的线性组合仍为特征向量

D．$\boldsymbol{A}$ 与 $\boldsymbol{A}^{\mathrm{T}}$ 有相同的特征向量

（4）已知三阶矩阵 $\boldsymbol{A}$ 的特征值是 0, 1, −1，则下列结论不正确的是（　　）．

A．$\boldsymbol{A}$ 不可逆　　B．$\boldsymbol{A}$ 的主对角元素之和是0

C．1 和 −1 所对应的特征向量正交　　D．$\boldsymbol{AX}=\boldsymbol{0}$ 的基础解系由一个向量组成

（5）下列矩阵中，不能相似对角化的是（　　）．

A．$\begin{pmatrix}1&0&-1\\0&2&3\\-1&3&5\end{pmatrix}$　　B．$\begin{pmatrix}-1&0&0\\3&2&0\\2&1&1\end{pmatrix}$　　C．$\begin{pmatrix}1&0&-1\\2&0&-2\\-3&0&3\end{pmatrix}$　　D．$\begin{pmatrix}2&2&3\\0&2&3\\0&0&-1\end{pmatrix}$

2. 填空题：（6）～（10）小题，每小题4分，共20分．

（6）矩阵 $\boldsymbol{A}=\begin{pmatrix}1&1&1\\1&1&1\\1&1&1\end{pmatrix}$ 的非零特征值是__________．

（7）若三阶矩阵 $\boldsymbol{A}$ 的3个特征值分别是 −1, −1, 8，则 $|\boldsymbol{A}|=$______．

（8）若 $\begin{pmatrix}22&31\\-12&x\end{pmatrix}$ 和 $\begin{pmatrix}1&2\\3&4\end{pmatrix}$ 相似，则 $x=$______．

（9）已知 $\boldsymbol{A}=\begin{pmatrix}2&1\\1&2\end{pmatrix}$，则 $\boldsymbol{A}$ 的特征多项式是______．

（10）设 n 阶矩阵 $\boldsymbol{A}$ 的的各行元素之和为 $a(a\neq 0)$，则 $\boldsymbol{A}$ 必有一个特征值为______．

3. 解答题：（11）～（16）小题，每小题10分，共60分．解答时应写出文字说明、

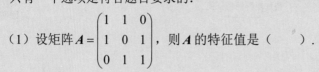

证明过程或演算步骤.

（11）求矩阵 $A=\begin{pmatrix}-3 & -1 & 2\\ 0 & -1 & 4\\ -1 & 0 & 1\end{pmatrix}$ 的实特征值和对应的特征向量.

（12）设 $\begin{pmatrix}0 & 0 & 1\\ x & 1 & y\\ 1 & 0 & 0\end{pmatrix}$ 有 3 个线性无关的特征向量，求 x 与 y 满足的条件.

（13）设矩阵 $A=\begin{pmatrix}3 & 2 & -2\\ -k & -1 & k\\ 4 & 2 & -3\end{pmatrix}$.

① k 为何值时，存在可逆矩阵 P，使 $P^{-1}AP$ 为对角矩阵？

② 求出矩阵 P 和相应的对角矩阵.

（14）设 $A=\begin{pmatrix}1 & -1 & 1\\ 2 & 4 & -2\\ -3 & -3 & a\end{pmatrix}$ 与 $B=\begin{pmatrix}2 & 0 & 0\\ 0 & 2 & 0\\ 0 & 0 & b\end{pmatrix}$ 相似，求 a,b 及矩阵 A 的特征值和特征向量.

（15）设 A 是三阶实对称矩阵，其特征值为 $\lambda_1=\lambda_2=1,\lambda_3=-1$，特征值 1 对应的特征向量为 $\alpha_1=(1,1,1)^{\mathrm{T}},\alpha_2=(2,2,1)^{\mathrm{T}}$，求矩阵 A.

（16）设 A 为 n 阶矩阵，若存在正整数 m 满足 $A^m=O$，证明：A 的特征值是 0.

第 5 章总复习题·提高篇

1. 选择题：（1）～（5）小题，每小题 4 分，共 20 分．下列每小题给出的 4 个选项中，只有一个选项是符合题目要求的.

（1）（2013104）矩阵 $\begin{pmatrix}1 & a & 1\\ a & b & a\\ 1 & a & 1\end{pmatrix}$ 与 $\begin{pmatrix}2 & 0 & 0\\ 0 & b & 0\\ 0 & 0 & 0\end{pmatrix}$ 相似的充分必要条件是（　　）.

A. $a=0$，$b=2$　　B. $a=0$，b 为任意常数

C. $a=2$，$b=0$　　D. $a=2$，b 为任意常数

（2）（2012104）设 A 是三阶矩阵，P 是三阶可逆矩阵，且 $P^{-1}AP=\begin{pmatrix}1 & & \\ & 1 & \\ & & 2\end{pmatrix}$，$P=(\alpha_1,\alpha_2,\alpha_3)$，$Q=(\alpha_1+\alpha_2,\alpha_2,\alpha_3)$，则 $Q^{-1}AQ=$（　　）.

A. $\begin{pmatrix}1 & & \\ & 2 & \\ & & 1\end{pmatrix}$　　B. $\begin{pmatrix}1 & & \\ & 1 & \\ & & 2\end{pmatrix}$　　C. $\begin{pmatrix}2 & & \\ & 1 & \\ & & 2\end{pmatrix}$　　D. $\begin{pmatrix}2 & & \\ & 2 & \\ & & 1\end{pmatrix}$

（3）（2016104）设 $\boldsymbol{A},\boldsymbol{B}$ 是可逆矩阵，且 $\boldsymbol{A}$ 与 $\boldsymbol{B}$ 相似，则下列结论错误的是（　　）.

A. $\boldsymbol{A}^{\mathrm{T}}$ 与 $\boldsymbol{B}^{\mathrm{T}}$ 相似　　B. $\boldsymbol{A}^{-1}$ 与 $\boldsymbol{B}^{-1}$ 相似

C. $\boldsymbol{A}+\boldsymbol{A}^{\mathrm{T}}$ 与 $\boldsymbol{B}+\boldsymbol{B}^{\mathrm{T}}$ 相似　　D. $\boldsymbol{A}+\boldsymbol{A}^{-1}$ 与 $\boldsymbol{B}+\boldsymbol{B}^{-1}$ 相似

（4）（2017104）已知矩阵 $\boldsymbol{A}=\begin{pmatrix}2&0&0\\0&2&1\\0&0&1\end{pmatrix}$，$\boldsymbol{B}=\begin{pmatrix}2&1&0\\0&2&0\\0&0&1\end{pmatrix}$，$\boldsymbol{C}=\begin{pmatrix}1&0&0\\0&2&0\\0&0&2\end{pmatrix}$，则下列结论正确的是（　　）.

A. $\boldsymbol{A}$ 与 $\boldsymbol{C}$ 相似，$\boldsymbol{B}$ 与 $\boldsymbol{C}$ 相似　　B. $\boldsymbol{A}$ 与 $\boldsymbol{C}$ 相似，$\boldsymbol{B}$ 与 $\boldsymbol{C}$ 不相似

C. $\boldsymbol{A}$ 与 $\boldsymbol{C}$ 不相似，$\boldsymbol{B}$ 与 $\boldsymbol{C}$ 相似　　D. $\boldsymbol{A}$ 与 $\boldsymbol{C}$ 不相似，$\boldsymbol{B}$ 与 $\boldsymbol{C}$ 不相似

（5）（2018104）下列矩阵与矩阵 $\begin{pmatrix}1&1&0\\0&1&1\\0&0&1\end{pmatrix}$ 相似的是（　　）.

A. $\begin{pmatrix}1&1&-1\\0&1&1\\0&0&1\end{pmatrix}$　　B. $\begin{pmatrix}1&0&-1\\0&1&1\\0&0&1\end{pmatrix}$　　C. $\begin{pmatrix}1&1&-1\\0&1&0\\0&0&1\end{pmatrix}$　　D. $\begin{pmatrix}1&0&-1\\0&1&0\\0&0&1\end{pmatrix}$

2. 填空题：（6）～（10）小题，每小题 4 分，共 20 分.

（6）（2008104）设 $\boldsymbol{A}$ 为二阶矩阵，$\boldsymbol{\alpha}_1,\boldsymbol{\alpha}_2$ 为线性无关的二维列向量，$\boldsymbol{A\alpha}_1=\boldsymbol{0},\boldsymbol{A\alpha}_2=2\boldsymbol{\alpha}_1+\boldsymbol{\alpha}_2$，则 $\boldsymbol{A}$ 的非零特征值为______.

微课：第5章总复习题·提高篇（6）

（7）（2018204）设 $\boldsymbol{A}$ 为三阶矩阵，$\boldsymbol{\alpha}_1,\boldsymbol{\alpha}_2,\boldsymbol{\alpha}_3$ 为线性无关的向量组，$\boldsymbol{A\alpha}_1=2\boldsymbol{\alpha}_1+\boldsymbol{\alpha}_2+\boldsymbol{\alpha}_3,\boldsymbol{A\alpha}_2=\boldsymbol{\alpha}_2+2\boldsymbol{\alpha}_3,\boldsymbol{A\alpha}_3=-\boldsymbol{\alpha}_2+\boldsymbol{\alpha}_3$，则 $\boldsymbol{A}$ 的实特征值为______.

（8）（2015204,2015304）设三阶矩阵 $\boldsymbol{A}$ 的特征值为 $2,-2,1$，$\boldsymbol{B}=\boldsymbol{A}^2-\boldsymbol{A}+\boldsymbol{E}$，其中 $\boldsymbol{E}$ 为三阶单位矩阵，则行列式 $|\boldsymbol{B}|=$______.

（9）（2017204）设矩阵 $\boldsymbol{A}=\begin{pmatrix}4&1&-2\\1&2&a\\3&1&-1\end{pmatrix}$ 的一个特征向量为 $\begin{pmatrix}1\\1\\2\end{pmatrix}$，则 $a=$______.

（10）（2018104）设二阶矩阵 $\boldsymbol{A}$ 有两个不同的特征值 λ_1,λ_2，$\boldsymbol{\alpha}_1,\boldsymbol{\alpha}_2$ 是 $\boldsymbol{A}$ 的线性无关的特征向量，且满足 $\boldsymbol{A}^2(\boldsymbol{\alpha}_1+\boldsymbol{\alpha}_2)=\boldsymbol{\alpha}_1+\boldsymbol{\alpha}_2$，则 $|\boldsymbol{A}|=$______.

3. 解答题：（11）～（16）小题，每小题 10 分，共 60 分．解答时应写出文字说明、证明过程或演算步骤.

（11）（2008210, 2008310）设 $\boldsymbol{A}$ 为三阶矩阵，$\boldsymbol{\alpha}_1,\boldsymbol{\alpha}_2$ 为 $\boldsymbol{A}$ 的分别对应于特征值 $-1,1$ 的特征向量，向量 $\boldsymbol{\alpha}_3$ 满足 $\boldsymbol{A\alpha}_3=\boldsymbol{\alpha}_2+\boldsymbol{\alpha}_3$.

① 证明：$\boldsymbol{\alpha}_1,\boldsymbol{\alpha}_2,\boldsymbol{\alpha}_3$ 线性无关.

② 令 $\boldsymbol{P}=(\boldsymbol{\alpha}_1,\boldsymbol{\alpha}_2,\boldsymbol{\alpha}_3)$，求 $\boldsymbol{P}^{-1}\boldsymbol{AP}$.

（12）（2014111）证明：n 阶矩阵 $\boldsymbol{A}=\begin{pmatrix}1&1&\cdots&1\\1&1&\cdots&1\\\vdots&\vdots&&\vdots\\1&1&\cdots&1\end{pmatrix}$ 与 $\boldsymbol{B}=\begin{pmatrix}0&0&\cdots&1\\0&0&\cdots&2\\\vdots&\vdots&&\vdots\\0&0&\cdots&n\end{pmatrix}$ 相似.

微课：第5章总复习题·提高篇（12）

（13）（2016111,2016211,2016311）已知矩阵 $\boldsymbol{A}=\begin{pmatrix}0&-1&1\\2&-3&0\\0&0&0\end{pmatrix}$.

① 求 $\boldsymbol{A}^{99}$.

② 设三阶矩阵 $\boldsymbol{B}=(\boldsymbol{\alpha}_1,\boldsymbol{\alpha}_2,\boldsymbol{\alpha}_3)$ 满足 $\boldsymbol{B}^2=\boldsymbol{BA}$，记 $\boldsymbol{B}^{100}=(\boldsymbol{\beta}_1,\boldsymbol{\beta}_2,\boldsymbol{\beta}_3)$，将 $\boldsymbol{\beta}_1,\boldsymbol{\beta}_2,\boldsymbol{\beta}_3$ 分别表示为 $\boldsymbol{\alpha}_1,\boldsymbol{\alpha}_2,\boldsymbol{\alpha}_3$ 的线性组合.

（14）（2004310）设 n 阶矩阵 $\boldsymbol{A}=\begin{pmatrix}1&b&\cdots&b\\b&1&\cdots&b\\\vdots&\vdots&&\vdots\\b&b&\cdots&1\end{pmatrix}$.

① 求 $\boldsymbol{A}$ 的特征值和特征向量.

② 求可逆矩阵 $\boldsymbol{P}$，使 $\boldsymbol{P}^{-1}\boldsymbol{AP}$ 为对角矩阵.

（15）（2015111,2015211,2015311）设矩阵 $\boldsymbol{A}=\begin{pmatrix}0&2&-3\\-1&3&-3\\1&-2&a\end{pmatrix}$ 相似于矩阵 $\boldsymbol{B}=\begin{pmatrix}1&-2&0\\0&b&0\\0&3&1\end{pmatrix}$.

① 求 a,b 的值.

② 求可逆矩阵 $\boldsymbol{P}$，使 $\boldsymbol{P}^{-1}\boldsymbol{AP}$ 为对角矩阵.

（16）（2002408）设三阶实对称矩阵 $\boldsymbol{A}=\begin{pmatrix}a&1&1\\1&a&-1\\1&-1&a\end{pmatrix}$，求可逆矩阵 $\boldsymbol{P}$，使 $\boldsymbol{P}^{-1}\boldsymbol{AP}$ 为对角矩阵，并计算 $|\boldsymbol{A}-\boldsymbol{E}|$ 的值.

本章即时提问答案　　本章同步习题答案　　本章总复习题答案

06

第6章 二次型

在解析几何中，用$ax^2+by^2+cz^2=1$（a,b,c不同时小于等于 0）可以表示多种常见的二次曲面，但$ax^2+by^2+cz^2+dxy+exz+fyz=1$表示何种曲面就不是可以马上判断出来的了．第 2 个方程的左端叫作二次齐次多项式，若能通过适当的坐标变换将其化为第 1 个方程的形式，则问题将得以简化．像这样讨论含有n个变量的二次齐次函数的问题在许多实际问题（如复杂成本的最大利润）和理论问题（如多元函数极值）中常会遇到．本章要讲解的就是通过适当的变量替换，将其转化为只含有平方项的多项式，并讨论其正定性．

本章导学

6.1 二次型及其矩阵表示

在平面解析几何中，对于二次曲线$3x^2+4xy+3y^2=1$，为了求曲线上到原点距离最长或最短的点，可以通过适当的坐标旋转变换$\begin{cases}x=m\cos\theta-n\sin\theta,\\ y=m\sin\theta+n\cos\theta,\end{cases}\theta=\dfrac{\pi}{4}$，将曲线化为标准形式$5m^2+n^2=1$．由于坐标旋转变换不改变图形的形状，于是从变换后的方程很容易判断曲线是椭圆，从而可知曲线上到原点距离最长或最短的点的坐标为$(0,\pm1),\left(\pm\dfrac{1}{\sqrt{5}},0\right)$．将上面的做法加以推广，便是对二次型的研究．

计算机可视化

6.1.1 二次型的定义

定义 6.1 含有n个变量$x_1,x_2,\cdots,x_n$的二次齐次多项式

$$f(x_1,x_2,\cdots,x_n)=a_{11}x_1^2+a_{22}x_2^2+\cdots+a_{nn}x_n^2+2a_{12}x_1x_2+2a_{13}x_1x_3+\cdots+2a_{n-1,n}x_{n-1}x_n \tag{6.1}$$

称为二次型．

如果所有的系数$a_{ij}(1\leqslant i\leqslant j\leqslant n)$均为实数，则式（6.1）表示的二次型为实二次型；如果所有的系数$a_{ij}(1\leqslant i\leqslant j\leqslant n)$均为复数，则式（6.1）表示的二次型为复二次型．在本书中，我们仅讨论实二次型．特别地，如果n元二次型$f(x_1,x_2,\cdots,x_n)$只含有平方项，即

$$f(x_1,x_2,\cdots,x_n)=k_1x_1^2+k_2x_2^2+\cdots+k_nx_n^2, \tag{6.2}$$

则称式（6.2）为二次型的标准形．如果标准形的系数$k_1,k_2,\cdots,k_n$只在 1, −1, 0 这 3 个数中取值，

使

$$f(x_1,x_2,\cdots,x_n)=x_1^2+x_2^2+\cdots+x_p^2-x_{p+1}^2-\cdots-x_r^2, \tag{6.3}$$

则称式（6.3）为二次型的规范形.

6.1.2　二次型及其矩阵

如果规定 $a_{ij}=a_{ji}$，则当 $i\neq j$ 时有 $2a_{ij}x_ix_j=a_{ij}x_ix_j+a_{ji}x_jx_i$，从而式（6.1）可表示为

$$\begin{aligned}f(x_1,x_2,\cdots,x_n)&=a_{11}x_1^2+a_{12}x_1x_2+a_{13}x_1x_3+\cdots+a_{1n}x_1x_n+\\&\quad a_{21}x_2x_1+a_{22}x_2^2+\cdots+a_{2n}x_2x_n+\cdots+\\&\quad a_{n1}x_nx_1+a_{n2}x_nx_2+\cdots+a_{nn}x_n^2\\&=\sum_{i=1}^{n}\sum_{j=1}^{n}a_{ij}x_ix_j.\end{aligned}$$

利用矩阵的运算，上式还可表示为

$$f(x_1,x_2,\cdots,x_n)=(x_1,x_2,\cdots,x_n)\begin{pmatrix}a_{11}&a_{12}&\cdots&a_{1n}\\a_{21}&a_{22}&\cdots&a_{2n}\\\vdots&\vdots&&\vdots\\a_{n1}&a_{n2}&\cdots&a_{nn}\end{pmatrix}\begin{pmatrix}x_1\\x_2\\\vdots\\x_n\end{pmatrix}, \tag{6.4}$$

称上式为二次型的矩阵表示，记 $\boldsymbol{A}=\begin{pmatrix}a_{11}&a_{12}&\cdots&a_{1n}\\a_{21}&a_{22}&\cdots&a_{2n}\\\vdots&\vdots&&\vdots\\a_{n1}&a_{n2}&\cdots&a_{nn}\end{pmatrix}$，$\boldsymbol{X}=\begin{pmatrix}x_1\\x_2\\\vdots\\x_n\end{pmatrix}$，则式（6.4）可表示为矩阵形式 $f=\boldsymbol{X}^{\mathrm{T}}\boldsymbol{A}\boldsymbol{X}$，其中 $\boldsymbol{A}$ 为实对称矩阵.

在二次型的矩阵表示中，任给一个二次型，就唯一确定了一个对称矩阵；反之，任给一个对称矩阵，也可唯一确定一个二次型．这样，二次型和对称矩阵之间存在一一对应的关系，因此，我们把对称矩阵 $\boldsymbol{A}$ 叫作二次型 f 的矩阵，二次型 f 叫作对称矩阵 $\boldsymbol{A}$ 的二次型．矩阵 $\boldsymbol{A}$ 的秩称为二次型 f 的秩.

例 6.1　将二次型

$$f(x_1,x_2,x_3,x_4)=3x_1^2-5x_2^2+x_3^2-10x_1x_2+6x_1x_3+3x_1x_4-5x_2x_3+x_3x_4$$

表示成矩阵形式，写出其对称矩阵，并求出二次型的秩.

微课：例6.1

解　设 $f=\boldsymbol{X}^{\mathrm{T}}\boldsymbol{A}\boldsymbol{X}$，则二次型的矩阵为

$$\boldsymbol{A}=\begin{pmatrix}3&-5&3&\frac{3}{2}\\-5&-5&-\frac{5}{2}&0\\3&-\frac{5}{2}&1&\frac{1}{2}\\\frac{3}{2}&0&\frac{1}{2}&0\end{pmatrix}.$$

对 $\boldsymbol{A}$ 作初等变换，不难求出 $r(\boldsymbol{A})=4$，即二次型的秩为 4.

例 6.2　已知对称矩阵$A=\begin{pmatrix}1 & -2 & \frac{7}{2}\\ -2 & -6 & 3\\ \frac{7}{2} & 3 & 9\end{pmatrix}$，确定其二次型.

解　$f=(x_1,x_2,x_3)\begin{pmatrix}1 & -2 & \frac{7}{2}\\ -2 & -6 & 3\\ \frac{7}{2} & 3 & 9\end{pmatrix}\begin{pmatrix}x_1\\ x_2\\ x_3\end{pmatrix}=x_1^2-6x_2^2+9x_3^2-4x_1x_2+7x_1x_3+6x_2x_3$.

【即时提问 6.1】已知二次型$f=5x_1^2+5x_2^2+cx_3^2-2x_1x_2+6x_1x_3-6x_2x_3$的秩为 2，则参数$c$的值为多少？

两个n阶矩阵间还存在一种重要的等价关系，即矩阵的合同关系. 矩阵的合同在二次型的研究中起着非常重要的作用.

定义 6.2　给定两个n阶方阵$\boldsymbol{A}$和$\boldsymbol{B}$，若存在可逆矩阵$\boldsymbol{P}$，使

$$\boldsymbol{P}^{\mathrm{T}}\boldsymbol{AP}=\boldsymbol{B},$$

则称矩阵$\boldsymbol{A}$与矩阵$\boldsymbol{B}$合同，或$\boldsymbol{A},\boldsymbol{B}$是合同的.

二次型的主要内容之一就是希望通过变量的可逆线性变换

$$\begin{cases}x_1=c_{11}y_1+c_{12}y_2+\cdots+c_{1n}y_n,\\ x_2=c_{21}y_1+c_{22}y_2+\cdots+c_{2n}y_n,\\ \cdots\cdots\cdots\cdots\\ x_n=c_{n1}y_1+c_{n2}y_2+\cdots+c_{nn}y_n,\end{cases}\tag{6.5}$$

即$\boldsymbol{X}=\boldsymbol{CY}$，$|\boldsymbol{C}|\neq 0$，其中

$$\boldsymbol{X}=\begin{pmatrix}x_1\\ x_2\\ \vdots\\ x_n\end{pmatrix},\ \boldsymbol{C}=\begin{pmatrix}c_{11} & c_{12} & \cdots & c_{1n}\\ c_{21} & c_{22} & \cdots & c_{2n}\\ \vdots & \vdots & & \vdots\\ c_{n1} & c_{n2} & \cdots & c_{nn}\end{pmatrix},\ \boldsymbol{Y}=\begin{pmatrix}y_1\\ y_2\\ \vdots\\ y_n\end{pmatrix},$$

来简化二次型.

二次型$f=\boldsymbol{X}^{\mathrm{T}}\boldsymbol{AX}$在可逆线性变换$\boldsymbol{X}=\boldsymbol{CY}$下有

$$f=\boldsymbol{X}^{\mathrm{T}}\boldsymbol{AX}=(\boldsymbol{CY})^{\mathrm{T}}\boldsymbol{A}(\boldsymbol{CY})=\boldsymbol{Y}^{\mathrm{T}}\boldsymbol{C}^{\mathrm{T}}\boldsymbol{ACY}=\boldsymbol{Y}^{\mathrm{T}}(\boldsymbol{C}^{\mathrm{T}}\boldsymbol{AC})\boldsymbol{Y}=\boldsymbol{Y}^{\mathrm{T}}\boldsymbol{BY},$$

其中$\boldsymbol{B}=\boldsymbol{C}^{\mathrm{T}}\boldsymbol{AC}$. 显然$\boldsymbol{B}$为对称矩阵. 由定义 6.2 知，矩阵$\boldsymbol{A}$与矩阵$\boldsymbol{B}$是合同的.

矩阵的合同有以下性质.

（1）自反性：对任意n阶方阵$\boldsymbol{A}$，$\boldsymbol{A}$与$\boldsymbol{A}$合同.

（2）对称性：若$\boldsymbol{A}$与$\boldsymbol{B}$合同，则$\boldsymbol{B}$与$\boldsymbol{A}$合同.

（3）传递性：若$\boldsymbol{A}$与$\boldsymbol{B}$合同，$\boldsymbol{B}$与$\boldsymbol{C}$合同，则$\boldsymbol{A}$与$\boldsymbol{C}$合同.

微课：矩阵合同的定义及性质

同步习题 6.1

基础题

1．写出下列二次型的矩阵，并求出其秩．

（1）$f(x_1,x_2,x_3,x_4)=2x_1^2-2x_2^2+4x_3^2+x_4^2-x_1x_2+2x_1x_3+9x_1x_4+8x_2x_3+x_3x_4$．

（2）$f(x,y)=2x^2+6xy-y^2$．

（3）$f(x,y,z)=3x^2+y^2+7z^2-6xy-4xz-5yz$．

2．写出下列矩阵对应的二次型．

（1）$\boldsymbol{A}=\begin{pmatrix}0&-1\\-1&0\end{pmatrix}$．

（2）$\boldsymbol{A}=\begin{pmatrix}-1&2&0\\2&1&-3\\0&-3&0\end{pmatrix}$．

（3）$\boldsymbol{A}=\begin{pmatrix}a_1&b\\b&a_2\end{pmatrix}$．

3．证明：矩阵$\begin{pmatrix}x&0&0\\0&y&0\\0&0&z\end{pmatrix}$与$\begin{pmatrix}y&0&0\\0&z&0\\0&0&x\end{pmatrix}$合同．

提高题

求二次型$f(x_1,x_2,x_3)=(x_1+x_2)^2+(x_2-x_3)^2+(x_3+x_1)^2$的秩．

6.2 二次型的标准形

本节讨论的主要问题：寻求一个可逆的线性变换$\boldsymbol{X}=\boldsymbol{CY}$，代入二次型$f=\boldsymbol{X}^{\mathrm{T}}\boldsymbol{AX}$，使$f=\boldsymbol{X}^{\mathrm{T}}\boldsymbol{AX}$只含有平方项．

本节首先介绍用正交变换法化二次型为标准形，然后介绍用配方法化二次型为标准形．

延伸微课

6.2.1 利用正交变换法化二次型为标准形

定义 6.3 若$\boldsymbol{P}$为正交矩阵，则线性变换$\boldsymbol{Y}=\boldsymbol{PX}$称为正交变换．

设$\boldsymbol{Y}=\boldsymbol{PX}$为正交变换，则有

$$\|\boldsymbol{Y}\|=\sqrt{\boldsymbol{Y}^{\mathrm{T}}\boldsymbol{Y}}=\sqrt{\boldsymbol{X}^{\mathrm{T}}\boldsymbol{P}^{\mathrm{T}}\boldsymbol{PX}}=\sqrt{\boldsymbol{X}^{\mathrm{T}}\boldsymbol{X}}=\|\boldsymbol{X}\|.$$

这说明，正交变换不改变向量的长度．

由定理 5.4 及其推论知，对于实对称矩阵 $\boldsymbol{A}$，存在正交矩阵 $\boldsymbol{P}$，使

$$\boldsymbol{P}^{-1}\boldsymbol{A}\boldsymbol{P}=\begin{pmatrix}\lambda_1 & & & \\ & \lambda_2 & & \\ & & \ddots & \\ & & & \lambda_n\end{pmatrix},$$

即

$$\boldsymbol{P}^{\mathrm{T}}\boldsymbol{A}\boldsymbol{P}=\begin{pmatrix}\lambda_1 & & & \\ & \lambda_2 & & \\ & & \ddots & \\ & & & \lambda_n\end{pmatrix}.$$

把这个结论应用于实二次型，则有如下定理.

定理 6.1 任给 n 元实二次型 $f=\boldsymbol{X}^{\mathrm{T}}\boldsymbol{A}\boldsymbol{X}$，总存在正交变换 $\boldsymbol{X}=\boldsymbol{P}\boldsymbol{Y}$，使二次型 f 化为标准形

微课：定理6.1

$$f=(\boldsymbol{P}\boldsymbol{Y})^{\mathrm{T}}\boldsymbol{A}(\boldsymbol{P}\boldsymbol{Y})=\boldsymbol{Y}^{\mathrm{T}}(\boldsymbol{P}^{\mathrm{T}}\boldsymbol{A}\boldsymbol{P})\boldsymbol{Y}=\lambda_1 y_1^2+\lambda_2 y_2^2+\cdots+\lambda_n y_n^2,$$

其中 $\lambda_1,\lambda_2,\cdots,\lambda_n$ 是矩阵 $\boldsymbol{A}$ 的特征值.

用正交变换将二次型化为标准形，其特点是保持几何图形不变. 因此，它在理论和实际应用中都有非常重要的意义. 下面介绍利用正交变换法将二次型化为标准形的具体步骤：

（1）求出矩阵 $\boldsymbol{A}$ 的所有特征值 $\lambda_1,\lambda_2,\cdots,\lambda_n$（可能有重根）；

（2）求出矩阵 $\boldsymbol{A}$ 的每个特征值 λ_i 对应的一组线性无关的特征向量，即求出线性方程组 $(\boldsymbol{A}-\lambda_i\boldsymbol{E})\boldsymbol{X}=\boldsymbol{0}$ 的一个基础解系，并将此基础解系进行施密特正交化（正交化、单位化）；

（3）将所有特征值 $\lambda_1,\lambda_2,\cdots,\lambda_n$ 对应的 n 个标准正交的特征向量作为列向量所得的 n 阶方阵即为正交矩阵 $\boldsymbol{P}$（不唯一）；

（4）作正交变换 $\boldsymbol{X}=\boldsymbol{P}\boldsymbol{Y}$，即可将二次型化为标准形

$$f=\lambda_1 y_1^2+\lambda_2 y_2^2+\cdots+\lambda_n y_n^2.$$

例 6.3 求一个正交变换 $\boldsymbol{X}=\boldsymbol{P}\boldsymbol{Y}$，把二次型 $f(x_1,x_2,x_3)=2x_1^2+3x_2^2+3x_3^2+4x_2x_3$ 化为标准形.

微课：例6.3

解 （1）二次型的矩阵为

$$\boldsymbol{A}=\begin{pmatrix}2 & 0 & 0\\ 0 & 3 & 2\\ 0 & 2 & 3\end{pmatrix},$$

由 $|\boldsymbol{A}-\lambda\boldsymbol{E}|=\begin{vmatrix}2-\lambda & 0 & 0\\ 0 & 3-\lambda & 2\\ 0 & 2 & 3-\lambda\end{vmatrix}=-(\lambda-1)(\lambda-2)(\lambda-5)=0$，得特征值 $\lambda_1=1,\lambda_2=2,\lambda_3=5$.

（2）当 $\lambda_1=1$ 时，由 $(\boldsymbol{A}-\boldsymbol{E})\boldsymbol{X}=\boldsymbol{0}$ 得 $\begin{pmatrix}1 & 0 & 0\\ 0 & 2 & 2\\ 0 & 2 & 2\end{pmatrix}\boldsymbol{X}=\boldsymbol{0}$，解得特征向量

$$\xi_1=\begin{pmatrix}0\\1\\-1\end{pmatrix}.$$

当$\lambda_2=2$时，由$(\boldsymbol{A}-2\boldsymbol{E})\boldsymbol{X}=\boldsymbol{0}$得$\begin{pmatrix}0&0&0\\0&1&2\\0&2&1\end{pmatrix}\boldsymbol{X}=\boldsymbol{0}$，解得特征向量

$$\xi_2=\begin{pmatrix}1\\0\\0\end{pmatrix}.$$

当$\lambda_3=5$时，由$(\boldsymbol{A}-5\boldsymbol{E})\boldsymbol{X}=\boldsymbol{0}$得$\begin{pmatrix}-3&0&0\\0&-2&2\\0&2&-2\end{pmatrix}\boldsymbol{X}=\boldsymbol{0}$，解得特征向量

$$\xi_3=\begin{pmatrix}0\\1\\1\end{pmatrix}.$$

（3）因特征值都不相等，$\boldsymbol{A}$是实对称的，所以ξ_1,ξ_2,ξ_3是彼此正交的，从而只需要将其单位化，得

$$\boldsymbol{\eta}_1=\frac{1}{\sqrt{2}}\begin{pmatrix}0\\1\\-1\end{pmatrix},\boldsymbol{\eta}_2=\begin{pmatrix}1\\0\\0\end{pmatrix},\boldsymbol{\eta}_3=\frac{1}{\sqrt{2}}\begin{pmatrix}0\\1\\1\end{pmatrix},$$

故正交矩阵为

$$\boldsymbol{P}=\frac{1}{\sqrt{2}}\begin{pmatrix}0&\sqrt{2}&0\\1&0&1\\-1&0&1\end{pmatrix}.$$

（4）于是得到正交变换$\boldsymbol{X}=\boldsymbol{PY}$，二次型的标准形是$f=y_1^2+2y_2^2+5y_3^2$.

例 6.4　给定矩阵$\boldsymbol{A}=\begin{pmatrix}1&-2&2\\-2&4&-4\\2&-4&4\end{pmatrix}$.

（1）求一个正交矩阵$\boldsymbol{P}$，使$\boldsymbol{P}^{\mathrm{T}}\boldsymbol{AP}$成为对角矩阵.

（2）求一个正交变换，将二次型

$$f=x_1^2+4x_2^2+4x_3^2-4x_1x_2+4x_1x_3-8x_2x_3$$

化为标准形.

解　（1）矩阵$\boldsymbol{A}$的特征方程为$|\boldsymbol{A}-\lambda\boldsymbol{E}|=\begin{vmatrix}1-\lambda&-2&2\\-2&4-\lambda&-4\\2&-4&4-\lambda\end{vmatrix}=-\lambda^2(\lambda-9)=0$，因此，矩阵$\boldsymbol{A}$的特征值为$\lambda_1=\lambda_2=0,\lambda_3=9$.

对 $\lambda_1=\lambda_2=0$，得到对应的特征向量为 $\boldsymbol{\xi}_1=\begin{pmatrix}2\\1\\0\end{pmatrix}$，$\boldsymbol{\xi}_2=\begin{pmatrix}-2\\0\\1\end{pmatrix}$，将它们正交化得

$$\boldsymbol{\beta}_1=\begin{pmatrix}2\\1\\0\end{pmatrix},\ \boldsymbol{\beta}_2=\frac{1}{5}\begin{pmatrix}-2\\4\\5\end{pmatrix}.$$

对 $\lambda_3=9$，得到对应的特征向量为 $\boldsymbol{\xi}_3=\begin{pmatrix}1\\-2\\2\end{pmatrix}$.

由于 $\boldsymbol{\xi}_3$ 与 $\boldsymbol{\beta}_1,\boldsymbol{\beta}_2$ 正交，故只需将 $\boldsymbol{\beta}_1,\boldsymbol{\beta}_2,\boldsymbol{\xi}_3$ 单位化，得

$$\boldsymbol{\alpha}_1=\begin{pmatrix}\frac{2}{\sqrt{5}}\\\frac{1}{\sqrt{5}}\\0\end{pmatrix},\boldsymbol{\alpha}_2=\begin{pmatrix}-\frac{2}{3\sqrt{5}}\\\frac{4}{3\sqrt{5}}\\\frac{5}{3\sqrt{5}}\end{pmatrix},\boldsymbol{\alpha}_3=\begin{pmatrix}\frac{1}{3}\\-\frac{2}{3}\\\frac{2}{3}\end{pmatrix},$$

令正交矩阵

$$\boldsymbol{P}=(\boldsymbol{\alpha}_1,\boldsymbol{\alpha}_2,\boldsymbol{\alpha}_3)=\begin{pmatrix}\frac{2}{\sqrt{5}}&-\frac{2}{3\sqrt{5}}&\frac{1}{3}\\\frac{1}{\sqrt{5}}&\frac{4}{3\sqrt{5}}&-\frac{2}{3}\\0&\frac{5}{3\sqrt{5}}&\frac{2}{3}\end{pmatrix},$$

则有 $\boldsymbol{P}^{-1}\boldsymbol{A}\boldsymbol{P}=\boldsymbol{P}^{\mathrm{T}}\boldsymbol{A}\boldsymbol{P}=\boldsymbol{\Lambda}$，其中 $\boldsymbol{\Lambda}=\begin{pmatrix}0&&\\&0&\\&&9\end{pmatrix}$.

（2）显然，该二次型的矩阵恰好为矩阵 $\boldsymbol{A}$．因此，$\boldsymbol{P}$ 可以取为（1）中得到的正交矩阵．令 $\boldsymbol{X}=\boldsymbol{P}\boldsymbol{Y}$，则有 $f=\boldsymbol{X}^{\mathrm{T}}\boldsymbol{A}\boldsymbol{X}=\boldsymbol{Y}^{\mathrm{T}}\boldsymbol{\Lambda}\boldsymbol{Y}=9y_3^2$．

【即时提问 6.2】已知二次型 $f=2x_1^2+3x_2^2+3x_3^2+2bx_2x_3\ (b<0)$ 通过正交变换可化为标准形 $f=y_1^2+2y_2^2+5y_3^2$，试讨论参数 b 的取值.

例 6.5 方程 $3x^2+5y^2+5z^2+4xy-4xz-10yz=1$ 表示何种二次曲面.

解 因为 $f(x,y,z)=3x^2+5y^2+5z^2+4xy-4xz-10yz$ 是一个二次型，其矩阵

$$\boldsymbol{A}=\begin{pmatrix}3&2&-2\\2&5&-5\\-2&-5&5\end{pmatrix},$$

微课：例6.5

由 $|\boldsymbol{A}-\lambda\boldsymbol{E}|=0$ 得 $\lambda_1=0,\lambda_2=2,\lambda_3=11$.

原方程可化为 $2\tilde{y}^2+11\tilde{z}^2=1$，它表示椭圆柱面.

计算机可视化

6.2.2 利用配方法化二次型为标准形

如果只要求变换是一个可逆的线性变换，而不限于正交变换，那么还可以利用配方法化二次型为标准形.

例 6.6 设二次型$f = x_1^2 + 2x_2^2 + x_3^2 + 2x_1x_2 - 2x_2x_3$，利用配方法将其化为标准形.

解

$$\begin{aligned} f &= x_1^2 + 2x_2^2 + x_3^2 + 2x_1x_2 - 2x_2x_3 \\ &= (x_1^2 + 2x_1x_2 + x_2^2) + (x_2^2 - 2x_2x_3 + x_3^2) \\ &= (x_1 + x_2)^2 + (x_2 - x_3)^2. \end{aligned}$$

令

$$\begin{cases} y_1 = x_1 + x_2, \\ y_2 = x_2 - x_3, \\ y_3 = x_3, \end{cases}$$

就把f化为标准形$f = y_1^2 + y_2^2$.

例 6.7 设二次型$f = 2x_1x_2 - 4x_1x_3$，利用配方法将其化为标准形，并求所用的变换矩阵.

解 令

$$\begin{cases} x_1 = y_1 + y_2, \\ x_2 = y_1 - y_2, \\ x_3 = y_3, \end{cases} \tag{6.6}$$

则

$$\begin{aligned} f(x_1, x_2, x_3) &= 2x_1x_2 - 4x_1x_3 \\ &= 2(y_1 + y_2)(y_1 - y_2) - 4(y_1 + y_2)y_3 \\ &= 2y_1^2 - 2y_2^2 - 4y_1y_3 - 4y_2y_3 \\ &= 2(y_1 - y_3)^2 - 2(y_2 + y_3)^2. \end{aligned}$$

令

$$\begin{cases} z_1 = y_1 - y_3, \\ z_2 = y_2 + y_3, \\ z_3 = y_3, \end{cases}$$

则

$$\begin{cases} y_1 = z_1 + z_3, \\ y_2 = z_2 - z_3, \\ y_3 = z_3, \end{cases} \tag{6.7}$$

于是有$f = 2z_1^2 - 2z_2^2$.

将二次型化为标准形，作式（6.6）和式（6.7）两步的线性变换，现将这两步分别记作$\boldsymbol{X} = \boldsymbol{C}_1\boldsymbol{Y}$和$\boldsymbol{Y} = \boldsymbol{C}_2\boldsymbol{Z}$，其中

$$\boldsymbol{X} = \begin{pmatrix} x_1 \\ x_2 \\ x_3 \end{pmatrix}, \boldsymbol{Y} = \begin{pmatrix} y_1 \\ y_2 \\ y_3 \end{pmatrix}, \boldsymbol{Z} = \begin{pmatrix} z_1 \\ z_2 \\ z_3 \end{pmatrix}, \boldsymbol{C}_1 = \begin{pmatrix} 1 & 1 & 0 \\ 1 & -1 & 0 \\ 0 & 0 & 1 \end{pmatrix}, \boldsymbol{C}_2 = \begin{pmatrix} 1 & 0 & 1 \\ 0 & 1 & -1 \\ 0 & 0 & 1 \end{pmatrix},$$

于是$\boldsymbol{X} = \boldsymbol{C}_1\boldsymbol{C}_2\boldsymbol{Z}$就是将二次型化为标准形所作的坐标变换，故变换矩阵为

$$C = C_1C_2 = \begin{pmatrix} 1 & 1 & 0 \\ 1 & -1 & 0 \\ 0 & 0 & 1 \end{pmatrix}\begin{pmatrix} 1 & 0 & 1 \\ 0 & 1 & -1 \\ 0 & 0 & 1 \end{pmatrix} = \begin{pmatrix} 1 & 1 & 0 \\ 1 & -1 & 2 \\ 0 & 0 & 1 \end{pmatrix}.$$

同步习题 6.2

基础题

1．利用正交变换法将下列二次型化为标准形．

（1）$f(x_1,x_2,x_3) = 2x_3^2 - 2x_1x_2 + 2x_1x_3 - 2x_2x_3$．

（2）$f(x_1,x_2,x_3,x_4) = 2x_1x_2 + 2x_1x_3 - 2x_1x_4 - 2x_2x_3 + 2x_2x_4 + 2x_3x_4$．

2．利用配方法将下列二次型化为标准形，并求出所用的变换矩阵．

（1）$f(x_1,x_2,x_3) = x_1x_2 + x_1x_3 + x_2x_3$．

（2）$f(x_1,x_2,x_3) = 2x_1^2 + 3x_2^2 + x_3^2 + 4x_1x_2 - 4x_1x_3 - 8x_2x_3$．

3．已知二次型$f = 2x_1^2 + 3x_2^2 + 3x_3^2 + 2ax_2x_3 (a > 0)$通过正交变换化为标准形$f = y_1^2 + 2y_2^2 + 5y_3^2$，求参数$a$及所用的正交变换矩阵．

4．求二次曲面方程$x^2 + y^2 + 3z^2 - 6xy = 1$的标准方程．

提高题

已知二次型$f(x_1,x_2,x_3) = (1-a)x_1^2 + (1-a)x_2^2 + 2x_3^2 + 2(1+a)x_1x_2$的秩为 2．

（1）求a的值．

（2）求正交变换$\boldsymbol{X} = \boldsymbol{PY}$，把$f(x_1,x_2,x_3)$化为标准形．

（3）求方程$f(x_1,x_2,x_3) = 0$的解．

6.3 正定二次型

本节讨论一种特殊的实二次型，即正定二次型．

6.3.1 正定二次型的定义

一个n元实二次型既可以利用正交变换法化为标准形，也可以利用配方法化为标准形．显然，标准形不唯一，但其所含的项数是确定的，因为标准形的项数等于二次型的秩．

定理 6.2 设有二次型$f=\sum\limits_{i=1}^{n}\sum\limits_{j=1}^{n} a_{ij}x_ix_j = \boldsymbol{X}^{\mathrm{T}}\boldsymbol{AX}\ (\boldsymbol{A}^{\mathrm{T}} = \boldsymbol{A})$，且它的秩为$r$，若有两个实的可逆线性变换$\boldsymbol{X} = \boldsymbol{PY}, \boldsymbol{X} = \boldsymbol{QZ}$，使二次型化为$f=\lambda_1y_1^2 + \lambda_2y_2^2 + \cdots + \lambda_ry_r^2\ (\lambda_i \neq 0; i = 1,2,\cdots,r)$，

$f=p_1z_1^2+p_2z_2^2+\cdots+p_rz_r^2\ (p_i\neq 0;i=1,2,\cdots,r)$，则 $\lambda_1,\lambda_2,\cdots,\lambda_r$ 和 $p_1,p_2,\cdots,p_r$ 中正数的个数相等，设为 m，称 m 为二次型的**正惯性指数**；负数的个数也相等，均为 $r-m$，称 $r-m$ 为二次型的**负惯性指数**；称正惯性指数与负惯性指数之差 $2m-r$ 为**符号差**.

此定理称为惯性定理.

定义 6.4 设有二次型 $f=\boldsymbol{X}^{\mathrm{T}}\boldsymbol{A}\boldsymbol{X}$，若对于任意的非零列向量 $\boldsymbol{X}$，都有 $f(\boldsymbol{X})>0$，则称该二次型为**正定二次型**，并称矩阵 $\boldsymbol{A}$ 为**正定矩阵**；若对于任意的非零列向量 $\boldsymbol{X}$，都有 $f(\boldsymbol{X})<0$，则称二次型为**负定二次型**，并称矩阵 $\boldsymbol{A}$ 为**负定矩阵**.

根据定义 6.4 知，二次型 $f(x_1,x_2,\cdots,x_n)=k_1x_1^2+k_2x_2^2+\cdots+k_nx_n^2$ 为正定二次型的充分必要条件是 $k_i>0(i=1,2,\cdots,n)$；二次型 $f=\boldsymbol{X}^{\mathrm{T}}\boldsymbol{A}\boldsymbol{X}$ 经过可逆线性变换 $\boldsymbol{X}=\boldsymbol{C}\boldsymbol{Y}$ 后化为 $\boldsymbol{Y}^{\mathrm{T}}(\boldsymbol{C}^{\mathrm{T}}\boldsymbol{A}\boldsymbol{C})\boldsymbol{Y}$，其正定性保持不变.

微课：正定二次型的定义

定理 6.3 实二次型 $f=\boldsymbol{X}^{\mathrm{T}}\boldsymbol{A}\boldsymbol{X}$ 正定的充分必要条件是它的正惯性指数等于 n.

由定理 6.3 不难得到如下推论.

推论 实二次型 $f=\boldsymbol{X}^{\mathrm{T}}\boldsymbol{A}\boldsymbol{X}$ 正定的充分必要条件是 f 的矩阵 $\boldsymbol{A}$ 的特征值全为正.

例 6.8 判定下列二次型的正定性.

（1）$f=(x_1,x_2,x_3)\begin{pmatrix}3&2&0\\2&3&0\\0&0&1\end{pmatrix}\begin{pmatrix}x_1\\x_2\\x_3\end{pmatrix}$.

（2）$f(x_1,x_2,x_3)=3x_1^2+x_2^2+3x_3^2-4x_1x_2-4x_1x_3+4x_2x_3$.

解 （1）由于 $|\boldsymbol{A}-\lambda\boldsymbol{E}|=\begin{vmatrix}3-\lambda&2&0\\2&3-\lambda&0\\0&0&1-\lambda\end{vmatrix}=(\lambda-1)^2(5-\lambda)$，得矩阵 $\boldsymbol{A}$ 的特征值为 $1,1,5$.

由定理 6.3 的推论可知，$f=(x_1,x_2,x_3)\begin{pmatrix}3&2&0\\2&3&0\\0&0&1\end{pmatrix}\begin{pmatrix}x_1\\x_2\\x_3\end{pmatrix}$ 为正定二次型.

（2）二次型的矩阵为 $\boldsymbol{A}=\begin{pmatrix}3&-2&-2\\-2&1&2\\-2&2&3\end{pmatrix}$，由 $|\boldsymbol{A}-\lambda\boldsymbol{E}|=\begin{vmatrix}3-\lambda&-2&-2\\-2&1-\lambda&2\\-2&2&3-\lambda\end{vmatrix}=(1-\lambda)(\lambda^2-6\lambda-3)$，得矩阵 $\boldsymbol{A}$ 的特征值为 $1,3+2\sqrt{3},3-2\sqrt{3}$，因为 $3-2\sqrt{3}<0$，所以 $\boldsymbol{A}$ 不是正定矩阵，从而二次型不是正定二次型.

6.3.2 赫尔维茨定理

下面讨论使用二次型矩阵 $\boldsymbol{A}$ 的子式来判别二次型正定性的一种方法.

定义 6.5 n 阶矩阵 $\boldsymbol{A}$ 的前 k 行、前 k 列 $(k=1,2,\cdots,n)$ 元素组成的子式

$$\Delta_1=|a_{11}|=a_{11},\ \Delta_2=\begin{vmatrix}a_{11}&a_{12}\\a_{21}&a_{22}\end{vmatrix},\cdots,\ \Delta_n=|\boldsymbol{A}|$$

分别称为矩阵 $\boldsymbol{A}$ 的 $1,2,\cdots,n$ 阶**顺序主子式**.

定理 6.4 二次型$f=X^{\mathrm{T}}AX$正定的充分必要条件是A的各阶顺序主子式全大于零.

此定理称为赫尔维茨定理.

【即时提问 6.3】设A,B都是n阶正定矩阵，试讨论矩阵$A+B$是否为正定矩阵.

例 6.9 判定下列二次型的正定性.

（1）$f(x_1,x_2,x_3)=5x_1^2+3x_2^2+x_3^2-4x_1x_2-2x_2x_3$.

（2）$f(x_1,x_2,x_3)=-5x_1^2-6x_2^2-4x_3^2+4x_1x_2+4x_1x_3$.

微课：例6.9

解（1）二次型的矩阵为$A=\begin{pmatrix}5&-2&0\\-2&3&-1\\0&-1&1\end{pmatrix}$，它的各阶顺序主子式为

$$\Delta_1=a_{11}=5>0,\ \Delta_2=\begin{vmatrix}a_{11}&a_{12}\\a_{21}&a_{22}\end{vmatrix}=\begin{vmatrix}5&-2\\-2&3\end{vmatrix}=11>0,\ \Delta_3=|A|=6>0,$$

所以二次型为正定二次型.

（2）二次型的矩阵是$A=\begin{pmatrix}-5&2&2\\2&-6&0\\2&0&-4\end{pmatrix}$，它的一阶顺序主子式为$\Delta_1=a_{11}=-5<0$，显然二次型不是正定二次型.

例 6.10 在实数域上讨论函数$f(x_1,x_2,x_3)=5x_1^2+x_2^2+5x_3^2+4x_1x_2-8x_1x_3-4x_2x_3+2x_1+3x_2-4x_3-4$的凹凸性并求其极值.

解 设$f(x_1,x_2,x_3)=X^{\mathrm{T}}AX+BX+c$，其中

$$A=\begin{pmatrix}5&2&-4\\2&1&-2\\-4&-2&5\end{pmatrix},\ B=(2,3,-4),\ c=-4,\ X=\begin{pmatrix}x_1\\x_2\\x_3\end{pmatrix}.$$

由于矩阵A的各阶顺序主子式分别是$\Delta_1=5>0$，$\Delta_2=\begin{vmatrix}5&2\\2&1\end{vmatrix}=1>0$，$\Delta_3=|A|=1>0$，所以$A$是正定矩阵.

又因为$f(x_1,x_2,x_3)$的黑塞矩阵$H_{f(X)}=2A$，显然$H_{f(X)}=2A$的各阶顺序主子式均大于0，所以$f(x_1,x_2,x_3)$为凹函数.

由

$$\begin{cases}\dfrac{\partial f}{\partial x_1}=10x_1+4x_2-8x_3+2=0,\\\dfrac{\partial f}{\partial x_2}=4x_1+2x_2-4x_3+3=0,\\\dfrac{\partial f}{\partial x_3}=-8x_1-4x_2+10x_3-4=0\end{cases}$$

得驻点$X=\left(2,-\dfrac{15}{2},-1\right)^{\mathrm{T}}$.

$H_f\left(2,-\frac{15}{2},-1\right)=8>0$，故$f(x_1,x_2,x_3)$在$X=\left(2,-\frac{15}{2},-1\right)^{\mathrm{T}}$处取得极小值$f\left(2,-\frac{15}{2},-1\right)=-\frac{45}{4}$.

同步习题 6.3

基础题

1．二次型$f=3x_1^2+3x_2^2+6x_3^2+8x_1x_2-2x_2x_3$的正惯性指数是______．

2．如果实对称矩阵$A=\begin{pmatrix}1&\lambda&0\\ \lambda&3&1\\ 0&1&2\end{pmatrix}$是正定矩阵，则$\lambda$的取值范围是______．

3．如果二次型$f=X^{\mathrm{T}}AX$的矩阵A的特征值都是正的，则$f=X^{\mathrm{T}}AX$是______二次型.

4．判断下列二次型是否是正定的.

（1）$f(x_1,x_2,x_3)=55x_1^2+23x_2^2+6x_3^2-14x_1x_2-2x_2x_3+9x_1x_3$．

（2）$f(x_1,x_2,x_3,x_4)=x_1^2+x_2^2+8x_3^2+4x_4^2+6x_1x_2-2x_2x_3+4x_1x_3-2x_2x_4+2x_3x_4$．

提高题

1．如果二次型$f(x_1,x_2,x_3)=x_1^2+2x_2^2+(1-k)x_3^2+2kx_1x_2+2x_1x_3$是正定二次型，求$k$的值.

2．已知A为n阶正定矩阵，E为n阶单位矩阵，证明：$|A+E|>1$．

6.4 用MATLAB进行二次型的运算

在线性代数中，二次型的一个基本问题就是化标准形和规范形．计算时，无论采用哪种传统方法都有相当大的计算量，过程也比较复杂，特别是阶数较高的时候，计算更加困难，而MATLAB 软件可以使求解二次型的问题变得简单.

6.4.1 化二次型为标准形

对于二次型$f=X^{\mathrm{T}}AX$，其中A是一个对称矩阵，若要将其化为标准形，就是要找到一个可逆矩阵P，使$P^{\mathrm{T}}AP$为一对角矩阵，即$P^{\mathrm{T}}AP=\mathrm{diag}(k_1,k_2,\cdots,k_n)$，$P$就是要求的正交矩阵，因此，需要调用函数命令“[P,D]=eig(A)”.

例 6.11 将二次型$f=2x_1^2+2x_2^2+2x_3^2+2x_1x_2+2x_1x_3+2x_2x_3$化为标准形.

微课：例6.11

解 二次型的矩阵为$A=\begin{pmatrix}2&1&1\\1&2&1\\1&1&2\end{pmatrix}$.

```
>> A=[2,1,1;1,2,1;1,1,2];
>> [P,D]=eig(A)
P =
   0.4082    0.7071    0.5774
   0.4082   -0.7071    0.5774
  -0.8165         0    0.5774
D =
   1.0000         0         0
        0    1.0000         0
        0         0    4.0000
```

$\boldsymbol{P}$ 就是所求的正交矩阵，用正交变换 $\boldsymbol{X}=\boldsymbol{PY}$，可将二次型化为 $f=4y_1^2+y_2^2+y_3^2$.

6.4.2 正定二次型的判定

要判定一个对称矩阵是否是正定的，只要看其特征值的正负即可．在 MATLAB 中，可使用函数命令“eig(A)”来求出其特征值，进而判定其正定性．

微课：例6.12

例 6.12 判定二次型 $f=2x_1^2+2x_2^2+2x_3^2+2x_1x_2+2x_1x_3+2x_2x_3$ 的正定性．

解

```
>> A=[2,1,1;1,2,1;1,1,2];
>> d=eig(A)
d =
    1.0000
    1.0000
    4.0000
```

因为 $\boldsymbol{A}$ 的特征值全为正，所以 f 是正定的．

第 6 章思维导图

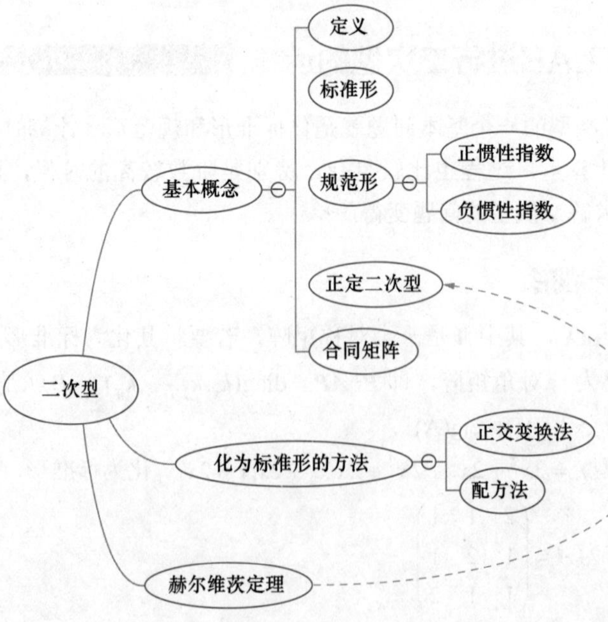

本章小结

中国数学学者

个人成就

密码学家，中国科学院院士，清华大学和山东大学双聘教授．王小云提出的模差分比特分析法解决了国际哈希函数求解碰撞的难题，她设计的我国唯一的哈希函数标准 SM3，在国家重要经济领域被广泛使用．王小云是“未来科学大奖”的首位女性得主，并先后获得“最具时间价值奖”和“真实世界密码学奖”两个国际奖项．

王小云

第6章总复习题·基础篇

1. 选择题：（1）～（5）小题，每小题4分，共20分．下列每小题给出的4个选项中，只有一个选项是符合题目要求的．

（1）若二次型$f(x_1,x_2,x_3)=x_1^2+x_2^2+tx_3^2+6x_1x_2+4x_1x_3+2x_2x_3$的秩为2，则$t=$（　　）．

A．0　　B．2　　C．$\dfrac{7}{8}$　　D．1

（2）二次型$f(x_1,x_2,x_3)=(x_1+x_2)^2+(x_1+3x_2+x_3)^2-5(x_2+x_3)^2$的规范形是（　　）．

A．$y_1^2+y_2^2-5y_3^3$　　B．$y_2^2-y_3^2$　　C．$y_1^2+y_2^2-y_3^2$　　D．$y_1^2+y_2^2$

（3）设$\boldsymbol{A}=\begin{pmatrix}1&1&1&1\\1&1&1&1\\1&1&1&1\\1&1&1&1\end{pmatrix},\boldsymbol{B}=\begin{pmatrix}4&0&0&0\\0&0&0&0\\0&0&0&0\\0&0&0&0\end{pmatrix}$，则$\boldsymbol{A}$与$\boldsymbol{B}$（　　）．

A．合同且相似　　B．合同但不相似

C．不合同但相似　　D．既不合同也不相似

（4）下列矩阵中，是正定矩阵的是（　　）．

A．$\begin{pmatrix}1&2&3\\2&4&5\\3&5&6\end{pmatrix}$　　B．$\begin{pmatrix}1&2&0\\2&5&3\\0&3&8\end{pmatrix}$

C．$\begin{pmatrix}2&2&-2\\2&5&-4\\-2&-4&5\end{pmatrix}$　　D．$\begin{pmatrix}5&2&1\\2&1&3\\1&3&0\end{pmatrix}$

（5）设$\boldsymbol{A}$是实对称矩阵，二次型$f=\boldsymbol{X}^{\mathrm{T}}\boldsymbol{A}\boldsymbol{X}$是正定二次型的充分必要条件是（　　）．

A．$|\boldsymbol{A}|>0$　　B．负惯性指数为0

C．$\boldsymbol{A}$的主对角元素都大于0　　D．存在可逆矩阵$\boldsymbol{C}$，使$\boldsymbol{A}=\boldsymbol{C}^{\mathrm{T}}\boldsymbol{C}$

2. 填空题：（6）～（10）小题，每小题4分，共20分．

（6）实二次型$f(x_1,x_2,x_3)=x_1^2+3x_2^2+3x_3^2+2x_1x_2+2x_1x_3-2x_2x_3$的矩阵为_____．

（7）设 $\boldsymbol{A},\boldsymbol{B}$ 都是 n 阶矩阵，且 $\boldsymbol{A},\boldsymbol{B}$ 合同，如果 $r(\boldsymbol{A})=4$，那么 $r(\boldsymbol{B})=$ _____.

（8）二次型 $f(x_1,x_2,x_3)=(x_1+x_2)^2+(x_1+x_3)^2-4(x_2-x_3)^2$ 的规范形为 _____.

（9）二次型 $f(x_1,x_2,x_3)=4x_1^2+8x_1x_2+5x_2^2+4x_2x_3+3x_3^2$ 的正惯性指数、负惯性指数和符号差分别是 _____.

（10）若矩阵 $\begin{pmatrix} t & 1 \\ 1 & t \end{pmatrix}$ 正定，则 t 应满足的条件是 _____.

3. 解答题：（11）～（16）小题，每小题 10 分，共 60 分．解答时应写出文字说明、证明过程或演算步骤．

（11）利用正交变换法将下列二次型化为标准形，并写出所用变换 $\boldsymbol{X}=\boldsymbol{PY}$.

$$f(x_1,x_2,x_3,x_4)=2x_1x_2+2x_1x_3-2x_1x_4-2x_2x_3+2x_2x_4+2x_3x_4.$$

（12）设 $\boldsymbol{A}$ 为 n 阶对称矩阵，且 $\boldsymbol{A},\boldsymbol{B}$ 合同，证明：$\boldsymbol{B}$ 是对称矩阵.

（13）化二次型 $f(x_1,x_2,x_3)=x_1^2+3x_2^2+2x_3^2+4x_1x_2+2x_1x_3+2x_2x_3$ 为标准形，并确定该二次型的正惯性指数、负惯性指数和符号差.

（14）利用配方法分别化二次型 $f(x_1,x_2,x_3)=x_1^2+3x_2^2+5x_3^2+2x_1x_2-4x_1x_3$ 为标准形和规范形.

（15）λ 取何值时，二次型 $f(x_1,x_2,x_3)=x_1^2+2x_2^2+(1-\lambda)x_3^2+2\lambda x_1x_2+2x_1x_3$ 为正定二次型？

（16）设实对称矩阵 $\boldsymbol{A}$ 满足 $\boldsymbol{A}^2-3\boldsymbol{A}+2\boldsymbol{E}=\boldsymbol{O}$，证明：$\boldsymbol{A}$ 是正定矩阵.

第 6 章总复习题 · 提高篇

1. 选择题：（1）～（5）小题，每小题 4 分，共 20 分．下列每小题给出的 4 个选项中，只有一个选项是符合题目要求的．

（1）（2016204,2016304）二次型 $f(x_1,x_2,x_3)=a(x_1^2+x_2^2+x_3^2)+2x_1x_2+2x_2x_3+2x_1x_3$ 的正惯性指数、负惯性指数分别为 1,2，则（　　）.

A．$a>1$　　B．$a<-2$　　C．$-2<a<1$　　D．$a=1$ 或 $a=-2$

（2）（2008104）设 $\boldsymbol{A}$ 为三阶实对称矩阵，如果二次曲面方程 $(x,y,z)\boldsymbol{A}\begin{pmatrix} x \\ y \\ z \end{pmatrix}=1$ 在正交变换下的标准方程的图形如图 6.1 所示，则 $\boldsymbol{A}$ 的正特征值的个数是（　　）.

A．0　　　　B．1

C．2　　　　D．3

（3）（2016104）设二次型 $f(x_1,x_2,x_3)=x_1^2+x_2^2+x_3^2+4x_1x_2+4x_1x_3+4x_2x_3$，则 $f(x_1,x_2,x_3)=2$ 在空间直角坐标系下表示的二次曲面为（　　）．

A．单叶双曲面　　　　B．双叶双曲面

C．椭球面　　　　D．柱面

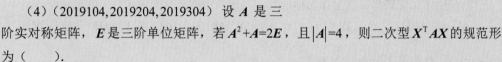

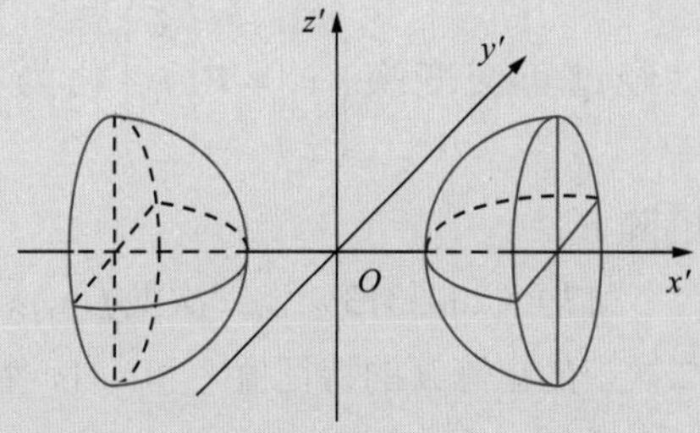

图 6.1

（4）（2019104,2019204,2019304）设 $\boldsymbol{A}$ 是三阶实对称矩阵，$\boldsymbol{E}$ 是三阶单位矩阵，若 $\boldsymbol{A}^2+\boldsymbol{A}=2\boldsymbol{E}$，且 $|\boldsymbol{A}|=4$，则二次型 $\boldsymbol{X}^{\mathrm{T}}\boldsymbol{A}\boldsymbol{X}$ 的规范形为（　　）．

A．$y_1^2+y_2^2+y_3^2$　　　　B．$y_1^2+y_2^2-y_3^2$　　　　C．$y_1^2-y_2^2-y_3^2$　　　　D．$-y_1^2-y_2^2-y_3^2$

（5）（2015104,2015204,2015304）二次型 $f(x_1,x_2,x_3)$ 在正交变换 $\boldsymbol{X}=\boldsymbol{P}\boldsymbol{Y}$ 下的标准形为 $2y_1^2+y_2^2-y_3^2$，其中 $\boldsymbol{P}=(\boldsymbol{e}_1,\boldsymbol{e}_2,\boldsymbol{e}_3)$．若 $\boldsymbol{Q}=(\boldsymbol{e}_1,-\boldsymbol{e}_3,\boldsymbol{e}_2)$，则 $f(x_1,x_2,x_3)$ 在正交变换 $\boldsymbol{X}=\boldsymbol{Q}\boldsymbol{Y}$ 下的标准形为（　　）．

A．$2y_1^2-y_2^2+y_3^2$　　　　B．$2y_1^2+y_2^2-y_3^2$

C．$2y_1^2-y_2^2-y_3^2$　　　　D．$2y_1^2+y_2^2+y_3^2$

2．填空题：（6）～（10）小题，每小题 4 分，共 20 分．

（6）（2014104,2014204,2014304）设二次型 $f(x_1,x_2,x_3)=x_1^2-x_2^2+2ax_1x_3+4x_2x_3$ 的负惯性指数为 1，则 a 的取值范围是______．

（7）（2011304）设二次型 $f(x_1,x_2,x_3)=\boldsymbol{X}^{\mathrm{T}}\boldsymbol{A}\boldsymbol{X}$ 的秩为 1，$\boldsymbol{A}$ 中各行元素之和为 3，则 f 在正交变换 $\boldsymbol{X}=\boldsymbol{Q}\boldsymbol{Y}$ 下的标准形为______．

（8）（2002103）已知实二次型 $f(x_1,x_2,x_3)=a(x_1^2+x_2^2+x_3^2)+4x_1x_2+4x_1x_3+4x_2x_3$ 经过正交变换 $\boldsymbol{X}=\boldsymbol{P}\boldsymbol{Y}$ 可化为标准形 $f=6y_1^2$，则 $a=$______．

（9）（2011104）若二次曲面的方程 $x^2+3y^2+z^2+2axy+2xz+2yz=4$ 经正交变换化为 $y_1^2+4z_1^2=4$，则 $a=$______．

（10）（1997303）若二次型 $f(x_1,x_2,x_3)=2x_1^2+x_2^2+x_3^2+2x_1x_2+tx_2x_3$ 是正定的，则 t 的取值范围为______．

微课：第6章总复习题·提高篇（10）

3．解答题：（11）～（16）小题，每小题 10 分，共 60 分．解答时应写出文字说明、证明过程或演算步骤．

（11）（1996107）已知二次型 $f(x_1,x_2,x_3)=5x_1^2+5x_2^2+cx_3^2-2x_1x_2+6x_1x_3-6x_2x_3$ 的秩为 2．

① 求参数 c 及此二次型的矩阵的特征值．

② 指出方程 $f(x_1,x_2,x_3)=1$ 表示何种曲面．

微课：第6章总复习题·提高篇（11）

（12）（1998106）已知二次曲面方程 $x^2+ay^2+z^2+2bxy+2xz+2yz=4$ 可

以经过正交变换 $\begin{pmatrix} x \\ y \\ z \end{pmatrix} = \boldsymbol{P}\begin{pmatrix} \xi \\ \eta \\ \zeta \end{pmatrix}$ 化为椭圆柱面方程 $\eta^2+4\zeta^2=4$，求 a,b 的值和正交矩阵 $\boldsymbol{P}$.

（13）（2003313）设二次型 $f(x_1,x_2,x_3)=\boldsymbol{X}^{\mathrm{T}}\boldsymbol{A}\boldsymbol{X}=ax_1^2+2x_2^2-2x_3^2+2bx_1x_3(b>0)$，其中二次型的矩阵 $\boldsymbol{A}$ 的特征值之和为1，特征值之积为 -12.

① 求 a,b 的值.

② 利用正交变换将二次型化为标准形，写出所用的正交变换和对应的正交矩阵.

（14）（2010111）设二次型 $f(x_1,x_2,x_3)=\boldsymbol{X}^{\mathrm{T}}\boldsymbol{A}\boldsymbol{X}$ 在正交变换 $\boldsymbol{X}=\boldsymbol{Q}\boldsymbol{Y}$ 下的标准形为 $y_1^2+y_2^2$，且 $\boldsymbol{Q}$ 的第3列为 $\left(\frac{\sqrt{2}}{2},0,\frac{\sqrt{2}}{2}\right)^{\mathrm{T}}$.

① 求出 $\boldsymbol{A}$.

② 证明：$\boldsymbol{A}+\boldsymbol{E}$ 为正定矩阵.

（15）（2022212,2022312）已知二次型 $f(x_1,x_2,x_3)=3x_1^2+4x_2^2+3x_3^2+2x_1x_3$.

① 求正交变换 $\boldsymbol{X}=\boldsymbol{Q}\boldsymbol{Y}$，将二次型化为标准形.

② 证明：$\min\limits_{\boldsymbol{X}\neq\boldsymbol{0}}\dfrac{f(\boldsymbol{X})}{\boldsymbol{X}^{\mathrm{T}}\boldsymbol{X}}=2$.

（16）（2002308）设 $\boldsymbol{A}$ 为三阶实对称矩阵，且满足条件 $\boldsymbol{A}^2+2\boldsymbol{A}=\boldsymbol{O}$，已知 $\boldsymbol{A}$ 的秩 $r(\boldsymbol{A})=2$.

① 求 $\boldsymbol{A}$ 的全部特征值.

② 当 k 为何值时，$\boldsymbol{A}+k\boldsymbol{E}$ 为正定矩阵（其中 $\boldsymbol{E}$ 为三阶单位矩阵）？

本章即时提问答案　　本章同步习题答案　　本章总复习题答案

附录

附录1　线性代数中的数学建模

线性代数是很多学科的重要基础，它能培养学生的逻辑推理能力、抽象思维能力及数学建模能力．数学建模是利用数学工具解决实际问题的重要手段．“线性代数”课程较为抽象、难懂，很多教学活动都忽视了与实际案例的结合．了解线性代数在数学建模中的应用，对于提高学生学习线性代数的兴趣，提升学生应用代数方法解决复杂问题的综合能力具有关键作用．

1. 矩阵的建立

矩阵就是一个矩形“数表”，这个“数表”本质上表述某种二元关系．矩阵是数学领域中一个极其重要、应用广泛的工具，是线性代数的主要研究对象之一，它来源于自然科学和工程技术中的诸多问题．矩阵知识已成为现代科技人员必备的数学基础．

例1　有1,2,3,4这4个球队之间进行单循环比赛，每场比赛胜者得1分，负者0分．总的比赛结果是1胜了2和4，2胜了3和4，3胜了1，4胜了3．比赛成绩表可以用矩阵$\boldsymbol{A}=(a_{ij})_{4\times4}$来表示，其中$a_{ij}=1$表示$i$队胜了$j$队，$a_{ij}=0$表示$i$队输给了$j$队．

$$\boldsymbol{A}=\begin{pmatrix}0&1&0&1\\0&0&1&1\\1&0&0&0\\0&0&1&0\end{pmatrix}.$$

我们可以用这个矩阵进行深入“挖掘”，得出这4个球队的真实“实力”．

例2　某地有一个煤矿、一个发电厂和一条铁路，经过成本核算，每生产价值1元的煤，需要消耗0.25元的电，为了把这价值1元的煤运出去，需要花费0.15元的运输费．每生产价值1元的电需要0.65元的煤作为燃料，为了运行发电厂的辅助设备，要消耗0.05元的电，还需要花费0.05元的运输费．作为铁路局，每提供价值1元钱的运输费的服务，要消耗0.55元的煤，辅助设备要消耗0.1元的电．煤矿、发电厂和铁路局相互间的消耗关系可用以下矩阵表示：

$$\begin{array}{c}\\ 煤\\ 电\\ 运输\end{array}\begin{array}{c}\begin{matrix}煤矿 & 发电厂 & 铁路局\end{matrix}\\ \begin{pmatrix}0&0.65&0.55\\0.25&0&0.1\\0.15&0.05&0\end{pmatrix}\end{array}.$$

2. 矩阵乘法的应用

矩阵乘法具有现实的意义.

例 3 某商场统计了冰箱和电视机连续 3 个月的销售情况，其具体销量用矩阵 $\boldsymbol{A}$ 表示，冰箱和电视机的进价和售价用矩阵 $\boldsymbol{B}$ 表示.

$$\begin{array}{c} \\ \text{冰箱} \\ \text{电视机} \end{array}\begin{array}{c} \begin{matrix}1\text{月} & 2\text{月} & 3\text{月}\end{matrix} \\ \begin{pmatrix} 16 & 24 & 17 \\ 20 & 23 & 19 \end{pmatrix} \end{array} = \boldsymbol{A} \qquad \begin{array}{c} \\ \text{进价} \\ \text{售价} \end{array}\begin{array}{c} \begin{matrix}\text{冰箱} & \text{电视机}\end{matrix} \\ \begin{pmatrix} 2\,000 & 1\,800 \\ 2\,500 & 2\,400 \end{pmatrix} \end{array} = \boldsymbol{B}$$

我们可以用矩阵乘法得到每个月的进货费用和销售收入.

$$\boldsymbol{BA} = \begin{pmatrix} 2\,000 & 1\,800 \\ 2\,500 & 2\,400 \end{pmatrix}\begin{pmatrix} 16 & 24 & 17 \\ 20 & 23 & 19 \end{pmatrix} = \begin{array}{c} \begin{matrix}1\text{月} & 2\text{月} & 3\text{月}\end{matrix} \\ \begin{pmatrix} 64\,000 & 89\,400 & 68\,200 \\ 88\,000 & 115\,200 & 88\,100 \end{pmatrix} \end{array}\begin{array}{l} \\ \text{进货费用} \\ \text{销售收入} \end{array}$$

3. 逆矩阵的应用

例 4 例 2 中给出了煤矿、发电厂和铁路局之间的消耗关系矩阵为

$$\boldsymbol{Q} = \begin{pmatrix} 0 & 0.65 & 0.55 \\ 0.25 & 0 & 0.1 \\ 0.15 & 0.05 & 0 \end{pmatrix} = (q_{ij}).$$

现在煤矿接到外地 5 万元的订货，发电厂有 10 万元的外地需求，问：煤矿、发电厂和铁路局各生产多少才能满足外地需求？

由题意可知，煤矿、发电厂和铁路局的产出减去生产时自身的消耗就是需求量. 假设煤矿实际生产 x_1 万元的煤，发电厂实际生产 x_2 万元的电，铁路局实际提供价值 x_3 万元的运输服务，令

$$\boldsymbol{X} = (x_1, x_2, x_3)^{\mathrm{T}},$$

则 $\boldsymbol{QX}$ 就是为完成 $\boldsymbol{X}$ 产值自身的消耗. 由题意可知

$$\boldsymbol{X} - \boldsymbol{QX} = (\boldsymbol{E} - \boldsymbol{Q})\boldsymbol{X} = \begin{pmatrix} 5 \\ 10 \\ 0 \end{pmatrix}.$$

可以看出，$\boldsymbol{X}$ 就是上述线性方程组的解.

由于 $|\boldsymbol{E} - \boldsymbol{Q}| \neq 0$，所以矩阵 $\boldsymbol{E} - \boldsymbol{Q}$ 可逆，于是

$$\boldsymbol{X} = (\boldsymbol{E} - \boldsymbol{Q})^{-1}\begin{pmatrix} 5 \\ 10 \\ 0 \end{pmatrix} = \begin{pmatrix} 16.727\,3 \\ 15.272\,7 \\ 3.272\,7 \end{pmatrix},$$

即煤矿要生产 16.73 万元的煤，发电厂要生产 15.27 万元的电，铁路局要提供价值 3.27 万元的运输服务，才能满足外地 5 万元煤和 10 万元电的需求.

4. 线性方程组的应用

现实生活中许多问题都需要建立线性方程组来求解，下面介绍一个重要的经济学模型.

例 5 古时候有一个部落，根据分工，人们从事 3 种劳动：农田耕作（农夫）、农具及工

具的制作（工匠）、织物的编织（织工）．人们之间的贸易是实物交易．农夫以自己$\frac{1}{3}$的粮食换取工具，$\frac{1}{2}$的粮食换取织物，$\frac{1}{2}$的粮食自用；工匠用自己$\frac{1}{4}$的工具换取粮食，$\frac{1}{4}$的工具换取织物，$\frac{1}{3}$的工具留作自用；织工以自己$\frac{1}{4}$的织物换取食物，$\frac{1}{3}$的织物换取工具，$\frac{1}{4}$的织物留作自用．

随着社会的发展，实物交易形式变得十分不方便，于是部落决定使用货币进行交易．假设没有资本和负债，那么如何给每类产品定价使其公正地体现现有的实物交易系统呢？

诺贝尔经济学奖获得者 Wassily Leontief 曾考虑如下的一个经济学模型．

设x_1为农作物的价值，x_2为农具及工具的价值，x_3为织物的价值．由上述关系可知

$$x_1=\frac{1}{2}x_1+\frac{1}{3}x_2+\frac{1}{2}x_3 \Leftrightarrow -\frac{1}{2}x_1+\frac{1}{3}x_2+\frac{1}{2}x_3=0,$$

同理可得工匠们和织工们生产的价值的方程，从而得到x_1,x_2,x_3的齐次线性方程组

$$\begin{cases}-\frac{1}{2}x_1+\frac{1}{3}x_2+\frac{1}{2}x_3=0,\\ \frac{1}{4}x_1-\frac{2}{3}x_2+\frac{1}{4}x_3=0,\\ \frac{1}{4}x_1+\frac{1}{3}x_2-\frac{3}{4}x_3=0,\end{cases}$$

求解该线性方程组可得x_1,x_2,x_3的值应满足比例式$x_1:x_2:x_3=5:3:3$．

这个模型给出了确定社会上各种商品的价值比的基本方法．由此可知，社会上需要多少货币取决于社会上总的商品的数量，而商品价格则是由社会上总的货币量和商品的价值比来确定的．当货币量过少时，就会通货紧缩；当货币量过多时，就会通货膨胀．

5．矩阵的特征值与特征向量的应用

矩阵的特征值、特征向量是矩阵理论的重要组成部分，物理学中的振动问题、控制中的系统稳定性问题等实际问题，均可归结为矩阵的特征值与特征向量问题，但这两个概念对初学者来说相对抽象和难懂．下面我们将生活中的一种现象与数值计算领域求矩阵最大特征值的乘幂法进行类比，以帮助理解特征值与特征向量的含义．

生活中很多事情有如下的模式：把一个“输入”输入“处理系统”，得到一个“输出”，再将该“输出”重新输入“处理系统”，得到一个新的“输出”．接着再将其输入“处理系统”，如此继续下去，直到得到满意的输出，如附图 1 所示．这个模型有如下特点：处理系统的特点要通过它的输出来反映，而最初的输入并不具有该系统令它具备的特点，要通过系统不断反复处理才能使输出越来越具备系统的特点．

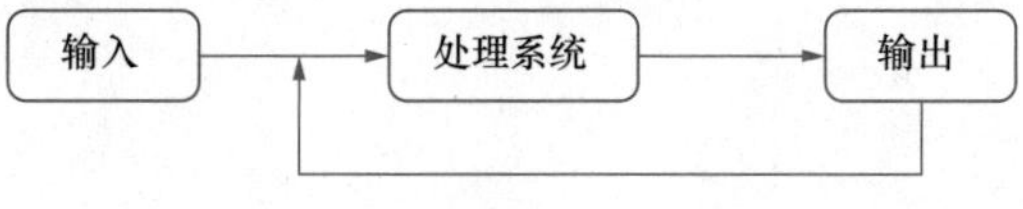

附图 1

比如一个大一新生就是一个“输入”，大学就是一个“处理系统”，学生每天在学校里学习

生活就是被“处理系统”处理. 每天学生是一个新的“输出”，同时又是第 2 天的新的“输入”. 学生正是反复地被学校“处理”，逐步具备了学校希望学生具备的特征. 而一个学校的水平正是通过学生的水平来反映的. 生活中这样的例子还有很多.

我们来看乘幂法的例子，设

$$\boldsymbol{A}=\begin{pmatrix}0&1&0&1\\0&0&1&1\\1&0&0&0\\0&0&1&0\end{pmatrix},$$

则

$$\boldsymbol{A}\begin{pmatrix}1\\1\\1\\1\end{pmatrix}=\begin{pmatrix}2\\2\\1\\1\end{pmatrix},\boldsymbol{A}\begin{pmatrix}2\\2\\1\\1\end{pmatrix}=\boldsymbol{A}^2\begin{pmatrix}1\\1\\1\\1\end{pmatrix}=\begin{pmatrix}3\\2\\2\\1\end{pmatrix},\cdots.$$

经过反复迭代就会发现：随着 n 的增大，

$$\boldsymbol{A}^n\begin{pmatrix}1\\1\\1\\1\end{pmatrix}$$

逐步向 $\boldsymbol{A}$ 的最大特征值的一个特征向量逼近. 这一规律和培养学生的规律有根本的相似性. 通过上述的类比，我们可以理解特征值与特征向量的来源.

线性代数理论在理工科及许多社会科学领域都有广泛的应用，有兴趣的读者可以去查看相关文献.

附录2　全国大学生数学竞赛线性代数题目选编

1. 设 a,b,c,d 是互不相同的正实数，x,y,z,w 是实数，满足 $a^x=bcd$，$b^y=cda$，$c^z=dab$，$d^w=abc$，则行列式 $\begin{vmatrix} -x & 1 & 1 & 1 \\ 1 & -y & 1 & 1 \\ 1 & 1 & -z & 1 \\ 1 & 1 & 1 & -w \end{vmatrix}=$______.（第九届全国大学生数学竞赛决赛）

2. 设 $\boldsymbol{A}=\begin{pmatrix} \lambda & 0 & 0 \\ 0 & \lambda & 0 \\ -1 & 1 & \lambda \end{pmatrix}$，则 $\boldsymbol{A}^{50}=$______.（第六届全国大学生数学竞赛决赛）

3. 设矩阵 $\boldsymbol{A}=\begin{pmatrix} 1 & 2 & 1 \\ 3 & 4 & a \\ 1 & 2 & 2 \end{pmatrix}$，其中 a 为常数，矩阵 $\boldsymbol{B}$ 满足关系式 $\boldsymbol{AB}=\boldsymbol{A}-\boldsymbol{B}+\boldsymbol{E}$，其中 $\boldsymbol{E}$ 是单位矩阵，且 $\boldsymbol{B}\neq\boldsymbol{E}$．若秩 $\mathrm{rank}(\boldsymbol{A}+\boldsymbol{B})=3$，试求常数 a 的值.（第五届全国大学生数学竞赛决赛）

4. 设 $\boldsymbol{A},\boldsymbol{B}$ 为两个 n 阶正定矩阵，求证 $\boldsymbol{AB}$ 正定的充要条件是 $\boldsymbol{AB}=\boldsymbol{BA}$．（第五届全国大学生数学竞赛决赛）

5. 已知二次型 $f(x_1,x_2,\cdots,x_n)=\sum_{i=1}^{n}\left(x_i-\dfrac{x_1+x_2+\cdots+x_n}{n}\right)^2$，则 f 的规范形为______.（第十届全国大学生数学竞赛决赛）

6. 用正交变换将二次曲面的方程 $x^2-2y^2-2z^2-4xy+4xz+8yz-27=0$ 化为标准方程，并说明该曲面是什么曲面.（第十四届全国大学生数学竞赛决赛）

详细解答

1. **解**　将所给 4 个等式取对数，得到以 $\ln a,\ln b,\ln c,\ln d$ 为解的线性方程组 $\begin{cases} -x\ln a+\ln b+\ln c+\ln d=0, \\ \ln a-y\ln b+\ln c+\ln d=0, \\ \ln a+\ln b-z\ln c+\ln d=0, \\ \ln a+\ln b+\ln c-w\ln d=0, \end{cases}$ 因为 $\ln a,\ln b,\ln c,\ln d$ 至多有一个为 0，所以齐次方程组有非零解，其系数行列式 $\begin{vmatrix} -x & 1 & 1 & 1 \\ 1 & -y & 1 & 1 \\ 1 & 1 & -z & 1 \\ 1 & 1 & 1 & -w \end{vmatrix}=0$.

注　本题还可以选取特殊值法，取 $a=2,b=4,c=8,d=16$.

2. **解**　记 $\boldsymbol{B}=\begin{pmatrix} 0 & 0 & 0 \\ 0 & 0 & 0 \\ -1 & 1 & 0 \end{pmatrix}$，则 $\boldsymbol{B}^2$ 为零矩阵，

故 $\boldsymbol{A}^{50}=(\lambda\boldsymbol{E}+\boldsymbol{B})^{50}=\lambda^{50}\boldsymbol{E}+50\lambda^{49}\boldsymbol{B}=\begin{pmatrix} \lambda^{50} & 0 & 0 \\ 0 & \lambda^{50} & 0 \\ -50\lambda^{49} & 50\lambda^{49} & \lambda^{50} \end{pmatrix}$.

3. **解** 由关系式$\boldsymbol{AB}=\boldsymbol{A}-\boldsymbol{B}+\boldsymbol{E}$，得$(\boldsymbol{A}+\boldsymbol{E})(\boldsymbol{B}-\boldsymbol{E})=\boldsymbol{O}$．若$\boldsymbol{A}+\boldsymbol{E}$可逆，则$\boldsymbol{B}-\boldsymbol{E}=\boldsymbol{O}$，与题设矛盾，因此$\boldsymbol{A}+\boldsymbol{E}$不可逆，这等价于$|\boldsymbol{A}+\boldsymbol{E}|=0$．易知$|\boldsymbol{A}+\boldsymbol{E}|=\begin{vmatrix}2&2&1\\3&5&a\\1&2&3\end{vmatrix}=13-2a$，从而$a=\dfrac{13}{2}$．

4. **证** 必要性：设$\boldsymbol{A},\boldsymbol{B}$为两个$n$阶正定矩阵，从而为对称矩阵，即$(\boldsymbol{AB})^{\mathrm{T}}=\boldsymbol{AB}$．又$\boldsymbol{A}^{\mathrm{T}}=\boldsymbol{A},\boldsymbol{B}^{\mathrm{T}}=\boldsymbol{B}$，所以$(\boldsymbol{AB})^{\mathrm{T}}=\boldsymbol{B}^{\mathrm{T}}\boldsymbol{A}^{\mathrm{T}}=\boldsymbol{BA}$，故有$\boldsymbol{AB}=\boldsymbol{BA}$．

充分性：因为$\boldsymbol{AB}=\boldsymbol{BA}$，则$(\boldsymbol{AB})^{\mathrm{T}}=\boldsymbol{B}^{\mathrm{T}}\boldsymbol{A}^{\mathrm{T}}=\boldsymbol{BA}=\boldsymbol{AB}$，所以$\boldsymbol{AB}$为实对称矩阵．因为$\boldsymbol{A},\boldsymbol{B}$为正定矩阵，故存在可逆矩阵$\boldsymbol{P},\boldsymbol{Q}$，使得$\boldsymbol{A}=\boldsymbol{P}^{\mathrm{T}}\boldsymbol{P},\boldsymbol{B}=\boldsymbol{Q}^{\mathrm{T}}\boldsymbol{Q}$，于是$\boldsymbol{AB}=\boldsymbol{P}^{\mathrm{T}}\boldsymbol{PQ}^{\mathrm{T}}\boldsymbol{Q}$，故$(\boldsymbol{P}^{\mathrm{T}})^{-1}\boldsymbol{ABP}^{\mathrm{T}}=\boldsymbol{PQ}^{\mathrm{T}}\boldsymbol{QP}^{\mathrm{T}}=(\boldsymbol{QP}^{\mathrm{T}})^{\mathrm{T}}(\boldsymbol{QP}^{\mathrm{T}})$，即$(\boldsymbol{P}^{\mathrm{T}})^{-1}\boldsymbol{ABP}^{\mathrm{T}}$是正定矩阵，从而矩阵$(\boldsymbol{P}^{\mathrm{T}})^{-1}\boldsymbol{ABP}^{\mathrm{T}}$的特征值全为正数，即$\boldsymbol{AB}$相似于$(\boldsymbol{P}^{\mathrm{T}})^{-1}\boldsymbol{ABP}^{\mathrm{T}}$，所以$\boldsymbol{AB}$的特征值全为正实数，所以$\boldsymbol{AB}$为正定矩阵．

5. **解** 二次型的矩阵为$\boldsymbol{A}=\begin{pmatrix}1-\frac{1}{n}&-\frac{1}{n}&\cdots&-\frac{1}{n}\\-\frac{1}{n}&\ddots&\ddots&\vdots\\\vdots&\ddots&\ddots&-\frac{1}{n}\\-\frac{1}{n}&\cdots&-\frac{1}{n}&1-\frac{1}{n}\end{pmatrix}$，易知$\boldsymbol{A}$的特征多项式为$|\lambda\boldsymbol{E}-\boldsymbol{A}|=\left|(\lambda-1)\boldsymbol{E}+\frac{1}{n}\begin{pmatrix}1\\\vdots\\1\end{pmatrix}(1,\cdots,1)\right|=\lambda(\lambda-1)^{n-1}$，所以$\boldsymbol{A}$的特征值为$\lambda_1=\lambda_2=\cdots=\lambda_{n-1}=1,\lambda_n=0$．因此二次型的规范形为$y_1^2+y_2^2+\cdots+y_{n-1}^2$．

6. **解** 设$\boldsymbol{A}=\begin{pmatrix}1&-2&2\\-2&-2&4\\2&4&-2\end{pmatrix}$，$\boldsymbol{X}=(x,y,z)^{\mathrm{T}}$，则曲面方程为$\boldsymbol{X}^{\mathrm{T}}\boldsymbol{AX}=27$．易知，$\boldsymbol{A}$的特征多项式为$|\lambda\boldsymbol{E}-\boldsymbol{A}|=\begin{vmatrix}\lambda-1&2&-2\\2&\lambda+2&-4\\-2&-4&\lambda+2\end{vmatrix}=(\lambda-2)^2(\lambda+7)$，所以$A$的特征值为$\lambda_1=2$（二重），$\lambda_2=-7$．对于$\lambda_1=2$，解齐次线性方程组$(\lambda_1\boldsymbol{E}-\boldsymbol{A})\boldsymbol{X}=0$，求得对应的线性无关的特征向量为$\alpha_1=(-2,1,0)^{\mathrm{T}},\alpha_2=(2,0,1)^{\mathrm{T}}$，利用 Schmidt 正交化方法，得$\boldsymbol{\beta}_1=\dfrac{1}{\sqrt{5}}(-2,1,0)^{\mathrm{T}}$，$\boldsymbol{\beta}_2=\dfrac{1}{3\sqrt{5}}(2,4,5)^{\mathrm{T}}$．对于$\lambda_2=-7$，解齐次线性方程组$(\lambda_2\boldsymbol{E}-\boldsymbol{A})\boldsymbol{X}=0$，求得对应的单位化特征向量为$\boldsymbol{\beta}_3=\dfrac{1}{3}(1,2,-2)^{\mathrm{T}}$．取正交矩阵$\boldsymbol{Q}=(\boldsymbol{\beta}_1,\boldsymbol{\beta}_2,\boldsymbol{\beta}_3)$，令$\boldsymbol{X}'=(x',y',z')^{\mathrm{T}}$，则正交变换$\boldsymbol{X}=\boldsymbol{QX}'$将曲面的方程$\boldsymbol{X}^{\mathrm{T}}\boldsymbol{AX}=27$化为如下标准方程$2x'^2+2y'^2-7z'^2=27$，这是单叶双曲面．